한시 기행

# 한시 기행

심경호 지음

이가서

枝紅
淡淡亭十二詠

寒雲漠漠水悠悠兩岸青楓死盡愁坐對孤燈過夜半一江風雨暗
滄洲
虛白連空一抹痕輕風引素拂柴門隔林彷彿聞雞犬知有江南桑
右麻浦夜雨
柘村
數朵春雲壓翠微瀲然相對兩忘機無心出岫閒行雨時向故山飛
右栗島晴嵐
處飛
一林秋氣遍江皐月湧琉璃遍倚欄干清不寐九天風露鶴
右冠岳春雲
聲高
秋風颯颯水增波鼉鼓逢逢發棹歌日落江澄天萬里衆帆飛影鏡
右楊花秋月
中過
右西湖帆影

❖『사숙재선생문집私淑齋先生文集』
1938년, 강희맹 姜希孟, 국립중앙도서관 소장

箕雅卷之十一
五言排律
·御苑仙桃六韻
御苑桃新種移從閬苑仙結根丹地上分影紫庭前
細葉着如畫繁英望欲燃品高鶲省樹香按麝爐烟
天近知春茂晨淸帶露鮮是應王母獻聖壽益千年
崔惟淸
謝崔相國設饌六韻
金良鏡
紫陌人相導俠家有樂聲誰知賢相國寵饌老書生
琥珀春波潋珊瑚晚照明嬌回雪轉歌妙貫珠淸
別語千金重歸心一羽輕國恩何以報出塞作長城

農巖集卷之二十九
祭文
文忠公鄭夢周影堂賜祭文
天挺人豪粤在麗季英偉特達出倫拔萃首倡絕學
深造遠詣論說橫竪黙與道契溯源爰關榛翳
鼓舞攸賴俗變雅醫士藏庠序禮正喪祭絃誦洋洋
詩書六藝儒教丕闡月日夷裔遜箕聖直接統系
施及本朝蔚有承繼斯文盛業振古鮮儷炳然義烈
在公猶細其所扶樹功亦百世遺澤在人曷可數計
肆惟 列聖褒寵靡替匪直酬報水以勸勵聽茲遺

❖『기아箕雅』권11~12, 1791년, 남용익南龍翼편, 청주고인쇄박물관 소장(左)
❖『농암집農巖集』권29~30, 1710년, 김창협金昌協, 청주고인쇄박물관 소장(右)

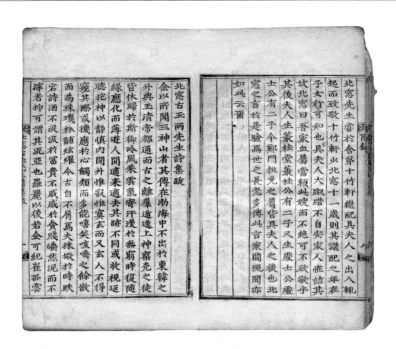

❖ 「북창고옥선생집北窓古玉先生集」, 1785년 목판본, 정렴鄭礦 · 정작鄭碏 형제(정두경 증종조부), 필자 소장

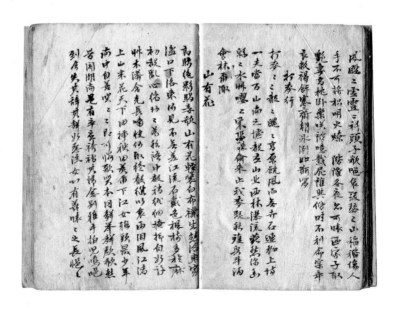

❖ 「사가시초四家詩鈔」, 편자 미상, 이학규李學逵, 「산유화山有花」, 필사본, 필자 소장

朴寧城君文秀與客遊雨雲臺有詩云君歌我嘯上
雲臺李白桃紅萬樹開如此風光如樂百年長醉太平杯

仙窟宅玉毋恨生西又云似龍古渡長松出如戟荒
申維翰金剛山詩云東國金剛出中原五嶽低是知

地蒸拈筆輒成一首授婢追往傳之其詩云朝出尋
告以申先達空返蒸問今可行幾許里曰可是牛鳴

宜蒸姑回荆扉一半爲誰開婢言嶺外申先達今日
朝前匹馬來申見詩歎其敏速語軽四駒後過蒸壹

例訪達官詣蒸尋醫適出題鳳而四蒸暮還婢
申菁川維翰素軽蒸希卷文章不相尋訪及至登科

田怪石高之句瞻炙
見次到遂爲坤交

詩云萬古沱江安老石一春花菱庿仙墓
金安老嘗營宅運石艇破于降仙臺前灘申維翰有

燕鷹天嶺南人十一歲賦歷代賦有詠菊詩云蘺邊
秋菊白黃披風送幽香襲人衣昨夜嚴霜花不落主

人心事兩相知
人多艷傳熱或云尹是作在寬仁坊錦平尉第其

尹冶有詩云沙洲白鷗如人立而打頴花瞘不知之
句有劃水家鴨其謂沙洲白鷺者借是也又詩云

定市聲天輔詩云黃鴛絶岀驚驚秋簾白立層臺觳
庭有劃水家鴨氣黃鸝堂觳

月傈春城遠馬穿花氣江閣移床枕水聲黃鸝堂觳
李晉卷天輔詩云黃鴛

上疉觳立白鷺沙邊捲眠飛何處落來孤島勢兩

❖『해동시화 海東詩話』, 연도 미상, 저자 미상, 필자 소장

❖『매월당집梅月堂集』,
목판본, 고려대학교 도서관 만송문고 소장

自寫眞贊
俯視李賀
優於海東
騰名謾譽
於爾孰逢
爾形至眇
爾言大侗
宜爾置之
立窾之中

音通
大㐌

陶山雜詠

改卜書堂得地於陶山南洞

風雨溪堂不庇牀卜遷孤壑éditeur編林岡更

知百歲藏修地只在平生釣渚蒙頃

向人情味淺鳥鳴如友意偏長誓福三

往來栖息樂安知人共襲芳

陶丘南畔白雲深一道蒙茅出民岑晚

日彩禽浮水法春風境草滿巖林自生

感悅幽栖地旹協蟠桓蕃境心莫化容

採菜空敢顧將編簡誦遺音

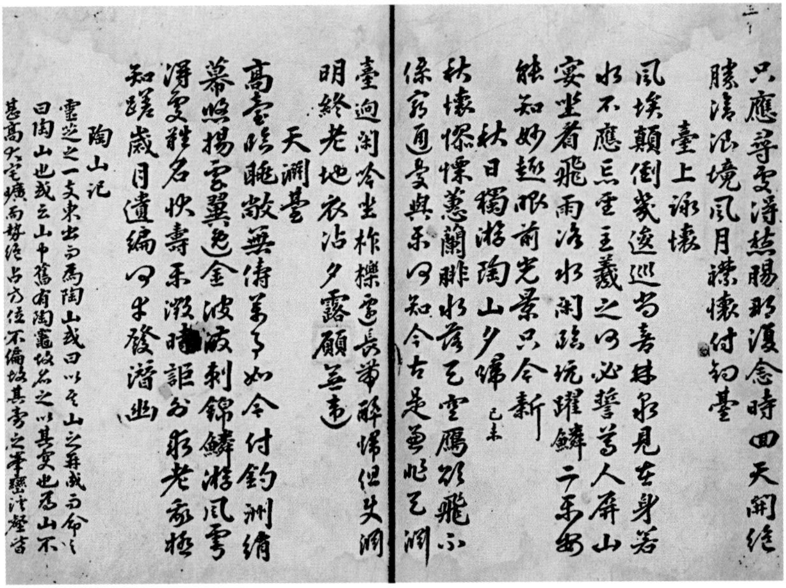

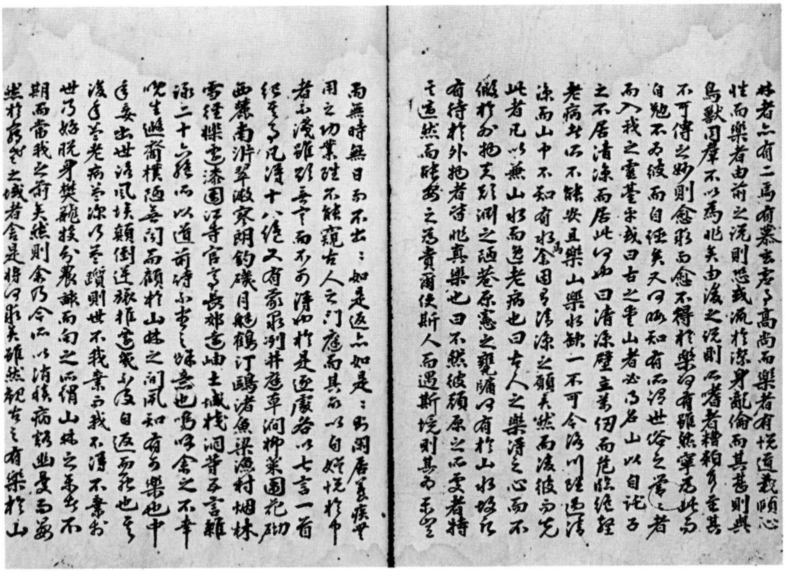

❖ 『퇴계잡영退溪雜詠』, 『도산기陶山記』, 1565년 이후, 이황李滉, 선장線裝, 계명대학교 동산도서관 소장

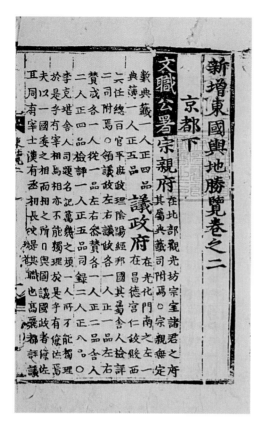

❖『신증동국여지승람新增東國輿地勝覽』권2,
　1530년, 목판본, 국립중앙도서관 소장

❖『신증동국여지승람新增東國輿地勝覽』권7, 1530년, 목판본, 청주고인쇄박물관 소장

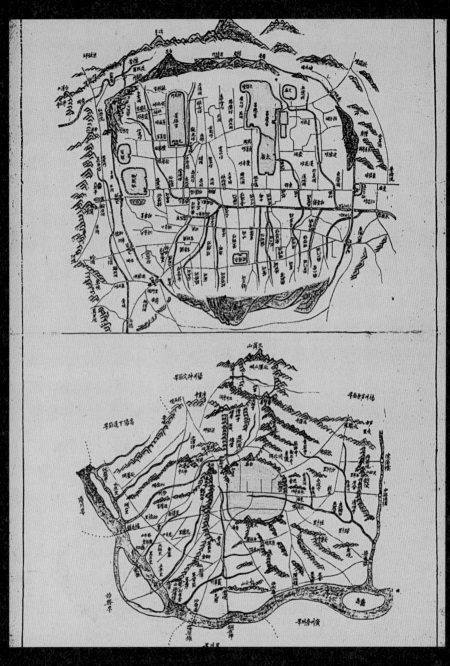

❖『대동여지도大東輿地圖』, 1861년, 필사본, 김정호金正浩, 국립중앙도서관 소장

御定奎章全韻部目

原增叶文總一萬三千三百四十五
原一萬九百六十四
增二千一百二
叶二百七十九

覃二十六○　咸二十七○　勘二十八○
鹽二十八○　琰　豏　陷
儼　陷　洽　合十五

御定奎章全韻上

平聲東　　上聲董　去聲送　入聲屋

東　公　工　董　孔　送　貢　屋　穀
崆　紅　空　懂　動　凍　瓮　穀　縠
功　崆　匈　懂　蓮　凍　控　穀　穀
銅　侗　桐　籠　漬　栱　壟　穀　轂
同　銅　童　幪　懵　虹　絅　穀　穀
蒙　憧　楝　蒙　谷

◆『어정규장전운御定奎章全韻』, 1875년 내사 목판본, 필자 소장

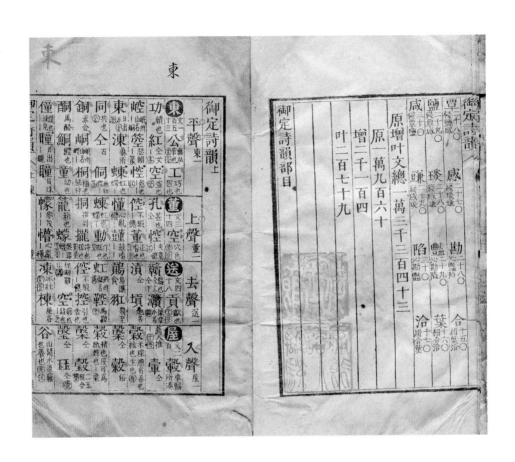

❖ 『어정시운御定詩韻』, 1846년 연경재장판, 필자 소장

영화의 한 장르에 로드 무비가 있다. 한 평범한 사람이 길을 떠나 온갖 경험을 한 끝에 새로운 인간존재로 거듭 태어난다는 것이 그 골격이다. 모험을 원하는 청년, 일상의 굴레를 벗어나려는 여인들, 편견에 사로잡혀 남과 어울리지 못하는 할머니, 그들이 모두 길을 떠난다. 길을 따라가는 청년들은 '아픈 만큼 성숙한다'는 평범한 진리를 관념이 아니라 체험을 통해서 터득한다. 델마와 루이스는 현실의 질곡을 결코 벗어날 수 없다는 절망을 맛보고, 이 현실을 초월하기 위해 절벽 저편으로 날아간다(「델마와 루이스」). 미스 데이지는 그녀가 그토록 차별하였던 검은 피부의 존재가 실은 생명을 지닌 인간이며 따스하고 진정한 친구가 될 수 있다는 사실을 발견한다(「드라이빙 미스데이지」). 젊은 의학도는 민중의 삶을 목도하고, 그 모순을 해결할 책임을 느껴 혁명가의 의식을 갖추게 된다(「모터사이클 다이어리」). 스크린 속의 그들은 우리에게 속삭인다. "길을 떠나라, 주저하지 말라, 이것이 진정한 삶이야"라고. 1시간 30분 남짓, 그 속삭임에 이끌려 우리는 멀고 먼 길을 떠나게 되는 것이다.

  하지만 로드 무비에는 정해진 시간 안에 '새로 태어남'을 보여주어야 한다는 강박관념이 숨어 있다. 현실 속에서라면 결코 그러한 '사건'이 완결된 형태로 일어나지는 않을 것이다. 그렇기에 영화를 보고 난 후 때로는 씁쓰름해지기까지 한다. 현실에서의 길 떠남은 애당초 완결성을 약속하지 않는다. 정해진 시간 내에 '거듭 태어남'을 강요하지 않으며,

어떠한 결론도 제시하지 않는다.

길을 떠나 자신의 존재를 되돌아보는 일은 동양에서도 서양에서도 예전부터 매우 의미 있는 활동으로서 중요시되어 왔다. 독일 문학에서는 교양소설(敎養小說, Bildungsroman) 양식이 발달하여 길 떠남을 통해 한 청년이 성숙해 가는 과정을 소설의 골간으로 삼았다. 현대의 토마스 만도 『선택된 인간』에서 오디세이의 여행담을 차용하였다. 또 기행문학도 일찍부터 발달하였다. 무엇보다도 괴테의 『이탈리아 여행』은 경험을 확충하고 사물을 분석하는 방법의 탁월성 때문에 기행문학의 고전으로 손꼽힌다.

동아시아 혹은 우리나라의 경우도 마찬가지다. 승려들은 방외(方外, 세속 틀의 바깥)의 여행을 통해 슬프고 고통스런 존재상황을 초월함으로써 자유를 찾았다. 김시습(金時習)이 수양대군의 찬탈과 단종의 죽음 이후에 관북·관동·호남을 질탕하게 유람하고, 48세 이후 수락산 거처를 떠나 관동으로 재차 여행길에 오른 것도 그러한 전통을 유가적 삶에 접맥시킨 것이었다.

문학예술가들도 여행을 통하여 미적 인식을 심화시켜 왔다. 일본의 하이쿠 작가 마츠오 바쇼(松尾芭蕉)는 1689년에 일본 동북지방을 여행하여 그 아름다움을 재발견하고 『오쿠노 호소미치(奧の細道)』라는 기행시문집을 남겼다. 조선 후기에는 사대부 양반들만 아니라 술주정꾼·비렁

뱅이·시골 노파들도 금강산을 유람하러 떠났다. 걸출한 예술가 강세황(姜世晃)은 그 꼴이 보기 싫다고 해서, 금강산 유람이야말로 세상에서 가장 속악한 짓이라고 냉소하였지만, 그도 결국은 70의 노구를 이끌고 금강산을 찾았다.

이 한시기행은 실험적인 로드 무비다. 바로 '길 떠남'의 연습이다. 종이 위의 여행을 통해서 자기 자신을 돌아보고 새로운 나를 찾아가는 방법을 연습하는 실습 과목이다. 역사나 인물의 전기를 지식으로 습득하는 일은 그리 중요하지 않다. 역사의 현장 속으로 들어가 역사와 삶의 의미를 진지하게 생각하는 일, 그것이 이 책을 읽는 목표이길 바란다.

조선 중기의 시인 정두경(鄭斗卿)은 우리의 국토 속에 삼신산(三神山)이 있을 만큼 우리나라 산수가 신령스럽다고 하였다. 더구나 우리 산하는 민족사의 흐름이 줄기차게 이루어진 생활공간이었다. 산하가 이루는 풍경이 민족 주체의 삶에 의하여 부단히 변화해 왔다.

선인들은 국토 산하 속에 노닐어 평소의 불평불만을 털어버리고 새로운 감흥을 얻었으며, 산하의 아름다움 자체를 형상화하였다. 그리고 산하가 지닌 '역사미(歷史美)'를 재발견하였다.

작고하신 고유섭(高裕燮) 님은 『송도의 고적』이란 책에서, 고적을 역사적으로 천명하지 못하고 역사미에 탐닉하였다고 말씀하였다. 역사는 생활의 잔해가 아니다. 창조적 신생을 위한 유일한 온상이다. 고적은 한낱 역사적 찌꺼기가 아니라 역사의 상징이자 전통의 드러남이다. 역사가라면 그러한 고적을 역사적으로 천명하여야할 것이다. 하지만 고유섭 님은 고적 자체의 아름다움에 끌렸다고 하였다. 고적 속에 역사미가 깃들어 있었기 때문이다.

사실 고적만 그런 것이 아니다. 우리의 산하도 모두 생활 속의 경관으로서, 혹은 생활이 조성한 풍경으로서 역사미를 지니고 있다. 우리의 산하는 여행자의 눈에 소외된 채로 던져져 있었던 것이 아니었다. 산하는 우리 민족의 삶을 통해 재구성되고 재창조되어 왔다.

선인들은 우리 산하의 풍경이 그렇게 다층의 의미를 품고 역동적으로 현현한다는 사실을 잘 알았다. 그렇기에 우리 산하의 풍경을 한시로 묘사하고, 그 속에서 일어났던 역사와 그 속에서 이루어지고 있는 생활의 의미를 반추하여 왔다. 선인들이 산하의 곳곳에 남긴 한시들을 읽으면서 우리는 놀랍고·슬프고·기쁘고·아쉬운 감정들을 경험하게 된다. 그리하여 우리 산하가 지닌 다층의 의미를 스스로 재발견하게 될 것이다.


2005년 7월
안암동 연구실에서
심경호

# 차 례

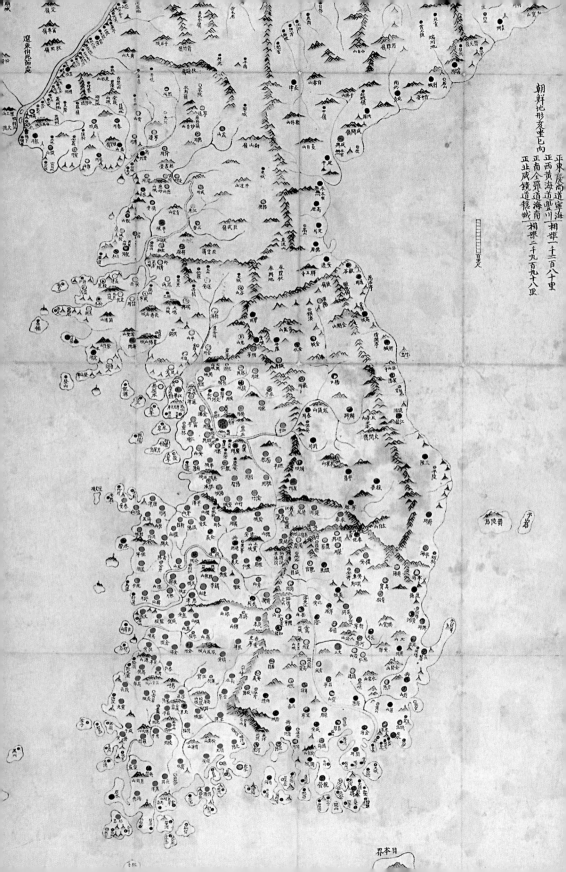

# 조선 팔도와 한시

조선 초기 1413년(태종 13)에 전국을 경기·충청·전라·경상·강원·황해·평안·함경도의 8도로 나누었다. 훗날 1896년(고종 33)에 13도로 개편하였다. 조선 팔도는 역로(驛路)와 수로(水路)로 연결되었다. 조선시대에는 특히 역이 발달하였다. 『세종실록』 지리지에는 480여 개, 『경국대전』 이전(吏典) 외관직(外官職)에는 540여 개로 나타난다. 중부 이남은 대부분 고려의 소재지를 답습하였고 국경선을 따라 서울—의주, 서울—경흥의 간선과 강계 방면, 삼수 방면의 지선을 정비하였다.

신경준의 『도로고(道路考)』에 따르면 조선 팔도는 6대로로 연결되었다. 의주(義州) 제1로(서울—창성昌城), 경흥(慶興) 제2로(서울—삼수三水), 평해(平海) 제3로(서울—정선旌善), 동래(東萊) 제4로(서울—기장機張), 제주(濟州) 제5로(서울—남해—제주), 강화(江華) 제6로(서울—교동喬桐)의 여섯이다.

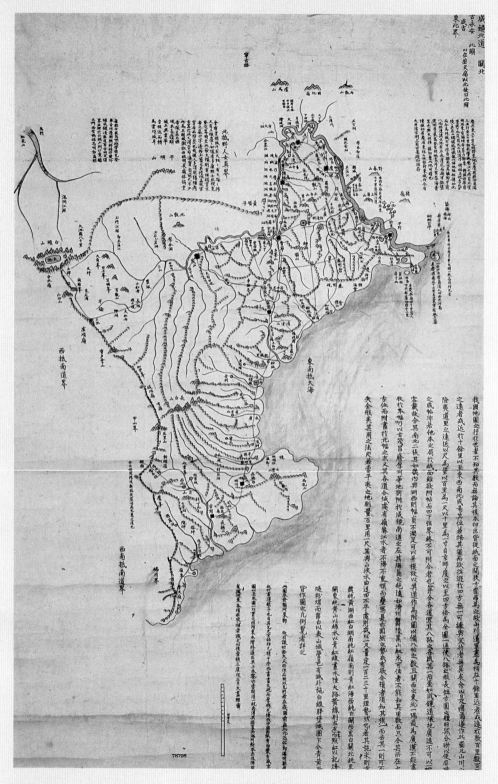

◉ **팔도지도**八道地圖(함경북도咸鏡北道), 1790년, 서울대학교 규장각 소장

# 一. 성난 바다와 험준한 마천령, 함경도

함경도 민요로 「신고산타령」이 있다. 신고산은 서울과 원산을 잇는 경원선의 한 기차역이니, 선로가 개통된 1900년대부터 함경도는 급속하게 변모하였다. 또 함경도 노래 「애원성(哀怨聲)」은 강원도 민요와 가락이 비슷하되, 그보다 애절하면서 거세다. 함경도의 거친 풍토를 반영하는 듯하다.

함경도는 관북(關北)이라고 불렀다. 철령관 북쪽 땅이라는 뜻이다. 8도 중 가장 넓으며, 험준한 산악과 무성한 삼림·추운 기후·여진족의 내습·부족한 농토 때문에 인구가 정착하기 어려웠다. 18세기에 들어와 회령과 경원을 중심으로 만주지역과의 무역이 활발하게 되고, 금·은 광산이 개발되면서 비로소 국가 경제에서 차지하는 위치가 높아졌다. 1895년(고종 32) 23부제 시행으로 함흥부·갑산부·경성부가 설치되었고, 1896년 13도제 실시 때, 남도와 북도로 나뉘었다.

구한말에 함경북도에는 11개 군, 함경남도에는 14개 군이 있었다.

함경북도 : 경성·길주·회령·종성·경흥·경원·온성·부령·명천·무
산·성진
함경남도 : 덕원·함흥·단천·영흥·북청·안변·정평·삼수·갑산·장
진·이원·문천·고원·홍원

함경도 북쪽 변경지역을 북관(北關) 혹은 북새(北塞)라고 하였다. 고
려 때, 윤관이 이민족을 정벌하여 이 지역을 경략하였고, 조선 세종 때
는 김종서와 이징옥이 육진을 개척하였다. 육진은 종성·온성·회령·경
원·경흥·부령의 여섯 진이다. 북한에서는 그것을 새별군·온성군·회
령군·온덕군·선봉군으로 구획하였고, 선봉군과 나진시를 합쳐 '나진
선봉시'를 두었다.

회령에서는 임진왜란 때, 국경인(鞠景仁)이란 자가 임해군과 순화군
두 왕자를 왜군의 가토 기요마사(加藤淸正)에게 넘기고 항복한 일이 있
다. 이때 병마평사 정문부(鄭文孚)가 의병을 일으켜 임명(臨溟)에서 반란
자를 토벌하고 왜적을 크게 이겨 관북지방을 수복하였다. 그러나 1624
년(인조 2)에 역적으로 몰려 처형되었다가 나중에야 신원되었다. 1707년
(숙종 33) 최창대(崔昌大)가 전승비문을 지었다. 그 비를 '임명전승비'라고
도 하고, '북관대첩비'라고도 한다. 이 전승비는 1905년 일본군에 약탈
되어 야스쿠니(靖國) 신사에 방치되어 있다가 2005년에 반환되어 왔다.

국가권력이 미치지 못하던 그 땅을 정문부가 평정한 일은 우리 강토
의 경계를 분명히 하여 중국이 우리나라를 잠식하지 못하게 한 공로가

있다. 그래서 정조 때 개명관료 홍양호(洪良浩, 1724~1802)는 「임명대첩가(臨溟大捷歌)」에서 정문부의 공적을 이렇게 평하였다.

석 일 김 윤 척 강 토　국 위 병 력 시 빙 의
昔日金尹拓疆土, 國威兵力是憑倚.

공 조 판 탕 분 공 권　흘 약 광 란 장 일 지
公遭板蕩奮空拳, 屹若狂瀾障一砥.

불 연 불 유 두 강 이 내 비 오 유　천 식 상 국 종 차 시
不然不惟豆江以內非吾有, 荐食上國從此始.


김종서와 윤관의 강토 개척은
나라에 위엄 있고 군대가 강해서였지만,
공은 나라가 위급할 때 빈주먹 휘둘러
미친 물결 버티고 선 지주산 같았지.
그렇지 않았다면 두만강 안쪽을 잃어버렸을 뿐 아니라
중국에게 땅을 거듭 잠식당하였으리.


정문부가 국경인을 치는 장면은 『창의토왜도(倡義討倭圖)』(고려대학교 박물관 소장)에 그려져 있다. 관이전에 귀를 꿰어 군중 사이에 한 바퀴 돌린 다음 효수하였을 것이다.

홍양호는 세손 시절의 정조를 보필한 공이 있었으나, 정조의 등극 직후 홍국영이 실권을 잡자 그와의 알력으로 경흥부사로 쫓겨났다. 평소 신경준(申景濬)과 교유하면서 북방 강역에 깊은 관심을 지녀왔던 그는 『북새기략(北塞記略)』을 저술하여, 윤관이 두만강 북쪽 700리에 선춘령

비를 세웠던 일을 환기시키고 북관 경략의 방안을 논하였다.

조선 조정은 1712년(숙종 38) 5월에 청과 국경에 관한 협정을 맺으면서 오라총관 목극등(穆克登)의 책략에 속아 백두산 남동 방향 4킬로미터 해발 2200미터 지점에 정계비를 세우고 경계선을 애매하게 기록하여 영토 분쟁의 소지를 남겼다. 그 정계비도 1931년 만주사변을 일으킨 일제가 철거하고 말았다.

홍양호는 잃어버린 땅을 찾으려는 노력이야말로 '남아사업'이라고 하였다. 그래서 『북새잡요(北塞雜謠)』에서 김종서의 시조를 이렇게 번역하였다.

괘 검 백 두 산 석　　음 마 흑 룡 강 수
掛劍白頭山石, 飮馬黑龍江水.

동 가 부 유 막 소 아　　남 아 사 업 당 여 차
東家腐儒莫笑我, 男兒事業當如此.

타 일 인 각 도 형 후　　각 건 기 우 거 방 이
他日麟閣圖形後, 角巾騎牛去訪爾.


백두산 바위에 칼을 걸고

흑룡강 물을 말에게 먹이리.

동쪽 집의 썩은 유학자야 나를 비웃지 마라

남아 사업은 응당 이 같아야 하리니,

공 세워 기린각에 초상이 걸린 뒤

각건 차림으로 소 타고 너를 찾아가리라.

김종서 시조의 한 구절인 "장백산에 기를 꽂고 두만강에 말을 씻겨"를 번역하면서 장백산을 백두산으로, 두만강을 흑룡강으로 바꾸었다. 백두산 정계비에 '동쪽은 토문, 서쪽은 압록' 이라 하였는데, 청나라 측은 두만강이 토문강이라고 우겼다. 하지만 홍양호는 두만강 상류의 흑룡강이 토문강이라고 주장하였다.

조선과 청의 국경을 나타내었던 인공 울타리 흔적이 백두산 장군봉에서 남쪽으로 향하다 꺾어져, 토문강의 마른 하천을 끼면서 동쪽으로 800미터가량 이어져 있다고 한다. 『경향신문』 간도특별기획취재팀이 1미터급 위성영상(2004년 6월 12일 촬영)을 입수, 고지도 등을 참고해서 발견한 것이다. 현재 연변조선족자치주에 속하는 간도지역이 한국 땅이란 사실도 입증되기를 바란다.

홍양호는 북관의 풍토를 『북새잡요(北塞雜謠)』와 『삭방풍요(朔方風謠)』에서 세밀하게 묘사하였다.

길주에서 생산되는 길포, 육진에서 생산되는 육진세포는 명품이었다. 육진세포는 바리나 대통 안에 들어갈 정도만 있어도 베 한필을 짤 정도로 섬세하여 '바리내포'라 불렀다. 「예마(藝麻)」 시에 나온다.

삼 월 예 마 칠 월 확　오 일 소 사 십 일 탁
三月藝麻七月穫, 五日繅絲十日濯.

직 수 농 저 작 세 포　박 여 선 익 소 영 악
織手弄杼作細布, 薄如蟬翼小盈握.

가 석 진 여 남 상 충 관 채　신 착 추 군 불 엄 각
可惜盡與南商充官債, 身着麤裙不掩脚.

삼월에 삼 심고 칠월에 수확하여

닷새 동안 실을 켜서 열흘을 씻는다.

고운 손으로 북을 놀려 세포를 짜니

얇기는 매미날개, 작기는 한 움큼.

남쪽 상인에게 주고 관가 빚에 충당하다니

몸에 걸친 베 치마는 정강이도 못 가리는데.


회령에는 청과의 국경무역인 개시(開市)가 음력 12월마다 열렸다. 그런데 그 무역은 불평등하였다. 큰 소 너덧 두를 말 한 필과 바꾼다든가, 소를 가져가 면포 서너 필과 바꾸기도 하였다. 그래서 홍양호는 이런 애절한 시를 지었다.


牛兮善飼豆, 來月將汝淸市赴.
<small>우 혜 선 사 두　내 월 장 여 청 시 부</small>

持與千斤大牛, 換來數匹短布.
<small>지 여 천 근 대 우　환 래 수 필 단 포</small>

非不知牛可惜, 布無用弱國之故.
<small>비 부 지 우 가 석　포 무 용 약 국 지 고</small>


소야, 콩을 잘 먹인다만

내달이면 너를 끌고 개시에 가야 한단다.

천근 되는 큰 소를 가져다주고

바꾸어 오는 것은 짧은 베 서너 필.

모르진 않는다 소가 아까운 줄을

베가 쓸모없어도 약소국이기 때문.


　　홍양호는 경흥의 지리와 풍물을 소재로「공주요(孔州謠)」삼첩(三疊)
을 지었다. 공주는 경흥의 옛 이름이고, 삼첩은 3장이란 뜻이다. 첫 수만
든다. 이국적이기까지 한 북관민의 생활을 약동적으로 묘사하였다.


　　공 주 성 하 처 시　　성 중 인 음 두 강 수
　　孔州城何處是, 城中人飮豆江水.

　　동 한 지 진 슬 해 두　　남 거 한 양 삼 천 리
　　東韓地盡瑟海頭, 南去漢陽三千里.

　　연 화 근 접 여 진 촌　　풍 속 유 전 숙 신 씨
　　烟火近接女眞村, 風俗猶傳肅愼氏.

　　해 어 혜 무 린　　산 맥 혜 유 이
　　海魚兮無鱗, 山麥兮有耳.

　　의 고 다 천 적 구 피　　문 서 진 용 황 마 지
　　衣袴多穿赤狗皮, 文書盡用黃麻紙.

　　방 언 궤 이 후 성 급　　입 이 점 관 방 묵 췌
　　方言詭異喉聲急, 入耳漸慣方默揣.

　　호 우 환 마 약 장 소　　초 문 인 개 당 연 시
　　呼牛喚馬若長嘯, 初聞人皆瞠然視.

　　발 고 거 행 알 알　　설 상 재 시 족 무 리
　　跋高車行軋軋, 雪上載柴足無履.

　　매 년 납 월 장 우 태 염 거　　매 래 청 마 경 원 시
　　每年臘月將牛駄鹽去, 買來淸馬慶源市.

　　녹 둔 도 변 호 치 마　　좌 대 검 혜 우 협 시
　　鹿屯島邊好馳馬, 左帶劍兮右挾矢.

馳馬兮較射, 來月行營選騎士.

공주성이 어디냐
성안 사람들이 두만강 물 마시는 곳.
동한 땅 끝 슬해(瑟海)의 머리
남으로 서울과 삼천 리.
민가가 여진촌과 접하여
숙신씨 풍속이 여전히 남았구나.
바닷고기는 비늘이 없고
산 보리는 귀가 달렸군(이맥이다).
웃옷과 바지는 붉은 개가죽 옷
문서는 모두 황마지.
사투리 별나서 목구멍소리 급한데
듣다보니 조금은 알아듣겠네.
마소를 부르려 휘파람 휙휙 불어
처음 듣고선 너무 놀랐지.
발구는 삐걱삐걱
눈 길에 장작 싣고 맨발로 끄는구나.
섣달이면 소에다 소금 잔뜩 싣고 가선
경원개시에서 청나라 말을 사오네.
녹둔도 근처는 말달리기 좋은 곳
왼쪽에 칼 차고 오른쪽에 화살 끼고선

말을 달려 활쏘기 겨루네

내달 행영(行營)에서 기사(騎士)를 뽑는다지.


슬해는 두만강이 바다로 들어가는 곳이다. 녹둔도 근처에서는 젊은
이들이 말을 달리며 활을 쏘는 연습을 하였다. 종성의 행영에서 기사 선
발 시험이 있을 것에 대비한 것이다.

녹둔도는 1586년(선조 19)에 둔전을 설치한 우리 영토다. 이순신 장군
이 개간하였다. 여의도의 네 배가량 된다. 그런데 1860년 북경조약 때,
러시아가 점유하였다. 그간 연해주와의 사이에 토사가 쌓여 러시아 쪽
육지로 붙어버렸기 때문이다. 1884년에 반환받으려 하였으나 흐지부지
되고 말았다.

종성(鐘城)은 '수주(愁州)'라는 별명이 있다. 근심 많은 고을이란 뜻이
다. 박제가(朴齊家, 1750~1805)가 순조 원년에 윤가기·윤행임의 옥사에
연좌되어 유배가 있으면서 그 지방 풍속을 「수주객사(愁州客詞)」 79수로
담아내었다. 종성의 지리와 풍광은 이렇다.


경 원 서 북 망     일 청 산 시 유
慶源西北望, 日晴山市遊.

야 기 역 영 활     영 롱 여 신 루
埜氣亦靈活, 玲瓏如蜃樓.


경원이 서북으로 보이고

날 개자 산 아지랑이 은은하다.

들 기운도 영활하여

신기루처럼 영롱하고.

종성지방에서는 방의 네 벽을 도배하지 않고, 처마는 짧으며 시렁을
걸지 않았다. 보통 네 칸인데, 부뚜막이 바로 마구간과 이어졌다.

<ruby>爲<rt>위</rt></ruby> <ruby>屋<rt>옥</rt></ruby> <ruby>必<rt>필</rt></ruby> <ruby>四<rt>사</rt></ruby> <ruby>榮<rt>영</rt></ruby>, <ruby>屋<rt>옥</rt></ruby> <ruby>中<rt>중</rt></ruby> <ruby>竈<rt>조</rt></ruby> <ruby>對<rt>대</rt></ruby> <ruby>廏<rt>구</rt></ruby>.
爲屋必四榮, 屋中竈對廏.

<ruby>愛<rt>애</rt></ruby> <ruby>從<rt>종</rt></ruby> <ruby>竈<rt>조</rt></ruby> <ruby>上<rt>상</rt></ruby> <ruby>眠<rt>면</rt></ruby>, <ruby>不<rt>불</rt></ruby> <ruby>厭<rt>염</rt></ruby> <ruby>廏<rt>구</rt></ruby> <ruby>中<rt>중</rt></ruby> <ruby>臭<rt>취</rt></ruby>.
愛從竈上眠, 不厭廏中臭.

집은 들린 처마가 넷에
부뚜막이 마구간을 마주한다.
부뚜막에서 잠자길 좋아해
마구간 냄새를 마다않는군.

종성에서는 동전이 통용되지 않아 말과 베를 현물로 공납하였다.
400필의 말과 1,000필 베를 배에 실어 조창에 전하는 광경은 장관이었
다. 그런데 종성의 토관(土官)들은 관령(官令)을 빙자해서 초피(貂皮, 담비
가죽, 돈피)를 싸게 사들였다. 서울 사대부 집에 비싼 값으로 팔아넘겨 부
를 쌓거나 뇌물로 주어 발신하였다. 토관은 평안도·함경도의 부·목·도
호부에 그 도의 출신을 따로 임명하는 벼슬이었다. 동반(東班, 문관)과 서
반(무관) 모두 정5품까지만 있었다.

고 습 하 편 편　관 령 무 산 거
袴褶何翩翩, 官令茂山去.

염 가 득 초 피　지 이 발 신 처
廉價得貂皮, 知爾發身處.

바짓가랑이 너풀너풀

관령 띠고 무산으로 간다나.

헐값으로 초피 얻으니

그대 출세 길을 알 것 같으이.

북방민들은 초피를 잡으려고 삼수갑산이나 백두산에 들어가 죽을 고비를 겪었다. 담비 꼬리 하나에 베 30척씩 받고 팔았는데, 남쪽 상인들은 그것을 서울에 비싼 값으로 넘겼다. 정조 때, 정범조(丁範祖)는 「포초탄(捕貂歎)」을 지어 북방민의 고초를 애처로워 하였다.

북관 산하에 대하여 남다른 애정을 지녔던 홍양호는 그 기굴하고도 웅장한 형상을 시로 잘 묘사하였다. 『삭방풍요』 가운데 「슬해의 울음(瑟海鳴)」은 북관의 거친 풍토와 북관 사람들의 불평한 삶을 성난 바다의 울음으로 상징하였다.

슬 해 명　성 굉 굉
瑟海鳴, 聲訇轟.

천 산 진　백 수 경
千山振, 百獸驚.

問何鳴, 誰不平.
<small>문 하 명　수 불 평</small>

地軸翻, 天醉醒.
<small>지 축 번　천 취 성</small>

三夜鳴, 四海淸.
<small>삼 야 명　사 해 청</small>


슬해가 운다

콰르릉 우르렁.

일천 산들이 진동하고

온갖 짐승이 놀란다.

왜 우느냐 바다야

누구에게 불평 있느냐.

지축이 뒤집어지고

취한 하늘이 깰 정도.

사흘 밤을 울고 나니

사해가 맑아졌다.


　　성난 바다가 울어 지축을 뒤흔들고 취한 하늘을 깨운다고 하였다. 사
흘 밤을 울고 나니 천하가 맑아졌다고도 하였다. 북관에까지 골고루 정
치가 잘 이루어지도록 조정대신을 각성시키고 싶다는 의도가 그 말 속
에 담겨 있다.

　　영조 때, 정범조(丁範祖, 1723~1801)는 갑산으로 귀양 가서 「북요잡곡
(北謠雜曲)」 전 17수, 후 11수를 지었다. 「북요잡곡」 제17수에서는 백두

산 산삼을 노래하였다. 산삼은 불로장생약이지만, 그것을 캐려고 국경을 넘어갔다 잡히면 처형되므로 조심해야 하였다.

長白靈蔘一種春, 玉脂瓊液毓氤氳.

縱然說是長生藥, 纔涉胡山便死人.

장백산 산삼은 회춘약

옥구슬 진액이 기운을 길러주지.

설사 이것이 불로장생약이라 해도

오랑캐 땅 넘게 되면 목숨을 잃고 말지.


중인 출신 시인 조수삼(趙秀三, 1762~1849)은 1822년(순조 22) 3월부터 초겨울 10월까지 관북을 여행하고, 이듬해 평안도 신안(新安, 정주)에 있으면서 관북 여행의 견문을 「북행백절(北行百絶)」로 적었다. 당나라 시인 전기(錢起)가 여행지에서 보고 들은 바와 느낀 바를 절구 100수로 지은 것을 본받되, 기쁘고 슬프고 놀랍고 우스운 일, 욕하고 통곡하고 눈물겹고 탄식할 만한 사실들을 소재로 삼았다.

관북으로 향하는 길에서 조수삼이 목도한 농촌은 몹시 궁핍하였다. 보리는 누렇게 시들었고, 밀은 새파란 채 말라 있었다. 농민들은 하얀 보리를 찧어서 내고 덜 익은 푸른 보리로 저녁밥을 삼았다. 그것을 살청(殺青)이라 하였다.

마랑도(馬廊島)는 신역으로 목축하는 사람들이 살던 섬이다. 여기서의 사정도 몹시 나빴다. 추운 겨울에 말이 얼어 죽으면 목자(牧子)가 변상하여야 하니 밭을 팔고 자식을 남의 종으로 팔아야 할 형편이었다.

한 도 불 의 목　　삼 동 마 다 사
寒島不宜牧, 三冬馬多死,

춘 래 환 고 실　　매 전 겸 육 자
春來還故失, 賣田兼鬻子.


추운 섬이라 말 기르기 맞지 않아
삼동에 말들이 많이 죽는다.
봄 오면 죽은 말값 변상하러
밭 팔고 자식 판단다.


회령의 아전들은 환곡 상환미를 가을에 받지 않고 일부러 다음 해 여름에 거두면서 이자를 3할이나 5할씩 받는 짓을 하였다. 그것을 삼윤(三閏)이니 오윤(五閏)이니 하였다. 윤달 윤(閏)은 곧 이윤 윤(潤)의 본래 글자다.

여 분 소 무 차　　사 시 방 유 신
餘分少無差, 四時方有信.

내 하 조 부 중　　일 세 삼 오 윤
奈何糶簿中, 一歲三五閏.


여분이 조금도 오차 없어야
사계절을 믿을 수 있거늘,

36

어째서 환곡 장부에는

한 해에 윤(閏, 潤)달이 세 번, 다섯 번 있나.

함경도의 남부와 북부를 이어주는 험준한 고갯길이 마천령(磨天嶺, 摩天嶺)이다. 마천령을 넘어 명천을 거쳐 북쪽으로 향하면 귀문관(鬼門關)이 있다. 사방 벽이 모두 검고, 바위에는 벌집 같은 구멍이 나 있으며, 하도 음산해서 이승 같지가 않았다. 옛날에는 마천령에서 귀문관을 거치면 인간세계를 벗어나는 느낌이 들었던 듯하다. 마천령은 해발 873미터로 겨울이면 눈이 늘 덮혀 있었다. 저 아래에 바다가 보였다. 옛 이름은 이판령(伊板嶺)이다. 여진 말로 소(牛)를 '이판'이라 한다. 어떤 사람이 산 밑에서 송아지를 팔았는데, 어미 소가 새끼를 찾아 고갯길을 넘어온 이후 길이 트였다는 전설이 있다.

정두경(鄭斗卿, 1597~1673)이 마천령에서 지은 시는 서까래 같은 붓으로 휘두른 듯하다. 33세 되던 해(1629, 인조 7) 정두경은 과거에 급제하였으나, 을사사화의 중심인물이던 정순붕의 후손이란 이유로 부수찬 직에 임명되지 못했다. 그 후 그는 북도평마사로 떠났는데, 그때 저 유명한 「마천령에 올라(登磨天嶺)」라는 절구를 지었다.

구 마 마 천 령　충 봉 상 입 운
驅馬磨天嶺, 層峰上入雲.

전 림 유 대 택　개 내 북 해 운
前臨有大澤, 蓋乃北海云.

말을 몰아 마천령에 오르니

층층 봉우리가 구름 속에 들어 있다.
저 아래 펼쳐 있는 광대한 못을
대개 북해라 하는군.


뒤의 두 구절은 『사기』 「대완전(大宛傳)」에서 "굽어 보매 광대한 못이
끝 없이 펼쳐 있다. 대개 이것을 북해라고 한다"라고 한 말에서 따온 것
이다. 마천령의 광활한 지세를 묘사하기에 꼭 들어맞는 표현이다.

홍양호는 마천령의 신령한 기운을 다음과 같이 노래하였다.

군 불 견 백 두 지 산 분 등 이 천 리　동 도 창 명 불 능 전
君不見白頭之山奔騰二千里, 東到滄溟不能前.

불 률 비 희 울 미 설　탁 락 분 신 상 여 두 미 련
崒硉贔屭鬱未洩, 卓犖奔迅上與斗尾連.

함 관 위 아 혜 철 령 위 손　장 아 북 문 장 위 권
咸關爲兒兮鐵嶺爲孫, 壯我北門張威權.

영 기 산 위 물 지 영　옥 출 강 혜 주 출 연
靈氣散爲物之英, 玉出岡兮珠出淵.


그대는 아는가 백두산이 이천 리를 내달려
푸른 동해에 다다라 더 나가지 못하고선,
울근불근 얽혀 샐 틈이 없자
우뚝 튀어올라 북두성에 이어진 것을.
함관은 자식, 철령은 손자
우리나라 북문을 굳게 하여 권세를 펼쳤도다.

신령한 기운 흩어져 만물의 정영(精英)이 되니

묏부리에 옥이 나고 연못에선 구슬 나네.


성진(城津)은 함경북도로 들어가는 곳에 위치한 해변 마을이었다. 조선시대에는 망해루라는 누정이 있던 경승지였다. 구한말에 항구가 열렸고, 북한에서는 제강소를 세웠다. 근세의 언론인 천리구(千里駒, 본명 金東成 1890~1969)의 기행문에 성진은 다음과 같이 나온다.


남북 13도 중에 가장 큰 함경남도를 횡단하였다. 성진부터는 함경북도에 입(入)하였다. 육로 관통은 이번이 초행이므로 견문하는 바 모두 반가웠다. 항구라면 누구나 물화폭주(物貨輻湊)하고 기적성이 그치지 않는 곳을 연상한다. 그러나 성진항은 한적한 어촌이라야 가하다. 해안 백사장에 비스듬히 누워 태양 목욕, 아니 복잡한 도회 생활하던 정신상 진구(塵垢)를 동해에 세탁하고 있었다. 안전에 전개한 일폭 풍경화는 이태리 네풀스 항구를 그대로 모사한 것 같다. 조선에는 또없이 풍경이 가절한 항구이다. 금수강산이 시(時)와 인(人)을 만나지 못하여 그 가치를 발휘치 못하는가 싶다. 고소성(姑蘇城) 한산사(寒山寺)도 일찍이 유력한 바이나 우리 반도와 비하면 천양(天壤)의 차이가 있다. 성진항은 광무(光武) 3년에 마산·군산과 동일히 개항이 되었으나 아직도 부두가 없다. 물화 출입이 한산한 것은 가히 추지(推知)할 것이다(「평양에서 회령까지」, 『조선일보』 1927. 6. 8~17).


정두경은 성진에서 여러 시를 지었다. 「성진」 8수 가운데 바다를 묘사한

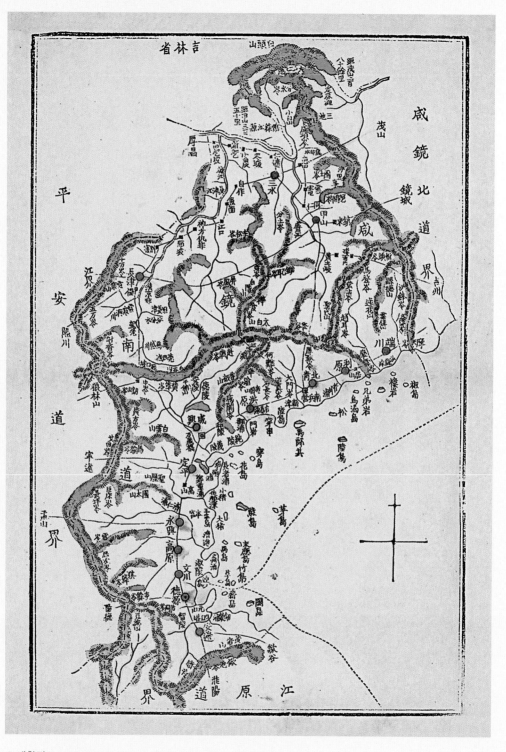

● 대한전도大韓全圖(함경남도咸鏡南道), 1899년, 영남대학교 박물관 소장

다음 부분이 특히 역동적이다. 율시의 전반부다.

<ruby>望<rt>망</rt></ruby><ruby>海<rt>해</rt></ruby><ruby>樓<rt>루</rt></ruby><ruby>前<rt>전</rt></ruby><ruby>海<rt>해</rt></ruby><ruby>色<rt>색</rt></ruby><ruby>平<rt>평</rt></ruby>,　<ruby>斬<rt>참</rt></ruby><ruby>鯨<rt>경</rt></ruby><ruby>臺<rt>대</rt></ruby><ruby>下<rt>하</rt></ruby><ruby>跋<rt>발</rt></ruby><ruby>長<rt>장</rt></ruby><ruby>鯨<rt>경</rt></ruby>.

望海樓前海色平, 斬鯨臺下跋長鯨.

狂濤欲拔三山去, 怒蹴常愁北斗傾.

망해루 앞은 바다색이 평평한데
참경대 아래로는 큰 고래가 굼실굼실.
미친 파도는 삼신산을 뽑을 듯하고
분노한 발길질은 북두성을 기울일 듯.


지명을 이용한것도 교묘하지만, 큰 경치를 간결한 시어로 묘사하여 필력이 대단하다. 천둥이 치는 듯해서 두려울 정도다.


함경도 하면 성난 바다와 거친 땅을 연상하게 된다. 하지만 이곳에서는 진작에 우리 민족의 문명이 개화하였다. 남북국시대에는 발해의 남경이 있었다. 북한에서는 북청군 북청토성·회령군 인계리 토성·김책시 성상리 토성 같은 평지성과 함북 어랑군 지방리 토성 따위의 산성, 그밖에 강어귀에 쌓아놓은 보루, 적을 차단하기 위한 하단성 등을 발굴하였다.

북청토성은 청해토성으로도 알려져 있다. 북청에서 남동쪽으로 18킬로미터 떨어진 남대천 왼쪽의 넓은 벌판에 자리 잡고 있으며, 평면이 정사각형에 가깝고 둘레는 1,670미터라고 한다. 발해 5경 가운데 남경 남해부가 있던 자리로 추정된다. 북한은 이 성을 '지정고적 173호'로 보호하고 있다.

북청토성에서는 발해 이전의 유적과 유물도 발견되어 왔다. 조선 후기 학자들은 이 토성을 숙신(肅愼)토성이라 보았다.

정조 때, 유득공(柳得恭)은 그곳에서 나온 청석(靑石) 돌도끼 하나를 갈아서 벼루로 만든 뒤, 「숙신노가(肅愼弩歌)」를 지었다. 김정희(金正喜, 1786~1856)도 북청 출토의 돌촉과 돌도끼를 얻은 뒤 「석노(石弩)」라는 시를 적어, 후반부에서 이렇게 논했다.

차 부 차 촉 단 위 숙 신 물　　갱 상 동 이 능 대 궁
此斧此鏃斷爲肅愼物，　更想東夷能大弓．

토 성 구 적 수 미 정　　득 차 고 정 유 강 통
土城舊蹟殊未定，　得此孤訂猶强通．

석 불 자 언 우 불 애　　야 뢰 산 색 공 몽 몽
石不自言又不欬，　耶賴山色空濛濛．

장 조 질 서 역 불 착　　장 평 전 두 고 혈 홍
長爪疾書亦不錯，　長平箭頭古血紅．

승 사 조 천 기 린 석　　강 광 여 련 와 주 몽
勝似朝天麒麟石，　江光如練訑朱蒙．


이 돌도끼와 돌촉이 단연코 숙신 것이라면
동이가 대궁에 능하였으리라 더욱 상상되는군.
토성이 어느 때 것인지는 단정하기 어렵지만
이 한 가지 증거면 억지로 통해 볼 수는 있지.
돌은 말이 없어서 그렇다 안 그렇다 않고

야뢰산 산빛만 부질없이 부영구나.
도끼 끝에 무어라 쓴 글씨 보기 괜찮고
긴 화살촉 끝은 홍혈색을 띠고 있다.
그래도 낮지, 조천했다는 기린석보다는
강물 빛이 비단 같아 주몽과 연관짓다니.

김정희는 평양의 조천석을 고주몽에 연관시키는 전설은 구체적 증거
가 없으므로 신뢰할 수 없다고 하였다. 반면에 북청토성에서는 돌촉이
나왔다. 하나만의 증거를 가지고 억지로 해석하는 일은 조심해야 하지
만 그래도 돌촉이 나왔으니 그 지역을 숙신의 옛터라 추정해도 좋다고
보았다.

영흥은 이성계의 출생지다. 한나라 유방이 패(沛) 땅에서 출생한 것
에 견주어, 영흥을 패현이라고도 부른다. 이성계는 반란을 일으킨 독로
강만호(禿魯江萬戶) 박의(朴儀)를 토벌하고, 홍건적이 개경을 함락하자
수도 탈환전에서 전공을 세웠다. 또 원나라 나하추(納哈出)가 함경도 홍
원(洪原)으로 침입하자 함흥평야에서 이를 격파하였다. 연경(燕京)에 있
던 최유(崔濡)가 1만 명의 군대로 침입하여 공민왕을 폐하려 하였을 때
는 최영(崔瑩)과 함께 그들을 달천강에서 대파하였다. 그리고 여진족의
삼선(三善)·삼개(三介)가 함경도 화주(和州)에 침입한 것을 격퇴하고, 개
경으로 침입한 왜구를 격퇴하였다. 그뿐인가, 여진족 출신의 이지란(李
之蘭, 퉁투란)과 함께 함경도에 침입한 호바투(胡拔都)의 군대를 길주(吉
州)에서 대파하였으며, 함주에 침입한 왜구를 함관령에서 격파하였다.

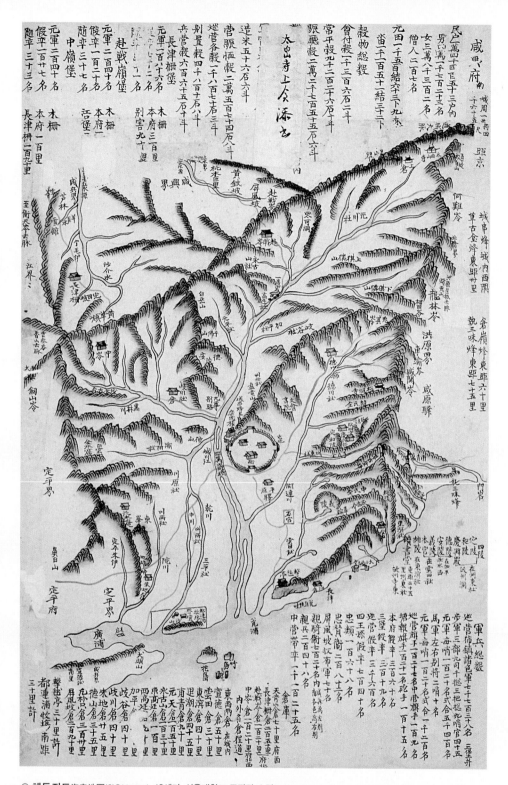

● 해동지도海東地圖(함흥부咸興府), 18세기, 서울대학교 규장각 소장

이러한 전공을 보면 과연 이성계는 민족 영웅으로 추앙받을 만하다. 그렇기에 조선시대 많은 시인들이 그의 일화를 찬양하였다.

고종 때, 함흥민란을 수습하는 안핵사(按覈使)로 왔던 이건창(李建昌, 1852~1898)은 「삼가 선왕의 업적을 기록하다(恭紀聖蹟)」라는 시에서 이성계의 치적을 이렇게 예찬했다.

금 회 철 전 기 변 황　　롱 필 난 여 반 고 향
金盔鐵箭起邊荒, 鳳蹕鑾輿返故鄕.

천 하 영 웅 수 득 사　　패 중 자 제 최 난 망
天下英雄誰得似, 沛中子弟最難忘.

금 투구 쇠 화살로 변방 황무지에서 일어나
봉황 모양 난새 방울 수레 타고 고향으로 돌아갔네.
천하 영웅 가운데 누구에게 견주랴
패 땅 자제(유방) 일을 가장 잊기 어렵다네.

함경도 여러 곳에서는 일찍부터 광산이 개발되었다. 단천과 영흥에는 은광이 있었다. 조선 말에는 노천광이 폐광으로 되어 음산하기까지 했다.

이건창(李建昌)은 함흥민란을 수습하고 돌아가는 길에 영흥 금파촌 폐광지역을 보고 「금파(金坡)」라는 시를 남겼다. 그 일부를 보면 이러하다.

即此金坡村, 開礦已十春.
즉 차 금 파 촌    개 광 이 십 춘

金盡坡亦平, 所得有沙塵.
금 진 파 역 평    소 득 유 사 진

何以樹無花, 其半摧爲薪.
하 이 수 무 화    기 반 최 위 신

何以井無汲, 汲多泉遂堙.
하 이 정 무 급    급 다 천 수 인

況聞山谷間, 骨骼委荊榛.
황 문 산 곡 간    골 격 위 형 진

蓬顆失所庇, 雨立愁靑燐.
봉 과 실 소 비    우 립 수 청 린

閭家好兒女, 繡襦紅羅裙.
여 가 호 아 녀    수 유 홍 라 군

衆嬲棄之去, 宛轉道傍呻.
중 뇨 기 지 거    완 전 도 방 신


금파촌에 이르니

금광 연 지 십 년에

금이 다하고 언덕이 평평해져

얻는 것은 그저 모래와 먼지.

어째서 나무에 꽃이 없는가

태반이 꺾여 땔감 되어서.

어째서 우물에 물 긷는 사람 없나

너무 길어 샘이 말라서라네.

듣자니 산골짝에는

덤불 사이에 백골이 쌓였단다.

백성들은 의지할 곳 없어

비 맞으며 도깨비불 근심하고

여염집 예쁜 처녀는

단속곳과 붉은 치마 찢긴 채,

이놈 저놈 버리고 가

길가에 뒹굴며 신음을 한다.


함경도 남단에 안변(安邊)이 있어, 동쪽은 통천, 서쪽은 법동, 남쪽은 고산 및 회양, 북쪽은 원산 및 동해에 닿아 있다.

황호(黃㦿, 1604~1656)는 광해군 때 김자점의 비리를 탄핵하다가 광주 부윤으로 쫓겨날 만큼 소신껏 발언하고 행동한 인물로 유명하다. 그가 안변의 가학루(駕鶴樓)에 올라 다음 시를 지었다. 「초닷새 날 안변부사 김도원이 초청하기에 가학루에 올라 벽상에 걸린 시의 운으로 짓다(初五日 安邊府伯金道源邀 登駕鶴樓 次壁上韻)」라는 제목이다.


男子平生要遠遊, 北來千里倚玆樓.
남자평생요원유　북래천리의자루

干雲疊嶺當關壯, 如練澄江抱郭流.
간운첩령당관장　여련징강포곽류

龍起沛中眞主氣, 鶴歸華表老仙愁.
용기패중진주기　학귀화표노선수

滄溟波蕩鵾鵬運, 六月風多未可留.


사나이로서 평생에 먼 유람을 해보려 하여

천 리 북녘으로 와서 이 누에 기대보매,

구름 뚫은 첩첩 산은 관문 앞에 장대하고

비단 같은 맑은 강은 성곽 끼고 흐르누나.

용 일어난 패 땅은 참 군주의 기운이요

힉 돌아온 화표에는 늙은 신선의 시름.

바다 물결 뒤흔들어 곤어·붕새 움직이나니

바람 많은 유월에 머물러 두진 못하리.



　가학루에서 웅대한 풍경을 바라다보다가 한나라 고조와 정영위(丁令威)의 고사를 떠올렸다. 패 땅 운운한 것은 안변이 이성계가 일어난 함흥과 가깝기 때문이다. 정영위는 신선술을 배워 학이 되어 1천 년 만에 고향 요동으로 돌아왔지만 자신을 알아보는 사람이 없었다고 한다. 황호는 신선술을 배워 세상에서 잊혀지기보다 곤어나 붕새처럼 큰 포부를 현실에서 펼치겠노라고 말하였다. 실현하지는 못하였다.

# 二. 대륙을 압도할 기상, 평안도

평안도는 중국을 오가는 교통로였다. 말하자면 우호의 길이었다. 성천에는 사신들을 영접하기 위해 규모가 큰 영빈관인 동명관을 두었다. 저 유명한 강선루(降仙樓)는 그 누각의 하나로, 거기서는 아주 성대한 연회가 벌어졌다.

하지만 평안도에는 대륙을 압도할 요새인 철옹성이 있었다. 영변의 철옹성은 곧, 외세의 침략을 내 힘으로 막겠다는 의지의 표현장이기도 하였다.

평안도의 끝 의주(義州)는 왜란 때 선조가 몽진(蒙塵, 난리나 전쟁이 일어나 국왕이 도성에서 피하는 일)한 곳이다. 조선은 이순신과 여러 의병장의 선전으로 왜군을 물리쳤으나, 7년에 걸친 전화로 전 국토가 유린되고 국가재정은 파탄 직전에 이르렀다.

의주 통군정(統軍亭)은 중국의 산하와 성곽을 바라다볼 수 있는 높은

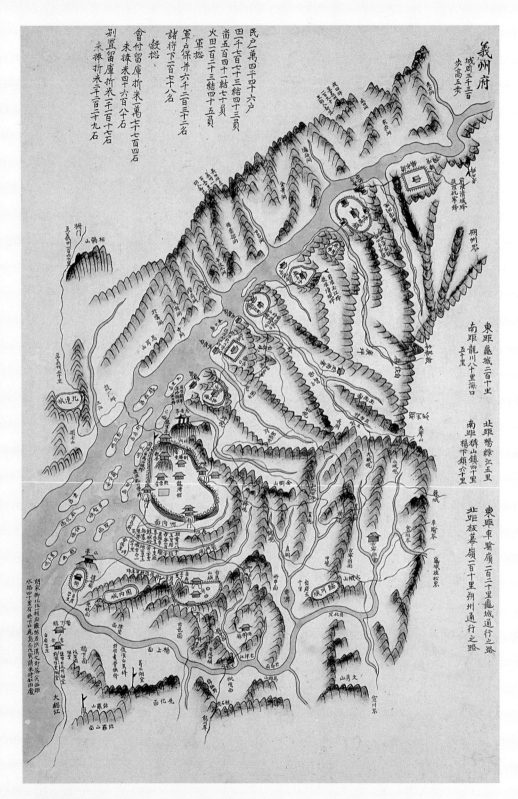

● 해동지도海東地圖(의주부義州府), 18세기, 서울대학교 규장각 소장

곳에 위치한 정자였다. 황호(黃㦿)는 통군정에서 「가다가 의주 시에 차
운하여 감회를 적다(行次義州感述)」라는 시를 남겨, 왜란의 상흔을 곱씹
었다.

황호는 젊은 시절의 의분(義憤)으로 오랫동안 실의하고, 만년에도 김
자점의 무고로 외직으로 쫓겨나거나 유배를 당한 불운한 인물이다.
1640년 36세 때, 원접사로 의주에 갔다가, 이 시를 지었다.

통 군 정 하 압 강 파  　증 향 강 두 후 사 화
統軍亭下鴨江波, 曾向江頭候使華.

천 지 지 금 분 침 만  　산 하 의 구 감 상 다
天地祇今氛祲滿, 山河依舊感傷多.

선 조 국 보 임 관 축  　만 력 왕 사 출 새 하
先朝國步臨關蹙, 萬曆王師出塞遐.

수 위 대 동 무 의 사  　좌 간 호 기 홀 비 과
誰謂大東無義士, 坐看胡騎欻飛過.


통군정 아래 압록강 물 넘실대는 곳
예전에는 기슭에서 명나라 사신을 기다렸지.
천지는 지금 요악한 기운으로 가득하건만
산하는 옛날 그대로라 마음 더욱 아파라.
선조 때 나라 운명이 이곳에서 움츠리자
명나라 군사가 변새를 넘어 멀리 왔었다.
누가 이 나라에 의로운 선비 없다 했더냐
날듯 지나가는 오랑캐 기병을 우두커니 보다니.

"천지는 지금 요악한 기운으로 가득하건만"이라고 한 것은 1636년(인조 14) 청 태종의 대군이 침략한 일을 가리킨다. 즉 병자호란을 말한다. 4년이 지났지만 상흔은 곳곳에 남아 있었다. 시인은 왜란 때 선조가 몽진했던 일을 떠올리고, 국가의 치욕을 씻어줄 영웅의 출현을 고대하였다.

구한말에 평안북도에는 21개 군, 평안남도에는 23개 군이 있었다.

평안북도 : 의주·강계·정주·영변·선천·초산·창성·귀성·용천·철산·삭주·위원·벽동·가산·곽산·희천·운산·박찬·태천·자성·후창

평안남도 : 평양·중화·용강·성천·함종·삼화·순천·상원·영유·강서·안주·자산·숙천·개천·덕천·영원·은산·양덕·강동·맹산·삼등·증산·순안

한양에서 의주까지 연장된 의주로(義州路)는 오늘날 1번국도(목포–서울–신의주)인 '통일로'와는 아주 다르다. 의주로는 신원리(고양시) 및 선유리(파주읍) 부근을 제외하면 오늘날 1번국도 – 39번국도 – 307번 도로로 연결되는 노선과 거의 일치한다.

안주의 백상루는 영변의 약산동대·강계의 인풍루·만포의 세검정·의주의 통군정·선천의 동림폭·평양의 연광정·성천의 강선루와 함께 관서팔경으로 꼽는다. 숙종 때, 오광운(吳光運, 1689~1745)이 「백상루(百祥樓)」에서 을지문덕의 위업을 환기하고 의분을 일으켰다. 정치권에서 소외된 남인 시인이었기에 감정이 더 격하였다.

漠漠關山夕, 歷歷楡樫林.
막 막 관 산 석　역 력 유 정 림

朔氣江上來, 振我遊子衿.
삭 기 강 상 래　진 아 유 자 금

高樓一極望, 春色寒以陰.
고 루 일 극 망　춘 색 한 이 음

陰寒此何氣, 對酒不能斟.
음 한 차 하 기　대 주 불 능 짐

昔聞隋家卒, 敗死薩江潯.
석 문 수 가 졸　패 사 살 강 심

鬼燐生戰場, 積骸成山岑.
귀 린 생 전 장　적 해 성 산 잠

大江激其波, 鳥獸多悲音.
대 강 격 기 파　조 수 다 비 음

遊子髮衝冠, 匣劍吐龍吟.
유 자 발 충 관　갑 검 토 용 음

乙支何如者. 曠世感人心.
을 지 하 여 자　광 세 감 인 심

此兒如復作, 單于可生擒.
차 아 여 부 작　선 우 가 생 금

毋謂秦無人, 光嶽無古今.
무 위 진 무 인　광 악 무 고 금


아득한 변방의 저녁

빽빽한 느릅나무 숲.

북녘 기운이 강을 건너와

나그네 옷깃이 펄럭이네.

높은 누각에 올라 바라보니

봄빛이 차갑고 음산하구나.

음침하고 찬 것은 어째선가

술 따를 기분이 아니네.

듣자니 수나라 군졸들

살수에서 패하여 죽어,

도깨비불은 전장에 번쩍이고

해골은 언덕을 이루었기에,

큰 강에 물살 드세고

새 짐승들 슬피 운다나.

나그네 머리카락이 솟구치고

칼집의 칼은 용 울음 토하누나.

을지문덕은 어떤 분이기에

먼 훗날에도 사람을 감동시키나.

이분 다시 태어나면

오랑캐 두목을 사로잡을 터,

우리나라에 사람 없다 하지 마오

해·달·별과 오악은 변함없으니.


오광운은 『해동악부』의 「살수첩(薩水捷)」에서도 민족의 자긍심을 다지
고, 청의 지배를 '비린내 바람(腥風)', '누린내 비(羶雨)'라고 표현하였다.

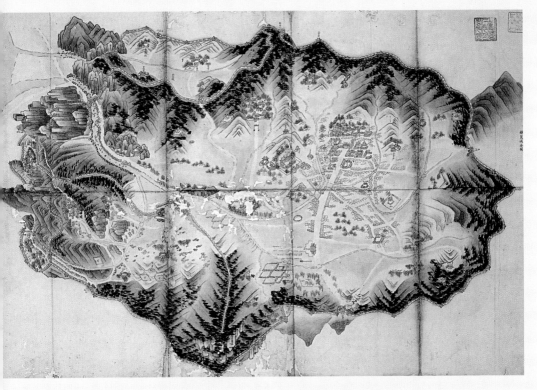

◉ **철옹성전도** 鐵甕城全圖, 18세기, 국립중앙도서관 소장

1993년부터 영변의 핵시설이 세계의 주목을 받고 있다. "영변에 약산 진달래꽃"이란 시 구절이 민족의 가슴에 향수를 불러일으켜 왔건만 그곳이 일약 세계 정치의 쟁점 지역이 된 것이다.

　　영변은 고려 때의 연주(延州)와 무주(撫州)를 합하여 조선 세종 11년(1429)에 대도호부로 되었다. 영변의 본성·북성·신성·약산성은 철옹성(鐵甕城)이라 할 만큼 관서지방 제1의 요새이자, 우리나라 제1의 요새였다. 정주·곽산·철주 등지와 함께 대륙으로부터의 침략을 제압할 기상이 서려 있었다. 권필(權韠, 1569~1612)은 「절도사 장만을 전송하여 쓴 철옹성 노래(鐵甕行送張晚節度)」 앞부분에서 그 형세를 이렇게 노래하였다.


<small>군 불 견 철 옹 지 성 여 만 장　　숭 용 거 벽 천 하 장</small>
君不見鐵甕之城餘萬丈, 崇墉巨壁天下壯.

<small>일 부 안 검 당 요 충　　천 인 의 부 부 득 상</small>
一夫按劍當要衝, 千人蟻附不得上.

<small>횡 림 살 수 부 태 백　　웅 치 서 방 작 보 장</small>
橫臨薩水負太白, 雄峙西方作保障.

<small>고 래 설 진 호 영 변　　차 의 유 재 영 우 연</small>
古來設鎭號寧邊, 此意有在寧偶然.

<small>묘 당 성 산 미 이 측　　기 차 불 수 비 만 전</small>
廟堂成算未易測, 棄此不守非萬全.

<small>사 문 노 로 파 굴 강　　축 예 사 흔 금 유 년</small>
似聞老虜頗倔强, 畜銳伺釁今有年.


그대는 보지 못했나, 만 길 솟은 철옹성
우람차게 둘러선 장대한 성벽을.

56

한 사람이 칼 쥐고 요충을 막아서면

개미떼 같은 적들도 기어오를 수 없는 성.

청천강 굽어보며 태백산(묘향산) 등에 업어

서방에 우뚝 서서 외침 막아줄 요새로다.

전부터 군진 두어 영변(변방을 안녕케 함)이라 했나니

그 이름 뜻이 어찌 우연이랴만,

조정의 계책은 헤아리기 어렵구나

이 요새를 버린다면 만전책이 아니로다.

듣자니 오랑캐들 자못 강성하여서

몇 해째 예봉 닦아 틈 노리고 있단다.


북방의 침략을 막아내려면 철옹성의 방비를 철저히 해야 한다고 주장했다. 그의 예견은 불행히도 들어맞아, 얼마 후, 만주족에게 온 국토가 유린당하였다. 권필이 시를 준 장만(張晚)은 이괄의 난을 평정한 공신이었으나, 정묘호란 때 참패하였다. 늙은 병사 500명밖에 없었으므로 역부족이었던 것이다.

영변의 약산동대는 절승지로 이름이 높다. 무주의 동쪽에 있고 누대 같은 바위라고 하여 '동대'라 하는데, 영변에서 보면 오히려 서쪽에 있다. 해발 380미터의 약산 위에 다시 5미터 높이로 솟아 있고 쉰 명 이상 앉을 수 있으며, 아래로 구룡강과 영변이 다 보인다고 한다.

우리나라 권주가에 "약산동대 여즈러진 바희 꽃을 꺾어 수(籌)를 노며 무궁무진 먹사이다"라는 노래가 있다. 숙종 때, 영변 기생 운심이는 언젠가 약산에서 놀다가 "약산은 우리나라에서 이름난 곳이고 운심이는 우리나라에 이름난 기생이니, 한번 죽을 바에야 여기서 죽겠다"고 하고는 동대 아래로 몸을 던지려 하였다. 주위 사람들이 급히 구하였는데, 운심이는 치마를 벗어놓고 한참 동안 눈물을 흘렸다고 한다. 운심의 이야기는 근세 「영변십절(寧邊十絶)」의 하나로 노래되었다.

영변 남쪽에 있는 묘향산은 단군이 태어났다고 알려진 성스러운 산이다. 고려 중기의 문인으로 거란의 침략을 막는 무공을 세운 김인경(金仁鏡, ?~1235)은 그 산 입구에 있던 보현사(普賢寺)를 노래하면서 적을 압도할 기개를 부처에게 빌었다. 보현사는 고려 광종 19년에 승려 심밀과 안확이 지은 것으로 모두 340간이었다. 고종 3년(1216)에 요나라 왕자 금산이란 자가 김취려 장군에게 패하여 묘향산으로 들어갔을 때, 절을 불태운 일이 있다. 그 후로도 이 절은 여러 번 화를 당하였다. 북한은 그 대응전을 국보로 지정하였다. 김인경의 시는 이렇다.

사 폐 중 수 비 일 도　춘 금 감 고 어 간 관
寺廢重修非一度, 春禽感古語間關.

봉 만 사 옹 기 천 첩　당 구 반 신 삼 백 간
峯巒四擁幾千疊, 堂構半新三百間.

복 지 규 모 심 밀 조　절 진 도 기 신 향 산
卜地規模深密祖, 絶塵塗墍信香山.

수 지 법 력 항 호 로　초 록 교 원 전 마 한
須知法力降胡虜, 草綠郊原戰馬閑.


절 무너져 수리한 게 여러 번
봄 새는 옛일 느껴 지저귀누나.

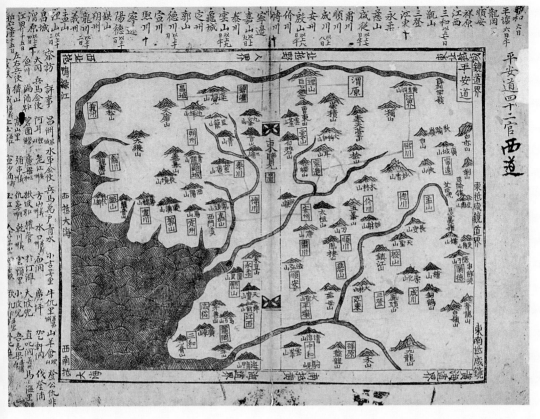

◉ 동람도東覽圖(평안도平安道), 16세기, 영남대학교 박물관 소장

산봉우리 수천 겹이 사방을 에워싸고

법당은 반나마 새로 얽어 모두 삼백 간.

땅을 가려 규모 잡기는 심밀 선사 하신 일

흙벽 발라 티끌 막아 정말 향기로운 산이로다.

이제 법력으로 오랑캐를 항복시켜

교외 초원에서 병마들 한가히 풀을 뜯으리.


김인경은 고종 초에 조충(趙沖)이 강동성에서 거란을 토벌할 때, 출전하여 공을 세우고 나서 이 시를 지었다. 본래 이름은 양경이다. 시부에 뛰어나 「한림별곡」에서 '양경시부'라고 칭송되었다.

철주(鐵州)에서는 수령 이원정(李元禎)이 항몽 전투 끝에 장렬한 최후를 마쳤다. 1231년(고종 18)에 살례탑이 함신진(咸新鎭)을 빼앗으려고 철주성을 공격하자, 이원정은 성을 고수하였다. 그러나 힘이 부족함을 알고 창고에 불을 지르고 처자도 불 속에 들게 한 다음 자결하였다.

고려 원종 때 김구(金坵, 1211~1278)가 「철주를 지나면서(過鐵州)」라는 시를 지어 이원정을 추모하고 민족 영웅의 출현을 갈망하였다.


당 년 노 구 난 새 문　사 십 여 성 여 요 원
當年怒寇闌塞門, 四十餘城如燎原.

의 산 고 첩 당 노 혜　만 군 고 문 기 일 탄
依山孤堞當虜蹊, 萬軍鼓吻期一呑.

백 면 서 생 수 차 성　허 국 신 비 홍 모 경
白面書生守此城, 許國身比鴻毛輕.

조추인신결인심　　장사환호천지경
早推仁信結人心, 壯士讙呼天地傾.

상지반월절해취　　주전야수용호피
相持半月折骸炊, 晝戰夜守龍虎疲.

세궁역굴유시한　　누상관현성갱비
勢窮力屈猶示閑, 樓上管絃聲更悲.

관창일석홍염발　　감여처노취화멸
官倉一夕紅焰發, 甘與妻孥就火滅.

충혼장백향하지　　천고주명공기철
忠魂壯魄向何之, 千古州名空記鐵.


지난날 모진 외적이 국경을 침략하여

사십여 고을이 들불 붙듯 차례로 무너질 때,

산 등진 외론 성이 적의 길을 막았나니

무수한 적군이 입맛 다셔 삼킬 듯 덤볐어도.

얼굴 맑은 선비가 이 성을 지켜

나라에 몸 바치길 터럭보다 가벼이 했었네.

어질고 신망 있어 민심을 다잡아서

장사들 환호하길 천지라도 뒤집을 기세.

맞싸운 보름 동안 해골 주워 밥솥하고

밤낮으로 싸워서 용사들도 지치고 말았다.

힘이 부쳤지만 여유를 보이자고

누대에서 관현 울려 그 소리 구슬프더니,

돌연 창고에서 불길이 일어나

처자와 더불어 선뜻 제 몸 태웠도다.

의롭고 장한 혼백은 어디로 간 것일까

고을 이름만 부질없이 철(鐵)이라 하다니.


마지막에서 '부질없이(空)'라고 하였다. 이원정 같은 영웅이 분투하였음에도 불구하고 여전히 몽고의 간섭을 받는 현실을 통탄한 것이다.

철주는 철산(鐵山)이라고도 한다. 『장화홍련전』의 무대가 이곳이다. 세종 때, 철산에 사는 배좌수의 재취 허씨는 전부인의 두 딸 장화와 홍련을 학대하였다. 장화가 정혼을 하자 허씨는 혼수 재물이 아까워 장화가 부정을 저질렀다고 속이고, 자신의 소생인 장쇠로 하여금 못에 빠뜨려 죽게 하였다. 그 사실을 알고 홍련마저 못에 빠져 죽은 뒤, 못에서는 밤낮으로 곡성이 났다. 그 두 원혼은 신임 부사 정동우(鄭東佑)에게 나타나 억울함을 호소하였다. 부사는 계모와 장쇠의 죄상을 밝혀낸 후 그 둘을 능지처참하고 자매의 혼령을 위로하였다. 한문본에 따르면 이 이야기는 효종 때, 무인 전동흘(全東屹)이 철산부사로 있으면서 실제로 겪은 이야기를 1818년(순조 18)에 박인수(朴仁壽)가 글로 엮은 것이라고 한다.


곽산군의 진산은 능한산(凌漢山)이다. 산성이 있으니, 곧 선천·곽산·정주 삼군의 병사가 후금과 맞섰던 전장이다. 조선 광해군 때, 정두경(鄭斗卿)이 지은 「능한산성에 올라 술을 마시며(登凌漢飲酒)」 3수 가운데 제2수는 기상이 무척 씩씩하다.

산 세 능 증 지 세 고    안 전 공 활 구 주 무
山勢崚嶒地勢孤, 眼前空闊九州無.

누 간 적 일 동 임 해　　성 도 청 천 북 비 호
樓看赤日東臨海, 城到靑天北備胡.

공 하 사 군 겸 대 장　　하 로 일 졸 적 천 부
共賀使君兼大將, 何勞一卒敵千夫.

경 예 적 막 풍 도 온　　주 작 문 개 취 주 도
鯨鯢寂寞風濤穩, 朱雀門開醉酒徒.

산세 우뚝하고 지세 외로운 곳

시야가 드넓어 중원을 내리깔아 보네.

누대는 동해에 임해서 해오름이 보이고

성은 청천에 닿아 북녘 오랑캐를 막는다.

사또가 대장을 겸하였으니 축하할 일

일개 병졸로 천 명 막을 일조차 없도다.

억센 고래 사라져 바다가 평안하니

주작문(남문) 열어둔 채 모두들 술에 취했네.

산성에 오르면 마치 중국의 전 국토가 없는 듯하다고 말하였다. 기개가 늠름하다. 또한 산성의 지세는 군졸 하나가 수천의 적을 막을 만큼 험준한데다가, 사또가 도총부사의 직까지 겸해 위엄이 있다. 그러니 군졸을 세워 방어할 필요조차 없어 모두 술에 취한다는 내용이다. 외침을 막아낼 자신이 있음을 말한 것이다.

정주는 1812년(순조 12) 봄에 홍경래 난이 일어난 곳이다. 홍경래의 내응자인 김이대와 최이륜의 출생지였으므로 민란이 진압된 후 목에서

현으로 강등되었다. 정주현감 막하에 있던 조수삼(趙秀三)이 홍경래 난의 경과를 「서구도올(西寇檮杌)」이라는 장편의 오언시로 서술하였다. 186개의 운자를 사용하여 모두 1,860글자다. '서구'는 서쪽의 노략질이란 말이다. '도올'은 상상 속의 흉측한 짐승인데, 못된 과거 역사를 흉한 그대로 보여주어 경계한다는 뜻이다.

조수삼은 「정원의 난리 뒤에 대소 인민들에게 알리는 글」과 「정주의 시정에 관한 공문」을 현감 대신 지었고, 1813년 정월에는 전몰장병을 제사 지내는 글과 난리로 죽은 백성들을 제사 지내는 글을 지어 현감을 도왔다.

조수삼은 홍경래의 봉기군을 명화적(강도)으로 규정하였고, 봉기군에 가담한 대다수 백성들은 배고픔을 못 참아 가담한 것일 뿐이라고 하였다. 그는 진압 과정에서 공이 있거나 충절을 다한 인물들을 칭찬하고 봉기군에 가담한 관리들을 비판하였다. 그리고 송림동 전투·우군측과 홍총각의 피격·홍경래의 패주·북장대의 폭파작전 등을 자세하게 다루었다.

한편 조수삼은 관군의 실책을 비판하였다. 윤욱렬이 봉기군의 기습으로 군사를 잃은 사실을 그대로 적었고, 송림동 전투 후 관군이 저지른 약탈도 빠뜨리지 않고 적었다. 또 봉기군과 관군의 접전에서 희생된 백성들을 동정하였다.

「서구도올」은 너무 길어 소개하가 어렵다. 조수삼이 지은 「정주 성루에 올라(登定州城樓)」라는 제목의 칠언율시를 소개한다.

난 후 등 루 객 의 상　천 원 극 목 대 사 양
亂後登樓客意傷, 川原極目帶斜陽.

붕 성 과 우 회 유 흑　폐 오 무 인 맥 자 황
崩城過雨灰猶黑, 廢塢無人麥自黃.

살 수 동 래 산 막 막　선 천 서 거 노 망 망
薩水東來山漠漠, 宣川西去路茫茫.

평 생 미 헌 치 안 책　만 욕 조 문 조 전 장
平生未獻治安策, 漫欲操文弔戰場.

난리 뒤 누에 오르니 나그네 마음 서글퍼라

멀리 뵈는 강가 벌에 석양이 비낀 저녁.

무너진 성은 비 온 뒤에 불 탄 자리 꺼멓고

폐허된 마을에는 보리만 누렇게 패었구나.

동쪽에서 청천강은 흘러 오고 산빛은 아물아물

서쪽으로는 선천 길이 아득히 이어졌고.

평소 나라 위해 치안 방책 못 올리고

속절없이 글 지어 전쟁터를 애도할 뿐.


　평안도는 번화한 도성 평양을 끼고 있다. 평양의 한시에 대해서는 별
도의 장에서 다루기로 한다.

# 三. 신이한 빛의 구월산, 황해도

황해도 황주(黃州)는 북쪽으로 대동강에 이어지고 서북로가 관통하는 교통요지이자 국방의 요충지였다. 황주의 남쪽 정방산과 동남쪽 덕월산에 산성이 있고, 정방산 서쪽에는 극성(棘城) 요새가 있었다.

극성은 가시나무를 외곽에 두른 토성으로 정방산성에서 박배포까지 이어졌다. 이곳에는 고려 공민왕 때, 홍건적과 싸우다가 우리 군사들이 몰사한 슬픈 역사가 있다. 홍건적은 원나라 말기에 하북성 일대에서 일어난 한족 반란군으로 원나라에게 쫓겨 우리나라로 쳐들어왔다. 1359년에는 4만 명이 침입하여 의주·정주·인주를 함락하였고, 철주와 서경마저 함락하였다. 다음 해 정월에 고려 군사가 서경을 탈환하였으나 홍건적은 해로로 도망가면서 풍주·봉주·안악과 황주·안주 등을 약탈하였다. 1361년 10월에는 10만 명이 침범하여 수도 개경을 위협하였다. 고려는 이듬해 정월에야 개성을 탈환할 수 있었다.

극성에서는 병사들의 원혼이 밤마다 울었고, 황해도 일대에는 전염병이 돌았다. 그래서 조선 문종은 집현전으로 하여금 제문을 지어 전몰 장병을 제사 지내게 했다. 그 후 성종 때, 최숙정(崔淑精, 1433~1480)은 「극성회고」 시를 지었는데, 애절하기 짝이 없다.

당 년 노 구 난 새 문　맹 염 열 렬 여 요 원
當年怒寇闌塞門, 猛焰烈烈如燎原.

장 구 불 일 도 성 하　요 분 막 막 매 건 곤
長驅不日到城下, 妖氛漠漠霾乾坤.

기 문 수 적 오 기 회　남 군 낭 패 호 어 훤
期門受敵誤機會, 南軍狼狽胡語喧.

수 십 만 인 일 조 섬　여 졸 사 산 잉 패 분
數十萬人一朝殲, 餘卒四散仍敗奔.

동 장 귀 천 작 고 골　원 기 결 작 음 운 준
同將貴賤作枯骨, 怨氣結作陰雲屯.

비 풍 삽 삽 취 지 금　고 성 요 락 창 산 근
悲風颯颯吹至今, 古城寥落蒼山根.

투 시 직 욕 조 의 혼　필 단 천 고 매 유 원
投詩直欲弔毅魂, 筆端千古埋遺冤.


당시 외적이 변방을 유린해서
맹렬한 화염이 들을 태우듯 하여,
멀리 내달려 순식간에 성 밑에 다다르매
막막한 요기가 하늘을 뒤덮었다.
지휘관이 접전할 시기를 그르쳐

아군은 낭패하고 놈들은 함성 질러
수십만 군사가 일시에 전멸하고
남은 군졸은 사방으로 흩어졌다네.
귀천을 막론하고 해골이 되어
원기가 맺혀 검은 구름 되었나니,
구슬픈 바람은 지금도 우우 울고
옛 성은 푸른 산 아래 황폐하여라.
시 던져 의로운 혼령들을 조문해서
천고의 원혼들을 붓끝에 묻으련다.

홍건적이 개경을 함락하자 공민왕은 경상도 안동으로 피신하였다. 하지만 영호루(映湖樓)에서 유흥에 빠졌다. 민중들은 "소가 크게 우는데, 용은 바다 떠나 얕은 물에서 맑은 물결을 희롱하네(牛大吼, 龍離海, 淺水弄淸波)"라는 참요를 불렀다. 소(牛)는 소의 해인 신축년(1361)을 가리키고, 용은 왕을 상징한다. 왕까지도 국가사직을 돌보지 않을 때, 적과 맞싸우다 죽은 원혼들을 생각하면 원통한 마음이 일지 않을 수 없었을 것이다.

구한말 황해도에는 23개 군이 있었다.

황주·안악·해주·평산·봉산·연안·곡산·서흥·장연·재령·수안·백천·신천·금천·문화·풍천·신계·장련·송화·은률·토산·옹진·강령

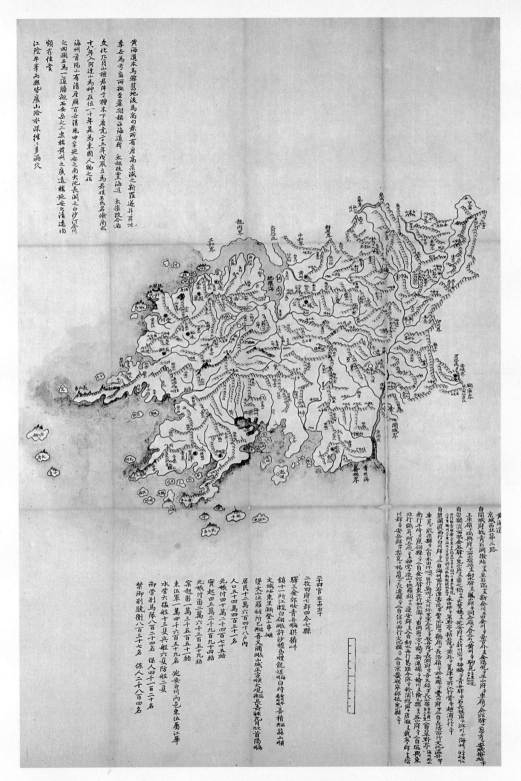

● **고지도첩**古地圖帖(황해도黃海道), 19세기, 영남대학교 박물관 소장

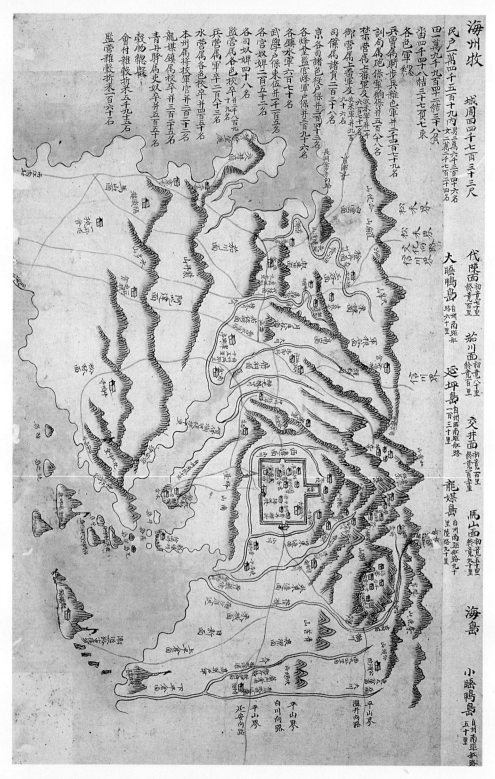

● 해동지도海東地圖(해주목海州牧), 18세기, 서울대학교 규장각 소장

해주(海州)는 조정의 명을 띠고 오는 사신이나 중국에 나가는 사신이 늘 오가는 교통요지였다. 또 목민관도 자주 바뀌었다. 그래서 그곳 관리·아전·백성들은 사신들과 목민관들에게 물품을 조달하고 편의를 보아주느라 몹시 지쳐 있었다.

조선 중기의 문호 허균(許筠, 1569~1618)이 1599년(선조 32) 5월에 황해도 관찰사의 종사관이라고 할 도사의 직책으로 해주에 갔다가 그곳 관리들의 푸대접을 받았다. 속히 귀경할 생각만 간절해서 그는 「해주」 시에서 이렇게 노래하였다.

해 서 대 도 회　수 양 위 웅 번
海西大都會, 首陽爲雄藩.

요 황 대 복 참　격 탁 엄 중 문
繚隍帶複塹, 擊柝嚴重門.

중 장 만 가 실　열 사 약 운 준
中藏萬家室, 列肆若雲屯.

일 석 빈 려 집　거 마 하 훤 훤
日夕賓旅集, 車馬何喧喧.

자 고 칭 난 치　간 자 방 단 번
自古稱難治, 幹者方剸煩.

근 세 고 삭 역　민 리 수 영 분
近世苦數易, 民吏廋迎奔.

해 우 초 여 적　반 명 반 무 존
廨宇草如積, 盤皿半無存.

객 지 다 염 색　소 려 충 옹 손
客至多厭色, 蔬糲充饔飧.

況我佐幕者, 其苦不可言.

酸酒對腐臭, 對之心煩寃.

使旆幾時發, 吾亦催吾軒.

悵望故鄕路, 日落秋雲屯.


해주는 해서의 도회지

수양산은 웅번(雄藩, 큰 번진).

해자를 둘러 참호를 겹겹이 팠고

딱따기쳐서 겹문을 엄히 지키네.

그 가운데 만호 집이 들어찼고

늘어선 가게는 구름 모인 듯.

밤낮으로 길손들 모여들어

마 수레가 너무도 시끄럽다.

예로부터 다스리기 어렵다는 곳이라

유능한 이들이 번중한 세금을 덜었건만,

근년에는 관리가 하도 자주 바뀌어

아전과 백성은 영접하느라 야윌 정도.

관아에는 말 먹일 풀만 가득하고

그릇은 반도 아니 남았기에,

객이 오면 짜증 빛이 역력해서

거친 밥 푸성귀를 조석으로 내는군.

더구나 나는 막좌(幕佐)의 신분

그 고초야 두말할 것 없지.

신 술에 썩은 음식 대하니

대할 적마다 울화가 치미네.

관찰사 깃발은 언제나 떠나려나

나도 내 가마를 재촉하련다.

서글피 고향 길을 바라보니

해는 지고 가을 구름 짙구나.


허균은 행동을 절제하지 않았다. 감영에 나가 있는 날보다 무뢰배·중방·승려들과 어울리는 날이 더 많았다. 또 시찰한다는 명목으로 각 지방을 마음껏 돌아다니면서 울적한 심사를 달랬다. 그러나 그 때문에 탄핵을 받아 파직당하고 만다.

허균은 "남녀의 정욕은 하늘이 준 것이고 인륜과 기강의 분별은 성인이 가르치신 것이다. 하늘이 성인보다 높으니 나는 성인의 가르침을 어길지언정 하늘이 내려준 본성을 어길 수는 없다"라고 하였다. 안정복의 『천학혹문』에 보이는 기록이다. 자기 본성을 어기지 않았던 그의 분방한 생활이 황해도 시절부터 시작되었다.

허균이 노래 곡조로 지은 「황주염곡(黃州艶曲)」 8수는 황주의 상인 처, 버림받은 여인이나 기녀를 일인칭 주인공으로 삼아 여성의 정념을 섬세하게 그려내었다. 정욕을 중시했던 일면이 드러난다. 상인의 처가 품는 원망은 꼭 이러했을 것이다.

上有正方山, 下有簇錦溪.

寧作倡家婦, 莫作商人妻.


위에는 정방산

아래는 족금계.

차라리 창가 여인이 될지언정

상인의 처는 되지 마오.


정방산은 황주 주남면 남쪽에 있어 봉산군과 경계를 이룬다. "성불사 깊은 밤에 그윽한 풍경소리"의 그 성불사가 있는 산이다. 족금계도 실제 지명인 듯하다. 산과 시내가 위아래에 있다는 표현은 성적인 이미지다. 역관을 님으로 둔 기생의 넋두리는 또 어떤가.


節使年年返, 逢郎意更長.

若無平壤妓, 紈素可盈箱.


사신 일행이 해마다 돌아와

님 만나매 정분 더욱 깊어라.

평양기생 고것만 없더라면

흰 비단이 상자에 가득할 텐데.

74

우리나라는 동지사·정조사·성절사라 하여 해마다 중국의 절일에 사신을 보냈다. 역관은 사신을 따라 오가면서 서북의 기녀들과 정분을 맺었다. 해주 기녀는 평양 기녀와 라이벌이었던 것이다.

평산면 산성리에는 고구려 때 쌓은 평산산성(平山山城)이 있다. 태백산성이라 하며, 대곡성·성황산성이라고도 한다. 광개토대왕 4년에 백제의 침략을 막고자 남쪽지방에 쌓았다는 일곱 성 가운데 하나라고 한다. 허균은 「평산산성」을 지어 역사와 방략(防略, 국토방위 계획)을 생각하였다.

삼한선입국　사군후소강
三韓先立國, 四郡後疏疆.

관약유도호　금탕기직방
管鑰留都護, 金湯紀職方.

천년감설험　만치상연강
千年堪設險, 萬雉尙緣岡.

기폐수구획　우모자묘당
起廢誰區劃, 訏謨自廟堂.


앞서 삼한은 나라를 여기 세웠고
뒤에 한사군은 다스리다가 강역을 비웠다.
자물쇠같이 중요하여 도호부를 두고
금성탕지라고 지리책은 기록했구나.
천년만년 요새를 둘 만하여
만 길 성벽이 묏부리에 연해 있거늘,

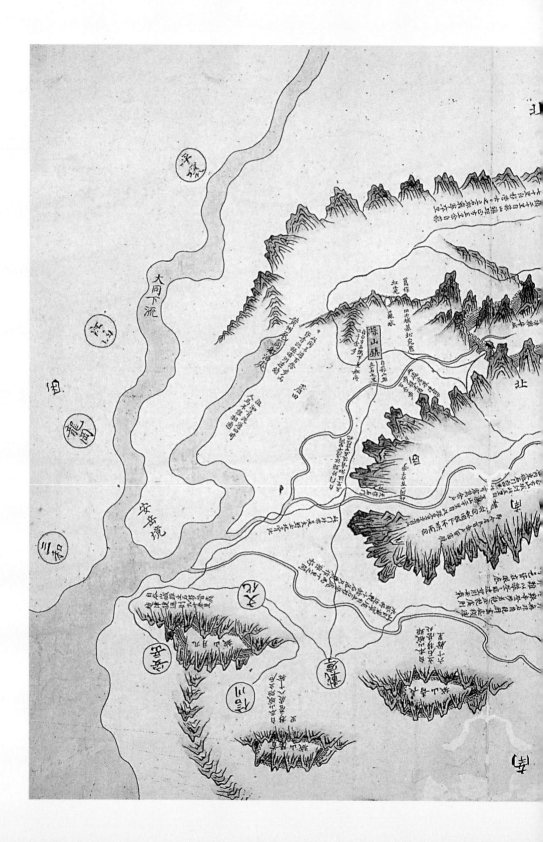

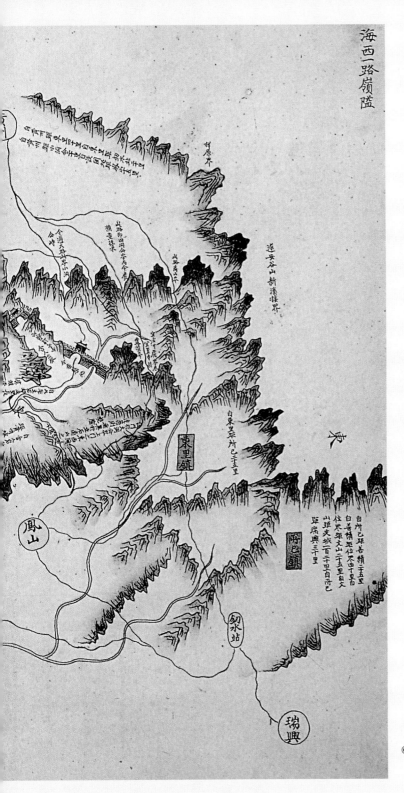

● 해동지도海東地圖
　(해서일로영액海西一路嶺隘), 18세기,
　서울대학교 규장각 소장

산성을 일으키고 버리자고 누가 먼저 계획했나
원대한 계책은 조정에서 나오는 것을.


평산을 금성탕지(金城湯池)라 했다. 방비가 철저한 성이나 지역이란 말이다. 마지막 두 구에서는 천연의 요새를 버린 조정의 실책을 비난하였다. 허균은 그저 방탕아가 아니었다. 그에게는 우국의 정신이 있었다.

황해남도 은율·온천·안악·삼천군에 걸쳐 해발 954미터의 구월산이 솟아 있다. 우리나라 5대 명산 중 서악(西岳)이다. 단군이 은거한 산이라 하며, 궁홀산·증산·아사달산·삼위산이라고도 부른다. 장길산과 임꺽정의 근거지였다. 최근 유네스코 생물권보전지역으로 지정되었다.

정범조(丁範祖)는 1781년(정조 5) 12월, 풍천(豊川)부사로 있었는데, 친구 이익운(李益運)이 찾아오자 함께 구월산을 유람하고「구월산가, 이계수를 서울로 전송하며(九月山歌, 送李季受還京師)」를 지었다. 그 일부를 보면 이러하다.


白眉使君狂更劇, 官驂百檻駄靈醁.

松風泠泠引仙鳥, 前有白雲後黃鵠.

滿空磅礴是九月, 飛上中峰瞰西極.

山根盡揷溟渤青, 石氣遙挹登萊黑.

日車坤軸相轇轕, 倒射金盆盪林木.

夜深月照檀君祠, 步踏瓊沙弄漣漪.

狂歌響落危棲鶻, 短篴吹撼玄湫驪.

丈夫百年眞不虛, 世間那得此夜奇.


흰 눈썹의 사또, 미친 흥 대단하여

관아 말에 일백 통 술을 실었군.

맑은 솔바람이 신선의 발걸음 이끄니

앞에는 흰 구름, 뒤에는 누런 고니.

하늘 가득 퍼진 것이 구월산

중봉으로 날아올라 서쪽 끝을 바라보매,

산 뿌리는 깊숙이 푸른 바다에 박혀 있고

돌 기운은 멀리 검은 봉래산 향해 절하고 있구나.

해 수레와 땅 굴대가 소란스레 구른 뒤

달의 금분(金盆) 쏟아져 수풀에서 일렁이나니,

깊은 밤 단군사(檀君祠)에 달빛 비칠 때

옥 모래 밟으며 잔물결을 희롱하면,

미친 노래 메아리는 송골매를 떨어뜨리고

피리 소리는 검은 용을 깨우네.

대장부의 인생이 헛되지 않구나

세간에서 어이 이 밤의 기이함을 얻겠나.

외진 고을의 수령이라고 서글퍼 할 일이 아니다. 오히려 하늘이 유쾌하기 짝이 없는 '기이한 일(奇事)'을 주지 않는가. 더구나 구월산에 오르니 신이한 빛이 홀연 몸에 가득하다. 구월산은 하늘 가득 퍼져 장대하고도 신비스럽다. 산 뿌리는 푸른 바다 깊이 박혀 있고, 돌 기운은 멀리 봉래산까지 휘감을 정도다. 단군사에 달빛이 고요하게 비치는 때, 옥같이 반짝이는 모래를 밟고 잔물결을 해적이며 걸어가는 일이란! 이 기이한 경지를 세간 어디서 얻으랴!

최성대(崔成大, 1691~1761)는 민요의 모티브를 수용하여 시를 짓고 여성들의 삶과 사랑을 형상화하는 데 뛰어났다. 당색은 소북이었는데, 모두에게 사랑을 받았다. 55세 되던 해(1745) 유주(儒州, 신차군 문화면)에 부임하여 한발의 피해와 과중한 세금징수에 시달리는 백성들의 비참한 모습을 지켜보면서 무력감을 곱씹었다. 「가뭄을 걱정하며(憫旱)」라는 제목이다.

이 월 불 우 지 사 월　일 일 한 풍 취 적 일
二月不雨至四月, 日日旱風吹赤日.

사 야 무 청 양 맥 건　전 부 적 루 심 초 갈
四野無靑兩麥乾, 田父滴淚心焦渴.

차 시 상 사 주 구 급　첨 병 독 미 여 불 급
此時上司誅求急, 簽兵督米如不及.

아 위 현 관 나 득 이　신 첩 청 관 번 조 리
我爲縣官那得已, 申牒請寬翻遭詈.

태 탄 수 상 하 천 차　삼 야 불 면 수 여 취
苔灘水上何遷次, 三夜不眠愁如醉.

安得天公一犁雨, 暫慰吾民盼盼思.

<ruby>安<rt>안</rt></ruby><ruby>得<rt>득</rt></ruby><ruby>天<rt>천</rt></ruby><ruby>公<rt>공</rt></ruby><ruby>一<rt>일</rt></ruby><ruby>犁<rt>리</rt></ruby><ruby>雨<rt>우</rt></ruby>, <ruby>暫<rt>잠</rt></ruby><ruby>慰<rt>위</rt></ruby><ruby>吾<rt>오</rt></ruby><ruby>民<rt>민</rt></ruby><ruby>盼<rt>혜</rt></ruby><ruby>盼<rt>혜</rt></ruby><ruby>思<rt>사</rt></ruby>.

이월 가뭄이 사월까지 계속되어

날마다 건조한 바람 뙤약볕에 불어온다.

들판엔 새싹조차 없고 보리와 밀도 말라버려

농부들 눈물 흘리며 애태우거늘,

상부에서는 가렴주구를 서두르고

군사 징발과 세납미 독촉을 성화같이 해대다니,

고을 수령으로서 두고 볼 수 없기에

공문 보내 관용을 청했다가 욕만 들었네.

이끼 바위 여울가로 떠나고픈 생각만 간절하여

사흘 밤을 근심하매 정신이 몽롱해라.

한 번 쟁기질할 정도의 비라도 얻어다가

백성들 근심을 잠시나마 위로했으면.

수령은 중앙에서 정한 액수대로 세금을 징수해야 하지만 가렴주구를 하기 일쑤였다. 많은 수령들이 농민의 현실에 대해서는 눈을 감고, 사사로운 부를 쌓고 중앙관직으로 들어가기만 고대하였다. 최성대는 가혹한 징수를 시정하여야 한다고 상부에 건의하였지만 오히려 질책만 받았다. 문득 벼슬을 내던지고 은둔하고픈 마음마저 들었다. 하지만 당장은 이 가뭄에 보습 댈 비라도 내리길 고대해 본다.

◉ 동국지도東國地圖(강원도江原道), 19세기, 호암미술관 소장

# 四. 생명과 낭만의 산수, 강원도

영동과 영서는 태백산맥을 중심으로 강원도를 나누어 부르는 말이다. 영동은 동해안의 양양·고성·강릉·삼척을 아우르고, 영서는 임진강 상류의 철원·소양강의 춘천·남한강의 원주를 아우른다.

　강원도는 함경도와 철령을 사이에 두고 있다. 그래서 함경도를 관서, 강원도를 관동이라 부른다. 철령에는 몽고 침략의 전흔이 있다. 고려 말 이곡(李穀, 1298~1351)은 52세 되던 1349년 8월 14일, 개경을 출발하여, 8월 22일부터 9월 4일까지 13일 동안 금강산의 표훈사·정양암·신림 암·장안사와 국도·총석정·금란굴·삼일포를 유람하고 「동유기(東遊 記)」를 적었다. 이 글은 금강산 기행문으로는 가장 오래된 것이다. 8월 26일 복령현의 기록에 철령 전투 이야기가 나온다.

철령관은 동쪽의 요새로 단 한 명의 군사만으로도 1만 명의 군사를 막아낼 수 있다고 일컬어지는 곳이다. 그러므로 철령관 동쪽에 있는 강릉 등을 관동이라고 부른다. 1290년, 원나라에 대항하여 군사를 일으킨 원나라 세조의 막내 동생 내안(乃顔)의 무리인 합단(哈丹) 등이 전쟁에 패하여 우리나라로 몰려 들어와 개원 등 여러 고을을 거쳐 관동으로 쳐들어오니, 우리나라는 나유(羅裕) 등을 보내어 철령관을 지키게 했다. 적은 등주(登州) 서쪽의 여러 고을에서 노략질하면서 등주에 이르러, 마을 사람을 시켜 정탐하도록 했다. 그런데 나유는 정탐꾼을 보고 적이 온 줄 알고 철령관을 버리고 도망쳤다. 이에 적들은 무인지경을 밟듯이 밀려들어와 온 나라가 흉흉했다. 백성들은 큰 피해를 입었으며, 산성으로 들어가거나 섬으로 피난 가기도 했다. 다행히 원나라 군사의 도움을 받은 다음에야 적들을 물리칠 수 있었다. 지금 내가 철령관의 험준함을 보건대, 이곳은 참으로 한 사람만으로도 능히 천만인을 막아낼 수 있는 곳이라고 할 수 있다. 이로 볼 때 나유는 정말 소심한 자였다.

태백산맥의 동과 서는 지리적으로 연결되지 않았으므로 강원도에는 자연히 두 개의 문화권이 존재해 왔다.

『삼국사기』이하 우리나라 역사서는 영동을 예(濊), 영서를 맥(貊)의 땅이었다고 적었다. 그러나 정약용(丁若鏞, 1762~1836)은 강원도가 결코 예맥의 땅이 아니었다고 하였다. 한(韓)의 권역이었다고 보았기 때문이다.

구한말 강원도에는 26개 군이 있었다.

춘천·원주·강릉·회양·양양·철원·이천·삼척·영월·평해·통천·정선·고성·간상·평창·금성·울진·흡곡·평강·금화·화천·홍천·양구·인제·횡성·안협

춘천은 우리나라의 성도(成都)라고 한다. 험준한 산으로 둘러싸인 천연의 요새인데다 우두벌이 넓어 자급자족할 수 있는 분지라서 중국 사천성(四川省)의 수도인 성도에 견주는 것이다.

조선 말의 강위(姜瑋, 1820~1884)는 춘천에 들러 「봉의산 절정에 올라(登鳳儀山絶頂)」라는 시를 지었다. 봉의산은 춘천 한가운데 있는 산으로 주위의 산들과는 달리 사뭇 여성적이다.

九霄眞與鳳翺翔, 眼界辰韓盡朔方.

終日淸暉涵水木, 滿空佳氣護金湯.

論形最有星翁細, 建議無如李相良.

自是王公能設險, 殷憂不盡在環洋.

아득한 하늘은 봉황이 비상할 듯하고
진한과 삭방이 모두 시야에 드는데,
종일토록 맑은 햇빛이 강물과 수풀을 적시고
하늘 가득 좋은 기운이 금성탕지를 보호한다.

형세를 논하기는 성호 이익이 자세하고

변방정책 건의는 이옥 재상이 탁월했다.

이제부턴 대신들이 이 요지를 잘 방비하겠지

바다로 둘러싸인 나라라 깊은 근심 끝없기에.


이옥(李沃)은 숙종 때, 관동 일대를 남한산성이나 강화도처럼 요새화하자고 건의하였다. 춘천을 제2의 도읍으로 삼아 북쪽 오랑캐와 남쪽 왜구에 대비하여야 한다고 한 것이다. 이익(李瀷)도 『성호사설』에서 ㄱ 주장에 동조하였다. 이익은 우리나라가 위기에 처하였을 때, 춘천이야말로 사직을 보존하고 국면을 전환시킬 보루라고 보았다. 강위는 이옥과 이익의 논의를 회상하고, 조정대신들이 국난에 대비할 방안을 충실히 마련해야 한다고 촉구한 것이다.

춘천에서 오랜 유배 생활을 한 인물로 신흠(申欽, 1566~1628)이 있다. 그는 광해군의 조정에서 쫓겨나 1617년(광해군 9) 정월에 춘천으로 유배되었다. 북한강 변을 따라 춘천으로 가려면 석파령(席破嶺)을 넘어야 하는데, 매우 험하였다. 신흠은 「내가 수춘(壽春, 춘천의 다른 이름)으로 쫓겨나게 되었는데 석파령이 험하다는 말을 듣고 즉석에서 읊다(余將貶壽春聞席破嶺之險口占)」라는 시를 짓기까지 하였다. 그러나 춘천에 이른 신흠은 「소동파의 유배살이 시에 차운하다(次東坡遷居韻)」를 지어 스스로를 위로하였다. 장편고시의 일부다.

아 래 부 성 남   요 옥 연 수 려
我來府城南, 繞屋烟樹麗.

滄江官道傍, 水淸沙復細.
<sup></sup>창 강 관 도 방　수 청 사 부 세

世故固難常, 萬緣任遷逝.
세 고 고 난 상　만 연 임 천 서

人生有定分, 駕者還須稅.
인 생 유 정 분　가 자 환 수 세

寄此山水鄕, 遲暮眞良計.
기 차 산 수 향　지 모 진 양 계

虛室自生明, 雲霞棲曲砌.
허 실 자 생 명　운 하 서 곡 체

窈窕淸平洞, 一一皆螺髻.
요 조 청 평 동　일 일 개 나 계

誰言九返妙, 卽玆身可蛻.
수 언 구 반 묘　즉 자 신 가 태


춘천 부성의 남쪽

안개 낀 수풀이 집 둘레에 수려하고,

푸른 강은 관도(대로)와 나란히 흘러

물 맑고 모래도 보드랍다.

세간사는 정말 불변하기 어렵나니

일체 인연을 흐르는 대로 맡기리.

인생에는 정해진 분수가 있는 법

길 가는 말도 멍에를 풀어야 하리.

산수 좋은 곳에 부쳐 살게 되었으니

늘그막에 진정 좋은 계획이로군.

청정한 마음에 순백의 경지가 생겨나고
알록달록 노을(꽃)은 굽은 계단에 서식하누나.
그윽한 청평동의 산들은
하나하나 머리 묶은 모양.
누가 아홉 번 연단으로 승선한다 하였던가
바로 여기가 몸 허물 벗을 곳이거늘.

　신흠은 춘천에서 상수역에 관한 저술인 『서천규관(先天窺管)』을 정리하고 수상록인 『춘성록(春城錄)』과 『구정록(求正錄)』을 엮었다. 5년간의 유배생활은 그에게 진실로 '멍에를 풀고' 심신을 쉴 수 있게 해준 기회였다.

　춘천의 소양정은 산 위쪽으로 이전되어 있으나 여전히 소양강과 북한강의 잔잔한 흐름을 내려다볼 수 있다. 이 누대를 읊은 시 가운데 김시습(金時習, 1435~1493)의 시가 압권이다.

　「소양정에 올라(登昭陽亭)」 3수로, 제1수는 속세를 벗어나 화평하고 담박하면서도 아담한 경지를 표현하였다. 허균이 『성수시화(醒叟詩話)』에서 논평한 그대로다.

鳥外天將盡, 愁邊恨不休.
조 외 천 장 진　수 변 한 불 휴

山多從北轉, 江自向西流.
산 다 종 북 전　강 자 향 서 류

雁下沙汀遠. 舟回古岸幽.
안 하 사 정 원　주 회 고 안 유

何時抛世網, 乘興此重遊.
하 시 포 세 망　승 흥 차 중 유

새 나는 바깥에 하늘은 다하고
수심 끝에 한은 그치지 않아라.
겹겹 산은 북쪽에서 꺾어 들고
강물은 서쪽으로 흘러가는데,
기러기는 먼 모래톱에 내려앉고
조각배는 옛 기슭을 돌아나간다.
어느 때 세상 그물 버리고서
흥에 겨워 여기에 다시 노닐랴.


　　세상을 벗어나려는 뜻을 간결한 시어로 드러내었다. 수락산을 떠나
훌훌 관동으로 떠나온 후 오십의 나이에 쓴 시다. 그런데 김시습은 여전
히 속세의 그물을 벗어나지 못하고 있다고 고백하였다. 내면세계를 솔
직하게 드러낸 과연 그다운 시다.
　　한편 정약용은 1820년(순조 20)에 「소양정회고(昭陽亭懷古)」와 「우수주·
두보의 성도부 시에 화운함(牛首州和成都府)」이라는 시에서 춘천이 맥국일
수 없다고 주장하였다. 조위(曹魏)때, 낙랑태수 유무와 대방태수 궁준이
바다를 건너와 땅을 차지하여 북으로 고구려에 저항하고 남으로 진한을
공격해서 진한 여덟 나라를 취한 일이 있다. 정약용은 그때 낙랑의 근거지
가 실은 춘천이었다고 주장하였다. 그 「우수주」 시는 한편의 논문이다.

命僕理歸楫, 水風吹衣裳.

暮宿牛首村, 願瞻詳四方.

嗟茲樂浪城, 冒名云貊鄕.

木皮不能寸, 五穀連阡長.

地暄發生早, 首夏葉已蒼.

鳲鳩樹樹喧, 黃鳥弄柔簧.

南韓昔巡撫, 漢使川無梁.

勒石久埋沒, 薰聲竟微茫.

小水良若濊, 其名本無光.

國史有誰讀, 登覽深悲傷.


종복에게 갈 배를 손보라 하니

강바람에 옷이 펄럭인다.

우수촌(우두촌)에 투숙하여

사방을 자세히 살피고 싶었다.

아아 이곳 낙랑성이

맥국이란 이름을 뒤집어쓰다니.

나무껍질은 한 치도 안 되고

오곡 심은 논밭이 뻗어 있거늘.

기후 따뜻해 발생이 빨라

초하에 벌써 나뭇잎 무성하며,

나무마다 산비둘기 재잘거리고

꾀꼬리는 고운 노래를 부른다.

한나라 팽오(彭吳)가 순무할 때

강에 다리 없었는데,

길 통하고 세운 비석이 묻혀버려

그 공덕을 끝내 상고할 길 없구나.

작은 개울은 정말 구정물(濊) 같지만

예(濊)란 이름은 도무지 빛깔 없어라.

국사를 읽는 사람 누가 있는가

올라와 바라보니 슬픔만 더한다.


역사서에 의하면 춘천은 본래 맥국이었는데, 신라 선덕여왕 때 우수주로 삼았다고 한다. 그러나 맥 땅에 대하여 중국의 『한서』는 나무껍질이 세 치나 되고 얼음이 여섯 자나 된다 하였고, 『맹자』는 오곡이 자라지 못하고 기장만 난다고 하였다. 이것들은 춘천의 기후와 전혀 다르다. 그래서 정약용은 춘천이 맥국일 수 없다고 하였다. 또 한나라 사신 팽오가 우수주에 와서 다리를 놓고 길을 통한 후 기념비를 세웠다는 기록이 있다. 정약용은 그 기록을 근거로 우수주에 본래 낙랑 지부가 있었다고 보았다.

정약용은 우리 민족의 주체를 한(韓)으로 보고 기자조선 이후 문명이 개화하였다는 전제에서, 춘천이 기자조선 때 문명 지역으로 된 후 이른바 낙랑 때도 우리 역사의 주요 무대였다고 보았다. 오늘날의 역사관과 부합하지는 않지만, 그 나름의 민족주의적 견해이다. 맥족은 아직 국가를 지니지 못한 단계의 야만족이고, 그 거주지역은 반도의 동북방이나 만주였다고 간주한 것이다. 그의 설은 조선 고종 말년의 『증보문헌비고』에 수용되었다.

춘천은 막국수로 유명하다. 막국수의 재료인 메밀은 지금은 평창에서 주로 난다. 이효석의 『메밀꽃 필 무렵』에서 노래되었듯 순백의 꽃을 피우고 알싸한 냄새를 풍긴다.

시서화(詩書畵) 삼절(三絕)로 유명한 신위(申緯, 1769~1845)가 「맥풍(貊風)」 12장에서 메밀을 시로 읊었다. 신위는 1818년(순조 18) 3월부터 다음해 8월까지 춘천부사로 있으면서 춘천의 풍물을 애정 어린 눈길로 바라보고 약 200여 수의 시를 지었다. 「맥풍」은 춘천에서 나는 보리·밀·귀리·메벼·기장·수수·메밀·콩·팥·조·면화·삼·들깨·담배 등 농작물을 소재로 농구(農謳)를 지어 농사를 권장한 것이다. 제6수 「교맥(蕎麥)」이 곧 메밀을 노래한 시다.


節氣初回中伏腰, 紅蜻蜒沸夕陰出.

白花如雪繞籬香, 實熟其間五十日.

절기가 중복을 지나 말복으로 향할 때

고추잠자리 들끓으면 저녁 그늘에 나와 밭을 가니,

눈처럼 흰 꽃이 울타리 에워싸 향기롭구나

이제 오십 일이면 열매가 익을 게다.


청평사(춘천 북산면 청평리 오봉산 아래)에는 고려 중엽 희이노인(希夷老人) 곧 이자현(李資玄, 1061~1125)이 은거하던 곡란암이 있었다. 이자현은 인주 이씨(경원 이씨)로 이자겸(李資謙)의 사촌이다. 이자겸의 조부 이자연(李子淵)의 세 딸은 문종의 비였고, 이자연의 맏아들 이의(李顗)의 딸은 선종의 비, 둘째 아들 이호(李顥)의 딸은 순종의 비였다. 이자현은 이의의 아들이고, 이자겸은 이호의 아들이다.

이자겸은 둘째 딸을 예종의 비로 들여 넣고, 외손 인종이 왕위에 오르자 셋째 딸과 넷째 딸을 왕비로 들여보내 권력을 다진 후 왕에게 지군국사를 승인하는 조칙을 내리도록 강요하였다. 1126년에는 독약을 넣은 떡을 진상하였으나 인종이 까마귀에게 주는 바람에 죄상이 발각되었다. 마침내 귀양 가서 죽었고, 두 딸도 폐위되었다.

이자현은 인주 이씨가 외척으로서 영화를 누리고 있을 때 과거에 급제하고 대악서승이 되었으나, 관직을 버리고 춘천 경운산(慶雲山)에 은둔하였다. 그곳에는 부친이 중창한 보현원이 있었는데, 그 이름을 문수원(文殊院)이라 바꾸었다. 산 이름도 청평산으로 고쳤다. 그리고 무릎 붙일 정도의 기러기 알처럼 좁은 공간에 식암(息庵)을 만들고 참선을 하였다. 「낙도음(樂道吟)」이란 시에서 그는 무위자연의 도를 즐기겠다는 뜻을 밝혔다.

가 주 벽 산 잠　종 래 유 보 금
家住碧山岑, 從來有寶琴.

불 방 탄 일 곡　지 시 소 지 음
不妨彈一曲, 祗是少知音.

푸른 산 멧부리에 집지어 살며
보배스런 거문고를 지녀 왔다.
한 곡조 타볼 수야 있겠지만
알아들을 사람 없으려니.


보배스런 거문고란 자신만이 도달한 도의 경지를 상징한다.

　이자현과 한날 급제한 곽여(郭輿, 1058~1130)가 청평산으로 찾아왔다. 곽여도 벼슬을 버리고 금주(金州, 경남 김해)에 은둔하였으나 예종의 부름을 받고는 검은 두건에 학창의 차림으로 궁궐에 머물렀다. 당시 그를 금문우객(金門羽客)이라 일컬었다. 금문이란 대궐이란 뜻이고, 우객은 신선이란 말이니, 대궐에 거처하는 신선이라고 비꼰 말이다. 개성 동쪽 약두산 봉우리에 동산재라는 집을 얽고 거처하면서, 결혼도 하지 않고 첩을 두어 사람들이 비웃었다.

　곽여가 청평산에 들른 것은 동산재 시절의 일이다. 궁궐에 드나들게 된 것을 부끄러이 여겼나 보다. 이자현이 티끌을 멀리하고 은거를 계속하는 데 감동하였다. 그렇기에 「청평산 이거사에게 드림(贈淸平山李居士)」의 제2, 3연에서 이런 말을 하였다.

삼 십 년 전 동 탁 제　일 천 리 외 각 서 신
三十年前同擢第, 一千里外各棲身.

부 운 입 동 증 무 루　명 월 당 계 불 염 진
浮雲入洞曾無累, 明月當溪不染塵.


삼십 년 전 함께 과거에 뽑혔지만

천리 밖에 각기 떨어져 은거하다니.

뜬구름이 골짝에 들어도 허물이 아냐

밝은 시냇달은 티끌 하나 없는 것을.


이자현은 예종이 남경(지금의 서울)에 행차했을 때 삼각산으로 가서 한
번 만났다. 그 후로는 왕의 부름에도 응하지 않았다. 37년 동안 청평에
은둔하였으며, 이자겸 난이 있기 전에 죽었다. 유골은 청평사 영지에
안장되었다. 후에 '진락(眞樂)'이라는 시호가 내렸다.

이자현의 은거에 대해서는 진정으로 자연에 묻힌 것이라는 평가와
반대로 헛된 명성을 낚으려고 해괴한 짓을 한 것이라는 혹평이 있었다.
게다가 『고려사』는 이자현이 농장을 만들어 백성들을 괴롭혔다는 전설
을 덧붙였다.

조선 명종 때 이황(李滉, 1501~1570)은 재상어사로서 강원도의 흉작 상
황을 조사하러 갔다가 「청평산을 지나다 감회가 있어(過淸平山有感)」라
는 시를 지어 이자현의 은거 사실에 동정하였다.


협 속 강 반 잔 도 경　홀 봉 운 외 출 계 청
峽束江盤棧道傾, 忽逢雲外出溪淸.

지금인설여산사　시처군위곡구경
至今人說廬山社, 是處君爲谷口耕.

백월만공여소포　청람무적견부영
白月滿空餘素抱, 晴嵐無跡遣浮榮.

동한은일수수전　막지미자병백형
東韓隱逸誰修傳, 莫指微疵屛白珩.


협곡 죄이고 강 굽어 돌아 벼랑길 기울더니

갑자기 마주친다 구름 밖 맑은 시내.

지금도 사람들은 여산(廬山)의 백련사(白蓮社)를 말하는데

이곳이 바로 임이 밭 갈던 골짜기로다.

흰 달은 하늘 가득히 소회를 밝혀 주고

산안개 자취 없듯 뜬 영화를 버렸구려.

우리나라 은일전(隱逸傳, 은둔자들의 전기)을 누가 엮을 건가

작은 티 지적해서 옥구슬을 버리지 마오.


　여산은 중국 강서성에 있는 산. 그곳 동림사에서 동진 때, 도연명과 고승 혜원(慧遠) 등이 백련사를 결성하고 속세를 벗어난 교유를 즐겼다. 이황은 이자현의 은둔을 도연명에게 비긴 것이다.

　『고려사』에 보면, 이자현이 탐학하여 농장을 경영했다고 한다. 그런데 이황은 별도로 서문을 지어, 『고려사』가 확실치 않은 이야기를 기록으로 남겨두고 『동국통감』은 『고려사』의 기록을 그대로 믿어 경솔하게 논했다고 비판하였다. 사대부들이 영리를 탐하는 마음이 있어 불편하게 여겨 이자현의 은거에 대해 이름을 낮으려는 수작이었다고 비난했을

뿐이라고 반박하였다.

　　바위를 베개 삼고 흐르는 물로 양치하여 바윗굴에서 말라죽었다는 명성과 화려한 의복을 걸치고 국가에서 세워준 훌륭한 비문에 사적이 실리고 음악으로 칭송하여 주는 명성을 비교한다면 어느 것이 낫다 하겠는가? 세속의 소견으로는 두 가지가 다 명성이라 하겠지만, 한쪽은 고초가 심하고 한쪽은 너무도 안락하여 그 차이가 심하다. 이자현으로 말하면 화려한 명성은 부끄럽게 보아서 결연히 떠나기를 마치 몸을 더럽히기라도 할까 봐 염려하듯이 하고 고초를 흔연히 택하여 흔들림 없이 한 생애를 마쳤다. 이와 같은데도 명성을 위하여 한 짓이라고 한다면 어찌 인정에 타당한 논조라 하겠는가?

　　이황의 논증은 세간 영리를 초월하고자 하였던 식자들의 공감을 샀다. 심광세(沈光世, 1577~1624)는 『해동악부』의 「청평산」곡에서 이자현을 찬양하였고, 이익도 『해동악부』의 「곡란암(鵠卵菴)」에서 그러하였다. 허목(許穆, 1595~1682)도 「청평사」라는 시를 지었고, 정약용도 「밤에 청평사에 묵어 소동파의 반룡사 시에 화운하다(夜宿淸平寺和東坡蟠龍寺)」라는 시를 지었다.

　　강원도 철원에는 보개산이 있다. 그 산의 절에 『어우야담』의 저자 유몽인(柳夢寅, 1559~1623)이 시를 하나 남겼다. 「청상과부(孀婦)」 혹은 「보개산 절의 벽에 쓴 시(題寶盖山寺壁)」라는 제목이다. 늙은 과부가 개가 권유를 물리쳤다는 우언을 빌려, 인조반정 이후의 새 정권에 참여하지 않겠다는 뜻을 말한 것이다.

<sub>칠 십 노 상 부</sub>　<sub>단 거 수 공 곤</sub>
七十老孀婦, 單居守空壼.

<sub>관 독 여 사 시</sub>　<sub>파 지 임 사 훈</sub>
慣讀女史詩, 頗知姙姒訓.

<sub>방 인 권 지 가</sub>　<sub>선 남 안 여 근</sub>
傍人勸之嫁, 善男顏如槿.

<sub>백 수 작 춘 용</sub>　<sub>영 불 괴 지 분</sub>
白首作春容, 寧不愧脂粉.


일흔 살 과부

홀로 규방을 지키나니,

옛 여사(女史)의 시를 익히 읽어

임사(姙姒)의 가르침을 잘 안다네.

사람들이 재혼하라 권하여

무궁화꽃 같은 남자가 있다 한다만,

흰머리로 모양 내 보았자

연지분에 부끄럽지 않으랴.


　　여사는 주나라 때, 왕후의 예절을 담당하였던 여관(女官)이고, 임사
는 주나라 문왕의 후덕한 부인이었다. 『시경』 주남(周南)에 들어 있는
「관저(關雎)」나 「갈담(葛覃)」 같은 시는 모두 임사를 찬미한 시라고 전한
다. 여사의 시란 곧 이러한 시편들을 말한다. 늙은 과부는 그러한 시들

을 읽어 부인으로서의 덕목을 몸에 지니고 있다고 하였다. 벼슬하는 사람이 지녀야 할 도리를 몸에 지니고 있음을 비유한 것이다.

유몽인은 임란 때, 세자(훗날의 광해군)의 분조(分朝)에 따라갔다가 전쟁 후 영양군에 봉해졌다. 광해군 즉위 후 명나라에 사절로 갔다가 돌아와 은둔하였으나 왕명으로 남원부사가 되었으며, 한성부윤과 대사간 등을 지냈다. 하지만 인목대비 폐위론이 일어나자 다시 은둔하였다. 서강에서 『어우야담』을 지었고, 금강산 표훈사에 들어가 지냈다. 인조반정의 소식을 듣고 산을 내려오다가 보개산에 들렀다. 승려들이 "새 정권에서 벼슬을 하는 것이 어떠냐?"고 하자, 위의 시를 적어 자신의 뜻을 밝혔다.

유몽인은 다시 경기도 양주의 서산 곧 도봉산 북쪽 폭포동(瀑布洞) 송천정사(松泉精舍)에 은둔하였다. 그런데 헛된 공을 세우려는 자들이 그가 "복위 음모를 꾸민다"고 모함하였다. 문초를 받게 된 유몽인은 보개산 절에서 지은 앞서의 시를 읊었다. "어찌 용렬한 왕의 복위 운동을 하겠는가? 나는 그저 서산에 은둔하고자 하였을 따름이다"라고 말하였다. 서산은 백이가 주나라 무왕의 무력혁명에 반대하고 고사리를 캐 먹다가 굶주려 죽은 산의 이름이기도 하다.

반정 정권은 그를 풀어주면 새 조정에 서지 않으려는 사람이 많아지리라 우려하여 유몽인에게 역모죄를 걸었다. 훗날 1794년(정조 18)에 이조판서에 추증되고 의정(義貞)이라는 시호가 내렸다. 정조는 유몽인의 「청상과부」 시에 절의의 정신이 잘 나타나 있다고 하여 칭송하였다.

원주는 고려 말 원천석(元天錫)이 조선 건국에 반대하여 은둔했던 곳이다. 이방원은 어려서 원천석에게 글을 배웠는데, 즉위한 후(태종), 그의 집을 찾아갔다. 원천석은 담을 넘어 달아났다. 그 이후로도 원주에서는 많은 명사들이 배출되었는데, 은둔객이 유달리 많았다. 세종 때, 시인이자 학자였던 유방선(柳方善, 1388~1443)은 아버지가 민무구 옥사에 연루된 탓에 그도 오랫동안 유배지를 전전하다가 사면되어 원주 법천(法泉)에 거처하였다. 거기서 젊은 문인들을 가르쳐서 조선의 문학과 학문을 진작시키는 데 크게 기여하였다.

정조 연간에 남인 정파를 이끌던 정범조(丁範祖)는 41세까지 고향인 원주 법천동에서 지냈고, 출사 후에도 체직될 때마다 돌아가 동산을 가꾸었다. 법천동은 현계산(玄谿山) 앞에 위치하는데, 현계산 자락의 탄천(灘遷)을 따라가면 그의 고조 정시한(丁時翰, 1625~1707)이 소요하던 우담(愚潭)이 있었다.

정범조는 서실을 '청시야초당(淸時野草堂)'이라 하였다. 맑고 태평스러운 시절에 야인으로 살아가는 이가 거처하는 초당이란 뜻이다. 「푸른 둥지를 얽고(搆靑巢)」라는 시에서 그는 초야에 묻혀 살아가는 삶의 이상을 제시하였다. 일부를 든다.

정 중 유 기 송　　반 무 수 취 소
庭中有奇松, 半畝垂翠旄.

청 음 집 명 학　　수 색 부 춘 교
淸陰接暝壑, 秀色浮春郊.

남 결 위 아 옥　　호 유 배 창 초
攬結爲我屋, 戶牖排蒼梢.

구 루 입 기 중　　침 석 유 이 요
傴僂入其中, 枕席幽而凹.

玲瓏知月窺, 颼飀有風敲.
<small>영 롱 지 월 규　수 류 유 풍 고</small>

四大於此寓, 萬緣亦已抛.
<small>사 대 어 차 우　만 연 역 이 포</small>

정원 가운데 기이한 소나무
반이랑에 푸른 깃발 드리워,
맑은 그늘은 어두운 골짜기에 이어지고
아름다운 빛은 봄들에 넘치나니,
그 가지 엮어서 내 집을 만들고
푸른 가지들을 밀쳐두고 창문과 문을 내었다.
몸 굽혀 안으로 들어가니
잠자리가 조용하고도 우묵하여라.
영롱하게 달빛이 엿보고
솔솔 바람이 문을 두드리누나.
땅·물·불·바람으로 이루어진 몸뚱이를 여기 부쳐
세간 인연을 모두 버렸다.

『삼국유사』에 보면 신라 때, 강릉태수로 부임하는 순정공의 부인 수로부인을 위해 어떤 노인이 「헌화가」를 불렀고, 수로부인이 바다용에게 끌려가자 그 노인이 또 「주술가」를 불렀다고 한다. 종교민속학적인 배경이야 어떻든 이 노래들은 약동하는 생명력과 낭만적 분위기를 담뿍 지니고 있다. 그러한 생명력과 분위기를 연출해내는 것이 영동의 산수라고 생각된다.

한시기행

一曰淸冷山一曰五臺山而淸冷之名何爲也此山周圍城郭千峰萬
壑與西城淸冷山一毫不羨故補之此五臺之號何爲也東有滿月山
觀音聖道場昔年無染大寺見咸而西山大師有詩板懸云探根魚萬蔦
祠夢不到 閒事迹有令南臺積巒山地藏聖道場 西臺莊靈山
大勢至菩薩道場此臺豪王山殄勤聖道場 中臺地盧山釋
迦牟全身四剎封業也東西南北中名山攢刹故鄉曰五臺山之名
也皆三韓古寺月精之名 滿月山脈畵頭故鄉曰月精寺萬寶
十里許有白日洞是故東白日西月精應迹而君月精寺東主二
書內藏山此山昕係孫富而以 史閣昕侍地祉則東有大關嶺
南有飛鳳山坤有後菱時西有雲頭嶺乾有巒穀嶺是有狗
宿峽嶺英有貴王山自 史閣相距道里皆爲六十餘里四隅均
同千曲萬四東不得通涉爲不得馳走果是 四靈險之天嶺前云
五臺之南和氣儱二五臺之酸氣騰乙虹青顯醫穀葉水浦等地南道
巖崁王山飛鳳山沸鳴竜屯禾西等地爲

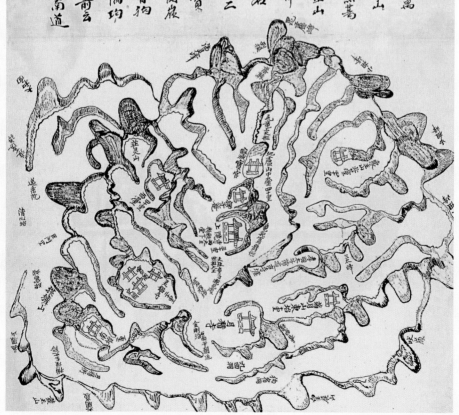

◉ 강릉오대산지도江陵五臺山地圖, 19세기, 영남대학교 박물관 소장

영동의 명승으로 관동팔경을 꼽는다. 정철(鄭澈, 1536~1593)이 국문시가 「관동별곡」을 남겼거니와 그의 한시에도 그 시상과 통하는 것들이 많다. 정철은 동서 분당의 와중에서 분주하다가 1579년(선조 12)에 탄핵을 받고 강원도 관찰사로 보외(補外, 외직으로 밀려남)되었다. 그래선지 강원도의 산수를 순수하게 감상하기보다는 정치의식을 가탁한 시가 많다. 「관동별곡」에서

진주관(眞珠館) 죽서루(竹西樓) 오십천(五十川) 내린 물이
태백산 그림자를 동해로 담아가니
차라리 한강의 목멱(木覓)에 닿게 하고저

라고 한 부분은 작위성이 지나쳐 영동의 산수에 미안하다.

그러나 정철은 역시 대시인이었다. 영동의 산수에서 감흥을 얻고 그로써 정신세계를 확장시켰다. 삼척에서 지은 「죽서루(竹西樓)」 시는 우주의 비밀을 한 폭의 그림 속에 담았다.

<ruby>竹<rt>죽</rt></ruby><ruby>樓<rt>루</rt></ruby><ruby>珠<rt>주</rt></ruby><ruby>翠<rt>취</rt></ruby><ruby>映<rt>영</rt></ruby><ruby>江<rt>강</rt></ruby><ruby>天<rt>천</rt></ruby>，<ruby>上<rt>상</rt></ruby><ruby>界<rt>계</rt></ruby><ruby>仙<rt>선</rt></ruby><ruby>音<rt>음</rt></ruby><ruby>下<rt>하</rt></ruby><ruby>界<rt>계</rt></ruby><ruby>傳<rt>전</rt></ruby>.

竹樓珠翠映江天, 上界仙音下界傳.

江上數峰人不見, 海雲飛盡月娟娟.

죽서루 단청빛이 강 하늘과 어울린 곳
천상의 노래가 인간세계에 들려라.
강가에는 봉우리 서넛, 사람은 하나 없고.

한시기행

조선 팔도와 한시 103

바다구름 날아간 뒤 달빛 참 아름답군.

　죽서루는 절벽 위에 있어, 아래로 오십천이 흐른다. 최근에는 도심 한 구석의 나지막한 정자로 변하고 말았다. 그러나 정철은 죽서루에서 하늘과 강 그리고 저 멀리 바다를 보았다. 그사이 한낮의 고요함이 한밤의 청명함으로 바뀌었다. 시간의 변화가 있고, 정(靜) 속에 동(動)이 있다.

　세 번째 구는 당나라 시인 전기(錢起)의 고사를 끌어다 썼다. 전기는 강호에 객으로 있을 때, "노래 다하도록 사람은 보이지 않고, 강에는 푸른 봉우리만 두어 점(曲終人不見, 江上數靑峯)"이란 구절을 귀신에게 듣고는, 다음해 과거에 「상수의 신령이 거문고를 탄다(湘靈鼓瑟)」는 시제가 나오자 그 두 구를 사용하였다고 한다. 정철의 이 시는 그 고사를 끌어다 쓰되, 우주 운행의 기미를 포착한 희열을 절묘하게 드러내었다.

　관동팔경이 어디 어디인지에 대하여는 여러 설이 있으나 한송정은 반드시 꼽는다. 김시습(金時習)이 사(詞)라는 곡조 형태에 맞추어 한송정을 노래한 것이 있다. 사(詞)는 악보라고 할 사패(詞牌)에 맞추어 본래는 화려하고 섬세한 분위기를 담는 형식이다. 김시습은 석주만(石州慢) 사패에 맞추어 「한송정」을 지었는데, 그 심사가 호방한 듯 침통하다.

십 리 한 성　　소 삽 고 저
十里寒聲, 蕭颯高低.

취 아 이 측　　의 문 제 거 홍 운　　주 피 균 천 광 악
吹我耳側, 疑聞帝居紅雲, 奏彼鈞天廣樂.

생 평 호 기　　여 금 첨 각 오 유　　창 파 만 경 하 요 확
生平豪氣, 如今添却遨遊, 滄波萬頃何遼廓.

도 시 일 흉 금　진 교 이 탄 토 서 축
都是一胸襟, 儘敎伊吞吐舒縮.

와 준 착 석 단 원　도 시 구 시 종 적
窪尊斲石團圓, 都是舊時蹤跡.

만 고 상 전　일 임 풍 마 태 박
萬古相傳, 一任風磨苔剝.

도 환 세 월 차 타　전 인 시 아 금 유 석
跳丸歲月蹉跎, 前人視我今猶昔.

강 개 발 장 가　만 사 정 비 압
慷慨發長歌, 滿沙汀飛鴨.


십 리에 걸친 차가운 소리.

스르르 높았다 낮았다

내 귓전에 불어온다.

하느님 거처하는 붉은 구름에서

균천광악 소리가 들려오는 듯.

평소 호기를

이 유람에 부쳤나니

창해의 파도가 얼마나 광활하냐.

그 모두를 가슴에

삼켰다가 뱉고 펼쳤다가 오므리노라.


우묵한 술동이는 돌을 쪼은 것

모두가 옛날의 자취.

조선 팔도와 한시　105

만고에 전하여

바람에 닳고 이끼에 찌들었다.

탄환마냥 세월은 흘러가 어그러지니

앞사람을 나와 비교하면 지금도 옛날 같으리.

북받쳐서 긴 노래 뽑을 때

모래밭에 갈매기떼 날아오르네.


한송정에는 찻샘·돌아궁이·돌절구가 있는데, 화랑도가 노닌 흔적이라고 한다. 김시습은 자신이 역사의 한 시점에, 우주자연의 한 지점에 미세한 점으로 존재할 뿐이란 사실을 새삼 깨닫고 마음이 북받쳤다. 백사장의 갈매기들은 시인의 좌절감을 모른 채 무심하기만 하다.


설악산은 인제·양양 사이에 있는 경승지다. 인제 쪽을 한계산이라하여 구분하기도 하지만, 구별 없이 모두 설악이라고도 하였다. 숙종 연간의 학자이자 최고 시인이었던 김창흡(金昌翕, 1653~1772)은 1718년(숙종44) 인제의 설악산 입구 갈역(葛驛)에 살면서 자연과 인생에 대한 깊은생각을 「갈역잡영」 전편 176수(칠언절구), 후편 173수(오언절구), 속편 7수(오언율시)에 담았다. 전편의 첫수는 서시(序詩)로, 의(義)와 이(利)의 분별에서 느낄 긴장마저도 벗어난 평온함을 담담하게 읊었다.


심 상 반 후 출 형 비　　첩 유 상 수 분 접 비
尋常飯後出荊扉, 輒有相隨紛蝶飛.

천 과 마 전 이 맥 롱　　초 화 망 자 이 견 의
穿過麻田迤麥壟, 草花芒刺易牽衣.

늘 먹는 밥 먹고 사립문 나서니
홀연 따라오는 나풀나풀 범나비.
삼밭을 가로지르자 보리밭길 꼬불꼬불.
풀꽃이며 까끄라기가 옷에 들러붙는군.

시골집 창 안으로 후둑후둑 들어오는 빗발에 잠이 깬 아침, 눅눅한 기분이라 잠자리에서 얼른 일어나지 못한다. 그런 때 듣는 처마 끝 풍령 소리는 어떠하랴. 마음속에 곰실거리는 상념. 전편 제128수.

풍 중 우 각 타 창 심    와 청 첨 령 상 옹 금
風中雨脚打窓深, 臥聽簷鈴尙擁衾.

인 득 군 계 하 시 조    만 계 와 인 산 증 음
認得群鷄下塒早, 滿階蝸蚓産蒸陰.

바람 속 빗발은 창 깊숙이 후둑거리는데
이불 안은 채 누워 처마 끝 풍령 소릴 듣는다.
닭들은 벌써 횃대를 내려왔겠지.
섬돌 가득 나온 지렁이, 눅눅한 장맛날.

문득 설악산을 생각한다. 나를 그 깊은 곳에서 질책하고 그리하여 끊임없이 투명하게 하는 초월적인 그것은 무엇인가. 그것은 설악산 신령이 아니겠는가. 자잘한 일상생활에서 나를 끌어내어 저 지고의 이상으로 향하게 하는 힘, 그것에 전율하게 된다. 전편 제24수.

江原道

관 적 초 연 물 외 신　구 저 방 촌 괴 평 인
觀迹超然物外身, 求諸方寸愧平人.

소 소 자 유 난 기 자　죄 아 기 유 설 악 신
昭昭自有難欺者, 罪我其惟雪岳神.


자취를 살펴보니 세속 밖에 벗어난 몸이지만

방촌(마음)에 물어보니 보통 사람에게도 못 미친다.

밝고도 밝아서 속이기 어려운 것

나를 죄 줄 자는 오직 설악산 신령.


김창흡은 젊어서 협기가 있었다. 18세인 1673년에 모친의 권유로 진사시를 보아 급제하였으나 대과(문과)를 보려는 뜻을 끊었다. 『장자』를 읽고 마음에 부합함이 있어 산수 사이에 노닐었다. 기사환국(1689, 숙종 15) 때 아버지 김수항(金壽恒, 1629~1689)이 송시열(宋時烈, 1607~1689)과 함께 사사되자 벼슬하려는 생각을 아예 끊었다. 1694년에 갑술옥사가 일어나자 반대당 인물을 공격하는 데 가담하기는 하였으나, 마침내 설악산 입구 갈역(加歷으로도 표기)에 은거하였다. 62세 때 가을에는 춘천에 곡구정사(谷口精舍)를 짓고 살았다. 성격이 괴팍해서 시론(時論)에 대하여 장문의 편지를 지어 요직의 사람들을 배척하기도 하였다. 그래서 처사인 주제에 횡의(橫議, 함부로 시국을 논함)한다는 비난을 들었다. 조정에서 유일(遺逸)로 천거해서 사헌부의 관직을 주려고 하였으나 나가지 않았다.


영동에서도 강릉은 문향(文鄕)으로 이름이 높다. 이곳은 광해군 때의 풍운아인 허균(許筠)의 고향이기도 하다. 관직 생활에 지쳤을 때 허균은 「감호를 추억하면서(憶鑑湖)」라는 장편시를 지었다. 감호는 곧 경포다. 또 「명주를 추억하면서 구양수의 희서(戲書) 운으로 짓다(憶冥州用戲書韻)」라는 칠언율시도 남겼다. 후자를 든다.

면 억 동 영 시 아 방　속 순 황 치 세 련 양
緬憶東瀛是我邦, 俗淳況値歲連穰.

춘 풍 처 처 화 쟁 발　가 절 가 가 주 정 향
春風處處花爭發, 佳節家家酒正香.

소 일 자 유 재 호 죽　기 시 원 량 반 시 상
少日子猷栽好竹, 幾時元亮返柴桑.

은 순 옥 회 견 귀 흥　수 대 문 군 설 고 향
銀蓴玉膾牽歸興, 羞對文君說故鄕.


멀리 생각나누나 동쪽 영주 나의 고향

풍속도 순박하고 해마다 풍년이었다.

봄바람에 곳곳마다 다투어 꽃이 피고

가절이라 집집마다 술 향기 좋고 말고.

젊은 날엔 왕휘지(王徽之)처럼 대나무 심었거늘

어느 때에야 도연명이 시상리(柴桑里)로 돌아갔듯 귀향할지.

순채국과 농어회는 귀거래 흥취를 돋운다만

문군(文君)을 대하여 고향 얘기 부끄러울 뿐.


진(晉)나라 장한(張翰)은 가을바람이 불자 홀연 고향 오 땅의 순채국과 농어회가 생각나 고향으로 돌아갔다고 한다. 허균도 강릉의 나물과 회를 생각하고 고향으로 돌아가고 싶어 했다.

젊어서는 동진 때 왕휘지처럼 대를 심으며 꼿꼿한 절개를 사랑하였는데, 어느새 벼슬에 얽매여 전전긍긍하는 자신을 되돌아보고 마음이 아팠다. 어느 때에야 도연명처럼 벼슬을 내던지고 고향으로 돌아갈 것인가, 자문하여 본다. 하지만 귀향하지 못하고 고향 얘기만 하고 있으니 시첩 문군을 대하기 부끄럽다.

허균은 광해군 때, 대북파에 가담하였다가 대북파의 수령 이이첨에게 속아 역적죄로 사형을 당하였다. 결안(決案)도 없었고, 곤장도 한 대 맞지 않은 채 서시(西市)에서 처형되었다. 영원히 귀향하지 못한 셈이다.


강원도의 산과 물은 속된 유흥의 수단으로 있는 것이 아니다. 우리를 완성시키려는 초월자의 모습으로 다가온다.

동해안의 일출도 장대한 상상을 촉발한다. 특히 총석정 일출은 관동팔경의 하나로 시적 소재가 되었다. 박지원(朴趾源, 1737~1805)은 조선의 최고의 산문가이지만 시도 뛰어났다. 「총석정에서 일출을 보고 지은 시(叢石亭觀日出)」는 광명이 어두움을 극복하는 과정을 신비스럽고도 생생하게 표현하였다. 모두 70구 490자인데, 한시에서 운자를 고르기 가장 어려운 증(蒸) 운을 이용하면서도 무리 없이 이어나갔다. 일출을 기다리는 초조감, 해뜨기 직전의 혼돈과 무질서, 해가 솟아오르는 순간의 긴장, 해 뜨는 순간의 찬란함, 해가 오르면서 온 우주에 넘치는 생동감을 신비롭게 묘사하였다. 마지막 부분은 이러하다.

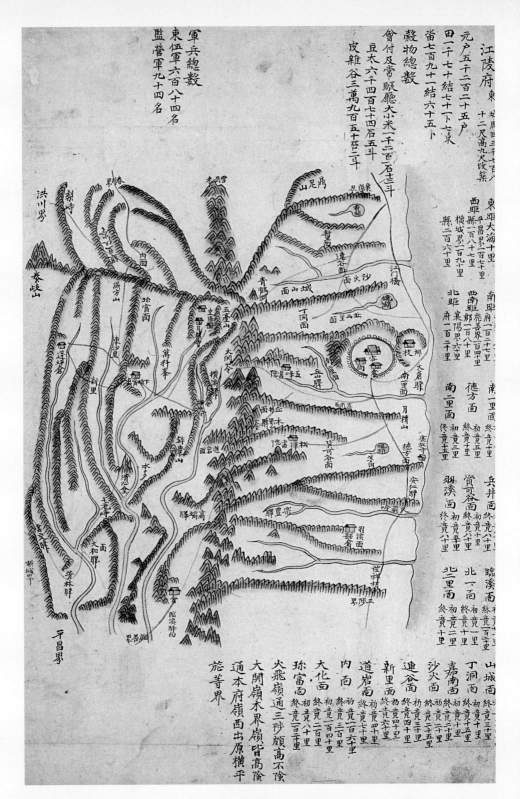

● 해동지도海東地圖(강릉부江陵府), 18세기, 서울대학교 규장각 소장

<sup>원</sup><sup>래</sup><sup>육</sup><sup>만</sup><sup>사</sup><sup>천</sup><sup>년</sup>　<sup>금</sup><sup>조</sup><sup>개</sup><sup>규</sup><sup>혹</sup><sup>사</sup><sup>릉</sup>
圓來六萬四千年, 今朝改規或四楞.

<sup>만</sup><sup>장</sup><sup>해</sup><sup>심</sup><sup>수</sup><sup>급</sup><sup>인</sup>　<sup>시</sup><sup>신</sup><sup>천</sup><sup>유</sup><sup>계</sup><sup>가</sup><sup>승</sup>
萬丈海深誰汲引, 始信天有階可陞.

<sup>등</sup><sup>림</sup><sup>추</sup><sup>실</sup><sup>단</sup><sup>일</sup><sup>과</sup>　<sup>동</sup><sup>공</sup><sup>채</sup><sup>구</sup><sup>축</sup><sup>반</sup><sup>등</sup>
鄧林秋實丹一顆, 東公綵毬蹴半登.

<sup>과</sup><sup>보</sup><sup>전</sup><sup>래</sup><sup>천</sup><sup>부</sup><sup>정</sup>　<sup>육</sup><sup>룡</sup><sup>전</sup><sup>도</sup><sup>파</sup><sup>과</sup><sup>긍</sup>
夸父殿來喘不定, 六龍前道頗誇矜.

<sup>천</sup><sup>제</sup><sup>암</sup><sup>참</sup><sup>홀</sup><sup>빈</sup><sup>축</sup>　<sup>노</sup><sup>력</sup><sup>추</sup><sup>곡</sup><sup>기</sup><sup>욕</sup><sup>증</sup>
天際黯慘忽顰蹙, 努力推轂氣欲增.

<sup>원</sup><sup>미</sup><sup>여</sup><sup>륜</sup><sup>장</sup><sup>여</sup><sup>옹</sup>　<sup>출</sup><sup>몰</sup><sup>약</sup><sup>문</sup><sup>성</sup><sup>빙</sup><sup>빙</sup>
圓未如輪長如甕, 出沒若聞聲砯砯.

<sup>만</sup><sup>물</sup><sup>함</sup><sup>도</sup><sup>여</sup><sup>작</sup><sup>일</sup>　<sup>유</sup><sup>수</sup><sup>쌍</sup><sup>경</sup><sup>일</sup><sup>약</sup><sup>등</sup>
萬物咸覩如昨日, 有誰雙擎一躍騰.


지금껏 육만 사천 년 동안 둥글었으나

오늘은 사각형일지 몰라 생각하는 참에,

수억 길 깊은 바다에서 누가 길어 올렸나

이제 믿겠네 하늘 오르는 계단이 있다는 걸.

신화 속 등림(鄧林)의 열매 같기도 하고

동공(東公)이 채색공을 차 올린 듯도 하다.

괴수 과보는 뒤에 처져 헐떡이고

여섯 마리 용은 앞을 인도하며 으쓱거린다.

하늘가가 암담하더니 홀연 찌푸렸다가

힘껏 바퀴통을 밀어 올리려고 기운을 더하니,

112

바퀴처럼 둥글지 않고 항아리처럼 길쭉한 모양
물 위로 솟아날 때 첨벙 소리 나는 듯.
만물이 서로 지켜보길 어제처럼 하니
누가 두 손으로 받들어 튀어 오르게 했을까.

신화의 이야기나 현란한 비유어를 사용하여 동 트는 모습을 장엄하
고도 찬란하게 묘사하였고, 어둠을 이기고 나오는 붉은 해의 원시적인
힘을 굳센 필치로 그려내었다.

해는 깊은 심연에 갇혀 있다가 누군가가 밀어 올리기라도 하듯이 돌
연 물 위로 솟는다. 해가 하늘과 바다의 경계 위로 떠오르는 것은 점진적
인 과정이 아니라 돌연한 과정이다. 바다에서 해돋이를 본 사람은 그 돌
연한 과정에 놀라게 된다. 그 돌연함 속에 창조의 비밀이 있다.

'만물함도(萬物咸覩)'는 『주역』 「설괘전(說卦傳)」에서 이괘(離卦)를 두
고 "만물이 모두 서로 본다(萬物皆相見)"라고 한 뜻을 취하였다. 이괘는
남방의 방위로, 성스런 군주가 남쪽을 향해 앉아 천하를 살피고 만물이
서로 번성함을 보며 즐긴다는 뜻이다.

박지원은 새 아침에도 만물이 번성함을 또다시 보리라고 기대하였
다. 조선왕조의 번영을 기원하고 또 자부하는 마음에서였다.

# 五. 봄빛은 시냇가 풀에 돌아오고, 경기도

경기란 왕도의 주변을 경현과 기현으로 나누는 제도에서 온 말이다. 고려 때는 개경의 주변을 경기라고 하였다. 지금의 경기도는 조선시대의 제도를 따랐다. 경기도는 실로 고대로부터 문화를 집적하고, 동쪽·북쪽·남쪽으로의 연결 고리를 이루어 왔다.

1466년(세조 12)에는 경기도를 4목 7도호부 7군 19현으로 편성하였다.

목 : 광주·여주·양주·파주
도호부 : 이천·수원·부평·남양·인천·장단·강화
군 : 양근·안산·안성·고양·풍덕·삭령·마전
현 : 지평·음죽·양지·죽산·과천·진위·양천·용인·김포·금천·양성·통진·영평·포천·적성·교하·가평·연천·교동

    구한말에는 경기도에 38개 군이 있었다. 이전의 목·도호부·군·현이 모두 군으로 되었으며, 개성이 추가되고 금천이 시흥으로 바뀌었을 따름이다.

    조선시대 관서로 가려면 낙하(洛河)를 건너 호곶(壺串)을 거쳐 송도(개성)로 들어갔다.

    낙하는 임진강 하류로, 남북의 사람과 물자가 끝없이 오가는 곳이었다. 교하 북쪽 26리에 낙하도가 있었다. 한강과 임진강은 통진 북쪽에 이르러 조강(祖江)으로 합한다. 세 강이 합하므로 '삼기하(三岐河)'라고도 한다. 또 송도의 서쪽에는 옛 중국과의 교역에서 중요한 구실을 하였던 벽란(碧瀾)이 있다.

    일찍이 김시습(金時習)은 낙하를 건너면서, 그 지역 사람들이 뿌리 깊게 신앙하는 조강의 신·낙하의 신·벽란의 신에 관한 이야기를 들었다. 그리고 훗날 『금오신화』를 지을 때, 「용궁부연록(龍宮赴宴錄)」 속에서 그들의 모습을 생생하게 형상화하였다.

    숙종 때, 문인 신유한(申維翰, 1681~1752)이 조강을 노래한 장편시를 남겼다. 신유한은 한미한 집안 출신인데다가 늦게 급제하였다. 관직은 낮았으나 제술관으로 일본을 다녀와 『해유록(海遊錄)』을 지어 유명해졌다. 하지만 다시 관직에 나가지 않다가 1744년 64세로 첨정 자리를 얻었다. 치사(致仕, 일흔 살이 되어 벼슬을 그만둠) 후 고향 가야산에 은거하였다. 그의 「조강행(祖江行)」은 시인이 저물녘 조강의 주막에 도착해서 강촌 노인의 신세 한탄을 듣는 형식이다. 노인은 조강의 번화했던 옛 모습을 다음과 같이 말하였다.

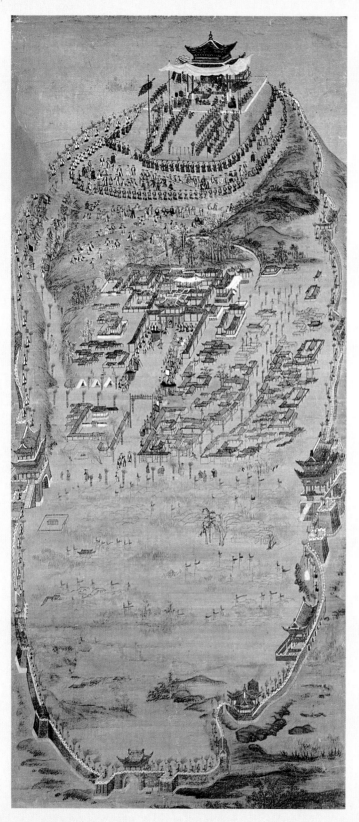

● 수원읍어좌도차도水原邑御座都次圖,
1790년, 국립중앙박물관 소장

조 강 일 명 삼 기 하　시 위 삼 강 합 조 창 해 파
祖江一名三岐河, 是爲三江合朝滄海波.

남 통 호 해 서 낙 랑　축 로 상 속 여 비 사
南通湖海西樂浪, 舳艫 相屬如飛梭.

어 염 과 포 미 작 산　차 항 일 일 천 범 과
魚鹽果布米作山, 此港一日千帆過.

장 년 황 모 하 군 랑　고 객 청 사 금 파 라
長年黃帽何郡郎, 賈客靑絲金叵羅.

개 언 한 수 고 난 월　소 문 당 로 고 주 아
皆言漢水苦難越, 笑問當壚沽酒娥.

나 부 초 총 계　막 수 공 화 아
羅敷初總髻, 莫愁工畫蛾.

섬 섬 유 지 요　염 창 춘 면 가
纖纖柳枝腰, 艷唱春眠歌.

강 류 일 일 변 춘 주　취 척 금 전 환 소 부
江流日日變春酒, 醉擲金錢喚少婦.

월 락 조 생 선 상 어　소 화 담 탕 강 두 류
月落潮生船上語, 韶華澹蕩江頭柳.

연 년 차 항 성 번 화　북 객 수 과 패 강 구
年年此港盛繁華, 北客羞誇浿江口.


조강은 일명 '삼기하'라 하니.

세 강이 바다로 함께 조회하기 때문이지요.

남으론 호남, 서쪽으론 낙랑(평양)으로 통하여

잇닿은 배들이 베틀의 북과 같았고,

고기·소금·과일·베·쌀이 산같이 쌓일 땐

하루에도 일천 척이 오갔다오.

장년의 황모 쓴 이(뱃사공)들은 어느 고을 사낸지

푸른 비단실과 금파라(술잔)를 팔았죠.

모두 한강은 건너기 괴롭다면서

목로에서 술 파는 여인을 희롱하였으니,

나부(미녀)가 머리를 갓 올리고

막수(미녀)가 눈썹을 곱게 그린 듯,

버들가지처럼 가는 허리로

춘면가를 예쁘게 불렀나니,

강물이 날마다 흘러 봄술로 변한 듯 하였고

취해서 돈을 던지며 첩이라 불렀다오.

달 지고 조수 불어나면 배 위에 사람들 두런거리고

봄빛은 강가 버드나무에 물씬 일렁였구요.

해마다 이 항구는 번화하여

북녘 길손도 평양 자랑을 못했다오.


그러나 팔도에 가뭄이 자주 든 뒤로 조강은 쇠락했다. 삼남의 일백
도회에서는 "관기들이 머리 흔들어 금비녀를 내던지는 판인데(官娃掉頭
抛金鈿)" 민생은 이렇게 고단하다니⋯. 신유한은 노인의 넋두리를 들으
며 자신도 가야산에 가서 농사나 지어야 하겠다고 마음먹었다.

조선 초부터 경기도지역에는 벌열들의 전장이 많았다. 특히 파주 근
처가 그러하였다. 당시 양반들은 각 지방에 농장을 두어 부의 터전으로
삼았고, 서울에는 벼슬살이 때 기거할 교거(僑居)를 마련하였다. 그리고

또 집안 대대로 거처할 곳으로는 북한강과 남한강에서부터 한강 하류의 통진 부근 땅을 골라두었다. 성종 때, 문인 성현(成俔, 1439~1504)은 파주 창화리에 거처하던 부도덕한 벌열가를 풍자하여 「창화리를 지나며 (過昌和里)」를 지었다. 84구로 이루어진 장편인데 일부만 든다.

명참오공적　휘영운대계
名參五功籍, 輝映雲臺枅.

상사누거만　금백천여니
賞賜累鉅萬, 金帛賤如泥.

윤옥일불가　아주여봉규
潤屋日不暇, 牙籌如奉圭.

한복주사방　편복고모예
悍僕走四方, 鞭扑敲耄倪.

박최만민고　자량열요혜
剝朘萬民膏, 茨梁列要蹊.

장년압삼사　불해안검여
長年押三司, 不解安黔黎.

경영부국술　이해도견계
經營富國術, 貽害到犬鷄.

이공겸이사　석리분도추
利公兼利私, 析利分刀錐.


공신첩에 그 이름 다섯 번 올라
공신각 가로보를 찬란히 비추어,
상으로 받은 것이 수십만 금

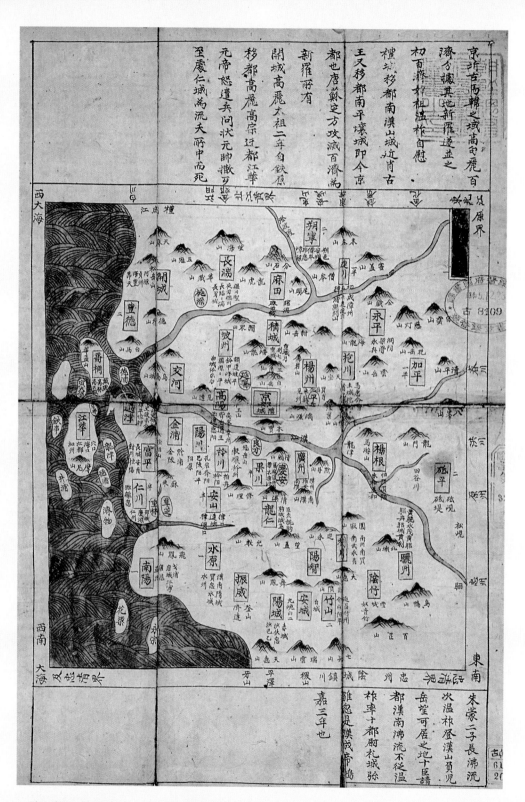

◉ **팔도지도**八道地圖(경기도京畿道), 17세기, 국립중앙도서관 소장

비단은 진흙같이 천하거늘,

가산 늘리기로 겨를 없어

주판 받들기를 규옥 받들 듯.

사나운 종놈은 사방으로 내달려

늙은이든 애들이든 매질해대고

인민의 기름을 짜내고 또 짜내

막대하게 요로에 갖다바쳐선,

오래도록 삼사(三司)의 장이 되고도

인민을 안정시킬 생각은 않고,

부국한다는 잘난 경영책이

개와 닭에까지도 이해가 미쳐,

나라 이롭게 한다면서 사리를 도모해

한 냥 한 푼까지 이익을 챙기다니.


한나라 때, 장우(張禹)는 성제의 스승으로 있으면서 농토를 많이 늘렸고 외척에게 붙어 부귀를 누렸다. 한나라 무제 때, 공손홍(公孫弘)은 유학자로 평진후에 봉해졌는데, 황제의 뜻에 영합하여 법령을 해석하였다. 즉 '곡학아세(曲學阿世)'하였다. 성현은 창화리 벌열가의 인물이 마치 장우나 공손홍처럼 악행을 하였는데도 장수하고 가문이 융성한 사실을 보고, 조물주의 심판에 공정하지 못한 면이 있다고 탄식하였다.


경기도 외곽에는 북쪽으로 민둥산·소요산, 남쪽으로 팔달산·수리산, 동쪽으로 운악산·중원산·유명산·명지산·천마산이 둘러 있다. 그리고 서울을 에워싸고 북쪽에 삼각산·도봉산·수락산·불암산, 남쪽에 관악산·청계산이 솟아 있다.

수락산은 성종 때 김시습이 은거하고, 숙종 때는 박세당(朴世堂, 1629~1703)이 은거한 곳이다. 남효온(南孝溫, 1454~1492)은 수락산으로 김시습을 찾아나갔다가 길을 잃은 일이 있다. 그는 복숭아 열매를 따서 배를 채우면서 시(「訪淸隱于水落山 失路 將三十里 溪源始窮 而有桃實垂路 攀枝摘食 飢腹果然」 2首)를 지었다. 그 둘째 수를 보면 세간인은 김시습의 은둔지를 결코 찾아내지 못하리라는 '거리감'을 표현하면서, 김시습을 찾아나섰기에 자신도 청정한 경계에 들었다고 가만히 안도하였다.

호 표 신 과 적 미 건　　운 심 하 처 도 인 단
虎豹新過跡未乾, 雲心何處道人壇.

참 천 수 목 의 무 로　　정 간 창 오 찬 석 간
參天樹木疑無路, 靜看蒼鼯竄石間.

맹수들 지나간 자취 채 마르지 않았군
짙은 구름 속 어느 곳이 도인의 거처인가.
나무들이 하늘에 솟아 길이 없는 듯해라
돌 틈에 숨는 다람쥐를 가만히 바라본다.


영조 때의 뛰어난 시인 이병연(李秉淵, 1671~1751)은 「십팔 일에 수락산으로 가다(十八日往水落山)」에서 수락산을 오르려고 새벽에 나서는 가벼운 흥분을 이렇게 표현하였다.

晨興視殘月, 半窺西嶺頭.

悠哉我有行, 百里豆川流.

果腹田家食, 草韉加黃牛.

出門無所礙, 高歌浩自由.

迢迢水落山, 秀色滿楊州.


새벽에 일어나 지는 달을 보니

서편 산마루에 반쯤 걸렸네.

느긋해라 나의 행로여

백 리 흐르는 두천(豆川, 동두천)을 따라가리라.

농가의 음식을 실컷 먹고서

황소에 언치 놓아 타고 가야지.

문밖을 나서매 거칠 것 없어

소리 높여 한껏 노래 부르노라.

아스라한 수락산이여!

그 자태가 양주 고을에 가득하구나.


황소에 볏짚 언치를 놓고 타고 간다고 하였고, 문을 나서며 마음껏
노래한다고 하였다. 호쾌하고 여유롭다. 이병연은 일생 1만 300여 수의

시를 지었다고 한다. 많이 짓는다고 좋은 것은 아니지만 좋은 시를 많이 짓는다면 그것도 좋은 일 아닌가. 현재는 500수 정도 전한다.

영평(永平)의 응암(鷹岩)에는 숙종 때 학자이자 문학가인 김창협(金昌協, 1651~1708)이 은둔하였다. 김창협은 기사환국(1689) 때 부친 김수항(金壽恒)이 사사되자 응암에 농암수옥(農岩樹屋)을 짓고 살았다. 세상이 나를 속일지라도 청산은 나를 속이지 않으리라. 그렇기에 자연 속에서 자연물과 의지하며 살겠다고 하였다. 그러나 우환의식(憂患意識, 세상이 올바르지 않음을 걱정하고 개혁하려는 의식)을 버린 것이 아니었다.「가을의 회포(秋懷)」라는 시에서 그는 이렇게 토로하였다.

충 명 나 부 경　　목 락 장 년 비
蟲鳴懶婦驚, 木落長年悲.

장 부 적 소 장　　불 의 역 유 자
丈夫適少壯, 不宜亦有茲.

내 하 추 절 지　　의 기 매 처 기
奈何秋節至, 意氣每凄其.

음 양 유 서 참　　감 격 고 천 기
陰陽有舒慘, 感激固天機.

정 취 기 불 이　　변 화 회 동 귀
貞脆豈不異, 變化會同歸.

구 변 유 유 가　　탄 식 양 재 사
九辯有遺歌, 歎息亮在斯.


벌레(촉직, 귀뚜라미) 소리에 게으른 아낙 놀라고,

나뭇잎 떨어지니 장년의 사내 슬퍼하네.

대장부로서 젊고 씩씩하다면

또한 이러한 일 있지 않으련만,

가을만 돌아오면 어이하여

의기가 시들해지는 건가.

펼쳐주었다간 참혹하게 함이 음양의 이치

정말로 천기[천지운행의 법칙]에 감격하게 되누나.

곧음과 무릎이 어찌 다르리오

변화하면(죽으면) 같은 곳으로 돌아갈 것을.

저『초사』「구변」의 노래가

탄식했던 것도 실로 이 때문이었지.


참혹한 처지이고 보면 절개를 지키는 것이 무슨 의미가 있을 것인지. 하지만 시인은 이런 넋두리를 통해 스스로를 위로하고 난세에도 절개를 지키리라 다짐한다.


벽제는 평안도로 나가는 관리들을 위한 전별연이 벌어지는 곳이자, 중국을 왕래하는 사절 일행이 쉬었다 가는 곳이다. 최숙정(崔淑精, 1344~1480)이 「을미년 이월 초팔일에 사은사 일행에 끼어 연경으로 가다가 벽제역에 묵으면서 감회를 적다(乙未二月初八日 部謝恩使赴京 宿碧蹄驛書懷)」라는 시를 남겼다. 그는 문과에 급제하고 발영시에 뽑혀 호당(독서당)에 들어갈 만큼 전도가 양양하였다. 하지만 여주목사로 있던 중 파면되고 홍문관 부제학으로 임명되자 하사받은 술을 폭음하다가 병을 얻어 사망하게 된다.

通宵郵吏語囂囂, 破榻欹危睡不牢.

春色暗回溪畔草, 愁痕工點鬢邊毛.

未醒宿酒頭猶重, 默數前程夢亦勞.

入夜別懷深似海, 靑燈生焰照征袍.


밤새도록 역참 관리들 떠들어대고

침상 기울어 잠이 오지 않누나.

봄빛은 가만히 시냇가 풀에 돌아오누만

시름 흔적은 구레나룻에 흰 점을 찍었다.

숙취 심하여 머리 아직 무거운데

갈 길 꼽아 보면 꿈 또한 힘겨워라.

밤 들자 이별의 정회가 바다처럼 깊구나

등불의 푸른 불꽃은 나그네 옷을 비추고.


중국 사행에 끼어 서울을 떠난 시인은 벽제의 전별연에 참여하였다.
봄빛은 시냇가 풀에 돌아오는데 흰 구레나룻은 늘어만 가고, 연경까지 노
정을 꼽아보면 아득하기만 하다. 역참의 관리들은 밤늦도록 두런거리는
데, 등불의 푸른 불꽃만 옷을 비추고 있다. 고단한 심사가 배어나온다.


조선시대 인천은 소성(邵城)이라고 불렀다. 관아는 남구 관교동에 있

126

었다. 남쪽으로 청량산과 문학산, 북쪽으로 주안산, 북동쪽으로 소래산(蘇來山)이 둘러 있고, 동쪽은 바다다. 관아에서 동쪽으로 경신역(慶信驛)을 거쳐 남쪽으로 가면 안산(安山), 북쪽으로 중림역(重林驛)을 거치면 금천(衿川)이었다. 소래산 남쪽을 끼고 성현(星峴)을 넘어 부평(富平)을 거치면 서울이다.

소론계 명신 최석정(崔錫鼎, 1645~1715)은 1689년 소래산 아래 전장에 머물면서, 두 살 아래 친척 최후징(崔後徵, 자 宗叔)의 산우물 집을 찾고 시를 주고받았다. 「종숙의 시에 화운하다(和宗叔)」라는 시를 보면 이러하다.

> 강　해　신　장　은　　　운　연　기　자　서
> 江海身將隱, 雲煙氣自舒.

> 섬　계　회　도　일　　　팽　택　부　귀　초
> 剡溪廻棹日, 彭澤賦歸初.

> 세　임　유　방　도　　　촌　빈　상　유　어
> 歲稔猶防盜, 村貧尚有魚.

> 청　담　소　미　미　　　승　사　독　시　서
> 淸談宵娓娓, 勝似讀詩書.


바닷가에 몸을 숨기려 하매
운연(자연 풍광) 속에서 기운이 절로 펴지네.
왕자유(王子猷)처럼 배 띄웠다가 흥 다해 돌아가고
도연명처럼 귀거래를 노래한다네.
풍년 들어 오히려 도적이 방비되고

마을이 가난해도 생선 반찬 있구나.

한밤에 청담을 진진하게 나누나니

『시』·『서』를 읽음보다 낫고야 말고.


최석정은 1703년 여름에 인천을 다시 찾았다. 이때 안산에 살던 정제두(鄭齊斗, 1649~1736)가 그를 찾아와 양명학의 문제를 토론하였다.

부평은 이즈음 도회지로서 크게 발전하였다. 고려 때 이름은 계양이다. 이규보(李奎報, 1168~1241)는 고려 무신정권에서 순탄한 관직생활을 하였다. 다만 52세 되던 1219년에 탄핵을 받고 계양도호부사 병마검할(桂陽都護府副使 兵馬鈐轄)로 5월에 부임해서 약 13개월 동안 부평에 있었다. 지난해 겨울 외방 수령으로 있으면서 미처 팔관하표(八關賀表, 팔관회를 축하하여 군주의 성덕을 칭송하는 글)를 올리지 못한 죄 때문이었다. 다음해(1220년) 6월 최충헌이 죽고, 그의 아들 최이(崔怡)가 집권하자 이규보는 예부낭중에 올라 개성으로 돌아갔다.

당시 부평은 "호랑이가 대낮에 나타나고 모기는 해지기 전에 극성을 부렸다." 그래도 이규보는 부평의 집을 좋아해서 스스로 먼지를 쓸고 하면서 당의 이름을 '자오당(自娛堂)'으로 지었다. 또 그는 촌민의 처지를 동정해서, 그 뜻을 태수와 부로가 서로의 뜻을 전하는 문답시로 적어 보았다. 「태수가 부로에게 보이다(太守示父老)」 시에서는 농민들이 자기를 친근하게 여기기 바란다고 말하였다.

我是老書生, 不自稱太守.
(아 시 노 서 생  부 자 칭 태 수)

128

기어주중인　시아여야구
寄語州中人, 視我如野耉.

유온즉내소　여아색모유
有蘊卽來訴, 如兒索母乳.

구한천불우　시역여지구
久旱天不雨, 是亦子之咎.

은근사부로　불여속해수
殷勤謝父老, 不如速解綬.

아거이즉안　하수차노추
我去爾卽安, 何須此老醜.


나는야 늙은 서생

스스로 태수라곤 일컫지 않소.

이 말을 고을 사람에게 부치나니

나를 늙은 농부로 여겨주오.

억울하면 와서 호소하여

갓난애가 어미 젖 찾듯 하구려.

비 내리지 않아 오래 가물다니

이 또한 나의 죄.

정중히 부로에게 사과하나니

속히 사직함만 못하리.

나 떠나면 그대들 편할 것을

이 늙은이에게 기댈 게 무어 있나.

목민관들은 가뭄이 들면 농민들을 위하여 기우제를 지내거나 제문을 지어 주었다. 이규보도 "벼 싹을 살펴본즉 열에 여덟, 아홉은 말랐고, 흙덩이에 넘어진 것은 마치 침(針)이 꺾인 듯한" 혹독한 가뭄을 만나 "부끄럽고도 한탄스러워 땀이 물 흐르듯 하는가 하면, 팔짱을 낀 채 우두커니 서서 달갑게 천벌을 기다릴 각오입니다"라고 기우제문에서 말하였다. 목민관으로서의 심경을 토로한 것이다.

부평은 서울에서 매우 가까웠기에 권귀(權貴, 권세 있고 신분 높은 사람)의 별서(별장)가 많았다. 세종의 손자이며 성종의 종숙이었던 부림군(富林君) 이식(李湜, 1458~1488)은 부평에 별장을 두었다. 그는 김시습이 수락산에 은둔해 있을 때 교유한 인물이다. 서울의 사우정(四雨亭)에서 유유자적하였으므로 호를 사우정이라 하였다. 풍류문아의 면에서 종실의 어른이었던 월산대군과 어깨를 겨룰 정도였다.

이식은 종실의 이정은(李貞恩)과도 친하였다. 이정은은 태종의 왕자 익녕군(益寧君)의 아들로, 음률에 뛰어났다. 김시습과 교유하였고, 남효온(南孝溫)·홍유손(洪裕孫) 등과 어울려 잠령칠현(蠶嶺七賢)의 한 사람을 자처하였다. 이식은 「정중(이정은)에게 부치다(寄正中)」의 전반부에서 부평을 이렇게 노래하였다.

아 유 수 연 려　부 평 서 엄 서
我有數椽廬, 富平西崦西.

괴 류 자 성 촌　동 호 분 각 규
槐柳自成村, 洞戶分角圭.

격 적 허 락 정　단 리 과 소 휴
闃寂墟落靜, 短籬過蔬畦.

거마절부도　경벽무진니
車馬絕不到, 境僻無塵泥.

산여옥부용　수사청파려
山如玉芙蓉, 水似靑玻瓈.

남포반고심　유어대여서
南浦半篙深, 游魚大如犀.

조래위옥회　구평위향제
釣來爲玉膾, 韭萍爲香虀.

순박별건곤　호주쟁휴제
淳朴別乾坤, 壺酒爭携提.


나의 서너 칸 오두막이

부평 서산 서쪽에 있네.

홰나무 버드나무가 마을을 이루고

골짝의 집들이 어긋져 있는 곳.

괴괴할 만큼 부락은 고요하고

낮은 담은 채마밭에 걸쳐 있다.

귀한 분의 말과 수레 이르지 않고

외진 곳이라 진흙 먼지 없다네.

산은 옥 연꽃 같고

강물은 푸른 유리.

남쪽 포구는 삿대가 잠길 정도

노니는 물고기는 물소 크기.

그걸 낚아다 회를 뜨고

부추로 나물을 만드나니,

순박한 이 별천지로

다투어 술병 들고 온다네.


종실들은 과거를 거치지 않고서도 벼슬을 받았다. 그러나 대개 당하
관의 명예직이 고작이어서 술과 풍류로 생애를 보냈다. 귀공자로서 유
유자적하며 분방한 삶을 살았던 것이다.

　오늘날의 시흥은 본래 금양현(衿陽縣)이었다. 조선 전기 강희맹(姜希
孟, 1424~1483)의 별장이 그곳에 있었다. 그는 『금양잡록(衿陽雜錄)』을 저
술하였는데, 그 속에는 농요를 번안한 「선농구(選農謳)」 14장이 들어 있
다. 금양은 서북으로 한강에 이어지고, 수답과 건답이 반반이었으나,
메마른 땅이 많은 데다가 물가 논은 가물면 마르고 비가 내리면 물에 잠
기기 일쑤였다고 한다. 강희맹은 「중참을 기다리며(待饁)」에서 농민의
일과를 이렇게 노래하였다.


대 고 용 정 급　　소 고 입 주 연 횡 벽
大姑舂政急, 小姑入廚烟橫碧.

기 장 암 작 후 뢰 명　　공 화 생 양 목
飢腸暗作吼雷鳴, 空花生兩目.

대 엽 시 제 서 부 득 력
待饁時提鋤不得力.


큰 시누이는 절구질 서두르고

작은 시누이가 부엌에 드니 푸른 연기 빗기네.

주린 창자에선 가만히 우레 소리 울리고

두 눈은 어지럼증으로 아물거린다.

들밥 기다릴 때면 호미 들 힘도 없다네.


허균은 『국조시산』에서 이 시를 두고 묘사가 빼어나다고 평가하였
다. 하지만 큰 시누이와 작은 시누이가 떡과 음식을 장만한다는 설정은
아무래도 현실감이 없다. 농촌의 평화로움을 지나치게 이상화한 듯하
다. 더구나 원래 시의 '대고'는 본 부인, '소고'는 첩을 가리킨다고 볼
수도 있다. 그렇다면 더욱 현실감이 떨어진다.


안산은 광주도호부의 비월지(飛越地, 다른 고을을 건너뛰어 행정적으로 속현
으로 둔 곳)였다. 소금과 해물 때문에 부유하였다. 하지만 어민들이 다 그
런 것은 아니다. 조선 후기 이병연(李秉淵)이 안산현감으로 있을 때, 바
닷가 풍경을 묘사한 시 「갯마을(浦村)」을 보면 이렇다.

빈 해 간 인 속　　상 봉 파 박 창
濱海看人俗, 相逢頗朴蒼.

망 천 포 음 식　　선 파 보 교 량
網穿包飮食, 船破補橋梁.

박 지 청 니 옥　　차 풍 백 위 장
撲地靑泥屋, 遮風白葦墻.

생 애 남 장 리　　가 취 진 어 랑
生涯嵐瘴裏, 嫁娶盡漁郎.


바닷가 마을 사람들 사는 모양은

너무도 소박하다.

구멍 난 그물로 음식을 싸두고

부서진 배로 다리를 보수한다.

다닥다닥 진흙집은 땅에 붙었고

흰 갈대 담으로 바람을 막는다.

일생 비린 바람 속에 살며

처녀들은 모두 뱃사람에게 시집가네.


안산의 첨성리(瞻星里)는 곧 이익(李瀷, 1681~1763) 가문의 세거지였다. 이익은 족손자 삼환(森煥)을 아꼈다. 이삼환은 재야학자로 1786년 천주교의 '오염'에 대항하여 「양학변(洋學辨)」을 저술하고, 다시 한문과 한글로 글을 지어 백성들을 효유하였다. 정조는 호우(湖右, 충청남도) 지역의 벽사(闢邪, 이교도를 물리치는 일)를 그에게 맡기려고까지 하였다. 신유사옥 때, 장천(長川)에서 한 명의 천주교 신자도 나오지 않은 것은 이삼환의 효유 덕이라고 전한다.

이삼환은 1795년(정조 19, 을묘) 10월, 온양 서암(西巖)의 봉곡사(鳳谷寺)에 동료들을 모아 이익의 저술인 『성호질서(星湖疾書)』를 교정하였다. 서암강학이라고 불리는 이 모임에는 이삼환과 정약용 이외에 남인의 학자들이 여럿 참여하였다.


경기 땅 여주 신륵사는 영릉(英陵, 세종대왕)의 원찰(願刹)이다. 드넓은 숲으로 유명하다. 임진왜란 때 타버린 뒤 중창되어 '보은사'라는 사액을 받았다. 원찰이란 죽은 사람의 화상이나 위패를 모셔두고, 그 사람의 명복을 비는 법당을 말한다. 또 신륵사는 고려 말, 나옹화상 혜근(惠勤, 1320~1376)이 열반한 고찰이기도 하다. 동대(東臺) 위에는 신라시대 5층 전탑이 있어, 벽사(甓寺)라고도 부른다.

나옹화상은 양주 회암사 주지로 있다가 병이 났다. 공민왕은 회암사가 소란하니 밀양의 영원사로 옮기라고 하였다. 나옹은 남여를 타고 삼문으로 나왔다가 다시 죽은 사람이 나가는 열반문으로 나왔다. 나옹이 여주로 올 때 부채로 용문산이 보이지 않게 살짝 가렸다고 하는데, 이유가 무엇인지 두고두고 이야기가 많다. 나옹이 신륵사에 당도한 그날로 숨을 거두었다는 이야기가 있으나 훗날 지어낸 말이다.

나옹화상은 강월헌(江月軒)에 거처하였다. 강 속에 사는 용마에게 굴레를 씌워 굴복시켰다고 해서 '신륵'이라는 이름이 생겼다는 전설마저 있다. 정두경(鄭斗卿)의 고시 「신륵사」를 보면 나옹이 설법하면 귀신도 참예하였다고 한다. 곧 시의 제3,4연은 이러하다.

대 하 강 류 백 장 청　당 년 설 법 귀 신 청
臺下江流百丈淸, 當年說法鬼神聽.

천 녀 주 하 방 장 실　용 왕 야 참 연 화 경
天女晝下方丈室, 龍王夜參蓮花經.

동대 아래 강물은 일백 장(丈)으로 맑구나
당시 설법하면 귀신이 와서 들었다네.
천녀는 낮에 방장에 내려오고
용왕은 밤에 연화법석에 참여하였지.

고려 때, 이색(李穡, 1328~1396)은 최만년인 68세 때 신륵사를 둘러보고 청심루에 묵으면서 「여흥 청심루 시판 제영(題詠)에 차운하다(驪興淸心樓題次韻)」라는 제목으로 4수의 시를 남겼다. 청심루는 객사로 이용되었다. 둘째 수는 함련(제2연)의 기상이 씩씩하다.

한 무 누 기 관 편 단　수 명 청 심 궐 서 안
恨無樓記冠扁端, 誰名淸心闕署顏.

한 수 공 고 마 암 석　부 천 세 대 용 문 산
捍水功高馬岩石, 浮天勢大龍門山.

오 거 설 락 헌 창 외　양 와 풍 래 침 점 간
燠居雪落軒窓外, 涼臥風來枕簟間.

황 시 춘 풍 여 추 월　상 심 미 경 갱 관 한
況是春風與秋月, 賞心美景更寬閑.


한스럽군 편액 머리에 누기(樓記)가 없다니
누가 청심이라 이름했는지 서명이 빠졌구나.
물을 막는 공은 마암석이 높고
하늘에 뜬 형세는 용문산이 크다.
방 안이 따스한 때 창밖에는 눈송이 지고
서늘할 때 누우면 베갯머리에 바람 든다.
봄바람 불고 가을 달 걸렸을 때는 또 어떤가.
편안한 마음과 경치 즐기는 마음이 더욱 느긋하구나.


좋은 시절(良辰)·아름다운 경치(美景)·즐기는 마음(賞心)·유쾌하게 노는 일(樂事)의 네 가지를 사미(四美)라 한다. 중국 남조 송나라의 사령운(謝靈運)은 그 네 가지를 아우르기란 어렵다고 했다. 만년의 이색은 넉넉한 심경이었나 보다. 그래서 청심루에서 그 네 가지를 아울렀다고 한 것이다.

여주와 가장 인연이 깊은 시인은 신광한(申光漢. 1484~1555)이다. 1521년 10월에 신사무옥이 일어났을 때 관직을 삭탈당하였는데, 1524년 정월부터 여주 원형리에 은둔하여 15년간 살았다. 신광한은 두보(杜甫)의 쓰라렸던 처지에 동조하고 도연명의 귀거래를 흠모하였으며 소옹(邵雍)의 「달관음(達觀吟)」을 읊조렸다. 「이소경에 차운한 책의 끝에 적다(書和離騷經卷端)」는 다음과 같다.

천 고 상 강 사　여 하 한 독 심
千古湘江事, 如何恨獨深.

분 명 유 유 혈　오 열 상 함 심
分明猶有血, 嗚咽尙含心.

운 거 창 오 묘　비 래 백 발 삼
雲去蒼梧杳, 悲來白髮森.

유 여 부 진 어　욕 화 갱 점 금
唯餘不盡語, 欲和更霑襟.

아득한 옛적 상강의 일(굴원의 일)이여
어찌하여 홀로 한이 깊었나.
분명 혈성(血誠)을 지녔기에
품은 마음 있어 오열하였으리.
구름은 창오산 위로 아득히 떠가고

● **여지도**輿地圖(과천果川), 18세기, 국립중앙도서관 소장

슬픔은 성성한 백발에 밀려온다.

다만 못한 말 남았기에

화운(和韻)하려 하니 눈물이 다시 옷깃을 적시네.


차운(次韻)이나 화운(和韻)은 다른 사람의 시를 읽고, 그 시의 운자(韻字, 시의 일정한 부분에 리듬감을 살리기 위해 놓는 같은 음향의 글자)를 이용해서 시를 짓는 것을 말한다. 앞사람 시의 주제나 분위기를 계승하는 경우가 많다.

과천은 고구려의 율목군이었다가 940년 과주로 되었다. 1413년 과천이 되었는데, 1895년 과천군으로 승격하여 인천부에 속했다가 1896년 경기도의 4등군이 되었다. 그 후 시흥군에 편입되고, 1986년 1월 1일 시로 승격되었다. 가까운 분행역(分行驛)과 양재역(良才驛)을 지나 한강을 건너 환구동(圜丘洞) 즉 지금의 만리동을 거쳐 서빙고 북쪽 길로 들어서면 서울 남대문이었다.

조선 전기 학자 성현(成俔, 1439~1504)은 인천·파주·과천에 별장을 두었다. 「과천별장에 놀며(遊果川別墅)」 3수 가운데 제3수를 보면 과천은 너른 들판이 펼쳐 있었다. 정부 관청과 경마장이 있는 지금 모습과는 너무 다르다.


남 과 양 재 역　　평 교 수 리 여
南過良才驛, 平郊數里餘.

장 라 구 야 휼　　절 류 관 계 어
張羅驅野鷸, 折柳貫溪魚.

적 서 위 촌 경　　황 화 조 로 허
赤黍圍村徑, 黃花照路墟.

秋光今已晩, 行樂肯徐徐.
<sub>추 광 금 이 만 행 락 긍 서 서</sub>

남으로 양재역을 지나면
평평한 들판이 서너 리.
그물 쳐서 물총새를 쫓고
버들가지 꺾어 물고기를 꿰네.
붉은 기장은 시골 길을 에워쌌고
국화 꽃은 길가 집을 비춘다.
가을빛이 저물었거늘
행락을 어이 서서히 하랴!


유몽인(柳夢寅)의 『어우야담』에 보면, 과천 관사 뒤의 여우고개(狐峴)
에서 어떤 노인이 길손에게 소가죽과 소의 머리를 씌워서는 소로 만들
어 팔았다는 이야기가 나온다. 소가 된 길손은 남에게 팔려가 무를 먹고
서야 사람의 몸이 되었으며, 그 고개를 찾아가 보니 예전의 초가집은 없
어졌다고 하는 이야기다. 여우고개는 호령(狐嶺)이라고도 하니, 곧 남태
령이다.


관악산은 서울의 진산이자 경기의 진산이다. 대개 산을 논하는 사람
들은 흰 바위가 드러나 있는 산을 악산이라고 간주한다. 그렇다면 관악
산은 대표적인 악산이다. 가뭄이 들 때마다 과천현감은 산신령에게 비
를 구하는 의식을 치렀다. 또 마을 사람들도 해마다 초겨울에 산 마당에

서 굿을 올렸다. 그 마당을 도당(禱堂)이라고 하였다. 조선 후기의 문신이자 화가이며 서예가인 신위(申緯)는 관악산 너머 현 서울대학교 인문대학 부근에 산장을 두었다. 신위는 도당굿의 신을 맞이하고 보내는 글도 지었다. 그런데 신위는 「자하산장도에 스스로 써서 웅운(熊雲) 객에게 부치다(自題紫霞山莊圖 寄熊雲客)」에서

관 악 내 자 속 리 산　　　만 마 분 등 삼 백 리
冠岳來自俗離山, 萬馬奔騰三百里.

일 마 북 수 서 침 침　　　은 등 옥 편 반 선 지
一馬北首逝駸駸, 銀鐙玉鞭盤旋止.

관악은 속리산에서부터 왔으니
일만 필 말이 삼백 리를 달려오다가
한 마리 말이 북쪽으로 기세 좋게 가서는
은 등자에 옥 채찍으로 느긋하게 서성이는 듯.

이라고 하였다. 은 등자에 옥 채찍은 관악의 흰 바위들을 그렇게 묘사한 듯하다.

대웅전이 수려한 삼막사(三幕寺), 양녕대군이 군주를 그리워한 곳이라는 연주대(戀主臺)는 지금도 사랑스럽다. 조선 말기의 의병장 유인석(柳麟錫, 1842~1915)이 「관악산에 올라(登冠岳山)」 시를 남겼다.

<sup>행 공 주 도 백 운 간</sup> <sup>좌 견 장 공 조 영 한</sup>
行笻拄到白雲間, 坐見長空鳥影閒.

<sup>대 서 중 국 연 평 해</sup> <sup>공 북 왕 성 관 중 산</sup>
對西中國連平海, 拱北王城冠衆山.

<sup>오 강 주 즙 춘 풍 원</sup> <sup>열 군 인 연 석 조 환</sup>
五江舟楫春風遠, 列郡人烟夕照還.

<sup>부 앙 건 곤 지 광 대</sup> <sup>호 위 용 록 작 수 안</sup>
俯仰乾坤知廣大, 胡爲庸碌作羞顔.


지팡이 짚고 흰 구름 속으로 들어가서

긴 하늘에 한가로운 새 그림자를 바라본다.

서쪽으론 중국과 평평한 바다로 이어지고

북쪽으로 서울을 공읍하여 뭇 산 가운데 으뜸이다.

한강의 다섯 강에는 배들이 봄바람에 멀리 가고

주변 고을들 인가에선 석양에 밥 연기 피어난다.

천지를 부양하여 그 광대함을 알겠나니

어찌 용렬하게 부끄러운 얼굴을 지으랴.


관악산에 올라 광대한 지세를 바라보고, 국난의 시기에 염치(廉恥)를 지켜 천지간에 떳떳한 장부이고자 결심을 다진 시이다.

어디로 옮겨 가나 물으니

세도가 신도비를 만들 거라나.

신도비는 누가 지었나

필력 굳세고 문장 기특하다.

"이분이 살아계실 때는

천품과 학업이 뛰어나

임금을 섬김에 충직하였고

집에서는 효성 있고 자애로웠으며

문전에서 뇌물을 끊어

창고에 재물 하나 없었고

하는 말은 세상의 법도요

행실은 남의 본보기였다.

평생 처신에

불의함이 없었으니

그래서 뚜렷이 새겨

영원히 닳지 않게 하노라."

이 말을 믿든 안 믿든

남들이 알든 모르든

마침내 충주 산의 돌들을

갈수록 줄게 하여 남은 게 없을 정도.

무딘 것이라 입 없어 다행이지

입 있다면 응당 말이 있으리.

권필의 시는 화장하지 않은 절대가인이 구름도 막을 듯한 목청으로 우조와 계면조를 촛불 아래 부르다가 노래를 미처 끝내지 않고 홀연 나가버리는 것과 같다. 그의 시가 대부분 거칠어서 세세한 완결성은 떨어지지만, 시어의 뜻이 자연스럽고 사랑스럽기 때문에 허균이 그렇게 논평했다.

권필은 19세 때 사마시 초시와 복시에서 장원하였으나 답안지에서 시사를 풍자하였기 때문에 합격이 취소되었다. 또 광해군 때는 친구 임숙영(任叔英)이 책문(策問)에서 시정을 풍자한 일로 광해군의 처남 유희분의 미움을 사서 급제가 취소되자, 「궁류시(宮柳詩)」를 지어 물의를 일으켰다. 그 시 때문에 심문을 받고 귀양 가다가 매 맞은 상처의 독 때문에 죽었다.


구한말에 충청도는 충청북도와 충청남도로 나뉘어 있었고, 북도에는 18개 군, 남도에는 37개 군이 속하였다.


충청북도 : 충주·청주·옥천·진천·청풍·괴산·보은·단양·제천·회인·청안·영춘·영동·황간·청산·연풍·음성·문의

충청남도 : 공주·홍주·한산·서천·면천·서산·덕산·임천·홍산·은진·태안·온양·대흥·평택·정산·청양·회덕·진잠·연산·노성·부여·석성·비인·남포·결성·보령·해미·당진·신창·예산·전의·연기·아산·직산·천안·목천·오천


충주는 옛 중원지방으로서 갖가지 유적과 역사적 전설이 얽혀 있다.

충주의 명소는 우륵이 거문고를 탔다는 탄금대다. 대문산 아래 가파른 벼랑 위에 있다. 임진왜란 때, 신립 장군이 여기서 배수진을 치고 문경새재를 넘어오는 왜군을 맞아 싸우다가 전사하였다. 훗날 어부들은 강물에 밥을 던져 신립과 군사들의 원혼을 달랬다. 신립이 패한 이유를 두고 여러 전설이 생겨났다. 여인의 소원을 들어주지 않아 그 원혼에 헷갈렸다는 이야기도 있다.

조선 인조 때, 이식(李植)은 자작의 칠언율시 가운데 유독 「충주동루(忠州東樓)」를 제일 낫다고 여겼다고 한다. 동루는 어떤 누대인지 분명하지 않다. 이 시는 충주 부근의 차분한 듯하면서도 힘찬 형세를 잘 그려내었다.

초 요 비 각 군 성 외   부 시 중 주 기 장 재
岹嶢飛閣郡城隈, 俯視中州氣壯哉.

산 진 남 동 존 월 악   수 추 서 북 포 금 대
山鎭南東尊月岳, 水趨西北抱琴臺.

건 곤 종 목 청 춘 동   금 고 상 심 백 발 최
乾坤縱目靑春動, 今古傷心白髮催.

이 각 원 룡 호 기 진   명 조 투 핵 가 귀 래
已覺元龍豪氣盡, 明朝投劾可歸來.


날아갈 듯한 누각이 고을 구석에 있어
중원을 굽어보아 기세도 웅장하다.
산은 동남쪽에 월악이 높고
물은 북서로 탄금대를 끼고 흐른다.

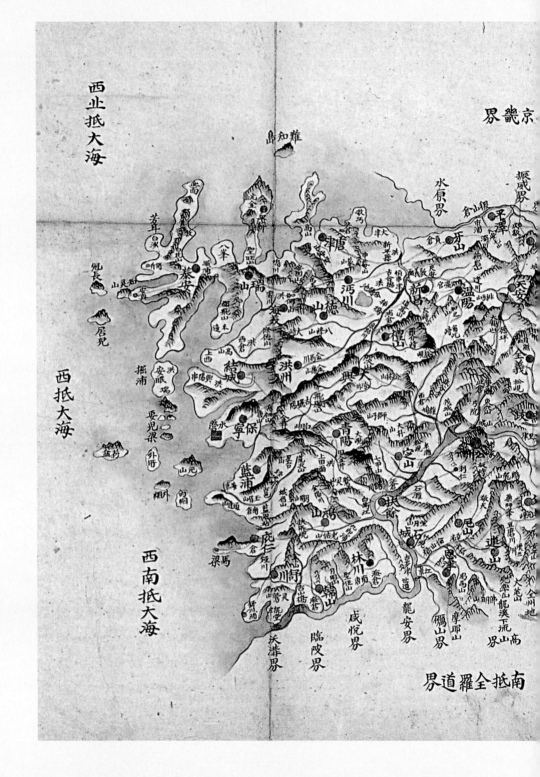

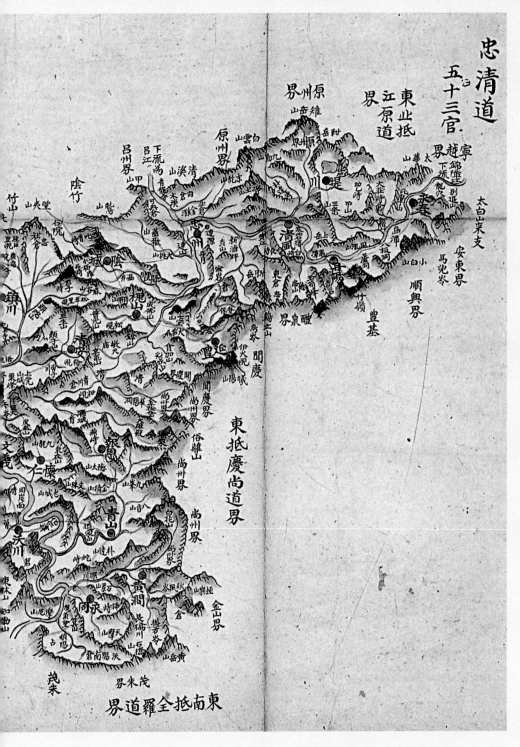

◉ 해동도海東圖(충청도忠淸道), 18세기, 호암미술관 소장

천지를 바라보니 청춘의 기운 동하는데
고금을 상심하매 백발이 느누나.
진원룡(陳元龍)의 호기가 다하였으니
스스로 탄핵하고 전장으로 돌아가자.

원룡(元龍)은 동한 때 사람 진등(陳登)의 자(字)이다. 광릉태수로 있다
가 여포(呂布)를 주살하여 복파장군(伏波將軍)의 호를 받았다. 본시 남을
우습게 볼 정도로 기개가 당당해서 허사(許汜)가 찾아왔을 때 자기는 윗
침대에 오르면서 허사에게는 아래 침대를 쓰게 했다고 한다. '원룡고와
(元龍高臥)'라는 고사다. 허사가 유비를 만나 불평하자, 유비는 "그대가
전답이나 구하고 집값이나 묻고 해서 원룡이 그대를 꺼린 것이야. 소인
이 백 척 높은 누대에 누우려 하는 꼴 아닌가!"라고 핀잔하였다.

투핵이란 스스로 자기 죄상을 탄핵하고 벼슬에서 물러남이다. 이식
은 누각에 올라 천지를 부앙하고 호방한 기백을 새삼 느꼈던 것이다.

충주 근처에 이부(利富)라는 고개가 있었다. 이덕무(李德懋, 1741~1793)
는 23세 때, 「칠십리설기(七十里雪記)」에서 겨울 산의 모습을 절묘하게
묘사하였다.

계미년(23세, 1763) 12월 22일에 이 선생(작자 이덕무)이 황마를 타고 장차 충
주로 가려고 아침에 이부 고개를 넘는데, 찬 구름은 하늘에 꽉 차 있고 눈이
평평 쏟아지기 시작하였다. 눈송이가 가로 비껴 나는 모양이 마치 베틀 위의
씨줄 같다. 고운 눈송이가 조용히 귀 밑에 떨어져 은근한 뜻이 있는 듯하기
에 나는 이를 사랑하여 하늘을 우러러 입을 벌려 받아먹었다. 산간의 가느다

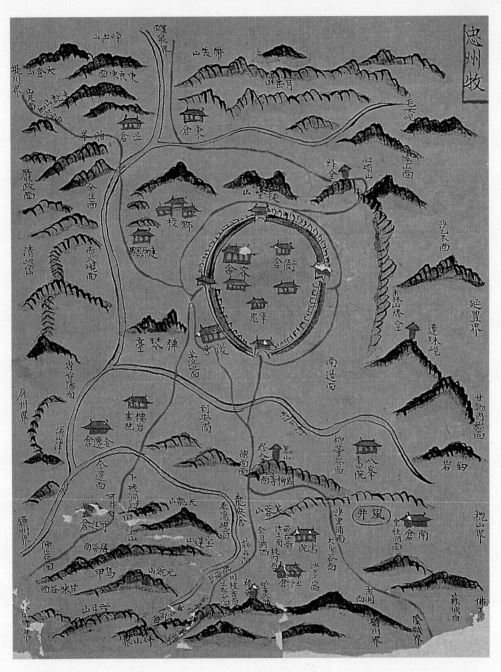

● 호서전도湖西全圖(충주목忠州牧), 18세기, 영남대학교 박물관 소장

란 길이 먼저 희어지고 먼 데 소나무는 검게 보인다. 청청한 빛깔이 흰 빛으로 물드는 것은 가까운 곳의 소나무다. 말라버린 수숫대가 밭 가운데 서 있는데, 눈발이 바람을 끼고 내몰아치니 수숫대는 쏴 부르짖으며 휘파람을 분다. 수숫대의 빨간 껍질은 눈 위에 거꾸로 끌려 저절로 초서(草書)를 이룬다. 숲 속의 맞닿은 나뭇가지에는 자웅으로 짝지은 까치 예닐곱 마리가 한가로이 앉아 있다. 새들은 부리를 가슴에 파묻은 채 눈을 반쯤 감고 자는 듯도 하고 자지 않는 듯도 하다. 혹은 조금 떨어져서 부리를 갈기도 하며, 목을 돌리고 발톱을 들어 눈을 긁기도 하고, 다리를 들어 옆에 있는 놈의 날갯깃을 긁어 주기도 하며, 눈이 정수리에 쌓이면 흔들어 털고는 눈동자를 바로 하여 눈 날리는 모양을 조용히 바라보기도 한다(『국역 청장관전서』 1책, pp.248~249).

산길을 덮는 눈, 소나무와 수숫대에 쌓이는 눈, 휘파람 소리를 내며 몰아치는 눈발을 표현한 것이 걸출하다. 또 숲에서 눈을 맞고 앉은 까치들의 여러 동작들을 묘사한 것도 매우 신선하다.

기호 남인의 삼대 가문으로는 사천 목씨(泗川睦氏)·여주 민씨(驪州閔氏)·진주 유씨(晉州柳氏)를 꼽는다. 진주 유씨의 세거지는 괴산이었다. 유명천(柳命天, 1633~1706)은 벼슬에 나간 뒤 경신 이후 4년, 갑술옥사 이후 약 6년, 신사 이후 약 4년의 귀양살이를 하고, 괴산의 전리로 물러나 은퇴당(恩退堂)을 짓고 6년을 살았다. 40세 때 별시문과에 장원급제하고 나서 전리의 고산정을 찾아 「고산정에 적다(題孤山亭)」라는 시를 지은 것이 있었다.

遠訪孤山到, 披榛覓小亭.

廻汀雪點白, 破屋雨淋青.

水石非生面, 煙霞卽舊形.

他時終老約, 鷗鷺報丁寧.


멀리 고산을 찾아와

개암나무 숲을 헤치고 정자에 오르니

돌아나간 물가엔 눈발이 희끗희끗

기운 집은 푸른 빗방울이 뚝뚝.

수석은 초면이 아니요

연하(노을)는 옛 모습 그대로군.

여기와 늙으리라 약속하자

물새도 은근하게 대답하네.


유명천은 신사옥사로 지도에 안치되었다가 1704년에 해배되어 고산
정으로 돌아갔다. 귀향을 희구하지만 만년에나 돌아갈 수 있었던 그의
일생을 생각하면 명리장에 급급하는 인간의 삶이 대체 무슨 의미가 있
을까 회의하게 된다.

충남 성환(成歡)에 있던 홍경사는 고려 현종이 승려 형긍(逈兢)에게 짓
게 한 절이다. 현종이 '봉선홍경사(奉先弘慶寺)'라는 이름을 내리고 최충

(崔冲)에게 비문을 짓게 하였다. 본래 200여 간이었으나, 조선 중종 때 이미 없어지고, 서쪽에 원(홍경원)과 비석만 남았다. 문인 백광훈(白光勳, 1537~1582)이 홍경사 터를 노래한 것이 있어, 절창이다. 백광훈은 벼슬에 뜻이 없고 산수를 좋아하였으며, 당시풍의 시를 잘 지었다.

추 초 전 조 사　　잔 비 학 사 문
秋草前朝寺, 殘碑學士文.

천 년 유 류 수　　낙 일 견 귀 운
千年有流水, 落日見歸雲.

가을 풀 우거진 옛 절터
남은 비는 한림학사(최충)의 글.
천 년토록 강물은 흐르고
낙조 속에 구름 돌아가네.

자연은 온전히 조화롭고 영구하지만 인간사는 덧없어 슬프다는 무상감이 배어나온다.

　충청남도 공주는 옛 도읍지. 단군신화의 원형이라고 할 곰나루 전설이 전하는 곳이다. 공주에 사는 종의 아들로 태어난 서기(徐起, 1523~1591)는 신분의 한계에도 불구하고 시로 이름을 떨쳤다. 서경덕의 제자인데, 공암서원의 원장이 되어 많은 제자들을 가리켰다. 사상적으로는 내포(內浦) 지역의 진보적 지식인 계열에 속한다. 내포는 삽교천과 무한천을 중심으로 하는 지역이다. 대동법 실시에 기여한 조익(趙翼), 정조 때 영의정까지 지내면서 신해통공(상업독점권 폐지책)을 주도한 채제공(蔡濟恭), 성호 이익의 학맥을 이은 이가환(李家煥) 등이 모두 내포와 가까운 곳에 거주하였다. 또한 조선 후기에 천주교도가 많이 나와 극심한 박해를 받은 지역이기도 하다.

충청남도 논산의 연산면 일대는 황성(黃城)이라고 하였다. 백제의 황등야산군, 신라 경덕왕 때 황산군, 고려 태조때 연산현이다. 조선시대에는 공주의 속현이 되기도 하고 은산현으로 바뀌기도 하였으며, 1914년에는 논산에 합해졌다. 계백이 신라군과 일전을 벌이다가 전사한 곳이자, 후백제의 신검이 왕건에게 패한 곳이다. 태조 왕건은 후백제와 격전을 치른 후 개태사를 세웠다. 현재는 석불입상(삼존불)이 남아 있다. 원래의 험악한 얼굴을 세척하고 밀어서 다른 모습으로 되었다고 한다.

연산의 풍물을 읊은 시로 김려(金鑢, 1766~1821)의 「황성이곡(黃城俚曲)」이 있다. 김려는 노론 명문가 출신인데, 민중의 생활과 정서에 깊이 공감하였다. 『담정총서(薄庭叢書)』라는 야사 총서를 편찬하였고, 민요풍의 시를 잘 지었다. 1797년(정조 21)에 강이천(姜彝天)의 유언비어 사건에 연루되어 함경도 부령으로 유배되었고, 기녀의 정절을 빼앗으려 한 영산도호부사의 일을 풍자한 글 때문에 심문을 받았다. 1801년(순조 원년) 신유사옥 때, 강이천이 재심리를 받게 되자 진해로 유배되었다가, 1806년에 아들의 탄원으로 유배에서 풀려났다. 1812년에 의금부의 말직을 얻어 벼슬을 시작하고, 1817년에는 연산현감으로 나갔다.

연산의 관사 서쪽 담장 밖에는 돼지 울에서 흘러나오는 오물을 저장하는 못이 있었다. 비가 와서 물이 넘치면 파리가 들끓고 두꺼비 수만 마리가 밤낮으로 울어대었다. 그래서 김려는 이런 시를 지었다.

無腔篴和破鉦聲, 鼓吹虛傳兩部名.
무 강 적 화 파 정 성　　고 취 허 전 양 부 명

靑草池塘新雨後, 不論公私只亂鳴.
청 초 지 당 신 우 후　　불 론 공 사 지 난 명

가락 없는 피리에 깨진 징소리인걸.
고취(교방) 양부의 음악 같단 옛말은 빈말이로군.
푸른 풀 연못가에 소낙비 지난 뒤
공사를 막론하고 어지러이 울어대다니.

　김려는 '생각의 흐름'을 중시하였다. 그래서 부령 유배 시절의 일을
생각나는 대로 노래하여 「사유악부(思牖樂府)」를 엮었다. '사유'란 '생
각의 창'이란 뜻이다.
　김려는 높은 이상이나 정치적 신념에 매달리지 않고 주변 사물에 대
하여 따뜻한 시선을 보내었다. 대통교 남쪽 작은 거리에 있는 점포에는
새로 기생이 들었다. 이를 두고도 그는 이런 시를 지었다.

僻淨衕頭占小鋪, 錦城官妓笑當壚.
벽 정 항 두 점 소 포　　금 성 관 기 소 당 로

向人自詫砂磄味, 紅漆髹盤托玉壺.
향 인 자 타 사 당 미　　홍 칠 휴 반 탁 옥 호

　외지고 깨끗한 거리 맡에 작은 점포 사서는

금성(나주) 관기가 배시시 웃으며 목로를 맡았다.

사탕맛이라 속이면서

검붉은 칠그릇에 옥호(술병)를 담아내고.


연산 부근의 논산 포구에는 세납미를 바다로 실어 나르기 위해 설치된 해창(海倉)이 있었다. 연산의 교졸을 통솔하는 사람으로 행수 한 사람과 병방 한 사람이 있어, 그 둘이 교대로 논산 해창으로 가서 조운선에 실을 세납미를 받았다. 행수 군관이 영노(營奴)를 점검하여 행차하는 광경을 바라보면서 시인은 잔잔한 미소를 짓는다.


<ruby>入番首校上廳號<rt>입 번 수 교 상 청 호</rt></ruby>, <ruby>軍令分明點日晡<rt>군 령 분 명 점 일 포</rt></ruby>.

<ruby>甘結前宵催稅穀<rt>감 결 전 소 최 세 곡</rt></ruby>, <ruby>海倉行次飭衙奴<rt>해 창 행 차 칙 아 노</rt></ruby>.


입번 행수 군관이 등청하여 호령해서

군령도 분명하게 늦오후에 점호하네.

간밤에 감결 내려와 세납을 독촉하니

해창으로 행차하러 영노를 신칙한다나.


수교는 행수 군관을 말하고, 감결은 상급관청에서 하급관청에 내리는 공문이다. 이 시는 이러한 관아 용어를 많이 사용하였다.

해상에 안개가 끼면 어선이 뜰 수가 없어 어상(魚商)이 소금을 팔아갈

뿐인데, 이때 연로패(輦路牌)라 불리는 호서의 짐꾼들이 개미떼처럼 모여들어 지고 갔다. 또 두마면(豆磨面)에는 장이 섰는데, 홍청대는 패들이 많았다. 김려가 그 우두머리 5, 6인을 잡아다 곤장을 치고 속전(贖錢)을 받자, 말썽이 없어졌다.

논산 포구에서는 청어(鯖魚)가 판매되었다. 20마리(尾)를 1급(級), 100급을 1태라 하였다. 배를 임대해 나가 잡아오면 고기값이 아주 비싸지만, 선주가 모는 집주선(執籌船)이 또 출어하면 고기값이 싸져서 1태에 800냥밖에 하지 않았다. 이러한 사항들을 김려는 모두 시로 묘사하였다.

세납미를 받을 때 곳집지기 관노는 백성들이 가져온 곡식에서 남는 분을 가져갔으므로 비바람이 불어 세납미가 안 들어오면 울상이었다. 그러다 백성들이 어렵사리 우마에 세납미를 싣고 오는 것을 보면 얼굴에 기쁜 빛이 역력하였다.


驟雨飄風苦颯然, 江倉庫子眼珠穿.

廬牛尰馬雙雙到, 忽漫相驚喜事傳.


소낙비에 회오리바람 모질면
강창의 곳집지기 눈알이 빠질 지경.
여윈 우마가 하나 둘 이르러 오자
홀연 놀라 기쁜 소식 서로 전하네.

논산 앞 강경(江景)은 금강 하류에 발달한 하항도시였다. 강경포에는 상류의 공주·부여·연기·청양과 심지어 청주·전주의 물산까지 이곳에 모였다. 평양·대구 시장과 함께 조선 3대 시장의 하나였다. 18세기에는 시가가 형성되었으며, 서해안의 수산물과 중국산 소금이 모여들었다. 그러다가 1890년대 군산이 개항되면서 쇠퇴하고, 1905년 경부선 개통 이후 내륙교통이 발달하자 상권이 더욱 줄어들었다.

노론의 학자 홍석주(洪奭周, 1774~1842)가 1815년(순조 15) 충청도 관찰사로 나갔다가 강경의 번영상을 보고 지은 시가 있다.「강경포(江鏡浦)」라는 제목의 오언율시다. 그는 영리에 골몰하는 세태를 쓸쓸히 바라보면서 스스로의 삶을 겸허하게 뒤돌아보았다.

地幷湖南濶, 天連海口靑.

稻煙千舶暗, 魚氣萬廚腥.

辛苦皆官稅, 喧闐半市聲.

吾行亦名利, 風急未廻舲.


땅은 호남으로 활짝 열리고
하늘은 바닷문과 연이어 푸른데,
세납미 부옇게 쌓여 일천 선박이 어둑하고
생선 비린내는 일만 부엌에 풍겨난다.

쓰린 고통이 다 관청 세납 때문이건만
왁자지껄 소리가 온 저자에 울리다니.
내 이곳에 온 것도 명리 때문인 걸
바람 급해 귀거래의 배를 띄우지 못하노라.

담박한 성품의 학자로서는 강경 시장의 흥청거림이 달갑지만은 않았
다. 세납 때문에 일반 백성들이 겪고 있는 고통을 못 본 체할 수 없었기
때문이다. 영리를 추구하는 벼슬살이도 못마땅하기 짝이 없다. 귀거래
의 배를 띄우고 싶지만 바람이 거세어 용이하지가 않다. 영리를 쫓아 분
주한 자신의 삶을 반성하면서 민생의 고통을 구제할 방안을 생각할 뿐
이다. 이것이 양심적인 관료들이 지닌 마음 자세였다.

아산의 요로원은 교통 요지였다. 박두세(朴斗世)는 이곳을 배경으로
『요로원야화기(要路院夜話記)』를 지어 서울 양반의 허위를 꼬집었다. 충
청도 선비가 과거에 낙방하고 귀향하던 중 요로원에 이르러 우연히 주
막에서 동숙하게 된 서울 양반과 대화하는 형식이다.
　자신의 꾀죄죄한 행색을 보고 비아냥거리는 서울 선비에게 시골 선
비는 작정을 하고 세상 물정 모르는 촌놈 행세를 한다. 더욱 기가 난 서
울 양반은 숫제 아랫것 다루듯 시골 선비를 희롱하다가 기를 죽여 놓으
려고 육담풍월 시합을 제의하였다. 육담풍월이란 다섯 자 일곱 자로 언
문과 진서를 섞어 짓는 문자 놀음이다. 서울 양반이

我觀鄉之賭, 怪底形體條.

<sub>아 관 향 지 도　　괴 저 형 체 조</sub>

내가 시골 '내기(賭)'를 보니

형상 '가지(條)'기를 괴상히 하는도다.

라고 시비를 걸자, 시골 양반은 이렇게 지었다.

我觀京之表, 果然擧動戎.

<sub>아 관 경 지 표　　과 연 거 동 융</sub>

大抵人物貸, 不過衣冠夢.

<sub>대 저 인 물 대　　불 과 의 관 몽</sub>

내가 서울 '것'을 보니

과연 거동이 '되'도다.

대저 인물을 '꾸'었으나

의관을 '꾸민' 것에 불과하도다.

'표(表)'는 '것(겉)'으로 읽고, '융(戎)'은 뙤놈이란 뜻이므로 '되다'로 읽었다. '대(貸)'는 '꾸다'로 읽고, '몽(夢)'은 '꿈'이므로 '꾸미다'로 읽었다. '시골내기'를 깔보다가 '서울 것'이 된통 당한 형국이다.

# 七. 황톳길과 부드러운 산, 전라도

호남 땅은 넓은 들과 낮은 산등성이로 이루어져 부드러운 인상을 준다. 들은 일찍부터 곡창으로 중시되어 왔다. 그만큼 수탈도 많았다. 고려 무신집권기에 이 지방을 여행한 김극기(金克己)는 마을마다 웃음이 드물고 시내와 산이 참담한 빛을 띠고 있음을 보았다. 남평(南平)을 지나면서 이런 시를 지었다.

만 도 남 평 군    황 연 현 안 화
晚到南平郡, 荒煙眩眼花.

죽 루 개 객 관    형 호 엄 인 가
竹樓開客館, 荊戸掩人家.

이 한 환 성 소    계 산 참 색 다
里閒歡聲少, 溪山慘色多.

何人裁美錦，五袴便興歌.
*하인재미금* *오고변흥가*

저녁나절 남평에 이르니
들불의 거친 연기에 눈앞이 어지럽다.
죽루 객관은 열렸어도
인가의 사립문은 닫혀 있고,
마을에는 웃음소리 안 들리고
산과 시내는 참담한 빛.
어느 누가 비단을 재단하여
다섯 벌 옷 흥타령을 부르랴.

마지막 연(미련)은 중국 후한의 염범(廉范)이란 사람의 고사를 따왔다.
염범은 자(字)가 숙도(叔度)인데, 촉 땅(사천성) 태수로 좌천되었다. 거기
는 본래 화재의 우려 때문에 밤 농사를 못 짓게 하였으나 염범은 방화수
를 저장하게 하고 밤 농사를 허가했다. 그러자 농민들이 "염숙도여 어
찌 이리 늦게 왔소. 불을 금하지 않으니 우리들이 편히 농사짓겠네. 평
생에 속옷도 한 벌 없었더니 이제는 겉바지가 다섯 벌이라네"라고 노래
불렀다고 한다.

김극기는 호남을 촉 땅에 비유하여 염범의 고사를 따왔다. 농민의 처
지를 알고 올바른 정책을 펴는 목민관이 와야 이 지방에서 흥타령이 들
리리라고 말한 것이다.

구한말에 전라도는 전라북도와 전라남도로 나뉘어 있었다. 전라북도에는 26개 군, 전라남도에는 34개 군이 속하였다.

> 전라북도 : 전주·남원·고부·김제·태인·여산·금산·익산·임피·금구·함열·부안·무주·순창·임실·진안·진산·만경·용안·고산·옥구·정읍·용담·운봉·장수·구례
>
> 전라남도 : 광주·나주·영암·순천·영광·순천·보성·흥양·함평·강진·해남·무장·담양·능주·낙안·무안·남평·진도·흥덕·장성·창평·광양·동복·화순·고창·옥과·곡성·완도·지도·돌산·여수·제주·대정·정의

장수군 장계(長谿)에는 백정 집에서 태어난 '방주'라는 여성이 무관 장파총의 아들 장원경(張遠卿)에게 시집갔으나 결국 파탄에 이르렀다는 슬픈 이야기가 전한다. 장파총은 신분 지체를 따지지 않는 진보적인 인물이었다. 그래서 가장 천대받는 부류의 백정 속에서 며느릿감을 발견하였던 것이다. 방주의 일은 봉건사회의 질곡을 벗어나 인간 해방을 실현하고자 하였던 사건으로서 주목할 만하다. 장파총의 이름은 장현령(張玄齡)으로 강화학파 학자인 원교 이광사(李匡師, 1705~1777)의 문인이었다. 강화학파의 인간 존중사상이 신분 해방의 의식을 배태시켰음을 짐작할 수 있다.

김려(金鑢)는 방주의 이야기를 「장원경의 처 심씨를 위하여 지은 고시(古詩爲張遠卿妻沈氏作)」라는 장편으로 서술하였다. 극히 일부만 들어본다.

호 남 오 십 주　　장 계 미 최 감
湖南五十洲, 長谿味最甘.

조 세 양 수 척　　관 애 포 변 류
祖世楊水尺, 慣愛浦邊柳.

유 풍 영 인 비　　유 겸 영 인 수
柳豊令人肥, 柳歉令人瘦.

아 부 묘 수 공　　정 치 세 무 비
阿父妙手工, 精緻世無比.

남 시 매 왜 롱　　북 시 육 기 자
南市賣矮籠, 北市鬻箕子.

추 도 일 중 집　　개 언 제 조 미
錐刀日中集, 皆言製造美.

대 형 읍 무 판　　소 형 영 현 방
大兄邑貿販, 小兄營懸坊.

중 형 업 위 포　　장 하 팽 구 장
中兄業胃脯, 長夏烹狗醬.


호남 오십 고을에

장계 물맛이 가장 좋아요.

조상 대대로 양수척이라

시냇가 버들을 사랑하지요.

버들이 풍실하면 우리를 살찌우고

버들이 앙상하면 우릴 여위게 하죠.

아빠는 솜씨가 빼어나

정교하기 비할 데 없어

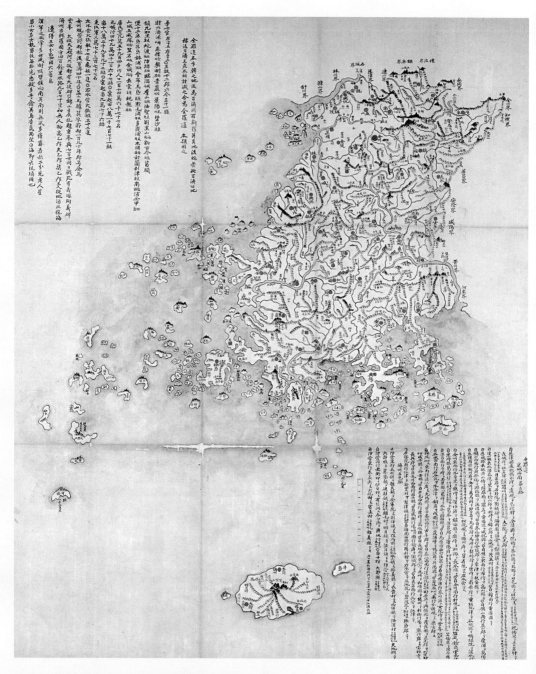

● 고지도첩古地圖帖(전라도全羅道), 19세기, 영남대학교 박물관 소장

남면 장터에서 고리짝 팔고

북면 장터에서 키를 팔면

반나절 새 구경꾼이 송곳 틈도 없이 모여

잘 만들었다 모두들 칭찬하지요.

큰오빠는 읍내에서 장사하고

막내오빠는 푸줏간에서 일하고

둘째오빠는 위포(순대) 만들고

더운 여름에는 개장국도 끓이죠.


호남 오십 고을에서 장계 물이 제일 좋다고 하였다. 양수척(백정) 일
가의 생활상을 생생하게 묘사한 이 시를 읽으면 방주 일가족이 살았을
곳이 절로 상상된다.

소백산맥 서사면에 위치한 무주는 구천동으로 유명하다. 무주는 고
려 때까지 주계와 무풍으로 나뉘어 있던 것을 공양왕 때 합하고, 조선에
서 현을 둔 곳이다. 여러 백성들이 1894년(고종 31) 동학혁명에 가담하였
는데, 그보다 앞서 1862년(철종 13) 임술민란 때도 많은 사람이 가담하였
다. 당시 그곳에는 강위(姜瑋, 1820~1884)라는 진보적 지식인이 살고 있
었다. 백성들은 그에게 자신들의 사정을 글로 적어 나라에 올려달라고
하였다. 강위는 거절하였다. "관직에 있는 호랑이같이 포악한 자들이
아무리 밉다 하여도, 당신들이 도보로 강을 건너고 맨손으로 호랑이를
잡는 만용을 부린다면 가련하기 짝이 없소." 아직 민중혁명의 기운이 뚜
렷하지 않았던 때문이기도 하였을 것이다.

백성들은 그의 집을 태웠고, 강위는 서울로 피신하였다. 얼마 후 조

정에서 농민 소요에 대처할 삼정(三政) 개선 방안을 조정과 재야의 지식인들에게 자문하였다. 그러자 강위는 두 수의 시를 지었다. 소요에는 반대하지만 백들의 궁핍상을 알리고 삼정의 폐해를 구해야겠다고 생각해서였다. 「주계에 민란이 일어나 소장을 적어 달라 하였으나 응하지 않아 화를 빚었다. 생각나는 대로 적어서 속마음을 표시한다. 마침 삼정의 폐해를 구할 책문을 임금께서 내셨으니 초야에 있는 이들의 성대한 사업이 아닐 수 없다(朱溪民擾 以求狀不應 媒禍 謾筆遣懷 時有三政救弊詢策 草野之盛擧)」라는 제목의 시이다. 그 제2수는 이러하다.

　　　　일 자 평 생 불 구 기　　반 매 기 얼 도 모 자
　　一字平生不救飢, 反媒奇孽到茅茨.

　　　　채 거 소 원 비 무 일　　회 견 산 옹 분 필 시
　　替渠溯願非無日, 會見山翁奮筆時.

　　한평생 글 읽어도 주림을 구하지 못하더니
　　도리어 초가집에까지 기이한 일을 빚었구나.
　　저 농민들 대신 하소연할 일이 하루가 급하니
　　산 늙은이가 붓 휘둘러 글 쓸 때는 바로 지금.


　　조선 중기의 호방한 시인 임제(林悌, 1549~1587)는 나주 출신이다. 그가 무주에서 임실로 향하면서 쓴 「기행(紀行)」이란 시가 있다.


　　　　신 발 무 주 현　　운 음 빙 로 난
　　晨發茂朱縣, 雲陰氷路難.

偶得張家馬, 行李賴以安.

多有好山水, 頗足慰苦辛.

馬倦日已暮, 川原暝色均.

鎭安十里北, 投宿偃蹇村.

適屬鄕人飮, 醉語方喧喧.

勸客一盃酒, 其意亦慇懃.

翻思民樂業, 深賀聖明君.

淸曉照松明, 束裝我行發.

雲霧迷前途, 遙遙指任實.


새벽에 무주를 떠나자니

날도 컴컴하고 길도 빙판인데,

뜻밖에 장씨 집 말을 빌어

덕분에 짐을 싣고 가노라.

산수 경치 좋은 곳 많아

고단한 신세를 위로하더니,

말 지치고 해 저물어

들녘에는 짙은 땅거미.

진안에서 십 리 북쪽

언건촌에 투숙하자,

마을 사람들이 술판 벌여

취한 흥에 떠들썩하고,

길손에게 술 권하는

그 정 또한 은근하다.

백성들 안락하니 다행이라

어지신 나라님께 축수 올렸네.

맑은 새벽 일어나 관솔불 피워 들고

여장 꾸려 길을 재촉하지만,

안개 자욱하여 향방을 모르겠군

아득한 저곳이 임실 아닐지.


농민들이 생업에 안분하고 있는 것을 보고 임제는 나라님께 축수를 올렸다. 하지만 새벽길을 재촉하는 자신은 안개 속에 앞길을 가늠할 수 없다. 고독감이 짙다.

1575년(선조 8) 조선은 동서 분당으로 정국이 혼미하였다. 당시 임제는 예조정랑의 벼슬에 그쳤을 뿐, 권문세가에 아첨하지 않았다. 어느 날 오른발에는 비단신을 신고, 왼발에는 갖신을 신은 채 말에 올랐다. 마부가 신발이 짝짝이라고 여쭙자, "길 오른편으로 가는 사람은 나더러 비단신을 신었다 하겠고, 길 왼편으로 가는 사람은 나더러 갖신을 신었다 할 것이다. 누가 짝짝이로 신었다 하겠는가?"라고 답하였다. 편협한 사고에 저항한 그의 정신세계를 잘 엿볼 수 있다.

　전북 고창은 「무등산가」와 선운사 동백꽃으로 잘 알려진 고장이다. 그곳 무장(茂長)은 구한말의 의병장 정시해(鄭時海, 1872~1906)가 태어난 곳이다.

　정시해는 1905년 을사늑약이 있자 최익현(崔益鉉, 1833~1906)을 찾아가 영남지방의 지사를 규합하라는 명을 들었다. 1906년에는 영남과 호남의 동시 봉기를 꾀하였다. 6월 5일에 태인을 출발하여 순창 구암사로 군진을 옮겨 이튿날 순창성 밖에서 일본군 수명을 사살하는 전과를 올렸으나, 6월 20일에 전사하였다. 그의 사적을 황현(黃玹, 1855~1910)이 절구 네 수로 읊었다. 「무장 의사 정시해의 죽음을 슬퍼하며(哀茂長義士鄭時海)」라는 제목인데, 넷째 수를 든다.

　　고 빈 처 량 기 노 방　　행 인 주 마 위 첨 상
　　藁殯凄凉寄路傍, 行人駐馬爲沾裳.

　　적 성 강 수 유 무 진　　춘 초 연 년 제 국 상
　　赤城江水流無盡, 春草年年祭國殤.

　　거적에 싼 주검이 길가에 처량하여
　　행인이 말 멈추고 옷깃을 적신다.
　　적성강 푸른 물은 천년만년 흐르고
　　해마다 봄풀이 의사를 애도하리.

근년에 이르도록 호남 사람들이 겪은 고통을 생각하면 한하운의 「전라도길」이라는 시에서

가도 가도 붉은 황톳길
숨 막히는 더위뿐이더라.

라고 한 구절이 생각난다. 한하운이 문둥병에 걸려 소록도로 가는 길에 지은 시인데, 그 시상은 호남 사람들의 한(恨)의 정서를 대변해 주는 측면이 있다. 황톳길은 억장이 꽉 막히는 길이다. 슬픔이니 고뇌니 하는 말이 사치스러울 따름이다.

그러나 전라도의 산수는 임제도 말하였듯이 시름하는 마음을 위안하여 줄 만큼 아름답다. 그 산수가 구성진 가락, 섬세한 미감을 낳았다. 우리 강산 어디든 승경지마다 누정이 많고, 또 거기서 문인들이 시문을 즐겼지만, 호남은 특히 여러 가단(歌壇)을 배출하였다.

광주·나주·장성·창평·담양·장흥·영암·해남을 중심으로 송순·임억령·김성원·고경명·김인후·양산보·기대승·백광홍·백광훈·임제·정철·윤선도가 가단을 형성하였던 사실을 우리 문학사는 잊지 않고 있다.

이 호남가단은 다시 기촌·성산·장흥·영암·해남·고산에 각기 가단을 이루었다. 그 가운데 담양군 남면 지곡(지실)에 있는 식영정(息影亭)은 임억령·김성원·고경명·정철 등 성산사선(星山四仙)이 운치와 풍류를 즐긴 중심지였다.

광주 서석산(무등산)에 감도는 한가로운 구름, 식영정 앞 푸른 시내에 일어나는 흰 물결, 물가 정자에서 보는 물고기의 유영, 벽오동에 걸린

가을 달, 푸른 솔에 어리비치는 흰 눈, 낚시바위 가에 우쑥 선 두 그루 소나무, 김윤제의 환벽당(環碧堂) 아래 푸르고 맑은 용못, 송담(松潭)에 배를 띄우는 흥취, 자미탄(紫薇灘) 옆에 천연으로 이루어진 석정(石亭)에서 바람 쐬는 일, 평교(平郊)에서 목동들이 피리를 부는 모습, 외나무다리 건너 절간으로 돌아가는 승려, 백사장에 졸고 있는 오리, 노자새와 황새와 물오리가 서식하는 노자암, 자줏빛 장미가 피어 있는 자미탄, 복사꽃이 만발한 좁은 산길, 식영정에서 환벽당에 이르는 방주(芳洲), 식영정 아래 연꽃이 만발한 못, 네 시인이 살고 있던 선유동(仙遊洞), 이 모든 것이 성산(별뫼) 일대의 아름다움을 구성하였다. 성산사선은 이 아름다움을 두고 「식영정제영(息影亭題影)」이란 시를 각각 남겼다.

정철(鄭澈)은 식영정 앞 시냇물을 두고 「성산별곡」에서

창계(滄溪) 흰 물결이  정주(亭子) 알픠 둘러시니
텬손운금(天孫雲錦)을 뉘라셔 비혀내어
닛는 둣 펴티ᄂᆞ 둣 헌ᄉᆞ토 헌ᄉᆞᄒᆞᆯᄉᆞ

라 하였다. 그런데 흰 물결이 한낮에 은빛을 아른거리며 찰랑대는 소리, 바람 불 때 포효하는 소리, 한밤 고요한 때 빗방울이 튀는 소리, 물이 불어나 콸콸대는 소리가 말해주는 자연의 생명력은 오히려 한시로 더 잘 표현하였다. 정철의 「식영정잡영」 10수 가운데 '창계백석(蒼溪白石)'을 보라.

● **무등산도**無等山圖, 19세기, 영남대학교 박물관 소장

細熨長長練, 平鋪漾漾銀.
세 위 장 장 련   평 포 양 양 은

遇風時吼峽, 得雨夜驚人.
우 풍 시 후 협   득 우 야 경 인

곱게 다림질한 긴긴 비단폭
반지럽게 깔려선 은빛이 아른댄다.
바람을 만나서는 골짝 울리고
밤비에 사람을 놀라게 하네.


고경명(高敬命, 1533~1592)은 「면앙정」 30영(詠)과 「식영정」 20영을 남겼다. 서석산(무등산)의 맑은 구름을 두고 읊은 시(「俛仰亭三十詠 · 瑞石晴雲」)는 아지랑이가 향불처럼 구불구불 피어올라 봉우리를 에워싸고, 바위 봉우리가 여인의 옥비녀처럼 아름다운 광경을 묘사하였다.


矗矗飄香篆, 叢叢揷玉筓.
촉 촉 표 향 전   총 총 삽 옥 계

地靈偏愛寶, 雲氣晝常迷.
지 령 편 애 보   운 기 주 상 미


곧고 곧게 향불 연기 나부끼고
뭉긋뭉긋 옥비녀 꽂은 듯.
땅 신령이 유독 보배를 아껴
낮에도 항시 구름으로 가려주네.

선조 연간의 삼당파 시인, 이달(李達)·최경창(崔慶昌)·백광훈(白光勳)은 전라도와 관련이 깊다. 특히 최경창이 영광군수로 있을 때, 이달이 그곳으로 놀러가서 염정 풍의 시를 여럿 남겨 유명하다.

　　이달(李達, 1539~1612)은 서자 출생인데, 그의 시 제자가 곧 허균(許筠)이었다. 허균의 『학산초담(鶴山樵談)』에 보면 이달이 영광에 노닐 때, 어떤 기생을 사랑하여 그녀에게 비단을 사주고 싶어 시를 최경창에게 보였다. 최경창은 "이달의 시는 글자마다 천금 값이니 어찌 비용을 아끼랴!" 했다고 한다. 그 시가 「금대곡. 고죽(최경창) 사군에게 드린다(錦帶曲 贈孤竹使君)」이다. 판본에 따라 글자가 좀 다르다.

商胡賣錦江南市, 朝日照之生紫烟.

美人正欲作裙帶, 手探粧奩無直錢.

강남 시장에서 파는 비단은

아침 햇살 비치면 자색 연기가 일어난다.

미인이 그것으로 치마와 띠를 만들고자

화장품 상자를 뒤졌지만 값 치를 돈이 없다는군.


　　나주는 영산강 유역의 도회지다. 왕건은 견훤과 각축할 때, 나주 오씨(장화왕후)와 인연을 맺고 아들(고려 2대 왕 혜종)을 낳았다. 거란의 2차 침입 때는 현종이 이곳에 몽진하여 머무르면서 연등회와 팔관회를 개최

● 전라남북도여지도全羅南北道輿地圖, 18세기, 영남대학교 박물관 소장

하였다. 조선시대에는 나주에 진을 두었다가 후에 전라우영을 설치하였다. 정여립 반란사건과 기축옥사, 영조 때의 이인좌 난 등으로 위축되었고, 서원 조직을 둘러싸고 남인과 노론이 대립하였다. 갑오농민전쟁 때는 거주민이 동학군에 대항하여 읍성을 지켰다. 하지만 그 후 단발령 사건과 의병항쟁을 비롯한 갖가지 민족주의 운동이 여기에서 일어났다.

영산포는 영산강을 거슬러 내륙 깊숙이 자리 잡고 있었다. 국영창고인 영산창이 있었으나, 수로가 험하다고 해서 영광의 법성창에 통합되었다. 해방 후 영산강 상류에 4개의 댐이 건설되고 하구언이 만들어지면서 영산포는 포구로서의 역할을 잃게 되었다.

나주에 전하는 가구(佳句)의 하나로 김시습의 '관로소매경우탁(官路小梅經雨拆)'이 있다. 시 제목은 「나주목에 노닐며 태수를 뵙다(遊羅州牧謁太守)」이다.

金城花裏作春遊, 花底笙歌蕩客愁.

官路小梅經雨拆, 驛亭絲柳被風羞.

陣雲橫海時聞角, 珪月當窓獨倚樓.

日暮湖南倍惆悵, 五雲西北是神州.


금성 꽃 속에 봄놀이 하자니
꽃 아래 생황과 노래가 수심을 부추긴다.

큰 길 작은 매화는 비 맞아 벌어지고

역정 실버들은 바람에 불려 부끄러운 듯.

바다 덮은 먹구름 너머로 화각(畵角, 신호용 뿔피리) 소리 들리는데

창 너머 옥 같은 달을 보며 홀로 누각에 기댄다.

해거름 호남은 곱절 쓸쓸하여라.

오색구름 서북쪽이 바로 신주(서울)려니.


"해거름의 호남은 곱절 쓸쓸하다"는 속내의 토로가 애잔하다.

조선시대 나주는 천리 유배지의 갈림길이기도 하였다. 1801년 음력 11월 21일 정약용과 그의 중형 정약전(丁若銓)은 나주 북쪽 5리 밤남정 주막집(栗亭店)에 이르러 마지막 동숙(同宿)을 하였다. 다음날 22일에 정약용은 강진, 정약전은 흑산도로 향하였는데, 정약전은 흑산도에서 병사하고 만다. 「율정의 이별(栗亭別)」에서 정약용은 이렇게 오열하였다.

모 점 효 등 청 욕 멸　기 시 명 성 참 장 별
茅店曉燈靑欲滅, 起視明星慘將別.

맥 맥 묵 묵 양 무 언　강 욕 전 후 성 오 열
脉脉嘿嘿兩無言, 强欲轉喉成嗚咽.


주막 등불이 푸르스름 꺼지려는 때

일어나 샛별 보니 이별할 일 참담해라.

눈만 말똥말똥 둘이 다 할 말 잃어

헛기침 하다가는 오열하고 마누나.

조선 중기의 학자이자 문인인 노수신(盧守愼, 1515~1590)은 전라도 해남에 머물며 「삼촌사창에 묵고(宿三村社倉)」라는 시를 지었다. 사창은 빈민을 구제하려고 각 고을에 설치했던 미곡창이다. 노수신은 1545년 을사사화에 연루되어 1547년에 순천으로 유배되었다. 이어 양재역 벽서사건으로 다시 진도에 유배되어 19년간이나 귀양살이를 하였다. 그 무렵 주자학에 회의를 품고 양명학(陽明學)에 깊은 관심을 두었다. 1555년 을묘왜변이 있자 전라도 남부 여러 곳을 전전한 일이 있다. 이 시는 그때 지은 것이다. 제3연의 정경 묘사가 신묘하기 짝이 없다.

여 숙 삼 촌 리　시 당 칠 월 추
旅宿三村里, 時當七月秋.

간 과 난 리 화　도 두 한 간 우
干戈亂離禍, 稻豆暵乾憂.

해 월 충 음 진　산 풍 노 기 수
海月虫吟盡, 山風露氣收.

안 위 고 백 제　만 려 의 신 루
安危古百濟, 萬慮倚晨樓.


삼촌에 나그네 되매

시절은 칠월 가을.

전쟁으로 난리통인데다가

벼와 콩이 가뭄에 메마를까 걱정.

달이 바다 비추는 때 벌레 울음 끊어지고

바람이 산에 불어 이슬 기운 걷혔구나.

옛 백제 땅의 안위를

새벽녘 누각에 기대 걱정하노라.

17세기 전라도의 모습이 네덜란드 사람 하멜(Hendrick Hamel)의 표류기에 언뜻 나온다. 헨리 사브니이예(Henny Savenijel, 李海美) 씨의 하멜 홈페이지에서 그 기록의 번역물을 찾아볼 수 있었다.

1663년 초에 우리는 지방관에게 그가 우리를 잘 대해 준 것에 감사하고 작별을 고한 뒤, 다른 곳으로 떠났다. 우리는 걸어서 이동해야 했다. 단지 환자들과 우리가 가지고 갈 수 있게 허락된 몇몇 물품을 싣기 위해 말 몇 필은 우리 마음대로 할 수 있었다. 순천과 여수 좌수영으로 가는 사람들이 한동안 같은 길을 갔다. 4일 후 우리는 순천에 도착해서 정부 소유의 창고에서 하룻밤을 지내고 다음날 순천에 남게 될 4명의 동료와 작별을 하고 길을 떠났다. 우리는 같은 날 저녁에 여수 좌수영에 도착해서 지방관에게 인계되었다. 그는 우리들을 갖춰진 거라고는 거의 없는 집에 머무르게 했고 얼마간 쌀을 배급했다. 그는 우리에게 친절했고 성격도 좋았다. 그러나 불행히도 우리가 도착하고 이틀 뒤 그는 떠났다. 3일 후 새 지방관이 도착했는데, 그는 우리에게 매우 난폭했다. 여름에는 뙤약볕에 세워 두었고 겨울에는 비나 진눈깨비 속에서 이른 아침부터 저녁 늦게까지 있게 했다. 날씨가 좋은 날에는 나뭇가지를 잘라 궁술가들이 쓸 화살을 만드는 일 외에는 아무 일도 하지 않았다. 아마도 훌륭한 궁술가들을 거느리는 것이 지방관들에게는 큰 명예였던 것 같다. 그는 입에 담기 어려울 만큼 아주 역겨운 일도 시켰다. 겨울이 거의 다가오자 우리는 새 옷이 필요했고, 지방관에게 여섯 명은 일하게 하고 나머지 여섯 명은 외출하게 해달라고 했다. 그들은 구걸하거나 나무를 팔아 돈을 모을 수 있었다. 공식적으로는 이런 일이 허용되지 않았지만 결국 묵과되었다. 이런 생활이 1664년까지 지속되었다. 그 지방관이 더 높은 관직으로 가게 되자 그 후임이 왔는데 훨씬 더 너그러웠다. 즉시 그는 우리들을 노동 임무에서 덜어 주었다.

네덜란드인들은 13년간 조선에 머물렀지만 조선사회를 변화시키는 계기가 되지는 못하였다. 1668년에 Sperwer호의 마지막 생존자가 떠남으로써 조선은 다시 잠에 빠져 들었다.

윤선도(尹善道, 1587~1671)는 병자호란을 당하여 청나라와 평화조약을 맺었다는 소식을 듣고는 제주도로 들어가려다가 보길도를 발견하고 거기에 은둔하였다. 「오운대 즉사(五雲臺卽事)」는 처음 보길도를 발견하여 그곳에 살게 된 51세(1637, 인조 15) 때 지은 것이다.

운 대 고 침 와　산 외 부 운 과
雲臺高枕臥, 山外浮雲過.

절 학 유 송 성　청 풍 내 아 좌
絶壑有松聲, 清風來我左.

오운대에서 높이 베고 누워 자니
산 너머로 뜬 구름 지나가네.
깊은 골짜기에서 솔바람 소리 나더니

맑은 바람이 내 곁으로 불어오네.


56세(1642, 인조 20) 때도, 보길도에서 여름을 보내면서 윤선도는 「낙서재에서 우연히 읊다(樂書齋偶吟)」를 지어 호기를 발하였다.

眼在靑山耳在琴, 世間何事到吾心.

滿腔浩氣無人識, 一曲狂歌獨自吟.


눈은 청산에 있고 귀는 거문고에 있으니

세상 무슨 일이 내 마음에 이르랴.

창자 가득한 호기(浩氣)를 알아 줄 이 없으니

한 곡조 미친 노래를 홀로 읊조릴 따름.


저 유명한 「어부사시사(漁父四時詞)」는 65세(1651, 효종 2) 때 보길도에서 지은 것이다. 그 춘사(春詞) 제8장은, 홍진세계와 동떨어진 도원경에서 유유자적하는 즐거움을 이렇게 노래하였다.


취ᄒᆞ야 누얻다가 여흘 아래 ᄂᆞ리려다

ᄇᆡ 미여라 ᄇᆡ 미여라

낙홍(落紅)이 흘러 오니 도원(桃源)이 갓갑도다

지국총 지국총 어ᄉᆞ와

인세홍진(人世紅塵)이 언메나 ᄀᆞ렷ᄂᆞ니

● 전라남북도여지도全羅南北道輿地圖(해남海南), 18세기, 영남대학교 박물관 소장

전라남도의 섬들에는 유배객들의 울분이 서려 있다. 완도군에 속한 신지도(荸智島, 薪智島)는 남쪽으로 다도해 해상국립공원에 면한 아름다운 섬이지만, 서울에서 가장 멀리 떨어진 유배지 가운데 하나였다. 그 유배객 가운데 글씨로 유명하고 강화학파의 주요 학자이기도 한 이광사(李匡師)가 있었다.

이광사는 바로 『연려실기술』을 쓴 이긍익의 부친이다. 50세 되던 1755년(영조 31)에 소론일파의 역모사건에 연좌되어 두만강 아래 부령으로 2천 리 귀양을 갔다. 거기서 많은 제자들이 따르자, 북방민을 선동할 우려가 있다고 하여 1762년(영조 38)에 신지도로 옮겨졌다. 죽은 몸이 널에 실려서야 섬을 벗어나게 된다. 이광사는 「기속(紀俗)」 제7수에서 신지도의 향사례를 묘사하고, 상부상조하며 살아가는 모습을 칭송하였다.

촌 촌 식 후 환　농 한 성 췌 습
村村植候桓, 農閒盛萃習.

주 서 요 린 사　지 일 쟁 승 읍
走書要隣社, 指日爭升揖.

기 지 벽 좌 위　관 자 족 성 읍
期至闢座位, 觀者足成邑.

진 수 긍 교 건　험 험 유 해 흠
進羞矜驕健, 忺忺孺奚翕.

성 복 우 시 발　뇌 고 성 동 칩
盛服耦矢發, 擂鼓聲動蟄.

임 훈 예 고 완　삼 괴 걸 연 립
林曛藝告完, 三魁傑然立.

<sup>전 배 서 환 출</sup> <sup>도 면 분 묵 읍</sup>
前輩胥喚出, 塗面粉墨裛.

<sup>고 간 계 화 지</sup> <sup>창 조 각 가 입</sup>
高竿揭畫紙, 唱噪各家入.

<sup>존 속 설 희 연</sup> <sup>입 권 양 전 급</sup>
尊屬設喜讌, 立券良田給.

<sup>삼 일 극 유 연</sup> <sup>창 우 생 용 집</sup>
三日極遊衍, 倡優笙箭集.

<sup>인 사 부 치 구</sup> <sup>왕 복 상 유 급</sup>
鄰社復治具, 仕復相侑急.

<sup>개 연 경 국 막</sup> <sup>망 절 과 제 급</sup>
蓋緣京國邈, 望絶科第及.

<sup>궁 추 자 절 영</sup> <sup>유 풍 구 상 습</sup>
窮陬自絶榮, 流風久相襲.

<sup>방 속 막 문 소</sup> <sup>아 욕 일 세 읍</sup>
厖俗莫聞笑, 我欲一世挹.


마을마다 과녁 세워 두고

농한기면 성대하게 모임을 갖나니,

글 띄워 이웃 마을 사람들 청해

날 받아선 다투어 예법을 차리고,

기일 되면 자리 벌여

구경꾼이 마을을 이룬다.

진수를 내어오면 청년들은 으스대고

어린아이들은 그저 즐겁고.

성년된 이들이 둘씩 화살을 쏘면

북소리 요란하여 웅크린 용이 놀랄 정도.

숲에 그림자 질 때 겨루기 끝나고

우승자 셋이 우뚝 서면,

선배들이 서로 불러내어

얼굴에 얼룩덜룩 칠해 주고는,

높은 장대에 그림 종이 걸고서

노래하며 떠들며 집집마다 들어간다.

어른들은 경사났다 잔치상 벌이고

문권 만들어 좋은 밭을 떼어주며,

사흘을 실컷 놀아

배우에 풍각장이 모두 모이는데,

이웃 마을이 자리를 또 마련하면

서로 가서 급한 일 돕듯 한다.

서울과 멀리 떨어져

과거는 아예 꿈도 못 꾸어,

벽촌에서 출세욕을 아주 끊었기에

이 풍습이 오래도록 전해왔구나.

순후한 이 풍속을 비웃지 마오

나는 세상을 대신해서 읍례하려오.


신안군에 속한 임자도(荏子島)에는 조선 후기의 저명한 화가 조희룡 (趙熙龍, 1789~1866)이 1854년(철종 5)에 유배된 일이 있다. 그는 그곳 풍광을 회화처럼 묘사했다.

蕎麥花開夕照明, 斷橋衰柳獨蟬鳴.
草人相對堠人立, 似護平田萬斛情.

메밀꽃 활짝 피어 저녁노을 아래 화사한데
끊긴 다리 옆 늙은 버들엔 외로운 매미소리.
허수아비 나무장승 마주서서는
너른 들판 만곡 낟알 지켜보잔 마음이리.


조희룡은 김정희(金正喜)의 문인이다. 미천하지만 학문·문장·서화·
의술·점술에 뛰어난 인물들의 행적을 『호산외사(壺山外史)』로 엮기도 했
다. 그는 매화 병풍을 친 방에서 매화시를 읊다가 목이 마르면 매화편차
를 달여 먹었고 '매화서옥장연'이라는 먹을 사용하여 글씨와 그림을 그
렸다. 국립중앙박물관에 그가 그린 홍매화(紅梅畵)가 있다.

임자도의 풍경을 묘사한 위의 시는 저녁노을 아래 환한 빛을 발하는
메밀꽃, 버들 그림자가 거꾸로 잠긴 맑은 시내, 끊어진 나무다리, 푸른
들판을 지켜보는 허수아비와 장승을 화폭에 그리듯 묘사하고, 적막한
한여름 저녁에 우는 매미 소리를 그 속에 넣었다. 정(靜) 속에 동적인 생
동감을 불어넣은 것이다. 허수아비마저도 생명 있는 것으로 포착한 미
학적 긴장을 느낄 수 있으리라.

# 八. 강물은 예순 고을을 가르고, 경상도

서울에서 중원을 거쳐 영남으로 가는 길은 두 갈래였다. 하나는 육로로 조령(새재)을 거쳐 가는 길로, 남행이라 하였다. 또 하나는 수로로 죽령을 거쳐 가는 길로, 이것을 동행이라 하였다. 모두 영남의 최북단에 있는 예안을 기준으로 하는 말이다.

인조 때의 강직한 관리였던 이민성(李民宬, 1570~1629)은 「조령 노래(鳥嶺行)」를 지었다. 조령이 험준하기 때문에 오히려 남방 농민에 대한 수탈이 덜한 편이라고 하였다. 영남의 백성들도 심한 고초를 겪고 있음을 돌려 말한 것이다.

남 인 매 고 조 령 악　도 차 각 종 제 역 탈
南人每苦鳥嶺惡, 到此脚尰蹄亦脫.

농 언 조 령 우 남 인　보 이 축 적 안 이 실
儂言鳥嶺佑南人, 保爾蓄積安爾室.

불견양서병양호　운범폐해달우락
不見兩西幷兩湖, 雲帆蔽海達于洛.

민미경도축로접　괴재거벌교락역
珉糜瓊稻舳艫接, 壞材巨筏交絡繹.

육처매자처처고　오남기비안차락
鬻妻賣子處處苦, 吾南豈非安且樂.

차재령지험조야여차　약통주거민수액
嗟哉嶺之險阻也如此, 若通舟車民受厄.


님빙인은 험한 조령 때문에 고통을 겪어

여기 이르면 사람은 다리 붓고 말은 편자가 벗겨진다.

내 말 들어보오, 조령이 남방인을 도와주어

재산과 집을 보호하는 거라오.

못 보았소 호서 관서와 호중 호남에

바다 덮은 큰 돛배가 서울로 향하여,

옥 같은 흰쌀 싣고 큰 배들이 줄 지었고

재목 실은 큰 뗏목들 뒤얽혀 있는 것을.

처자식 파느라 곳곳마다 고통이다만,

우리 남방은 이렇게도 안락하지 않으오.

아아, 조령이 이렇듯 험난해야 하리라

배와 수레 통하면 백성들이 재액 입지.


구한말에 경상도는 지금처럼 경상남도와 북도로 나뉘었다. 경상북도
에는 42개 군, 경상남도에는 31개 군이 속하였다.

190

경상북도 : 상주·경주·대구·성주·의성·영천·안동·예천·금산(金
山)·선산·청도·청송·인동·영해·순흥·칠곡·풍기·영
덕·용궁·하양·영천·봉화·청하·진보·군위·의흥·신
녕·연일·예안·개령·문경·지례·함창·영양·흥해·경
산·자인·비안·현풍·고령·장기·울도

경상남도 : 진주·김해·밀양·동래·울산·의령·창원·거창·하동·합
천·함안·고성·양산·언양·영산·기장·거제·초계·곤
양·삼가·칠원·진해·안의·산청·단성·남해·사천·웅
천·진남

단양에서 풍기로 넘어가는 죽령은 험준하고 가파르기로 유명하다.
허목(許穆, 1595~1682)은 「죽령(竹嶺)」 시에서, 죽령의 험준함을 미처 몰랐
으나 도리어 소백산이나 태백산보다 험준하고 웅장하다고 하였다.

인 훤 소 백 태 백 고　복 령 중 관 천 하 장
人喧小白太白高, 複嶺重關天下壯.

적 취 롱 종 육 백 리　연 하 표 묘 연 청 장
積翠巃嵸六百里, 烟霞縹緲連靑嶂.

석 잔 반 회 위 차 험　행 행 협 식 빈 측 망
石棧盤回危且險, 行行脅息頻側望.

삼 월 영 상 견 적 설　고 처 한 응 미 훤 창
三月嶺上見積雪, 高處寒凝未暄暢.

촉 도 부 득 난 어 차　사 아 기 려 구 추 창
蜀道不得難於此, 使我羈旅久惆悵.

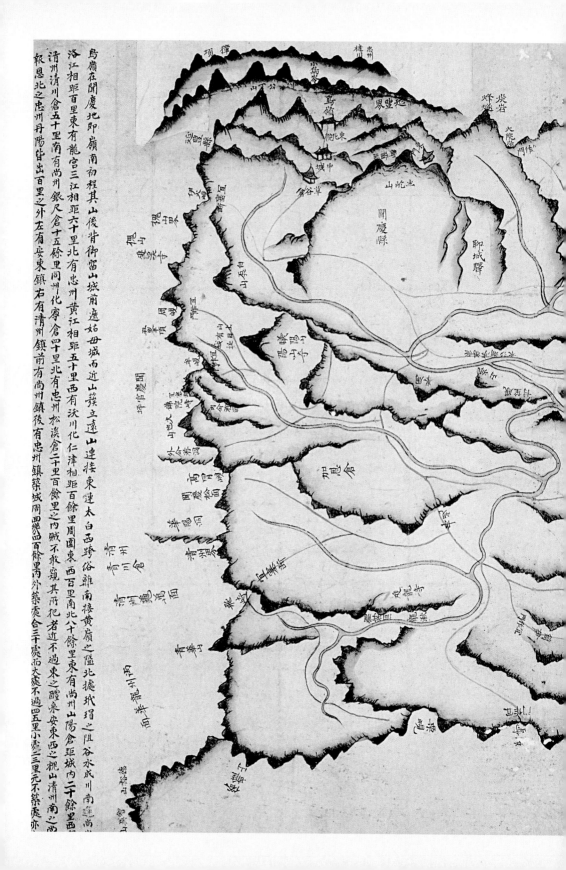

● 해동지도海東地圖
(조령전도鳥嶺全圖), 18세기,
서울대학교규장각 소장

소백, 태백 높다고 떠든다만

첩첩 죽령의 큰 관문이 천하에 제일이다.

비취빛 우람하게 육백 리에 쌓여 있고

안개 속에 아스라이 푸른 봉우리 연이었네.

잔도는 구불구불 그지없이 위험하니

걸음마다 거친 숨 몰아 쉬며 곁눈질 자주하네.

삼월에도 봉우리엔 흰 눈이 쌓였고

높은 곳은 한기 어려 따스하지 않아라.

촉도라도 이보다 오르기 어려울 순 없기에

이 나그네를 언제까지고 서글프게 하누나.


높은 산의 한기와 죽령의 험준함을 묘사하고, 현실과 조화하지 못하는 삶의 어려움을 은연중 탄식하였다. 마지막 구에서는 이백이 「촉도난 (蜀道難)」에서 노래한 촉도보다 죽령이 더 험하다고 과장하였다.


안동은 고유한 문화가 잘 보존되어 있는 곳이다. 임진왜란 때도 침략을 입지 않았다고 한다. 안동에 사는 바보 아재 유거사 때문이라는 전설이 있다. 바보 아재 유거사가 정승을 암살하려던 왜놈 첩자를 굴복시켰다는 이야기가 『동패낙송(東稗洛誦)』과 『청구야담(靑邱野談)』에 전한다. 홍신유(洪愼猶, 1722~?)의 「유거사(柳居士)」는 그 바보 아재 이야기를 소재로 하였다. 『동패낙송』은 유거사를 유성룡과 연결시키지 않았으나, 이 시는 유거사가 유성룡의 숙부라고 하였다. 유거사는 승려로 가장한 왜놈을 짓눌러 타고는 "우리나라에 사람이 없는 줄 아느냐? 나를 깔보

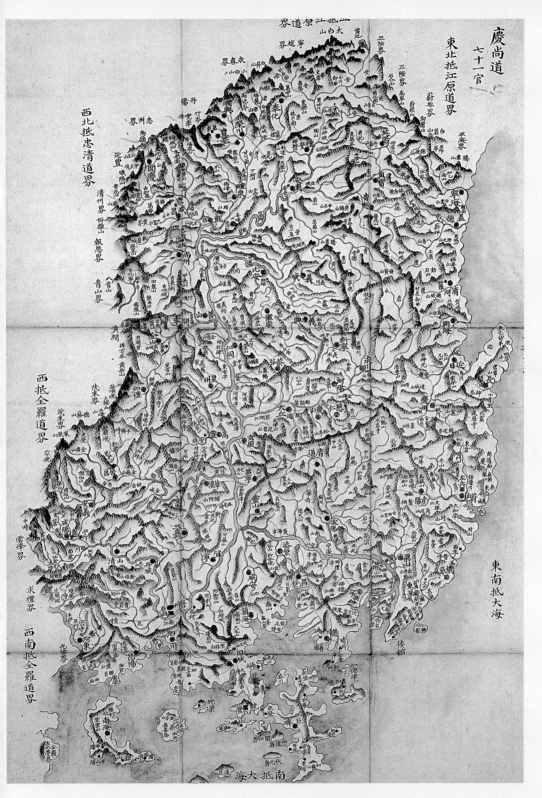

● 해동도海東圖(경상도慶尙道), 18세기, 호암미술관 소장

지 말라"고 으름장을 놓았다. 그리고 조선팔도에 병란이 일어난 것은 하늘의 운수라고 여겨 왜놈을 살려 보내되, 안동만은 침략하지 말도록 왜군에게 전하라 시켰다고 하였다. 조금쯤 지역주의 의식이 드러나는 대목이다.

差汝不足殺, 一孤雛腐鼠.

況我八路間, 兵火亦天數.

以我大心胸, 饒汝命一縷.

嶺南安東郡, 人民僅萬戶.

我家亦安東, 家累百口有.

一邑百里中, 汝勿過師旅.

冥頑違吾言, 汝吭當往斧.

네놈은 죽일 거리도 못 되는

병아리요 썩은 쥐새끼.

우리 조선에

병화가 일어남은 하늘의 운수이리니,

크고 넓은 마음으로

실낱 같은 네 목숨을 살려주겠다.

영남의 안동 고을은

주민이 거의 만 호.

내 집 또한 안동이고

집안 식솔이 일백이니,

백 리 되는 이 고을에는

네놈 군대를 보내지 말라.

어리석게 내 말을 어긴다면

네놈 목을 도끼로 치리라.


어느 지방이라도 다 그러하듯 경상도에도 전설이 많다. 영조 때, 정범조(丁範祖)는 경상도 양산의 황산 찰방으로 있으면서 그곳 풍물을 「잡요(雜謠)」 6수로 노래하였다. 제4수는 영동 신령을 소재로 하였다. 전설에 '영동'이란 아전이 항시 호랑이를 타고 관아에 나오곤 했는데, 죽어서 신령이 되었다고 한다.

횡 기 순 호 영 동 래　　산 목 노 호 산 설 개

橫騎馴虎英童來, 山木怒號山雪開.

이 월 인 가 제 설 제　　계 저 도 두 총 무 재

二月人家齊設祭, 鷄猪稻豆摠無災.


호랑이 타고 영동이 오니

숲은 노하여 울부짖고 산에는 눈이 개네.

이월이면 인가에서 일제히 굿을 하여

닭·돼지·벼·콩 모두 무사하다나.

대개 '영동'은 경상남도 해안 가까운 지역에 널리 퍼져 있는 영등 할매 전설과 관련이 있되, 내용이 조금 다르다.

그런데 조선시대 경상도의 농민들도 전라도 못지않은 고통을 겪었다. 김종직(金宗直, 1431~1492)이 지은 「낙동요(洛東謠)」에 그러한 사정이 잘 나타나 있다. 김종직은 영남 병마평사로 가다가 황지를 떠나 관수루(觀水樓)에 묵었을 때, 눈으로 본 현실을 그 시에서 일부 그려내었다.

<ruby>黃<rt>황</rt></ruby><ruby>池<rt>지</rt></ruby><ruby>之<rt>지</rt></ruby><ruby>源<rt>원</rt></ruby><ruby>纔<rt>재</rt></ruby><ruby>濫<rt>남</rt></ruby><ruby>觴<rt>상</rt></ruby>, <ruby>奔<rt>분</rt></ruby><ruby>流<rt>류</rt></ruby><ruby>到<rt>도</rt></ruby><ruby>此<rt>차</rt></ruby><ruby>何<rt>하</rt></ruby><ruby>湯<rt>상</rt></ruby><ruby>湯<rt>상</rt></ruby>.

黃池之源纔濫觴, 奔流到此何湯湯.

一水中分六十州, 津渡幾處聯帆檣.

海門直下四百里, 便風分送往來商.

朝發月波亭, 暮宿觀水樓.

樓下綱船千萬緡, 南民何以堪誅求.

餠罌已罄橡栗空, 江干歌吹椎肥牛.

皇華使者如流星, 道傍髑髏誰問名.

少女風, 王孫草.

游絲澹澹弄芳渚, 望眼悠悠入飛鳥.

故鄉花事轉頭新, 凶年不屬嬉遊人.

倚柱且高歌, 忽覺春興慳.

白鷗欲笑我, 似忙還似閑.


황지의 근원은 잔에 넘칠 정도더니

냅다 흘러 여기선 넘실대는군.

낙동강 한 물이 예순 주를 좌우로 갈랐으니

몇 군데나 나루에 돛배들이 연이었나.

바다까지는 사백 리 물길.

편풍이 장사꾼을 나누어 보내는군.

아침에 월파정 떠나

저녁에 관수루에 묵으매,

누 아래로 천만 냥 실은 배가 지나누나

남방민들이 가렴주구를 어이 견디랴.

백성들은 쌀독 비고 도토리마저 없는데

강가에는 피리에 노래, 살찐 소도 잡는다.

조정의 사자(使者)들은 유성같이 지나치니

강가 해골은 누가 이름 물어보리.

소녀풍(서풍)

왕손초.

버들가지는 담담하게 강 풀밭에 하늘대고

유유한 시선은 멀리 날아가는 새를 본다.

고향의 꽃소식은 절기 따라 새로우리만

흉년이라 아무도 봄놀이 하지 않으리.

난간에 기대어 노래하자니

봄 흥치가 문득 가시는구나.

갈매기는 나를 비웃으리라

바쁜 듯 되려 한가하다고.


　『주역』에서 태괘(兌卦)는 소녀이자 서방의 괘이니, 서풍을 소녀풍이라고 한다. 왕손초는 한나라 때 「초은사(招隱士)」라는 시의 "왕손이 멀리 가 돌아오지 않고, 봄풀만 무성하고나"라는 구절에서 온 말이다. 이별의 수심을 일으키는 경치를 가리킨다. 김종직은 농민들의 어려운 처지를 생각하여 봄 흥치를 느끼지 못한 채 수심에 잠겼다. 한가한 물새가 부러울 정도로 마음이 아팠다.

　현종·숙종 때 시인 임상원(任相元, 1638~1697)은 청풍 군수로 있을 때 장편시를 지어 백성들의 고초에 동정하였다. 「관직에 있은 지 두 해, 공사에 고민스럽고 슬퍼할 만한 일이 있기에, 비난받을 것을 돌아보지 않고 노랫가락에 드러내나니, 시어가 촌스럽고 형식도 범상하여 작가라고 하기에는 부끄럽다. 다만 백성들의 곤궁함을 애도하여 서글퍼하고 간절히 슬퍼했으므로 채시관이 채집할 만한 민가풍에 가깝다고 하겠다.

그래서 3편으로 나누어 악부에 부친다(居官二年 公事有可悶可悗者 不顧時諱 形於歌諷 詞俚體凡 有愧作者 若其哀窮悼困感愴悲切 庶幾乎民風之可採者耳 因分爲三篇 以附樂府)」라는 제목이다. 첫수는 군정의 혼란에 따른 가혹한 수취를, 아이 둘을 둔 여인의 처지에서 고발하였다.

청군백옥녀　운시피병부
靑裙白屋女, 云是被兵婦.

소아재부상　대아신능부
小兒才扶床, 大兒薪能負.

명구례척적　출포수병부
名具隷尺籍, 出布輸兵部.

탄화미상기　이서당문후
彈花未上機, 里胥當門吼.

명사공불급　산월영허유
鳴梭恐不及, 山月映虛牖.

경야불성필　도등가한수
竟夜不成匹, 挑燈呵寒手.

우유여족루　편달경궁부
又有閭族累, 鞭撻驚窮蔀.

단진기중사　징과유선후
斷盡機中絲, 徵科猶先後.

구무류설우　개체부하유
苟無縲絏憂, 盖體復何有.

동가폐적요　이효단공주
東家閉寂寥, 已效檀公走.

吾聞古聖人, 作法戒苟取.

奈何養兵道, 征徭及黃口.

脫身散四方, 不暇顧父母.

仁心無所施, 嗟爾淸風守.


오두막의 푸른 치마 여인

'피병부'라 한다나.

작은아이 겨우 침상 딛고 서고

큰아인 땔나무를 지는데,

이름이 모두 군적에 올라 있어

베를 내어 병부로 보낸다.

목화 때려 부드럽게 만들어 베틀에 올리기도 전에

아전이 문에 다다라 소리 지르기에,

서둘러 실북을 놀린다만

벌써 산 위의 달이 빈 창을 비추니,

밤새 한 필도 못 짜고

등불 심지 돋우며 언 손을 호호 분다.

한 마을 겨레붙이에게도 누가 되어

곤궁한 집 문을 채찍으로 쳐댈까 봐,

베틀에 짜던 실을

추징보다 앞서 끊어 내리네.
감옥에 갇히는 근심만 없다면야
몸 덮을 옷 없다고 염려할 게 무어 있나.
동쪽 집은 문 닫아 걸어 고요해라
일찌감치 담 너머로 달아났구나.
듣자니 옛 성인은 법을 만들되
가혹한 수취를 경계했다 하더만,
어찌하여 군대 양성한다면서
군역을 어린애에게까지 지우는가.
백성들이 몸을 빼어 사방으로 흩어져
부모님 돌아볼 겨를조차 없으매,
어진 마음을 베풀 데가 없구나
아아, 청풍 땅 수령이여.

어린애까지 군적에 이름이 올라 있어 여인들은 겨울밤 내내 언 손을 불어가며 군포를 짜야 하였다. 가혹한 수취를 견디다 못한 농민 가족은 뿔뿔이 흩어졌다. 군정의 혼란은 가족구조까지 해체시켰던 것이다. '피병부'란 군대에 나가지는 않지만 징집된 것이나 마찬가지인 여인이란 뜻이다. 원문의 '이서(里胥)'는 아전이란 뜻의 '이서(吏胥)'를 잘못 적은 것인 듯하다.

선산(善山)에는 산유화곡의 배경이 된 향낭(香娘)의 이야기가 전한다. 향낭은 상형곡(上荊谷)에 사는 임칠봉(林七峰)의 처였는데, 어려서는 계모에게 학대받고 시집가서는 남편에게 버림을 받았다. 외삼촌이 개가를 권하자 지주비(砥柱碑) 아래서 치마를 벗어, 풀 베던 소녀에게 주어 자신의 죽음을 증언해 달라고 하였다. 그리고 「산유화곡」을 소녀에게 가르쳐 준 다음 강물에 투신하였다고 한다. 1702년(숙종 28)에 있었던 이야기라고 한다.

본래 산유화곡은 백제 옛 지방에서 망국의 한을 담은 민요로 불리던 것이라고 한다. 그것이 영남에서 향낭 고사와 결부되고, 다시 한시로 번안되었다. 이안중(李安中)이 「향낭전」이라는 소설 속에 삽입하여 둔 산유화 3장이 가장 민요적인 분위기를 살렸다. 제1장에서는 갈 곳 없어 방황하는 신세를 노래하고, 제2장, 3장에서는 한을 묻은 가슴을 복사꽃에 비유하였다. 제1장이다.

山有花, 我無家.

我無家, 不如花.

山有花, 李與桃花.

桃李雖相雜. 桃樹不開李花.

李白花, 桃紅花.

紅白自不同, 落亦桃花.


산유화여

나는 집이 없어라.

집이 없으니

꽃만도 못하구나.

산유화여

배꽃과 복사꽃이여.

복사나무 배나무 섞였어도

복사나무에는 배꽃이 안 피는 법.

배는 흰 꽃

복사는 붉은 꽃.

붉은 꽃과 흰 꽃은 달라

떨어지는 것은 복사꽃.


1801년(순조 원년) 진해에 귀양살이하던 김려(金鑢, 1766~1822)는 『우해이어보(牛海異魚譜)』를 지었다. 정약전(丁若銓)의 『자산어보(玆山魚譜)』와 함께 우리나라 어류 사전으로서 쌍벽을 이룬다. 김려는 『우해이어보』 안에 「우산잡곡(牛山雜曲)」을 삽입하여 어촌의 생활상을 묘사하고, 방언도 수록하였다. 그 가운데 「매갈(鮇鰨)」 시는 고성의 아낙이 멧젓 파는 광경을 이렇게 묘사했다.


고 성 어 부 관 탱 선   여 타 개 두 연 자 편
固城漁婦慣撑船, 橢柁開頭燕子翩.

매 갈 산 저 삼 십 담   친 당 호 가 이 천 전
梅渴酸菹三十甔, 親當呼價二千錢.


고성의 어촌 아낙은 배 부리기 익숙하여

노 잡아 저어 나가길 제비처럼 풀풀 한다.

메갈젓 절임 삼십 항아리에

친당(주거래 상인)이 이천 냥 값을 부르네.


거제에서 잡히는 뽈락을 노래한 「보라어(甫囉魚)」 시도 있다. 뽈락은 호서의 황석어와 비슷하면서도 아주 작다. 옅은 보라색이라서 그런 이름이 붙었다고 한다.


月落烏嘶海色昏, 亥潮初張打柴門.

遙知甹犖商船到, 巨濟沙工水際喧.


달 지자 까마귀 울고 바다 빛 어두운데

밤 열 시 밀물이 사립문을 때리기 시작한다.

멀리 뽈락 파는 상선이 와서

거제도 사공들 물가에서 시끄럽군.


김해는 고려 말 충정왕 2년(1350)부터 왜구의 약탈이 심하였다. 『고려사』를 보면 "충정왕 2년 2월. 왜구가 고성·죽말·거제 등지를 침범하였다. 합포 천호 최선(崔禪)과 도령 양관(梁琯) 등이 이를 격파하고 300여 명의 적을 죽였다. 왜구의 침략이 이때부터 시작되었다"는 기록이 있다. 그 후 고려가 망할 때까지 40여 년간 왜구의 피해가 엄청났다. 고려 말 민사평(閔思平, 1295~1359)이 지은 「김해 태수에게 부친다(寄金海邀頭)」

시는 왜구들의 침입상을 묘사하고 만전의 경계를 태수에게 기대하였다.

김 해 왜 방 거 기 허  　풍 편 불 시 일 일 간
金海倭邦去幾許, 風便不啻一日間.

문 석 상 선 삭 내 왕  　만 진 해 착 퇴 여 산
聞昔商船數來往, 蠻珍海錯堆如山.

여 금 하 사 빈 입 구  　사 아 방 본 무 환 안
如今何事頻入寇, 使我邦本無懽顔.

불 유 촌 민 고 방 어  　추 포 점 욕 번 아 간
不惟村民苦防禦, 追捕漸欲煩阿干.

수 연 종 군 무 투 지  　거 자 불 여 행 자 안
雖然從軍無鬪志, 居者不如行者安.

즉 금 태 수 진 유 장  　이 계 파 적 행 당 간
卽今太守眞儒將, 以計破賊行當看.

김해가 왜국과 얼마나 떨어졌나

돛 달면 하루도 안 걸리네.

옛날에는 상선이 자주 왕래해

오랑캐의 보배와 해물이 산처럼 쌓였다 하더만,

요즈음은 웬일로 자주 노략질해서

우리 백성들에게 기쁜 얼굴 없게 하는가.

촌민이 방어하기 괴로울 뿐만 아니라

쫓아가 잡는 아간(阿干, 장수)도 번거롭게 만드네.

그러나 종군하는 이들이 투지가 없고 방만해서

● 영남지도嶺南地圖(김해부金海府), 18세기, 영남대학교 박물관 소장

집에 있는 이들이 종군나간 자보다 편치 않다 할 정도.

지금 태수는 참으로 유장(儒將, 유신이면서 장군을 겸함)이시니

이제 곧 전술을 써서 왜구를 토벌하리라.


오두(遨頭)는 태수라는 말이다. 민사평은 왜구들의 빈번한 침략을 우려하였다. 그러면서 김해태수가 지혜로운 장수이므로 계략으로 왜구를 토벌할 것을 기대하였다.

영남지방의 속담에 "살 만한 곳으로는 왼쪽에 울산, 오른쪽에 김해"라는 말이 있다. 김해는 낙동강 하구 바다에 임해서 강과 산과 바다에서 나는 물산이 풍부하였기 때문에 한 말이다.

하지만 물산이 풍부하면 그만큼 착취도 심했다. 김해에 유배되어 있던 이학규(李學逵, 1770~1835)는 「전복 따는 여인(探鰒女)」이란 시에서 공납의 폐해를 비판하였다. 장편인데 일부만 든다.

희 피 채 복 녀　생 사 기 사 수
噫彼採鰒女, 生死寄斯須.

처 지 본 석 로　잠 곡 비 소 도
處地本潟鹵, 蠶穀非所圖.

……

도 도 백 은 옥　입 지 유 수 여
淘淘白銀玉, 立地猶愁予.

교 인 도 피 중　해 시 박 호 우
敎人到彼中, 奚翅撲虎愚.

……

<sub>초 초 두 용 로</sub>　　<sub>참 참 안 색 저</sub>
稍稍頭容露, 慘慘顏色沮.

<sub>획 연 내 일 훼</sub>　　<sub>이 금 지 면 어</sub>
驍然乃一喙, 而今知免魚.

……

<sub>인 인 족 안 상</sub>　　<sub>독 촉 내 부 서</sub>
鄰人簇岸上, 督促來府胥.

<sub>선 기 과 엽 회</sub>　　<sub>급 체 귀 관 주</sub>
鮮肌藿葉膾, 急遞歸官廚.

<sub>연 찬 황 랍 광</sub>　　<sub>걸 여 경 관 수</sub>
聯弗黃蠟光, 乞與京官輸.

<sub>분 연 석 결 명</sub>　　<sub>시 녀 당 배 우</sub>
紛然石決明, 是女當桮盂.


아아, 전복 캐는 여인이여

생사를 찰나에 부쳤구나.

사는 곳이 본래 염밭이라서

누에나 농사짓기 아예 못한다나.

……

거센 파도 집채 같은 흰 물결은

뭍에 서서 보아도 무섭거늘,

사람에게 저 물속에 들어가게 하니

맨손으로 호랑이 잡는 어리석음과 무어 다르랴.

……

점점 머리 모습 드러나고

고통스런 얼굴에 물기 흐르더니,

휘익 길게 한번 내뿜으매

고기밥 면할 걸 그제야 알겠구나.

......

이웃 사람들이 기슭에 모여있는데

아전들이 독촉하러 달려와,

신선하고 살찐 건 곽엽회 만든다고

급히 관아 주방으로 가져가고,

황랍빛 나는 것은 꿰미 엮어

서울 벼슬아치에게 실어가네.

무더기로 쌓인 석결명(굴)만

이 여인의 그릇을 채울 뿐.

해녀는 파도를 무릅쓰고 물질을 하여 전복을 채취하지만 아전배와 수령의 횡포로 더 큰 고통을 겪었다. 경저(京邸)와 중앙의 양 군영에서 적첩봉(赤牒封)을 보내어 수령에게 토산품을 요구하였기 때문이다. 관행을 빙자한 수탈이었다. 전복은 그 품목에 올라 있었다.

이학규는 또 1819년(순조 19)에 김해의 풍물을 「김관기속시(金官紀俗詩)」 77수로 묘사하였다. 칠언절구의 죽지사체다. 죽지사(竹枝詞)는 본래 향토색 짙은 남녀의 애정가였는데, 조선 문인들은 이 형식을 빌려 지방풍물을 묘사하였다. 이학규는 염정(鹽丁)의 생활을 이렇게 노래하였다.

노 지 오 염 만 곡 우　　일 년 강 반 상 강 주
鹵地熬鹽萬斛優, 一年强半上江舟.

생 래 애 자 휴 상 념　　정 파 차 와 일 작 유
生來睚眦休相念, 政怕醝渦一勺油.

염전에 구운 소금이 만 섬은 되어도
한 해의 반은 배 위에서 보내다니.
자잘한 원한일랑 아예 생각 마시게.
한 숟갈 생선기름이 소금밭에는 무서워.

　염정은 소금만 구워서는 먹고살 수가 없다. 그래서 한 해의 절반은
강에서 고기를 잡아야 한다. 만일 고기 잡으러 나간 사이에 정 떼인 여
자가 생선기름 한 숟가락을 소금밭에 넣는다면 소금밭 전체가 썩은 냄
새를 내어 소금을 공납할 수 없게 된다. 그러니 고기잡이 나간 염정은
소금밭이 늘 걱정이었다.

　또한 김해에는 "불암(佛巖) 모기는 죽도(竹島) 모기와 혼인하지 않는
다"는 말이 있었다. 그만큼 불암 사람들이 죽도 사람을 천대하였다. 또
"죽도 모기들이 9월 9일의 중양절에 왔다 갈 때에는 떡장수의 치마 속을
문다"는 말도 있었다. 죽도 사람이 천박하다고 풍자한 속담이다. 뒤집
어 보면 그만큼 죽도 사람들은 생활력이 강하고 활기에 차 있었다. 이학
규는 두 속담을 이용하여 시를 지었다.

죽 도 문 아 진 사 운　　교 래 다 소 불 암 군
竹島蚊兒陣似雲, 較來多少佛巖群.

霜前利喙銛於刺, 愁殺重陽餠媼裙.
<small>상 전 이 훼 섬 어 자　수 쇄 중 양 병 온 군</small>

죽도 모기들이 구름처럼 몰려오니

불암 모기떼와 견줄 만큼 많구나.

서리 전에 주둥이를 작살처럼 찔러대기에

중양절 떡장수 치마 속이 걱정되는군.

이학규는 영남지방의 역사 가운데 풍자적인 내용이나 자랑할 만한 사실을 가려 뽑아 『영남악부』 68장을 엮었다.

고려 때, 무장 김진(金鎭)은 기생을 끼고 무리들과 어울려 주야로 술만 마셔서 군사들이 그 무리를 소주패라 풍자하였다. 우왕 2년에 지금의 창원인 합포로 왜적이 침입하였을 때 군졸들은 "장군은 소주패에게 적을 치라 하면 되지 우리들이 무슨 관계 있는가?" 하면서 모두 도망갔다. 『고려사』에 나오는 이야기다. 이학규는 『영남악부』에서 이 사실을 풍자하였다.

君爲燒酒徒, 我爲簾下奴.
<small>군 위 소 주 도　아 위 추 하 노</small>

昨日之酒君爲政, 今日之事寧我與俱.
<small>작 일 지 주 군 위 정　금 일 지 사 영 아 여 구</small>

政須百榼與千觚, 氣醺突前無不誅.
<small>정 수 백 합 여 천 고　기 감 돌 전 무 불 주</small>

<ruby>急<rt>급</rt></ruby>取凶醜顱, 劓其顱以爲飮器, 與元帥載斟載斟.

何必用我輩爲先驅.


너는 소주패

나는 매 맞는 하치.

어제의 술을 너는 일삼았으니

오늘의 일을 어찌 나와 함께하랴.

백 잔 천 잔 마셔대어

취중에 돌진하면 모두 죽일 텐데.

적의 해골 급히 주워

해골 쪼개 술잔 삼아

장군과 주거니 받거니 하렴.

하필 왜 우릴 앞 세우냐.


『영남악부』의 「철문어(鐵文魚)」는 고려 말 계림부윤 원룡(元龍)의 학정(虐政)을 풍자하였다. 서민의 절규를 옮긴 듯한 화법으로 되어 있다.


鐵文魚, 何不杷人畬, 而反爲人漁.

三叉屈折如指爪, 爬民之肉吮民瞍.

而輪爾田廬, 又敝我牛車.

계 림 자 차 철 무 여　평 궁 거 사 수 문 어
鷄林自此鐵無餘, 抨弓去射水文魚.


철문어야!

어찌 사람의 밭은 파지 않고

사람 것을 그러모으냐.

세 갈래 굽은 손톱 같은 것으로

백성의 살을 긁고 기름을 빨아서는,

네 농장으로 실어 나르느라

우리 소 수레도 못 쓰게 만들다니.

계림엔 이때부터 철이 안 남아

활을 당겨 문어나 맞추었다네.



원용은 계림부윤으로 있을 때 탐학하여 농기구인 철파 곧 쇠스랑까지도 걷어 갔다. 백성들은 그를 철문어부윤(鐵文魚府尹)이라고 불렀다. 문어는 '팔초어(八稍魚)'라고도 한다.


경상도 진주 하면 촉석루가 떠오른다. 그리고 방랑 시인 김삿갓(金笠)이 진주에서 봉변을 당하고 지은 「원당리(元堂里)」라는 시가 생각난다. 김병연(金炳淵)은 실제 인물이었다고는 하지만 그의 이름에 가탁한 무명의 희작자(戲作者)들이 곳곳에서 유사한 한시를 지었다. 그 시들 가운데는 문전박대를 당하고 분풀이로 지은 것이 많다. 「원당리」도 그 하나다.

◉ **진주성지도**晋州城地圖, 18세기, 국립진주박물관 소장

晉州元堂里, 過客夕飯乞.

奴出無人云, 兒來有故曰.

朝鮮國中初, 慶尚道內一.

禮義我東方, 世上人心不.


진주 원당리에

길손이 저녁밥을 청하자

종놈이 나와 사람 없다 하고

아이놈 와서 유고라고 한다.

조선 전체에 처음이요

경상도 내 한 군데다.

예의로 이름난 우리 동방에

세상 인심이 아니로군.


우리말을 한자로 번역한 어법이다. 걸(乞)·왈(曰)·일(一)·불(不)은 우리 발음으로 모두 '-ㄹ'로 끝나는 까닭에 운자를 놓은 듯이 각 연의 끝에 놓았다. 시를 읽으면 행색 초라한 선비의 모습이 절로 떠오른다.


지금의 부산 지역인 동래(東萊)는 조선 명종 때, 도호부로 승격되면서 큰 고을로 되고, 임진왜란 이후에는 웅주(雄州)로서 손색이 없었다.

금정산맥 끝이 해협에 돌입하여 형성된 몰운도에 몰운대(沒雲臺)라는 누대가 있다. 다대포와 낙동강 하구가 만나는 곳으로 윗부분이 늘 구름에 묻혀 있기에 그런 이름이 생겼다. 숲과 해식 벼랑, 창파, 모래밭 등 경승의 조건이 갖추어져 해운대와 백중하다고 일컬어진다. 광해군 때, 동대부사를 지낸 이안눌(李安訥, 1571~1637)은 「몰운대」 시에서 동래의 선취(仙趣)를 이렇게 그렸다.

추 청 요 해 서 광 선　　경 면 부 상 영 도 현
秋晴瑤海曙光鮮, 鏡面扶桑影倒懸.

요 요 벽 천 삼 도 외　　동 동 홍 일 만 방 전
窅窅碧天三島外, 瞳瞳紅日萬方前.

대 포 도 차 혼 무 지　　호 겁 종 금 부 기 년
大包到此渾無地, 浩劫從今復幾年.

변 욕 능 풍 과 요 확　　봉 래 정 상 방 군 선
便欲凌風跨寥廓, 蓬萊頂上訪群仙.

맑은 가을 고운 바다에 새벽빛 산뜻한데
거울 같은 동해 물에 부상(해) 그림자 거꾸로 박혔네.
삼신산 밖에는 푸른 하늘이 멀고
만방의 앞쪽에는 붉은 해가 흐릿하구나.
우주는 이곳에 이르러 더 나아갈 땅이 없나니
영겁은 이제부터 또 몇 년 뒤런가.
곧바로 바람 타고 허공으로 솟아올라
봉래산 정상으로 신선 찾아가련다.

장관을 앞에 두고 선경(仙境)을 연상하는 것은 흔한 발상이다. 다만 그 장관을 마주한 정신적 풍모에 따라 시적 수준이 달라질 것이다.

몰운대 근해는 임진왜란 때 녹도만호 정운(鄭運, 1543~1592)이 전사한 곳이다. 정운은 부산포해전에서 이순신의 우부장으로 싸우다가 유탄을 맞고 죽었다. 순조 때, 군수 박제형(朴齊珩)의 「몰운대」는 정운이 대 아래에서 죽었으니 대의 이름이 참(讖)이라고 하였다. '운(雲)'과 '운(運)'의 음이 같은 것을 깨달은 정운이 거기서 죽을 것을 미리 알았다고 전하기 때문이다. 곧 4수 가운데 제2수에서 다음과 같이 읊었다.

沒雲臺下沒雲悲, 水底魚龍恨亦知.

雲可沒兮名不沒, 沒雲臺上鄭公碑.

몰운대 아래서 구름에 묻히다니 슬프구나
물 밑의 물고기와 용도 그 한을 알리라.
구름이야 덮을 수 있어도 이름은 묻을 수 없기에
몰운대 위에 정공의 비석이 섰도다.


금정산 북동쪽 기슭에 있는 범어사(梵魚寺)는 신라 때 개창된 고찰이다. 임진왜란 때 전소되었다가 중건되고, 그 후 다시 화재를 입고 재건되는 곡절을 겪었다. 이안눌(李安訥)은 「내산록(萊山錄)」에 20제 25수의 범어사 시를 남겼다. 그 가운데 혜정장로(惠晶長老)에게 준 오언율시의

각자(刻字)가 산신각 밑에 남아 있다. 「금정산 범어사. 한음 이상국의 시에 차운하다(金井山梵魚寺 次漢陰李相國韻)」에서 그는 범어사 주변의 경치를 이렇게 노래하였다.

보 입 석 문 봉 만 청　송 림 오 월 풍 영 령
步入石門逢晚晴, 松林五月風泠泠.

노 승 상 대 좌 계 상　일 모 운 생 산 갱 청
老僧相對坐溪上, 日暮雲生山更靑.

석문을 걸어 들어가니 저녁 하늘이 개었는데
오월의 솔 숲은 바람이 맑구나.
늙은 스님 마주하여 시냇가에 앉았는데
저녁 구름 일어나며 산 더욱 푸르네.

　　동래 온천은 이미 『삼국유사』에 기록이 나온다. 신라 왕이 여러 번 이
곳에 행차하여, 벽돌로 쌓고 구리 기둥을 세웠다고 한다. 고려 때, 동래
온천을 노래한 한시로 이규보(李奎報)의 「박공과 함께 동래 욕탕지로 향
하면서 즉석에서 짓다(同朴公將向東萊浴湯池口占)」 두 수가 있다. 이규보
는 1202년(고려 신종 6) 12월부터 1204년 3월까지 운문사의 적당(賊黨)을
소탕하는 군대에서 수제원(修製員, 문서담당)으로 일했다. 이규보 시의
제2수는 이러하다.


미 신 유 황 침 수 원 　 　 각 의 양 곡 욕 조 돈
未信硫黃浸水源, 却疑暘谷浴朝暾.

지 편 행 면 양 비 오 　 　 과 객 하 방 잠 시 온
地偏幸免楊妃汙, 過客何妨暫試溫.


유황이 수원에 스며들었다곤 믿지 않았지만

문득 양곡에서 아침 해가 목욕하는 듯하여라.

땅이 외져 양귀비가 더럽히지 않았으니

길손이 잠시 몸 데운들 어떠리.


당나라 현종은 양귀비를 위해 섬서성 여산(驪山) 기슭에 화청궁(華淸宮)을 짓고 화청지를 팠다. 이규보는 동래 온천욕이 그런 음탕한 일과는 거리가 멀다고 하였다.

그런데 동래 지역에는 무속이 성하였다. 신정(申晸, 1628~1687)은 「당나라 이가우가 강남 사람 집에서 신을 제사하는 것을 듣고 지은 작품을 본뜨다(擬李嘉祐聞江南人家賽神之作)」라는 제목 아래, 동래의 무속을 이렇게 읊었다.


장 산 구 속 호 음 사　가 가 사 절 영 신 지
莨山舊俗好淫祀, 家家四節迎神至.

일 길 신 량 목 장 유　난 효 계 서 잉 초 려
日吉辰良穆將愉, 蘭肴桂醑仍蕉荔.

양 포 부 고 오 음 진　만 당 당 절 하 빈 분
揚枹拊鼓五音陳, 滿堂幢節何繽紛.

회 표 훌 기 권 유 막　황 황 욕 강 운 중 군
回飇欻起捲油幕, 皇皇欲降雲中君.

소 무 선 원 진 화 의　파 사 기 무 방 비 비
少巫嬋媛振華衣, 婆娑起舞芳霏霏.

옹 부 분 연 배 차 기　신 무 질 병 연 무 기
翁婦紛然拜且祈, 身無疾病年無饑.

원 객 중 소 청 불 매　수 방 토 요 진 감 이
遠客中宵聽不寐, 殊方土謠眞堪異.


222

千古荊蠻事偶同, 爲吟九歌興長喟.

장산(동래) 풍속이 귀신 섬기기 좋아하여

집집마다 철마다 신을 맞아들이네.

일진이 좋다 기뻐하면서

좋은 술과 안주에 남방 과일까지 바치고,

북채로 북을 쳐대 음악을 연주하며

집에 가득 깃발과 부절이 어지러워라.

회오리바람 일어나 장막을 걷으매

운중군이 허둥허둥 내려오는 듯한데,

젊은 무당이 아름다운 옷을 펄럭이면서

너울너울 춤추자 향기가 부슬부슬.

늙은 부부는 굽신굽신 절하며 빌어서

한 해 내내 병 없고 주리지 않게 해달라 하네.

나그네는 밤새 듣느라고 잠 못 이루나니

타향의 민요가 참으로 기이하도다.

먼 옛날 형초(荊楚)지역과 우연히 같기에

「구가(九歌)」를 읊고서 길게 탄식하노라.


　　동래는 동해안 별신굿의 전승지역이다. 어업이 성하였고, 태풍의 피
해가 컸다는 점을 고려하면 무속이 성행한 이유를 알 듯도 하다. 그러나
신정은 굴원이 형초지역을 떠돌 때 무당굿을 찾기도 하였던 일을 환기

하며, 스스로의 불만스런 처지를 굴원에 견주었다.

경상도에는 명산이 많다. 가야산은 그 하나다. 신라 말 최치원(崔致遠, 857~?)이 「가야산 독서당에 쓴 시(題伽倻山讀書堂)」는 속세를 피해 은둔을 지향했던 많은 시인들에게 회자되었다.

狂噴疊石吼重巒, 人語難分咫尺間.
상공시비성도이　　고교유수진롱산
常恐是非聲到耳, 故敎流水盡籠山.

물살이 첩첩 바위 사이를 미친듯 뿜어나와
말소리를 지척에서도 분간하기 어렵구나.
속세의 시비 소리가 혹시라도 귀에 이를까 봐
흐르는 물로 하여금 산을 에워싸게 한 것이리.

만학천봉(萬壑千峰) 사이를 분류(奔流)하는 물소리 때문에 지척의 말소리도 분간할 수 없다. 하물며 속세의 분잡한 소리가 어찌 들리겠는가. 계림(鷄林, 신라)의 말운(末運)에 뜻을 펴지 못한 채 관직에서 물러난 최치원은 곳곳을 유랑하던 발길을 마지막으로 가야산에 머물렀다고 한다. 이 시는 곧 세속과의 결별을 선언한 변(辯)이다.

그런데 뒤에 보듯이 최치원은 지리산에서 종적을 감추었다는 전설도 있다. 종적을 감춘 곳이 어느 쪽이든 종적을 감추어야 했던 최치원의 처지가 애처롭다.

『신증동국여지승람』에 보면, 홍류동에 들어서면 무릉교가 있고, 그 다리를 건너 5~6리쯤 가면 최치원의 이 시를 새긴 석벽이 있는데, 그것을 제시석(題詩石), 또는 치원대(致遠臺)라 한다고 하였다. 지금의 각자(刻字, 새긴 글자)가 과연 그때의 것일까?

# 옛 도읍의 역사미

고조선시대부터 조선시대까지의 도읍은 모두 몇이나 될까. 역사관에 따라 그 수는 달라질 것이다. 조선 정조 때의 유득공(柳得恭)은 조선의 서울을 제외하고 우리의 옛 도읍을 21개로 보았다. 즉 유득공은 1798년(정조 2) 한백겸의 『동국지리지』를 읽고 단군의 왕검성에서 시작하여 고려의 송도에 이르기까지 21개의 왕도를 대상으로 43수의 시를 지어 「이십일도회고시(二十一都懷古詩)」로 엮었다. 각 왕조별로 도읍은 다음과 같다.

단군왕검 ─ 왕검성(평양)·기자조선 ─ 평양·위만조선 ─ 평양·한(韓) ─ 금마(익산)·예(濊) ─ 강릉·맥(貊) ─ 춘천·고구려 ─ 평양·보덕(報德) ─ 금마저·비류 ─ 성천·백제 ─ 부여·미추홀 ─ 인천·신라 ─ 경주·명주 ─ 강릉·금관(가야) ─ 김해·대가야 ─ 고령·감문 ─ 개령·우산 ─ 울릉도·탐라 ─ 제주·후백제 ─ 완산·태봉 ─ 철원·고려 ─ 개성.

유득공은 「발해고」를 지을 만큼 발해를 민족사의 일부로서 중요하게 다루었지만, 발해의 도읍을 21도에 넣지는 않았다. 또 고려의 강도(江都)이자, 조선의 행궁(行宮)이 있었던 강화도도 21도에 넣지 않았다.

여기서는 한시의 시인들이 자기 시대의 도읍이나 옛 도읍으로 의식하였던 몇몇 곳을 중심으로, 각 도읍이 한시에서 어떻게 노래되었는지 살펴보기로 한다.

◉ 한양도성도漢陽都城圖, 19세기, 호암미술관 소장

# 九. 삼각산 남쪽 한강수 머리, 서울

조선의 새 도읍인 한양을 예찬한 노래로 정도전(鄭道傳, 1337~1398)의 「신도가(新都歌)」가 있다. 경기체가 형식으로 한양의 지세를 읊고 만세를 부른 것이다.

녜논 양쥐(楊州ㅣ) 고을히여
디위예 신도형승(新都形勝)이샷다
개국성왕(開國聖王)이 성대(聖代)를 니르어샷다
잣다온뎌 당금경(當今景) 잣다온뎌
성수만년(聖壽萬年)ᄒ샤 만민이 함락(咸樂)이샷다
아으 다롱디리
울 폰 한강수여 뒤흔 삼각산이여
덕중(德重)ᄒ신 강산 즈으메 만세롤 누리쇼셔

한양 곧 서울은 본래 고구려 북한산군이었다가 백제의 온조왕이 차지하여 성을 쌓았다. 그 후 근초고왕은 남한산으로 천도하였다. 150년 지나 개로왕이 고구려 장수왕의 공격을 피해 달아나다가 해를 입자 아들 문주왕은 웅진으로 천도하였다. 뒷날 신라의 진흥왕이 북한산주를 두었으며, 경덕왕은 한양군으로 고쳤다. 고려 때는 양주라 하다가 충렬왕이 한양부라 바꾸었다. 조선 태조 3년(1394)에 마침내 도읍을 정하고 한성부라 고쳤다.

해(亥, 서북) 방향에 있는 북악산(백악산·백액산)이 주산(主山)이다. 궁궐은 북북서에 앉아 남남동을 바라보는 임좌병향(壬坐丙向)이며, 그 동편에 감(坎, 정북) 방향의 산을 주맥으로 하는 종묘를 두었다. 새 궁궐은 『시경』의 "군자여 만년토록 그대 큰 복을 도우리라(君子萬年, 介爾景福)"라는 구절에서 이름을 따서 경복궁이라 하였다. 경복은 '큰 복'이란 뜻이다. 하지만 1398년(태조 7)에 왕자의 난이 일어났고, 1399년에 정종이 등극하고는 개성으로 도읍을 옮겼다. 2년 후 태종이 즉위하고, 태종 5년 10월 8일에 다시 한양을 서울로 정하였다.

한양은 내명당과 외명당으로 이루어져 있다. 북쪽의 북악산·동쪽의 낙타산·서쪽의 인왕산·남쪽의 목멱산(남산)으로 둘러싸인 지역이 내명당이다. 그 바깥으로 북쪽의 북한산(삼각산)·동쪽의 용마산·서쪽의 덕양산·남쪽의 관악산이 외명당을 이룬다. 내수는 개천(청계천)이고, 외수는 한강이다.

내명당은 백호 가지(인왕산)가 청룡 가지(낙타산)보다 길어 우선국(右旋局)의 형세다. 하지만 내수(개천)가 동쪽으로 흘러 중랑포에서 합하여 서쪽으로 흘러가 좌선국(左旋局)이다. 따라서 그 둘이 서로 역(逆)이라서 길하다. 단, 백악과 인왕이 바위 형세이므로 살기(殺氣)가 있다는 점과 내수구가 낮다는 흠이 있다. 훗날 이중환이 『택리지』에서 밝힌 말이다. 그러한 흠 때문에 풍수지리학자들은 특정 부분을 보완하는 비보(裨補)가 필요하다고 보았다. 더구나 경복궁에는 명당수가 부족하다는 지적이 있었다. 그것을 보완하려고 1411년(태종 11) 8월에 경복궁 서쪽을 파서 금천(禁川)을 끌어들였다.

1412년(태종 12) 4월에는 경복궁의 사정전(思政殿) 서북에 누각을 중건하고 못을 팠다. 5월에 이 누대를 '경회루'라 이름하고, 세자 양녕대군에게 편액을 쓰도록 하였다. 개국공신 하륜(河崙)이 「경회루기」를 써서 경축하고, 윤회(尹淮, 1380~1436)가 장편의 시를 지었다. 윤회는 경복궁이 명당에 놓인 점을 말하고, 그 기능을 이렇게 미화하였다.

화 산 남 반 한 수 두　　호 거 용 반 천 작 구
華山南畔漢水頭, 虎踞龍盤天作區.

성 신 발 흥 정 신 도　　구 서 협 종 부 인 모
聖神勃興定神都, 龜筮恊從符人謀.

묘 사 기 성 차 궁 실　　침 전 서 각 영 층 루
廟社旣成次宮室, 寢殿西角營層樓.

파 조 청 연 위 등 림　　욕 절 노 일 비 관 유
罷朝淸讌爲登臨, 欲節勞逸非觀遊.

화산(삼각산) 남쪽 한강수 머리에

범 걸터앉고 용 서린 곳, 하늘이 지은 구역.

성스런 군주께서 일어나 신성한 도읍을 정하시매

점들이 다 맞아 사람의 계획과 부합하였다.
종묘와 사직을 먼저 열고 다음에 궁실
침전 서쪽 모퉁이에 층루를 경영하셨다.
조회 마치고 연석 열어 올라가 조망하시니
백성들 수고를 살펴 조절을 하시고져.


윤회는 "난간이 시원하고 계단은 높아서, 멀리 바라보면 하늘 끝까지 다 보인다"라고 하였다. 군주의 은택이 구석구석 미치기를 바란 말이다. 또한 시의 마지막 구에서도 "높은 데 계실수록 위태함을 생각하여 만백성으로 하여금 고루 편히 쉬게 하소서"라고 권계(勸戒, 권장하고 경계함)하였다.

경복궁 앞 큰 거리는 육조 거리였다. 육조의 관아들만 아니라 각종 관서들이 늘어서 있었다. 지금도 정부종합청사가 이곳에 위치해 있다. 최근 활동이 두드러지는 '의문사진상규명위원회'는 서울 종로구 수송동 이마(利馬) 빌딩에 입주해 있다. 이 빌딩은 조선시대 그곳에 이마(理馬) 관련의 관청이 있었다는 것을 알려준다. '이마'는 말 조련을 뜻하니, 곧 조선시대 사복시(司僕寺)에 속하는 잡직의 하나다. 그런데 그 근처 수송동 146번지의 종로구청 자리에는 원래 정도전(鄭道傳)의 저택이 있었다. 정도전은 자손이 번성할 자리라며 거기에 집을 짓고, 수명도 극진하기를 바란다는 뜻에서 수진방(壽進坊)이라 이름 지었다. 그러던 그가 1차 '왕자의 난' 때 이방원에 의해 살해되었고, 그곳은 사복시 터가 되었다.

광해군 때 고성에 귀양 가 있던 심광세(沈光世, 1577~1624)는 우리나라 역사를 『해동악부(海東樂府)』 44수로 노래했는데, 그 속의 「수진방」에서 정도전의 일을 이렇게 다루었다.


壽盡坊, 開甲第.

相公一時官濟濟, 富貴功名稱吾意.

但願百年長保此, 壽盡名坊良有以.

壽盡坊, 連北闕.

街前甲騎紛如雪, 禍機之來眞一髮.

小臣指使定可知, 誰使從前爾反覆.

勿多言, 口亦肉.

言猶未已頸血注,

壽盡坊, 屍橫路.


수진방에

대저택 열어

어르신 관직이 당대에 가장 높았네.

부귀공명은 내 뜻에 맞다만

다만 바라는 건 백 년 오래 보존할 일.

수진이라 이름 지은 것은 이유 있었구나.

수진방이여

북궐(경복궁)에 연하였기에

거리 맡에 기마의 먼지가 눈처럼 분분 일었나니

재앙의 기미가 정말 위기일발이었네.

"제가 한 짓을 정말 알겠나이다."

누가 널 예전처럼 돌려 줄 것인가.

"잔말 마라

입도 더럽구나."

말도 못 끝내고 목엣 피를 쏟았다네.

수진방이여

시체가 길에 널브러졌도다.


심광세는 "처신을 그르치면 일상의 복도 바라기 어렵다"고 덧붙였다.

정도전은 실로 풍운아였다. 조선왕조 건국의 기초를 놓고 각종 제도를 개혁하였지만 강비 소생의 아들을 왕으로 옹립하려 하였기 때문에 훗날의 태종 이방원과 대립하였다. 이방원은 사직을 안정시킨다는 명목으로 군사를 일으켜 정도전을 체포하였다. 정도전은 그 말 앞에 무릎을 꿇고 "제가 한 짓을 잘 알고 있습니다. 감히 다른 뜻은 없습니다. 부디 목숨만은 살려주십시오"라고 하였다. 그러자 궁노였던 자근이 뒤에서 꾸짖기를 "입도 더럽구나. 잔말 마라"라 하고는 예리한 칼로 그 목을 베었다. 그런 흉액이 있었던 곳이라 그런지, 지금은 그 일대가 가장 관운이 좋다고 한다. 관직에 있는 사람들이 하는 말이다.

조선 초 한양에는 명승이 열 곳 있었다. 장의사(藏義寺)로 스님을 찾아가는 일, 제천정(濟川亭)에서 달구경하는 일, 반송정(盤松亭)에서 벗을 보내는 일, 양화진(楊花津)의 눈을 밟는 일, 목멱산(木覓山) 즉 남산에서 꽃구경하는 일, 전교(箭郊)의 방초를 찾는 일, 마포에서 배 띄우고 노는 일, 흥덕정(興德亭)에서 꽃구경하는 일, 종로에서 등불구경하는 일, 현석(玄石)에서 낚시하는 일 등. 그것을 '경도십영(京都十詠)'이라 하였다. 풍류 있기로 유명한 월산대군(1454~1488)과 서거정(徐居正)·강희맹(姜希孟)·이승소(李承召) 등 당대의 문인들이 같은 소재와 같은 운자를 내어 시를 지었다. 환운(換韻, 같은 시 안에서 운자를 바꿈)한 7언고시 8구이다. 서거정은 아예 열 폭 병풍에 열 가지 승경을 그려 두고 여러 사람의 제화시(題畵詩)를 받았다.

양화도는 한강진·삼전도와 함께 한강변 3대 나루의 하나로 도성에서 김포·강화로 이어지는 수로에 있었다. 양화도 옆에는 누에가 머리를 쳐든 형상의 잠두봉이 있다. 잠두봉은 들머리로 '가을두(加乙頭)'라고도 표기하였다. 지금 천주교 절두산 순교기념관이 있는 곳이다. 월산대군이 지은 「양화도의 눈 밟기(楊花踏雪)」의 다음 부분은 눈 온 날 강촌에서의 조촐한 연회를 담박하게 묘사하였다.

강 촌 어 가 수 모 옥　　이 하 삼 삼 만 은 죽
江村漁家數茅屋, 籬下森森滿銀竹.

귀 래 차 지 족 승 흥　　음 시 거 주 무 휴 식
歸來此地足乘興, 吟詩擧酒無休息.

강마을 어촌에 초가 두어 집

울 밑에는 은죽 같은 고드름이 가지런 촘촘.

세속 떠나 여기 오매 흥이 일어나

시 읊으랴 술잔 들랴 쉴 새 없도다.


"무심한 달빛만 싣고 빈 배 저어 오노매라"라 하였던, 정치에 무관심한 태도가 이 시에 잘 나타나 있다.

서거정은 「종로의 등불 구경(鍾街觀燈)」에서 관등절의 화려한 광경을 묘사했다. 당시 운종가는 한양의 유일한 시가로 무척 번잡하였다. 『세종실록』에는 운종가의 미아들을 수용하는 방안을 논의한 기사가 나온다. 서거정 시의 일부는 이렇다.

장 안 성 중 백 만 가　　일 야 연 등 명 사 하
長安城中百萬家, 一夜燃燈明似霞.

삼 천 세 계 산 호 수　　이 십 사 교 부 용 화
三千世界珊瑚樹, 二十四橋芙蓉花.


장안 성안 일백만 호

밤새 등불 밝혀 노을처럼 환하구나.

삼천 세계가 산호수요

이십사교에 부용화.


장안성 백만호·삼천세계 산호수·이십사교 부용화 등 화려한 시어를 사용하여 한양의 번화함을 호사스럽게 나타내었다. 이십사교는 중국 강소성 강도현(江都縣)에 있던 명승인데, 화려한 이미지를 나타내기 위하여 끌어다 쓴 것이다.

한양에는 12교가 있었다고도 하고, 18교가 있었다고도 한다. 18교는 혜정교·대광통교·소광통교·통운교·연지동교·동교·광제교·장통교·수표교·신교·영풍교·대평교·송첨교·영도교·제반교·청파신교·경고교·홍제교 등이다.

강희맹의 「남산의 꽃구경(木覓賞花)」은 도성 안에 봄꽃이 만개한 모습을 남산에서 내려다보면서 지은 시다. 빠른 곡조 속에 흥청대는 연회의 모습을 그려내고, 세월의 흐름을 아쉬워하였다. 그 일부는 이렇다.

운 금 장 성 만 가 오　　　일 리 이 족 수 향 우
雲錦粧成萬家塢,　一犁已足收香雨.

장 승 난 계 서 비 일　　　여 초 동 용 기 종 고
長繩難繫西飛日,　麗醮舂春起鍾鼓.


구름이야 비단 같은 꽃이 일만 집 동산을 꾸몄는데
보습 대일 향그런 비가 이미 걷혔군.
서쪽으로 날아가는 저 해는 동아줄로도 못 묶으리.
아름다운 누대에선 쇠북과 장고소리 일어난다.



마지막 구의 초(醮)는 여초(麗樵)라 적는 것이 옳다. 누대라는 뜻이다.

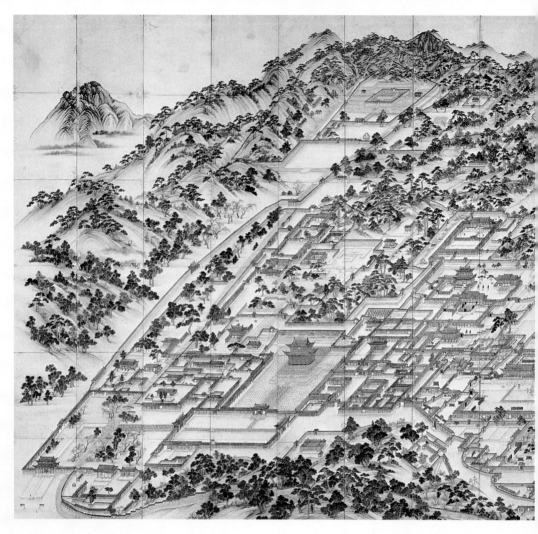

◉ **동궐도**東闕圖(부분), 1820년, 고려대학교 박물관 소장

조선 초 마포 산등성이에는 독서당이 설치되었다. 그곳 한강을 남호(南湖)라 하였다. 중종 때는 광희문에서 10리 거리인 두모포(豆毛浦, 현재 옥수동) 월송암 서쪽에 독서당을 설치하였다. 정조 때는 두모포의 유하정(流霞亭, 본래 제안대군(齊安大君)의 저택)을 내각(규장각)에 귀속시키고 독서당으로 쓰게 하였다. 그곳 한강을 동호(東湖)라 한다. 정조는 3월과 9월 두 차례 규장각 각원에게 휴가를 주어 유하정에서 놀고 독서하게 하였다.

정조 때, 한성부의 초기(草記)를 기초로 작성한 『호구총수』에 따르면 세종 5년(1423) 한양의 가호는 1만 1056호, 팔도의 가호는 18만 5919호였다. 세종 8년(1426)에 보고된 한양 인구는 10만 3328명이었다. 누락을 고려한다 해도 조선 초 한양의 가호와 인구는 오늘날로서는 상상이 안 될 만큼 적은 수다.

또 『호구총수』의 기록에 의하면 1792년 당시 서울의 호수는 4만 3963호, 인구는 18만 9287명이었다. 전국의 호수는 제주도를 포함하여 168만 9596호, 인구는 743만 8165명이었다.

조선 후기 한성부의 권역은 성벽 안만 아니라 우이동·가오리(加五里)·뚝섬(纛島)·양화진(楊花津)·수색(水色)·칙고개(葛峴)에 이르는 성저십리(城底十里)를 포괄하였다. 그런데 서울 도성 안은 종로구 인사동 태화(泰和)빌딩 언저리를 중심으로, 중부·동부·서부·남부·북부의 5부로 나뉘었다. 사대부들은 당색별로 거주지가 일정하였고, 여항인과 특수 집단도 각기 특정 지역에 몰려 살았다.

서울에서 중촌을 제외한 동서남북의 네 곳, 즉 4산 밑은 주로 양반의 거주지였다. 북악산 밑 북촌은 노론의 거주지. 남산 밑 남촌은 남인과 무반의 잡거지. 타락산(駝駱山, 駱山) 밑의 동촌은 소론과 노론의 거주지. 서소문(소의문) 안팎의 서촌은 소론과 남인의 거주지였던 듯하다.

북촌(북부·북동)은 율곡로 북쪽 삼청동·가회동을 중심으로 하고, 동서로 창덕궁과 경복궁 사이에 위치한 지역이다. 영조 이후 노론의 집중적인 거주지였다. 단, 삼청동의 군영 마을은 '우대'에 속한다.

종로구 필운동 인왕산 기슭의 배화여고 뒤에 필운대(弼雲臺)가 있다. 임진왜란 때의 명장 권율(權慄)의 집이 있었는데, 후에는 사위 이항복(李恒福)이 살았다. 인왕산을 필운산이라 불렀으니, 운룡(雲龍) 즉 경복궁을 오른쪽에서 보필한다는 뜻이다. 꽃나무가 많았으므로 꽃구경과 시회(詩會)가 잦았다. 이곳에서 시 짓는 일을 '필운대풍월(弼雲臺風月)'이라 하였다. 유득공의 『경도잡지』에 보면 "필운대의 살구꽃, 성북동의 복숭아꽃, 동대문 밖의 버드나무, 천연정(天然亭)의 연꽃, 삼청동과 탕춘대(蕩春臺)의 수석을 찾아 시인묵객들이 많이 모여들었다"고 한다.

박지원이 남긴 「필운대의 살구꽃 구경(弼雲臺看杏花)」은 필운대에서 봄놀이 하는 광경을 절묘하게 묘사하였다. 사람마다 각각 자기의 경지가 있기에 각 개인을 소중하게 여겨야 한다는 뜻을 담았다.

석양숙염혼  상명하유정
夕陽倏斂魂, 上明下幽靜.

화하천만인  의수각자경
花下千萬人, 衣鬚各自境.

저녁 해가 홀연 혼백을 거두자
위쪽은 밝고 아래쪽은 고요하다.

꽃 아래 수많은 사람들

의관과 수염이 저마다 제 경지.


17세기 말, 백악(북악산) 아래 청풍계에는 김창협(金昌協)과 김창흡(金昌翕) 형제를 중심으로 문예 집단이 형성되었다. 그 집단 가운데 이병연(李秉淵)이 두각을 나타내었다. 그가 지은 「백운대(白雲臺)」 제4수는 자못 호쾌하다. 정선의 진경산수화와 비견될 만큼 묘사가 핍진하다.


우 여 삼 각 특 위 고　풍 수 성 류 출 협 호
雨餘三角特危高, 風水聲流出峽豪.

척 촉 동 심 다 대 수　생 오 세 구 유 장 모
躑躅洞深多大樹, 甦鼯歲久有長毛.

중 림 왕 복 봉 만 핍　진 일 반 제 조 갈 로
中林往復峯彎逼, 盡日攀躋蔦葛勞.

자 소 본 무 헌 사 분　남 여 환 속 기 환 조
自笑本無軒駟分, 藍輿還屬綺紈曹.


비 온 뒤 삼각산, 아스라이 높고

골짝의 바람소리 물소리 호쾌하여라.

골 깊어 철쭉은 나무가 크고

세월 오래되어 청솔모는 털이 길구나.

숲 속을 가노라니 산봉우리 다가서고

진종일 기어오르느라 덩굴풀이 수고롭네.

수레 탈 분수 없음을 혼자 웃나니

남여(견여, 두 사람이 앞 뒤에서 메는 탈 것)야 비단옷 입는 무리에게 해당되는 것.

남촌은 종로 남쪽의 남산(引慶山·木覓山) 기슭과 설마재(雪馬峴·夫於峴·伐兒嶺) 부근을 전부 아우른다. 대관이 많이 거주하였으나, 임진왜란 후로는 실세한 양반들도 거주하였다. 회동(회현동)에는 대동법을 확대 실시하게 하였던 김육(金堉, 1580~1658)의 집이 있었다. 숙종 때, 남인 세력과 맞싸웠던 김석주(金錫胄, 1634~1684)도 그곳에서 태어났다. 그는 용모가 호랑이를 닮았다고 해서 누대를 재산루(在山樓)라 하였다. 호랑이가 산에 있는 격이라는 뜻이다. 또 회동에는 현종·고종 때 소론 대신이었던 정원용(鄭元容, 1783~1873)의 집이 있었다.

동촌은 양류촌(楊柳村)이라고도 하였다. 타락산(낙산) 아래 연건동을 중심으로 한 지역을 말한다. 좁게는 인조의 사저 어의궁(於義宮·興隆宮·梨峴別宮, 효제동 22번지)이 있던 어의동(의동)만을 말한다. 그곳 남이(南怡) 장군 집터(종로구 연건동 123번지)에는 정조 때 문인 박제가(朴齊家)가 살았다.

서촌은 서소문(소의문) 안팎의 동리다. 염천교 방면(봉래동 1가 어물시장)에 서울 3대 저자의 하나인 칠패(七牌)가 있었다. 숭례문 밖 남지(南池, 남대문로 5가 상공회의소 건물 앞 동편 길) 부근에는 팔패가 있었다. 그곳 수렛골에는 자연암(紫烟岩·紫燕岩, 잼배)이 있어 자암동(紫巖洞)이라고도 하였다. 자암동에는 객주(客主)가 모여 있었다.

노량과 동작진에서 석우(石隅, 돌모루)와 주교(舟橋, 배다리)를 거쳐 염초교(焰焇橋)·숭례문으로 들어오는 길목에 청파(靑坡)가 있다. 이곳은 남인 가문인 사천목씨(泗川睦氏)가 대대로 살았다.

기술직 중인·경아전층·시전상인·군교 등은 우대와 아래대, 중촌과 운종가에 거주하였다. 우대는 도성 안 서북쪽 지역, 곧 인왕산에 가까운 동내를 말한다. 혹은 백련봉(삼청동에 있는 조그만 봉우리) 서쪽으로부터 필운대(인왕산 기슭, 필운동 배화여고 뒤편 언덕)에 이르는 북부를 가리킨다. 우대에는 겸인(傔人, 재상집 시종)들도 거주하였다. 1786년에 중인 출신의 시인 천수경(千壽慶, ?~1818)과 장혼(張混, 1759~1828)은 이곳에서 옥계사(玉溪社)라는 시 모임을 결성하였다. 그것이 1793년에는 송석원시사(松石園詩社)로 발전하였다. 그 활동을 백전(白戰)이라 한다.

매년 봄 가을로 좋은 때 문통을 보내 날짜를 기약하고 중서부의 연당(蓮塘)에서 만난다. 남북을 정하고 시장(詩長)이 시제(詩題)를 내는데 남제(南題)는 북운(北韻, 북부에서 제시하는 운자), 북제(北題)는 남운(南韻, 남부가 제시하는 운자)을 가지고 시를 짓는다. 날이 저물어 시축(詩軸)이 완성되면 소의 허리에 채워야 할 만큼 많았다. 그것을 노복에게 지워 당대 제일의 문장가에게 골라 달라고 한다. 으뜸으로 뽑힌 것은 당일로 도성에 소문이 나서 그것이 돌아왔을 때는 이미 다 헤진 뒤였다. 재상들은 이 백전의 심사를 영광으로 여겼다.

효교동(孝橋洞, 종로 4가와 예지동, 중구 주교동 일대) 및 동대문·광희문 일대와 성 밖 왕십리 일대에는 별감과 군속들이 거주하면서 채소를 재배하고 수공업을 하였다. 이곳을 '아래대'라고 한다. 광희문 부근에는 묘지가 있어서 음산하였다. 정약용이 그 분위기를 「동성음(東城吟)」에서 노래한 것이 있다.

장교(장통교·장창골다리)와 수표교 부근, 청계천 남북에는 역관과 의관

◉ **접역*지도** 鰈域地圖(북한산성도北漢山城道), 19세기, 서울대학교 규장각 소장

＊ 접역(鰈域): 동해에서 가자미가 많이 잡히기 때문에 우리나라를 부르는 명칭.
　중국의 「한서(漢書)」 「교사지(郊祀志)」에 보면, 관중(管仲)이 언급한 말로 인용되어 있다. 또한 「설문(說文)」에서는 낙랑
　과 번국에 가자미가 많이 난다고 하였다. 단, 가자미가 아니라 망성어나 넙치라는 설도 있다.

이 거주하였다. 또 운종가(종로)의 남쪽, 광통교 서쪽은 유흥지였다. 대보름 밤에는 부호들이 방중악(房中樂)을 거리에서 펼쳤는데, 그 밤놀이를 '촉유(燭遊)'라 하였다. 운종가에는 육의전(六矣廛)과 좌고(坐賈)가 위치하였다. 시전 상인은 다동(茶洞)과 상사동(相思洞)에 거처하였다.

격이 낮은 술집들은 홍제원에 밀집해 있다가, 대사동(大寺洞)·이현(梨峴)·광통교 부근으로 분산하였다. 술집 문 앞에는 용수(술이나 간장 등을 거르는 데 쓰는 대나 싸리로 만든 둥글고 긴 통)에 갓모(笠帽)를 씌워 긴 버드나무에 꽂아 세우고, 그 옆에 작은 등을 달아 놓았다. 저녁이면 버드나무 아래로 분칠한 기녀들이 나와 잡가를 부르며 호객을 했다.

한강의 용산강·마포·서강·양화진·한강진을 오강이라 한다. 혹은 동작진·마포·서강·양화진·뚝섬을 오강이라고도 한다. 오강에는 뱃사람과 상인들이 살았다, 그들을 '강대사람'이라 불렀다. 용산의 별영창은 월산대군의 별장이었는데, 도화가 만개하므로 도화동(桃花洞)이라 하였다. 서강나루 광흥창(廣興倉) 부근에는 서민과 여항인이 거처하였다. 마포(삼개)에는 권문세족의 교거지가 있었다. 용산과 동호에는 경원(京園, 궁궐 밖 서울에 둔 국영 동산)이 있어서 장원서(掌苑署)의 서노(署奴)가 관리하였다.

동소문과 되너미 고개 분지에는 성북천이 안감내(安甘川, 안암천)와 합쳐 굽어 흐르는 속에 삼선평(三仙坪)이 펼쳐져 있었다. 어영청의 북창(北倉)인 북둔(北屯) 주변에는 복숭아나무가 많아서 늦봄에 행락객이 줄이었다. 흥인지문 밖 낙산 동쪽, 홍수골(紅樹洞)·큰 우물골(大井洞)·영빈정동(英嬪亭洞)·자지골(紫芝洞)·남동(藍洞)은 수석과 꽃나무가 어우러졌다.

도성의 안팎에는 놀이터와 누정이 많았다. 창의문 북쪽의 세검정(洗

劍亭)·돈의문 밖 천연정(天然亭)·노량진의 망해정(望海亭)·요금문(창덕궁 서문) 밖 북둔의 군자정(君子亭)·경복궁 서쪽의 세심대(洗心臺)는 이름난 승경지였다.

그 가운데, 세검정은 종로구 신영동 창의문 밖 탕춘대(蕩春臺) 옆에 있는 누정이다. 연산군 때, 유흥을 위한 수각(水閣)으로 세웠다고도 하고, 숙종 때, 총융청(摠戎廳)을 건립한 후 장수들의 오락을 위해 세운 것이라고도 한다. 또 1623년(광해군 15) 이귀(李貴)·최명길(崔鳴吉)·김류(金瑬) 등이 광해군의 폐위를 의논하고 여기서 칼을 씻었으므로 세검정이라 하였다는 설도 전한다. '세검(洗劍)'이라 함은 칼을 씻어서 칼집에 넣는다는 뜻으로 곧 평화를 의미한다.

국립중앙박물관에 전시된 정선(鄭敾)의 「세검정도(洗劍亭圖)」를 보면 세검정은 누하주가 높직하다. 1941년, 종이공장의 화재로 소실되어 주초석 하나만 남았던 것을 1977년 5월에 복원하였다. 조선시대에는 실록이 완성되면 이곳에서 세초(洗草)하였다. 부근에 조지서(造紙署)가 있었던 것은 그것과 관련이 있는 듯하다.

세검정 계곡은 북한산 남록에서 흘러내리는 물이 볼 만하였다. 장마철 물이 불어날 때 성안 사람들이 와서 구경하였다고 한다. 성현(成俔)의 『용재총화(慵齋叢話)』에는 '차일암(遮日岩)'이라는 이름으로 나온다. '탕춘대 수석'은 이 일대의 경관을 말하였다.

이광려(李匡呂, 1720~1783)의 「걸어서 세검정에 이르렀더니 산사의 승려가 저녁밥을 주었다(步至洗劍亭 巖寺僧人致晚飯)」라는 시를 보면, 탕춘대성 성곽을 따라 계곡으로 접어들어 세검정에서 발걸음을 멈추는 것이 시인들의 유람 코스였다.

서 로 단 풍 간 취 림　권 휴 신 탑 냉 삼 삼
西路丹楓間翠林, 倦休神塔冷森森.

소 성 전 입 계 광 만　고 각 초 빙 석 기 음
小城轉入溪光滿, 孤閣初憑石氣陰.

반 파 송 승 환 동 구　시 성 간 월 이 천 심
飯罷送僧還洞口, 詩成看月已天心.

산 행 입 야 봉 인 경　숙 처 창 방 송 지 침
山行入夜逢人境, 宿處倉房送紙砧.


서성(西城) 길은 단풍이 푸른 숲과 어우러졌는데
불탑 아래 쉬자니 추위가 냉엄하다.
작은 성을 끼고 돌매 개울 물빛이 시야에 가득하고
외론 누각에 기대 서자 바위 기운이 음산하여라.
저녁 먹고 계곡으로 돌아가는 스님을 전송하고는
시 짓고 고개 드니 달은 벌써 하늘 가운데 솟아났다.
산길을 가다가 밤 되어 사람 경계를 만나서
평창에 묵었더니 종이 다듬잇돌을 보내오는군.


　시인은 장의사 승려가 거져다준 저녁밥을 세검정에서 들었고, 평창
(平倉)에 묵을 때는 조지서에서 가져다준 지침(紙砧, 종이를 만들 때 눌러 놓
는 다듬잇)을 베개로 삼았다. 번화한 거리보다 산속에서 오히려 따스한
인정을 느꼈다. "산길을 가다가 밤 되어 사람 경계를 만났다"는 말이 절
묘하다.
　한강변에는 정자들이 더욱 많았다. 마포 북쪽의 담담정(淡淡亭, 안평

대군 독서처, 신숙주 별장)·서강의 망원정(望遠亭·喜雨亭·秀麗亭, 효령대군·월산대군 별장)·서강 북쪽의 영복정(榮福亭, 양녕대군 별장)·서빙고동의 칠덕정(七德亭·白沙亭)·청암동 강변의 읍청루(挹淸樓)·서빙고동의 창회정(槍檜亭)·한강 언덕의 침류정(枕流亭, 李思準 별장)·보광동 강변의 제천정(濟川亭·龍壇·漢江壇이 있던 곳, 漢江亭)·압구정동의 압구정(狎鷗亭, 한명회의 누정)·옥수동의 몽구정(夢九亭)·한남동의 천일정(天一亭, 金國光의 누정)·두무개의 독서당(讀書堂)·옥수동의 유하정(流霞亭, 壽進宮에 속한 공청)·옥수동의 황화정(皇華亭, 제안대군 별장)·화양동의 화양정(華陽亭)·자양동의 낙천정(樂天亭, 태종 별궁)이 모두 경승지를 조망하였다.

한강의 누정 가운데 두고두고 시빗거리가 된 것이 한명회(韓明澮)의 압구정이다. 한명회는 수양대군의 찬탈을 주도한 모사가인데, 성종 때까지도 권력을 내놓지 않으려고 버둥거려 세인의 비난을 샀다. 그런 그가 한강 남쪽에 정자를 짓고 '압구(狎鷗)'라 이름하였다. 세상 욕심을 잊고 갈매기와 친하게 지내겠다는 뜻이다. 한명회는 스스로를 중국 북송 때의 명신이었던 한기(韓琦)에게 견주고, 괄목하고 볼 일이라는 명성을 얻고자 장차 사직하고 강호에서 늙겠다고 하였다. 그러나 벼슬에 연연하여 가지 못하였다. 임금이 송별시를 짓자 문사들이 다투어 차운하여 수백 편에 이르렀다. 그 가운데 최경지(崔敬止)의 시는 자못 신랄하다.

삼 접 은 근 총 악 우　유 정 무 계 득 래 유
三接慇懃寵握優, 有亭無計得來遊.

흉 중 정 사 기 심 정　환 해 전 두 가 압 구
胸中政使機心靜, 宦海前頭可狎鷗.

세 번이나 은총을 흠씬 입자

정자는 있어도 가서 놀 계획 없구나.

흉중에 욕심을 진정 가라앉힌다면

벼슬살이 바다에서도 갈매기와 친하련만.


도성의 놀이는 흥성대었다. 송구영신, 대보름 연날리기와 답교놀이,
입춘날의 춘전(春帖, 입춘첩) 쓰기와 액막이, 초파일의 관등놀이와 순성
놀이(巡城遊)가 유명하다.

정월 대보름 밤에 다리를 밟으면 1년 동안 다리병(脚疾)이 없어진다
고 했다. 12개 다리를 모두 밟고 지나가면 열두 달의 액을 면한다고 믿
었다. 연등회날 저녁에는 정월 보름 때처럼 야밤의 통행을 허용하였다.
젊은 남녀들은 남북의 산기슭에 올라 관등을 했으며, 장안을 에워싸는
40리의 성첩을 일주하는 순성놀이를 하였다.

강이천(姜彛天, 1769~1801)은 18세기 서울의 모습을 칠언절구 106수로
노래하여 「한경사(漢京詞)」를 엮었다. 순성놀이는 다음과 같이 묘사하
였다.


산 향 경 사 보 장 개　팔 문 성 첩 자 우 회
山向京師寶帳開, 八門城堞自紆回.

요 지 면 면 공 기 상　춘 도 쟁 과 역 답 래
饒知面面供奇賞, 春到爭誇歷踏來.


산들은 서울 향해 휘장처럼 펼쳐지고

팔대문 성첩은 절로 구불구불.

알겠군, 서울 곳곳이 모두 경관을 제공하는 줄을.

봄 오면 성곽을 다 밟았다 다투어 자랑하네.


서울의 풍광 하나하나가 다 빼어나 멋진 감상의 대상이 된다고 하였다. 이보다 더한 서울 예찬이 또 있을까!

또 4월 초파일 연등놀이와 산대놀이는 이렇게 묘사하였다.


팔 토 단 명 시 수 하　　불 생 삼 일 공 서 천
八吐丹蓂時首夏, 佛生三日供西天.

가 가 매 화 현 고 죽　　내 박 오 산 치 백 전
家家買火懸高竹, 內撲鰲山直百錢.

명엽초 여덟 번째 붉은 잎 토하는 사월은

부처님 태어난 삼일이라 서천에 공양하네.

집집마다 등을 사서 높은 대나무에 걸었는데

'오산(산대)' 안에 걸어 놓으려면 백전을 내야 한다네.


역관이자 불우한 시인이었던 이언진(李彦瑱, 1740~1766)이 서울 골목에 살면서 느낀 감회를 「동호거실(衕衚居室)」 157수로 읊은 것이 있다. 동호는 골목이란 뜻이다. 오늘날 중국에서는 후통(胡同)이라 한다. 이 시들은 남들이 잘 짓지 않았던 육언절구의 형식이다. 더운 여름날 서울 거리는 어떠하였나?

街頭汗流如漿, 箇箇扇不離手.

大石橋獅子項, 看水痕一顆走.

거리 맡에서 땀이 간장 흐르듯 하기에

저마다 부채를 손에서 놓지 않는군.

대석교 사자목에

물 한 방울 떼구르르.


돌다리에 조각되어 서 있는 돌사자의 목에서도 땀이 흐를 정도로 더운 날이다. 이처럼 더위 속에 사람들이 바삐 오가는 서울 거리는 조선 초의 한가롭던 풍경과는 다르다. 비온 후 곤죽이 된 길을 새벽부터 우마가 번잡하게 오갔다. 이웃집 사람이 고급관리에게 벼슬을 청탁하러 간다면서 기름종이웃과 나막신을 빌려 왔다.


千蹄踏萬足踏, 巷口泥如濃粥.

東隣晨謁某宰, 來借油衣木屐

일천 발굽이 밟고 일만 발이 밟아

길 어구 진흙이 곤죽이 되었구나.

꼭두새벽에 이웃 사람이 재상을 뵙는다고

유의(油衣)와 나막신을 빌리러 왔군.

시인은 이처럼 바삐 돌아가는 서울 생활에 어울리지 못하고, 홀로 동그마니 남은 듯하다. 오경 새벽종이 울리면 벌써 거리는 분주해진다. "가난한 자는 먹이를 구하고 천한 자는 벼슬을 구할" 속마음임을 시인은 앉아서 헤아리고 있다.

강이천의 「한경사」에 따르면 서울에서는 도박이 성하였다. 투전도 벌어지고 골패도 유행하였다. 골패는 골각·상아·대나무로 만든 장방편의 한 면에 1부터 6까지의 점수를 섞바꾸어 상하 연층으로 새겨 32선(扇) 합 127점을 만들고, 그것을 교환하여 내기를 벌였다.

유랑예인으로 살아가는 부부의 모습을 그린 다음 시는 서울의 번화한 거리에서 먼지를 뒤집어쓰면서 살아야 하였던 민중들의 고달픈 얼굴, 거친 손등을 떠올리게 한다.

부 처 소 소 전 리 향    학 득 가 탄 소 원 상
夫妻少小轉離鄉　學得歌彈訴怨傷

편 색 무 다 전 여 미    지 영 가 로 일 여 장
偏索無多錢與米　只瀛街路日如墻

젊은 부부가 고향 떠나 이리저리 떠돌며
노래와 악기 배워 애처롭게 하소연하네.
이리저리 구걸해도 돈과 쌀은 많지 않고
거리맡에는 날마다 구경꾼만 몰리네.

유랑예인이 배운 가탄(歌彈)이란 탄사(彈詞) 곧 판소리였는지 모른다.

원문의 영(瀛)은 가득할 영(贏)의 잘못인 것 같다.

1743년(영조 19)에 '도성수비책' 66조가 올라오자 영조는 도성의 수축과 수비를 명하였다. 이 무렵 영조는 도성도(都城圖)를 만들었다. 또 1750년대도 『해동지도』를 제작하면서 서울 전체를 산수화풍으로 그린 도성도를 두었다.

그 뒤 정조는 1792년(정조 16) 4월에 대형 입체도인 「성시전도(城市全圖)」를 그리게 하고 숙직하던 신하들에게 칠언배율의 형식으로 100개 운자를 써서 200구의 장편시를 짓도록 명하였다. 배율이란 두 구씩 대구를 이루면서 하나의 운만을 사용하여 엄격한 틀에 맞추어 짓는 시 형식이다.

당시 왕의 명으로 시를 지은 사람 가운데 우등으로 꼽힌 16인의 시에는 정조가 친히 평을 달았다. 이덕무의 시권에는 우아하다는 뜻의 '아(雅)' 자를 써주었다. 그래서 이덕무는 당호를 아정(雅亭)이라 하게 된다. 이덕무는 서울의 형상을 '범이 쭈그린 듯', '용이 서린 듯' 하다고 하였고, 달아나는 말이 안장을 벗는 형상이라 영걸을 많이 낸다고 찬양하였다.

한편 박제가의 시(「城市全圖應令」)는 저자거리의 흥판 상황, 저자에서 벌어지는 기예, 여러 계층인의 행동과 복색, 4대문 밖과 근교의 풍경 등을 사실적으로 묘사하였다. 큰길에서는 남사당패의 외줄타기와 꼭두각시놀음이 벌어지고, 원숭이 재주·지패·팥알 점·연날리기가 펼쳐졌다.

홀 약 한 행 과 강 장　여 문 책 책 상 여 이
忽若閒行過康莊, 如聞嘖嘖相汝爾.

매 매 기 흘 청 설 희　영 우 지 복 해 차 궤
買賣旣訖請設戲, 伶優之服駭且詭.

東國撞竿天下無, 步繩倒空縋如蚳.

別有傀儡登場手, 勅使東來掌一抵.

小猴眞堪嚇婦孺, 受人意旨工拜跪.

老少八色號紙牌, 甚者如狂窮日晷.

瓊峞剖成二赤豆, 拍膝擲之環玟比.

風車紙鳶總依然, 瑣細不嫌求諸邇.


홀연 한가해져 넓은 길을 지나는데

너니, 나니 떠드는 소리 들리는 듯.

장사도 끝났으니 놀이판 벌이는군

배우들 의복이 해괴하고 괴이쿠나.

남사당패 당간은 천하에 제일이라

외줄 타고 공중에 거미같이 매달린다.

별도로 꼭두각시 등장하니

중국 칙사도 보고 손바닥 치고 웃는다.

원숭이는 부녀자를 겁주지만

조련사가 부리는 대로 곧잘 꿇어 절하네.

각계각층 남녀노소 지패로 도박하여

심하면 미친 듯 저녁까지 하는군.

흰 작두로 붉은 팥을 둘로 갈라서

무릎 치고 던지니 환교(점)와 같구나.

풍차와 종이연도 아주 의연해서

세세한 걸 혐의 않고 흡사하게 다 그렸다.


박제가는 여러 계층 인물들의 복색과 행렬까지 묘사하였다. 갓 급제
한 선비·새신랑·초라한 늙은이·떠꺼머리 총각·아전배·시정배·마
부·여종·환관·기생·순라군·초헌 탄 고급관원·편여 탄 의정당상·종
복·벼슬에 못 오른 사람·갓 벼슬한 사람 등이 시에 등장한다. 박제가의
시는 과연 '말하는 그림(解語畵)'이다.

가 소 남 궁 보 첩 인　하 급 어 여 의 반 치
可笑南宮報捷人, 何急於汝衣半襹.

아 랑 보 마 일 품 의　청 선 황 낭 옹 라 기
阿郞寶馬一品衣, 靑扇黃囊擁羅綺.

숭 양 초 립 천 홍 삼　액 예 편 편 경 보 리
崇陽草笠茜紅衫, 掖隷翩翩輕步履.

정 변 황 말 잡 통 수　유 하 쌍 관 점 선 자
井邊黃篾籚箭叟, 柳下雙卝黏蟬子.

삼 삼 오 오 각 유 구　내 래 거 거 분 무 이
三三五五各有求, 來來去去紛無已.
이 서 지 배 배 이 요　시 정 지 타 타 이 치
吏胥之拜拜以腰, 市井之唾唾以齒,

불 인 이 기 하 처 어　협 람 이 공 수 가 비
不鞍而騎何處圉, 挾籃而拱誰家婢.

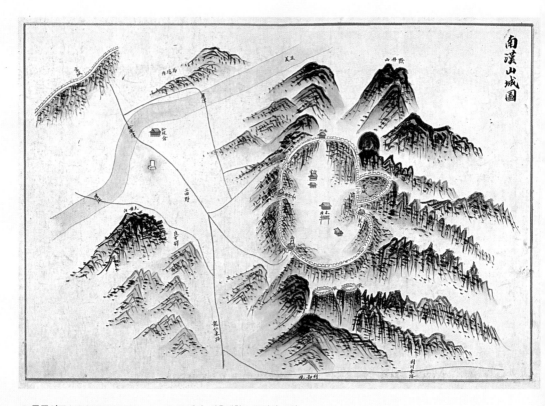

◉ **동국여도**東國輿圖(남한산성도南漢山城圖), 19세기, 서울대학교 규장각 소장

한
시
기
행

徒<sub></sub>而寬襪是黃門, 眄而褰裳卽紅妓.

（도 이 관 말 시 황 문 / 면 이 건 상 즉 홍 기）

物衆地大無不有, 亦能偷竊藏奸宄.

（물 중 지 대 무 불 유 / 역 능 투 절 장 간 궤）

赤索邏者來睢盱, 衆中側身立而俟.

（적 색 라 자 래 휴 우 / 중 중 측 신 입 이 사）

須臾辟易官人來, 軺車之坐高可跂.

（수 유 벽 역 관 인 래 / 초 거 지 좌 고 가 기）

荷傘隨者喘最急, 且聽且趨諾唯唯.

（하 산 수 자 천 최 급 / 차 청 차 추 낙 유 유）

烙竹烟盃長一丈, 螺鈿小盒輕可喜.

（낙 죽 연 배 장 일 장 / 나 전 소 합 경 가 희）

蕉葉扇欹大如帆, 曳地便輿議政是.

（초 엽 선 의 대 여 범 / 예 지 편 여 의 정 시）

令史義不廢長纓, 腋隨何嘗離半跬.

（영 사 의 불 폐 장 영 / 액 수 하 상 이 반 규）

帽灰鼠者未陞品, 帶烏角者初筮仕.

（모 회 서 자 미 승 품 / 대 오 각 자 초 서 사）


우습구나 남궁(예조)의 급제전갈꾼은

무엇이 급하다고 옷을 반만 걸쳤는가.

급제한 선비는 좋은 말에 일품 옷 입고

푸른 부채 노랑 주머니 비단옷에 지녔구나.

새서방은 개성 초립에 붉은 적삼

하인들은 훌쩍훌쩍 빠른 걸음 걷는다.

우물가에선 노랑 대껍질 모자 쓴 늙은이가 통에 테를 끼우고 버드나무 아래선 총각아이가 관모에 익선(매미 날개 모양 장식)을 붙이네.

삼삼오오 제각기 짝을 찾아

오는 사람 가는 사람 분잡도 하다.

아전배는 절하여 허리까지 굽히고

시정배는 침을 찌익 이빨 사이로 뱉네.

안장 없이 말 탄 사람 어디 소속 마부인가

대바구니 끼고 두 손 모은 여자는 어느 집 여종인지.

헐렁한 버선 신고 걸어가는 사람은 환관

치마 걷고 곁눈질하는 여자는 기생.

물건 많고 사람 많고 땅 넓어서 없는 게 없어

도둑질도 하고 사기꾼도 숨어 있지.

붉은 오라 거머쥔 순라군은 눈을 부라리며

사람들 틈에 섞여 가만히 서서 기다린다.

청도꾼 벽제하고 관원이 오시는데

뛰어야 닿을 높이 초헌에 앉았구나.

일산 펴들고 따르는 자는 숨을 헐떡거리며

분부 들고 종종 걸음, 예예 대답 연신한다.

달군 대로 만든 죽장, 한 자는 되고

나전칠기 담뱃갑은 가벼워서 좋구나.

비스듬한 초엽선은 돛처럼 큰데

땅에 끄는 편여에는 의정당상 타셨것다.

영사(令史)는 으레 긴 갓끈 매고

바짝 따르니 어디 반 보라도 뗀 일 있나.

청서피 회색 모자는 품계에 못 오른 이
검은 각대(角帶) 두른 이는 갓 벼슬한 사람.


　번화하고 물화 많은 서울에는 각양각색의 인물들도 많았다. 먹물 마시고 내뿜어 손가락으로 그림 그리는 사람, 닭 울음을 흉내 잘내는 모창꾼, 코와 입으로 악기 흉내 내는 유랑예인이 있었는가 하면, 거지이면서 밤새 『맹자』를 읽는 사람, 시에 재주가 있어서 도둑인 남편을 구한 여인, 주인과 아들이 죽은 후에 과부와 고아를 구걸로 먹여 살린 종도 있었다. 그뿐인가, 사람보다 나은 원숭이도 있었다. 그 원숭이는 조련사가 죽은 후에 돈을 구걸하여 주인의 시체를 화장할 수 있게 하였다.
　중인 출신의 문인인 조수삼(趙秀三)은 이러한 이야기들을 한시로 노래하였다. 「기이(紀異)」라는 제목인데, 그의 호를 붙여 '추재기이(秋齋紀異)'라 한다. 탐관오리의 재물을 털어 백성을 구하는 협객 일지매 이야기도 여기에 나온다.


혈 표 장 기 일 지 매　　시 휼 다 수 오 리 재
血標長記一枝梅, 施恤多輸汚吏財.

불 우 영 웅 전 고 사　　오 강 석 인 금 범 래
不遇英雄傳古事, 吳江昔認錦帆來.


핏빛 표시로 일지매를 표기하고
탐관 재물 빼앗아 가난한 이를 구제한다네.
불우한 영웅 이야기는 예부터 전하나니
지난날 오강에는 금범(錦帆, 비단 돛배)이 왔다네.

일지매를 금범 고사의 감녕(甘寧)에게 견주었다. 금범은 사람을 죽이고 재물을 빼앗는 사람을 좋게 부르는 말이다. 녹림(綠林)이라는 말과 같다. 본래 중국 오나라 감녕의 고사에서 나왔다. 감녕은 협객인데, 오나라 손권에게 귀순하고 주유(周瑜)의 휘하에서 조조를 쳤다. 일찍이 살인을 하고 도망하였으나 오군(吳郡)에 협객으로서의 명성이 높았다. 길을 갈 때는 수레와 기마가 행렬을 짓고 배를 타면 쾌속선이 줄이었으며 시종은 비단옷을 걸쳤다. 가는 곳마다 벽제(행차할 때 거치적거리지 않도록 길앞을 비워둠)를 하게 했으며 한 곳에 머무를 때는 비단 줄로 배를 묶어두었다고 한다. 조수삼은 일지매를 감녕 같은 협객으로 평가하고, 구안자를 만나 공을 세우기를 기대하였다. 실상 불우한 영웅의 처지를 애처러워한 것이다.

왕십리는 미나리꽝이 많았다. 이항복(李恒福, 1556~1618)은 광해군 때 북청으로 유배갔는데, 제자 정충신(鄭忠信)을 다시 보지 못하는 것과 미정(尾井)의 물과 왕십리의 미나리 김치를 다시 맛보지 못함을 한탄하였다. 그런데 정충신이 양손에 물병과 미나리 김치를 들고 들어왔다고 전한다. 미나리 음식으로 미나리 김치·청포 탕평채·미나리 강회·미나리나물 비빔밥이 있었다. 서울의 3대 시장의 하나인 배오개시장(현 동대문 부근)에서는 미나리 장사가 돈을 잘 벌었다고 한다.

심노숭(沈魯崇, 1762~1837)은 19세기 초 서울의 음식 문화를 「미나리노래(水芹歌)」로 노래하였다. 유배지로 지인이 서울 미나리를 보내오자 감격하여 지은 시다. 일부를 든다.

漢陽城東枉尋里, 家家門前種水芹.
<small>한 양 성 동 왕 심 리　가 가 문 전 종 수 근</small>

靑靑如茨復如蒲, 獨耐寒天白雪雰.
<small>청 청 여 자 부 여 포　독 내 한 천 백 설 분</small>

城裡朱門二月菹, 軟芹如絲兼蘽葷.
<small>성 리 주 문 이 월 저　연 근 여 사 겸 얼 훈</small>

分院砂鐘鴨卵白, 盛來先令口流芬.
<small>분 원 사 종 압 란 백　성 래 선 령 구 류 분</small>

饌固爲美肴尤嘉, 絶勝雉鸒與羊臐.
<small>찬 고 위 미 효 우 가　절 승 치 니 여 양 훈</small>

間以靑浦蕩平菜, 少麴新釀終日醺.
<small>간 이 청 포 탕 평 채　소 국 신 양 종 일 훈</small>

又有別味號剛回, 熟芹生蔥各等分.
<small>우 유 별 미 호 강 회　숙 근 생 총 각 등 분</small>

回回束得拇指大, 嚏來魚鸒椒醬熅.
<small>회 회 속 득 무 지 대　잡 래 어 니 초 장 온</small>

寸切油炒殘支茗, 且合春晝泪蕫饋.
<small>촌 절 유 초 잔 지 명　차 합 춘 주 골 동 분</small>

梨峴朝市百種菜, 獨有芹商錢滿裙.
<small>이 현 조 시 백 종 채　독 유 근 상 전 만 군</small>

千古豪興李白沙, 謫去高歌鐵嶺雲.
<small>천 고 호 흥 이 백 사　적 거 고 가 철 령 운</small>

此翁豈是飮食人, 尙憶京芹北海濆.
<small>차 옹 기 시 음 식 인　상 억 경 근 북 해 분</small>


한양성 동쪽 왕십리에는

집집마다 문 앞에 미나리를 심는다.

푸릇푸릇 납가새도 같고 부들도 같은데

흰 눈 흩날리는 추운 겨울을 홀로 견뎌내네.

서울의 대가집들 이월에 겉절이 만드나니

가늘고 연한 미나리를 고춧가루로 버무려,

분원 사기종지와 오리알처럼 하얀 그릇에

담아내 오면 입에 침이 먼저 돌 정도.

반찬으로도 좋고 술안주론 더욱 훌륭해서

꿩젓·양고기보다 훨씬 낫고 말고.

청포 탕평채를 곁들여

갓 빚은 술 한잔이면 종일토록 얼근하지.

또 별미로 미나리 강회가 있으니

데친 미나리와 생파를 적당히 나누어,

엄지손가락 크기로 둘둘 묶어선

저민 생선이나 고기 넣어 초장에 찍어 먹네.

남은 줄기는 잘게 잘라 기름에 볶아

봄날 점심 비빔밥에 넣어 먹기 좋구나.

배오개 시장에 채소 장사 다 있지만

오로지 미나리 장사만 치마에 돈이 가득하다.

천고의 호방한 백사(白沙) 이항복은

귀양가면서 철령 높은 구름을 노래했던 분.

이분이 어찌 식도락가랴만

북해 가에서 서울 미나리를 그리워했다네.

영조 때, 탕평책을 실시하자 온갖 것의 이름에 '탕평'이란 말이 들어갔다. 오늘날 상생(相生)의 정치를 한다고 하자, 걸핏하면 상생이란 말을 들먹이는 것과 같았나 보다. '탕평채'는 온갖 색의 재료들을 고루 섞으므로 그렇게 이름한다고 한다. 경기도의 전통음식으로 알려져 있다.

조선 후기에는 서울 안팎에 유상지가 발달하고 또 많은 사람들이 동산(園)을 가꾸었다. 그렇기에 서울(한양)이라는 근대적 도시는 자연과 친화적인 풍경을 형성하였다. 유흥은 결코 자연의 파괴와 난개발을 부추기지 않았다. 근세에 이르도록 서울의 도시 공간은 대체로 안온한 편이었던 것이다.

# 十. 능라도 방초와 금수산 연화, 평양

시인 백광홍(白光弘, 1522~1556)은 1555년(명종 10)에 평안도 병마평사로
부임하면서 우리말로 「관서별곡」을 지어 평안도의 경승을 멋지게 노래
했다. 평양을 노래한 부분을 옮겨본다.

감송정(感松亭) 돌아들어 대동강 바라보니

십리파광(十里波光)과 만중연류(萬重烟流)는 상하에 어리었다

춘풍이 헌사하여 화선(畫船)을 빗기 보니

녹의홍상(綠衣紅裳) 빗기 앉아 섬섬옥수(纖纖玉手)로 녹기금(綠綺琴) 뜯으며

호치단순(皓齒丹脣)으로 채련곡(采蓮曲) 부르니

태을진인(太乙眞人)이 연엽주(蓮葉舟) 타고 옥하수(玉河水)로 내리는 듯

설마라 왕사미고(王事靡盬) 한들 풍경에 어이하리

연광정(練光亭) 돌아들어 부벽루(浮碧樓)에 올라가니

능라도(綾羅島) 방초와 금수산(錦繡山) 연화(烟花)는 봄빛을 자랑한다

'능라도 방초'와 '금수산 연화'라는 구절은 너무도 애절해서 듣는 사람들이 눈물을 뚝뚝 흘렸다고 한다.

이 노래를 조선 말의 이유원(李裕元, 1814~1888)이 「복제산악(複製散樂)」에 칠언절구로 소개한 것이 있다. 대동강 가와 능라도에 능수버들이 늘어지고, 멀리 산들이 점점이 위치한 모습이 한껏 풍류를 자아내었음을 상상할 수 있다.

춘 산 점 점 수 용 용　　성 상 누 대 망 기 중
春山點點水溶溶, 城上樓臺望幾重.

녹 창 가 열 이 원 자　　가 재 수 양 일 색 농
綠窓歌咽梨園子, 家在垂陽一色濃.

봄 산은 점점 강물은 넘실넘실
성 위의 누대는 바라보니 몇 겹인가.
푸른 창 안에 열창하는 기방 아가씨
사는 곳은 수양버들 짙푸른 저곳.

첫 구는 고려 때 김황원(金黃元)이 부벽루에 올라가 지은 "장성 일면은 넘실넘실 강물이요, 들판 동쪽 머리는 점점이 산이로다(長城一面溶溶水, 大野東頭點點山)"에서 따왔다. 김황원은 이 두 구절의 다음을 잇지 못해 울면서 누를 내려왔다고 한다. 이유원의 시에서 제3구는 고려 때 정

지상(鄭知常)의 「서도(西都)」 시에서 "푸른 창 붉은 문에 피리와 노래 소리 오열하니, 이 모두 이원제자(교방)의 집이로다(綠窓朱戶笙歌咽, 盡是梨園弟子家)"라고 한 구절에서 따왔다. 이유원은 정지상의 시를 '관서죽지사(關西竹枝詞)'라 일컬었다. 관서의 지방 풍정을 절실하게 묘사한 노랫가락이란 뜻이다.

평양성에는 모두 여섯 문이 있었다. 그 가운데 대동문은 1406년에 세워져 1541년의 전란 때 불탔다가 1577년에 개축되었다. 3층으로 된 큰 문루로, 정교하고 규모가 크다. 이 대동문과 이웃하여 덕암(德巖) 위에는 연광정이 있다.

덕암은 떡바위라는 이름을 한자어로 바꾼 것이다. 대동문 앞길로 강줄기를 따라 거슬러 올라가면 모란봉이 있다. 도중에 권번학교(기생학교)가 있었는데, 곧 조선시대 교방(敎坊)이 있던 자리였다. 강줄기를 따라 더 올라가면 청류벽(淸流壁)이 있고, 그 위에 부벽루가 굽어보고 있다.

부벽루에서 모란봉으로 오르는 초입에는 영명사(永明寺)가 있다. 고구려 광개토왕이 건립한 아홉 대찰 가운데 하나다. 큰 절이었지만 임진왜란과 청일전쟁으로 대부분 소실되고, 지금은 칠성암 자리만 남았다. 여기에는 본래 고구려의 구제궁(九梯宮) 터였다고 한다.

영명사 남쪽 기슭에 기린굴(麒麟窟)이 있다. 고구려 동명왕이 기린마를 여기서 길렀다고 하며, 또 기린마를 타고 조천석에서 하늘로 올라갔다고 전한다.

평양은 고구려의 수도이자 고려 때의 서경, 조선조의 서도로서 오랜 문화유적을 지닌 곳이다. 현대식 도시로 바뀐 지금도 굴지의 경승인 모란봉·을밀대·연광정·부벽루는 그대로 남아 있다.

고려 때는 대동강을 굽어보는 언덕에 대동루가 있었고, 그 바깥이 나루터였다. 고려 시인 정지상(鄭知常)이 지은 「친구를 전송하며(送友人)」의 배경도 이 나루터다.

우 헐 장 제 초 색 다　　송 군 남 포 동 비 가
雨歇長堤草色多, 送君南浦動悲歌.

대 동 강 수 하 시 진　　별 루 연 년 첨 녹 파
大洞江水何時盡, 別淚年年添綠波.

비 그친 긴 강둑에 풀빛 한결 짙은 때
그대를 전송하는 남포에 슬픈 노래 울려나네.
대동강 물이 어느 때나 다하랴
이별 눈물이 해마다 푸른 물결에 더하나니.

이별의 애련한 정서를 담아낸 만고의 절창이다. 봄에 강물이 풀려 푸른빛을 띤 날 남포에서 친구를 전송한다는 시상은 중국 시인 강엄(江淹)의 「별부(別賦)」에서 따왔다. 이별의 눈물이 푸른 물결에 더한다는 표현은 두보(杜甫)의 「고상시에게 삼가 부침(奉寄高常侍)」에서 따왔다. 그런데 강엄과 두보가 노래한 이별의 강은 거칠게 흘러가는 망망한 물이기에, 그 이별은 사별과도 같다. 하지만 대동강 가의 '비 그친 긴 강둑'은 애잔한 이별의 공간이다. 착상은 빌어 왔지만 시적 이미지가 다르다.

조선 연산군 때, 자유분방한 정신세계를 추구한 낭만적 시인이었던 임제(林悌, 1549~1587)도 대동강을 배경으로 하여 이별의 정한을 「패강가(浿江歌)」10수로 그려내었다. '옥대체(玉臺體)'라는 농염한 시풍을 모방하면서도 우리의 민요적 정서를 도입한 절창이다. 제7수는 풀풀 나는 버들솜을 무정한 님의 마음에 비유하였다.

첩 모 사 화 홍 이 감　낭 심 여 서 거 하 경
妾貌似花紅易減, 郎心如絮去何輕.

원 이 백 척 청 류 벽　차 각 난 주 불 방 행
願移百尺淸流壁, 遮却蘭舟不放行.


제 모습은 꽃처럼 붉은빛 쉬이 시들고

님의 마음은 버들솜처럼 훌훌 떠나시다니.

일백 자 청류벽을 옮겨다가

님 타신 목란주를 못 가게 막았으면.


이별하는 사람들은 버드나무 가지를 꺾어 정표로 삼는다. 버드나무의 '柳(류)' 자와 머물다는 뜻의 '留(류)' 자가 발음이 같아, 버드나무 가지를 주어 머물라는 뜻을 표시한 것이다. 하지만 버들솜은 머물게 할 수가 없다, 무정하게도.

대동강 일대의 아름다움은 고려 때부터 그윽한 멋을 지녀서 널리 알려졌다. 김인존(金仁存, ?~1127)의 「대동강」이라는 시는 을밀대에서 바라보는 주변 풍광을 잘 그려내었다. 김인존은 고려 예종의 묘에 배향될 만큼 공적이 많았던 문신이었으며, 음양지리서 『해동비록』의 공동저자이기도 하다.

雲<sup>운</sup>捲<sup>권</sup>長<sup>장</sup>空<sup>공</sup>水<sup>수</sup>暎<sup>영</sup>天<sup>천</sup>, 大<sup>대</sup>同<sup>동</sup>樓<sup>루</sup>上<sup>상</sup>敞<sup>창</sup>華<sup>화</sup>筵<sup>연</sup>.

淸<sup>청</sup>和<sup>화</sup>日<sup>일</sup>色<sup>색</sup>篩<sup>사</sup>簾<sup>염</sup>幕<sup>막</sup>, 旖<sup>의</sup>旎<sup>니</sup>香<sup>향</sup>煙<sup>연</sup>泛<sup>범</sup>管<sup>관</sup>絃<sup>현</sup>.

一<sup>일</sup>帶<sup>대</sup>長<sup>장</sup>江<sup>강</sup>澄<sup>징</sup>似<sup>사</sup>鏡<sup>경</sup>, 兩<sup>양</sup>行<sup>항</sup>垂<sup>수</sup>柳<sup>류</sup>遠<sup>원</sup>如<sup>여</sup>煙<sup>연</sup>.

行<sup>행</sup>看<sup>간</sup>乙<sup>을</sup>密<sup>밀</sup>臺<sup>대</sup>前<sup>전</sup>景<sup>경</sup>, 自<sup>자</sup>驗<sup>험</sup>千<sup>천</sup>年<sup>년</sup>表<sup>표</sup>未<sup>미</sup>然<sup>연</sup>.


구름 걷힌 긴 하늘이 강물에 비칠 때
대동루 위에서 벌어진 화려한 잔치.
맑은 햇빛은 장막 안으로 새어들고
나부끼는 향 연기는 관현 소리에 둥실 뜬다.
한 줄기 긴 강은 맑은 거울
두 줄 수양버들은 저 멀리 아물아물.
오가며 보는 을밀대 앞 경치를
겪은 대로 천 년 미래에 표시해 두노라.


비 지난 후 거울처럼 깨끗한 강물 양쪽으로 푸른 실가지를 드리우며 수양버들이 멀리까지 늘어서 있다. 그 풍광은 봄날의 생기를 느끼게 하면서 동시에 알 수 없는 애상감을 자아낸다. 을밀대 앞 경치는 훗날 사람들이 보더라도 변함 없으리라. 나라 안이 평안하여 풍광이 이대로이기를 바라는 마음에서 한 말이다.

그러나 예종 때, 무신 난이 일어났다. 혼란한 세상에서 시인 김극기

(金克己, ?~1209)는 무신들의 문객살이를 하지 않아 궁핍하였지만, 국토 산하에 대한 애정을 오로지 시에 쏟았다. 「영명사(永明寺)」4수를 지었는데, 제3수는 맑은 산·맑은 강·서늘한 바람·밝은 달을 노래하여 시상(詩想)이 담백하다.

감 우 청 고 족 승 유　　빙 란 권 박 구 응 모
紺宇淸高足勝遊,　憑欄卷箔久凝眸.

총 총 수 령 탱 공 기　　묘 묘 징 강 입 해 류
叢叢秀嶺撑空起,　森森澄江入海流.

만 학 냉 풍 수 일 경　　천 파 교 월 진 삼 주
萬壑冷風隨一磬,　千波皎月趁三舟.

망 기 각 애 사 두 로　　일 락 인 귀 갱 자 유
忘機却愛沙頭鷺,　日落人歸更自由.


절간이 맑고 높아 유람하기 좋아라.

난간에 기대어 주렴 걷고 오래도록 응시한다.

첩첩한 산마루는 하늘을 받치며 솟았고

넓디넓은 강물은 바다에 흘러들 기세.

만 골짝 서늘한 바람은 풍경 소리를 따르고

즈믄 물결에 흰 달은 두어 척 배를 쫓는다.

욕심 버리매 사랑스러워라, 백사장의 해오리.

해질녘 사람들 돌아가자 더더욱 자유롭군.


연광정과 부벽루는 짝을 이룬다. 연광정은 평양감사의 술잔치 자리였다. 안주의 백상루·의주의 통군정과 함께 평안도 3대 명각의 하나로 꼽힌다. 관서팔경의 하나이기도 하다.

부벽루는 영명사의 남헌이다. 고려 예종이 팔관회를 열면서 김락과 신숭겸을 위하여「도이장가」를 지은 곳이 바로 여기다. 부벽루의 시로는 고려 말의 이색(李穡)이 23세 때 지은 오언율시가 최고라 한다.

작 과 영 명 사　　잠 등 부 벽 루
昨過永明寺, 暫登浮碧樓.

성 공 월 일 편　　석 로 운 천 추
城空月一片, 石老雲千秋.

인 마 거 불 반　　천 손 하 처 유
麟馬去不返, 天孫何處遊.

장 소 의 풍 등　　산 청 강 자 류
長嘯倚風磴, 山靑江自流.


어제 영명사에 묵고

잠깐 부벽루에 오른다.

빈 성에는 한 조각 달

오랜 바위산에는 천 년의 구름.

기린마 한번 가곤 오지 않아라

천손은 어디서 노니는가.

섬돌에 기대어 휘파람 부나니

산은 절로 푸르고 강은 절로 흘러라.

이색은 1350년에 원나라 국자감에 들어갔는데, 그해 가을 귀근하러 송도로 가는 길에 부벽루에 올랐다. 둘째 구의 잠(暫)은 잠깐이란 뜻과 금세라는 뜻을 함께 지닌다. 영명사와 부벽루가 가까워서 한 말이기도 하려니와, 부벽루에 오르고 싶은 심경이 간절하여 금세 올랐다는 뜻을 담았다. 이색은 동명왕이 하늘로 올라갔다는 옛일을 상상하며 역사의 무상함을 느꼈다. 그래서 강개한 뜻을 긴 휘파람과 이 시에 실었다.

그런 기개가 있어서인가, 27살이던 1354년, 이색은 원나라의 회시와 전시에 급제하고 한림원 승사랑(承仕郎)이 되었고, 고국에 돌아와 많은 일을 하였다.

부벽루는 여러 번 무너졌다가 수리되었다. 1809년(순조 9) 평양감사 서영보(徐榮輔)가 낙성하면서 이만수(李晩秀)·홍양호(洪良浩)·신대우(申大羽)에게 부벽루와 연광정을 비교하는 글을 써달라고 청하였다. 이만수는 연광정을 중국 전당(錢塘)의 소제(蘇堤)에 견주고 부벽루를 도광(韜光)의 냉천(冷泉)에 견주어 갑을을 따지기 어렵다고 하였다. 그런데 신대우는 부벽루의 은은한 아름다움을 극찬하였다.

굉장한 잔치가 벌어져 고관의 깃발들이 나부끼고 높은 분들의 양산이 구름처럼 모여들어, 울긋불긋한 빛깔들이 어우러지고 굉장한 음악이 지축을 흔들며 빠른 춤이 가락에 맞춰 펼쳐져 하루 동안의 환락을 즐기기에는, 부벽루는 연광정만 못하다. 하지만 손님과 주인이 흥겹게 잔을 돌려가며 술에 취해 시문을 주고받고 지난 자취와 숨은 이야기들을 토론하며 수려한 산수자연을 품평하여서, 술잔을 들고 시를 읊으며 해가 지도록 싫증을 느끼지 않고, 그러고도 마음에 차지 않아 관현을 빌어 품은 생각을 씻어내는 데는, 연광정이 부벽루만 못하다. 맑은 밤 홀로 올라 달이 강 가운데 용약할 때 승려를 만나 적멸의 도리를 이야기하고 세월 따라 흘러가버리는 육신에 얽매이지 않고 신명의 안택인 마음을 맑게 하는 일은 더욱 연광정에서는 얻지 못할 경험이다.

조선 후기 평양의 풍속·지리·역사를 노래한 한시로 신광수(申光洙, 1712~1775)의 『관서악부(關西樂府)』 108장이 있다. 신광수는 몰락한 남인 집안에 태어나서 경향의 과장(科場)과 시석(詩席)을 드나들었다. 『관서악부』는 평양감사로 부임하는 채제공(蔡濟恭)을 위해 감사의 사시 행락을 상상하여 적은 것인데, 평양의 인문지리지라 할 만하다. 제45수는 평양감사의 잔치를 묘사하였다.

雲母窓間曲宴深, 雙雙念佛少娘音.

當前進退桃花扇, 面面生要施主金.

운모창 안에 잔치가 무르익어
쌍쌍이 염불하는 젊은 여인 목소리.
면전에서 도화선 흔들며 나아갔다 물러났다 하면서
사람마다 떼쓰며 시주금을 달란다.

운모를 끼운 화려한 창 안에서 평양감사의 잔치가 열렸다. 곡연은 보통 궁중에서 벌이는 사사로운 연회를 말하지만, 여기서는 감사를 위해 벌이는 잔치를 말한다. 이 잔치에서 사당(社堂)이 염불타령을 하였거나 기생이 사당의 흉내를 내며 흥을 돋우었던 모양이다. 사당은 여창(女倡)이다. 끈으로 엮은 모자를 쓰고 작은 북을 치면서 잡가를 불렀다. 구경꾼들이 돈을 던져주면 그 돈을 부채로 받았다고 한다. 염불타령을 하였던 기생은 시주금 청하는 흉내를 내면서 행하(行下) 즉 웃돈을 떼썼다.

신광수는 과시(科詩)를 잘 지었다. 「관산융마(關山戎馬)」가 특히 회자되었다. 평양기생 모란이 잘 불렀다고 한다. 현재도 가창되고 있다.

서얼 출신의 시인 유득공(柳得恭, 1748~1807)은 우리나라의 역사를 반추한 「이십일도회고시(二十一都懷古詩)」 43수를 남겼다. 고구려 평양부를 노래한 시 가운데 제3수는 온달과 평강공주의 기연(奇緣)과 온달 사후의 이적을 재구성하였다.

계 립 산 전 창 전 진　단 정 의 련 심 원 춘
鷄立山前漲戰塵, 丹旌依戀沁園春.

평 생 강 개 우 온 달　자 시 용 종 가 소 인
平生慷慨愚溫達, 自是龍鍾可笑人.


계립산 아래서 전장 먼지 북새친 뒤

영정 앞세우고도 공주를 못 잊다니.

평생 강개했던 바보 온달이여

본래는 못생겨 우스웠던 사람이었네.


'심원춘'은 사패(詞牌, 송사의 악곡)인데, 미인의 고운 손가락과 발을 노

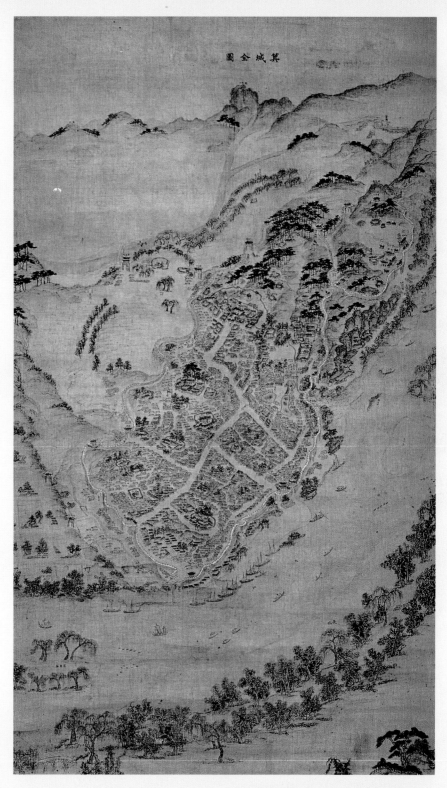

◉ **기성전도**箕城全圖, 18세기, 서울대학교 규장각 소장

래하는 내용이다. 여기서는 평강공주에 대한 그리움을 말한다. 곧, 이 시의 첫째, 둘째 구는 온달이 죽은 후에도 공주를 그리워해서 관이 움직이지 않았다는 고사를 말하였다. 온달은 본래 못생겨서 우스웠던 사람이었다. 하지만 고구려의 옛 영토를 회복하려고 전쟁에 나설 만큼 평소 강개하였고 공주에 대한 사랑도 그토록 절절하였다.

유득공은 젊어서 관서와 호서를 두루 유람하면서 「서경잡절(西京雜絕)」·「송도잡절(松都雜絕)」·「웅주잡절(熊州雜絕)」·「단양잡절(端陽雜絕)」 등 죽지사(竹枝詞)를 많이 남겼다. 앞서 말했듯이 죽지사는 칠언절구로 민풍을 묘사하는 시 양식이다. 「서경잡절」 15수 가운데 제3수에서는 기생들의 공동묘지인 선연동(嬋娟洞)을 이렇게 읊었다.

을밀대서춘일훈　선연동리초여군
乙密臺西春日曛, 嬋娟洞裏艸如裙.

가련금일서유객　우단정장소소분
可憐今日西遊客, 又斷情腸蘇小墳.


을밀대 서쪽으로 봄날이 저무는데

선연동의 풀빛은 치마 같아라.

가련타 오늘 서북에 노니는 나그네여

소소소(蘇小小) 무덤에서 애간장 또 끊다니.


소소소는 중국 전당(錢塘)의 이름난 기녀였다. 후대에는 기녀를 가리키는 말로 쓰였다.

이덕무도 「선연동」이라는 시를 지었고, 박제가 역시 「평양잡절. 이 무관을 전송하며(平壤雜絶送李懋官)」에서 선연동을 노래하였다. 모두 곰살맞은 애상에 젖어본 것이다.

심노숭(沈魯崇)은 청년기에 부친의 임소를 오가면서 많은 시간을 평안도에서 보냈다. 1783년 평안도 유람에는 거문고 악사 김광려(金光麗)·가자(歌者) 이의춘(李宜春)·시기(詩妓) 일지홍(一枝紅)을 대동하였다. 이의춘은『해동가요』의 고금창가제씨(古今唱歌諸氏) 56인 속에 들어 있다. 일지홍은 성천의 유명한 기생이었다. 심노숭은「서경잡시(西京雜詩)」총 22수 가운데 제18수에서 단오날의 추천(그네뛰기)을 스케치하였다. 석류꽃이 만발한 시절, 대동강 가에서 그네 뛰는 처녀들 모습을 묘사해서 대단히 농염(濃艶)하다.

강 성 오 월 유 화 개　　쟁 송 추 천 여 반 래
江城五月榴花開, 爭送秋千女伴來.

세 요 흡 여 양 류 약　　임 타 나 말 보 허 회
細腰恰如楊柳弱, 任他羅襪步虛回.

강가 성에 석류꽃 피는 오월
처녀들 다투어 그네를 미누나.
버들처럼 가냘픈 허리로
비단버선 발로 한껏 허공을 밟고 오네.

'허공을 밟는다(步虛)'는 말은 그네의 날아오름을 형용한 것이지만, 본래 신선이 천상을 날아다니는 것을 말한다. 여인들의 추천 모습을 신선에 비유하기 위해 일부러 그런 표현을 썼다.

1784년에 심노숭은 「서호가(西湖歌)」 12수를 지어 평양 여인이 님을 그리워하는 심정을 곱씹었다. 그 제12수는 이낭자가 영명사 석불에게 기도해서 멋진 남자를 얻었다고 하였다.

湖上永明寺, 石佛古來神.

施主李娘子, 昨日見良人.

서호의 영명사
석불이 예로부터 신통하다지.
시주 이낭자가
어제 멋진 남자 만났다네.


관리들과 양반 자제들은 평양에서 질탕한 놀이를 벌였지만, 그곳 백성들도 생활이 풍족한 것은 아니었다. 평양 및 관서지방은 중국과 우리 사신들이 지나가는 길이고, 또 조정신하들이 공무를 빌미로 자주 들른 곳이다. 그들을 영접하고 전송하며 위로연을 베푼다고 지방 관아는 민간으로부터 재물을 수탈하였고, 길을 닦는다, 가마꾼을 동원한다, 역리를 징발한다고 법석이었다. 그래서 인근 주민들이 도망가는 사례가 많아 그들을 안주시키고자 조선 조정은 진작부터 골머리를 앓아야 했다. 하지만 평양을 노래한 한시에는 민중의 고통이 그다지 드러나지 않는다. 다만 신광수의 『관서악부』 가운데 제31수는 주민들의 고통을 상상할 수 있게 해준다.

종 루 일 모 취 인 다　주 화 청 연 낙 세 가
鐘樓日暮醉人多, 朱火靑烟樂歲歌.

영 하 아 동 소 상 문　금 년 방 채 정 여 하
營下兒童笑相問, 今年防債政如何.


종루에 해질 때 취한 사람들 많고

관솔불 푸른 연기에 집집마다 태평가.

감영 아동들은 웃으며 서로 묻는다.

"금년 방채는 어떨 것 같아?"


　신광수는 이 시에서 태평성대를 구가하는 평양 거리를 묘사하였다. 그런데 감영 아동들이 금년 방채가 어떨까 서로 묻는다는 대화를 옮긴 것이 문제다. 감영 아동이란 감영에서 일하는 급창이나 통인을 가리킨다. 방채는 방결(防結)이라고도 한다. 아전이 백성에게 논밭의 세금을 감액하여 주고 기한 전에 받아 사사로이 융통하여 쓰는 일이다.

　이 시에서는 급창이나 통인들이 금년은 풍년이라 방채를 벌어들이지 못하겠다고 하면서도, 백성들 생활이 넉넉하게 되리라 예상하고 서로 돌아보며 웃는다고 하였다.

　하지만 시인의 의도와는 달리 독자들은 묻지 않을 수 없다. 저 관변의 질탕한 유흥을 위하여 더 많은 잡세가 부과되어 백성들은 아전들의 방채에 기대지 않을 수 없고, 결국 고리대의 빚을 지지 않겠는가? '의도의 오류'라고나 할까, 이 시를 읽으면 시인이 전달하려는 내용과 달리 백성의 곤궁한 생활상이 도리어 상상되는 것이다.

한 시 기 행

옛 도읍의 역사미　279

# 十一. 용이 서린 송악, 송도

송도는 고려조의 왕도다. 고려 태조가 도읍하면서 처음에는 개주라고 하였다가 뒤에 개경·개성이라 하였다. 그밖에도 여러 칭호들이 있다. 송도란 명칭은 송악이란 산이 있기 때문에 부르는 명칭이다. 원나라 침략에 맞서 강화도에 새 도읍을 둔 후로는 먼저의 개경을 의식적으로 송도라 불렀다.

송도는 북쪽의 송악산과 오공산·부흥산·용수산으로 둘러싸인 분지 지형이다. 임진강과 벽란도를 낀 예성강이 돌아들어 국내 전역은 물론 외국과의 교역이 용이하다.

고려는 국왕이 거처하는 곳을 황성이라 일컫고 왕자와 종친들의 거처를 궁이라 하였다. 황제국 체제를 지향하였던 것이다. 그렇기에 개성에는 다른 어떤 고도보다 역사가 만들어 둔 독특한 아름다움이 많다고 한다.

최근 북한에서 고려 말에 제작되었다고 추정되는 개경의 고지도를
발견하였다는 소식이다. 그것이 사실이라면 현존하는 개경지도 가운데
가장 오래된 셈이다.

고려 때 김부식(金富軾, 1075~1151)은 송도의 서호(서강, 벽란도)에 있었
던 감로사(甘露寺)를 두고 시를 지었다. 이 절은 문종·인종·예종 때 세
도를 부린 이자연(李子淵)이 원나라에 들어가 윤주(潤州)의 감로사를 보
고, 그 누각과 연못, 누대를 본떠서 만든 것이다. 인종 비가 중창해서 원
찰로 삼아 의종·명종·신종을 낳았다고 한다.

승려 혜소(惠素)가 감로사를 두고 시로 읊고, 그 후 김부식이 그 시의
운자를 가지고 화시(和詩, 차운시)를 지었다. 혜소는 천태종의 승려로 명
필이기도 하였다. 『파한집(破閑集)』에 따르면 혜소와 김부식의 뒤로 수
천 편의 화시가 나왔다고 한다. 김부식의 시는 이러하다.

속 객 부 도 처    등 림 의 사 청
俗客不到處, 登臨意思淸.

산 형 추 갱 호    강 색 야 유 명
山形秋更好, 江色夜猶明.

백 조 고 비 진    고 범 독 거 경
白鳥高飛盡, 孤帆獨去輕.

자 참 와 각 상    반 세 멱 공 명
自慚蝸角上, 半世覓功名.

속세의 객이 오지 않는 곳

누대에 오르니 정신이 맑아라.

산 모습은 가을이라 더욱 좋고

강빛은 한밤에 도리어 밝군.

흰 새는 높이 날아 사라지고

외론 돛배는 홀로 둥실 떠간다.

부끄럽네, 달팽이 뿔 위에서

일생을 공명 찾아 바쁜 내 자신이.


다섯째, 여섯째 구는 이태백의 「경정산(敬亭山)」 시에서 "뭇 새는 높이 날아 사라지고, 외론 돛배는 홀로 한가히 떠가네(衆鳥高飛盡, 孤帆獨去閑)"라는 글귀를 끌어다 썼다. 그러면서도 탈속의 취향이 독특하다.

송도의 명소는 역시 '송도 3절'의 하나, 박연(朴淵)이다. 천마산에 있는 폭포인데, 못의 형태에서 그 이름이 있게 된 듯하다. 김시습의 『금오신화』 가운데 「용궁부연록」에서는 표주박 '표' 자를 써서 표연(瓢淵)이라 적었다. 황해도 민요 「개성난봉가」에 "박연폭포 흘러가는 물은 범사정으로 감돌아 든다. 박연폭포가 제아무리 깊다 해도 우리네 양인의 정만 못하리라"라고 하였다. 못이 깊고 물기운이 거센 모양이다.

박연에는 용이 산다는 전설이 진작부터 있었다. 고려 때, 이영간(李靈幹)이 문종을 호종하였다가 문종이 못의 용 때문에 놀라자 용의 죄를 따지는 글을 못 속에 던졌다. 그러자 용이 등짝을 물 밖으로 드러내보였다. 이용간이 매질을 하자 용의 비늘이 다 떨어졌으며 못이 새빨갛게 되었다고 한다. 또, 진사 박씨의 전설도 있다. 즉 박연에 사는 용의 딸이 박 진사가 부는 피리 소리를 듣고 반하여 원래의 남편을 죽이자 용이 박

진사를 사위로 맞았다고 한다. 이규보(李奎報)는 「박연에 쓰다(題朴淵)」
에서 이렇게 읊었다.

용 낭 감 적 가 선 생　백 재 동 환 변 적 정
龍娘感笛嫁先生, 百載同歡便適情.

유 승 임 공 신 과 부　실 신 도 위 청 금 성
猶勝臨卭新寡婦, 失身都爲聽琴聲.


용왕 딸이 피리에 홀려 박 선생에게 시집가
백년고락 같이 했다는 말이 인정에 맞는군.
임공 과부 탁문군보다야 낫고 말고
거문고 소리에 몸을 버렸다니 원.



한나라 때, 촉땅 임공에 탁문군(卓文君)이라는 부잣집 과부가 있었다.
훗날 대문호가 된 사마상여(司馬相如)가 그 집의 연회에 참여해서 '수컷 봉
황이 암컷 봉황을 찾는다(鳳求凰)'는 곡을 거문고(혹은 비파)로 연주하였
다. 탁문군은 사마상여와 정을 통하고 함께 성도(成都)로 도망갔다. 그러
나 살길이 없어 임공으로 와서 주막을 열어 탁문군은 주모 일을 하고, 사
마상여는 잡역을 하자, 탁문군의 부친이 재산을 나누어 주었다고 한다.

이규보는 탁문군 이야기와 박연의 용녀 이야기를 비교하였다. 용녀
는 그래도 부친의 허락으로 혼인하였으니 탁문군보다야 더 낫지 않느냐
고 말했다. 실은 그 두 이야기를 비교하려 든 것은 아니다. 탁문군 이야
기를 꺼내어 박연 전설의 로맨스를 더욱 농염하게 부각시킨 것이다. 이

규보는 젊어서 소설이나 우리 설화에 깊은 관심을 둘 만큼 상상과 낭만의 세계를 사랑하였다. 그리하여 「동명왕편」이라는 민족서사시를 만들어낼 수 있었다. 이 시에서도 그러한 성향이 드러난다.

개성 동대문 밖 산대 바위 아래에 고려 의종이 세운 연복정(延福亭)이 있었다. 정중부 난의 발단이 된 곳이다. 의종은 연복정을 지어 기이한 화초를 심고 호수를 만들어 밤낮 배를 띄워 놀았다. 재위 24년(1170)에도 연복정에서 문신들과 놀다가 흥왕사를 거쳐 경기도 장단의 보현원에 이르렀다. 그동안 무신들은 대우를 받지 못해 불만을 품고 있었는데, 이날 대장군 정중부·산원 이의방 등은 흥왕사에서 반란을 모의하였다.

보현원에서 왕명으로 무신들이 수박희(태권)를 하다가 대장군 이소응이 상대를 못 이기고 달아났다. 그러자 기거주 벼슬의 한뢰가 이소응을 쫓아가 뺨을 때렸다. 분개한 정중부 등은 거사를 해서 환관과 문신들을 학살하고, 그 시체를 연못에 버렸다. 세간에서 그 일을 '조정침(朝廷沈)'이라 하였다. 조정이 물속에 침몰했다는 풍자어다.

정중부는 의종을 개성으로 데리고 가서, 다시 문신 50여 명을 학살하였다. 사흘 뒤에는 왕을 거제도로 추방하고, 왕의 아우 호(皓)를 왕으로 세웠다. 그가 명종이다. 항간에는 "어디가 보현보살 사찰이냐, 여기서 모두 다 죽였구나(何處是普賢刹, 隨此盡同力殺)"라는 참요가 유행하였다.

복을 맞아들이는 곳이란 뜻의 이 연복정이 화를 자초하는 곳이 된 것은 아이러니가 아닐 수 없다. 고려 중엽의 임규(任奎)가 그 일을 두고 시를 남겼다. 시선집에는 제목을 「연복정에 들러서(過延福亭)」라고 하였다.

誰勸君臣入醉鄉, 不知禍自在蕭墻.

酣歌未闋瓊樓上, 腥血交流輦道傍.

煬帝汴河秋冷落, 明皇蜀道雨凄凉.

當時此恨無人識, 滿目溪山淚數行.


누가 군신을 취향(醉鄉)으로 인도하였나.

군신 간의 앙화를 예견치 못하다니.

옥 다락의 취중 노래가 멎지 않은 터에

임금 거둥하는 길에 비린 피가 낭자했다.

수 양제 때는 변하(汴河)에 가을바람 싸늘했고

당 명황 때 촉도(蜀道)에는 궂은 비 처량했도다.

당시의 그 한을 아는 사람 하나 없어

산과 시내 바라보며 눈물겨워 하노라.


화려한 놀이터는 없어지고 강산만 남은 쓸쓸한 광경을 바라보며 시인은 눈물을 흘렸다. 그러면서 수나라 양제가 강도를 순항하며 놀다가 변하에서 우문화급에게 살해된 일, 당나라 명황이 안록산 난을 만나 촉 땅으로 피신하던 중 마외에서 군사들의 요구로 양귀비를 죽여야 하였던 일 등을 상기하였다. 소장(蕭墻)은 군신이 회견하는 자리에 치는 담장이니, 소장의 우환이라 하면 내란을 말한다. 이 시는 군주가 음탕한 놀이에 빠지면 내란이 일어난다는 경계의 뜻을 담았다.

　고려 명종 때의 오세재(吳世才, 1133~?)는 개성 북쪽에 있는 창바위를 노래하여 고려인의 늠름한 기상을 드러내었다. 「극암(戟岩)」이란 제목이다. 오세재는 무신집권기에 술과 문학으로 일생을 보냈다. 해좌칠현(海左七賢)의 한 사람으로 이인로와 벗하였다. 53세 때는 18세의 이규보를 벗으로 삼을 만큼 격식에 얽매이지 않았다.


北嶺石巉巉, 邦人號戟巖.

迴撞乘鶴晉, 高刺上天咸.

揉柄電爲火, 洗鋒霜是鹽.

何當作兵器, 敗楚亦亡凡.


북쪽 산마루의 뾰족한 바위

지역 사람들은 창바위라 부른다.

아득히 학을 탄 왕자진(王子晉)과 부딪치고

높이 하늘의 무함(巫咸)을 찌르네.

창 자루를 다듬느라 번갯불 일고

창날 씻을 때는 서리가 소금이었다.

저것을 병장기로 삼아

초나라도 범나라도 패망시킬 수 없을지.

왕자진은 주나라 영왕의 태자 왕자교(王子喬)다. 피리로 봉황의 울음 소리를 낼 수 있었다. 구령(緱嶺)에서 신선이 되었는데, 30년 뒤에 집안 사람들이 보이는 산꼭대기에 학을 타고 와서 수일간 머무르다 사라졌다고 한다. 무함은 아득한 황제 때 무당으로, 황제가 염제와 탁록 벌판에서 싸울 때 점을 쳤다고 한다. 왕자진이니 무함이니 운운한 것은 창바위가 하늘에 참예할 만큼 아스라하게 높고, 또 태고 이래의 신비를 지니고 있다는 점을 말한 것이다. 그리고 창바위의 생성에 벼락과 서리가 관여하였다고 해서, 그로테스크한 분위기를 살렸다.

그런데 마지막 두 구의 뜻이 심상치 않다. 초나라나 범나라는 중국에서 보면 이민족 집단이다. 창바위를 무기 삼아 초나라와 범나라를 치고 싶다고 한 말은 곧 고려를 괴롭히는 이민족인 몽고족을 쳐서 몰아내고 싶다는 뜻이다.


고려 충숙왕·공민왕 때 정치가이자 학자인 이제현(李齊賢, 1287~1367)은 송도에 대한 애정과 조국의 앞날을 염려하는 뜻을 여러 시에 담았다.

이제현은 1314년에 상왕 충선왕의 부름을 받아 연경에 들어가 만권당에 머물며 한족 유학자들과 교유하였다. 1316년에는 충숙왕을 대신해서 서촉 아미산에 제사를 올리러 3개월간 여행하였고, 1319년에는 충선왕이 절강 보타사에 향을 내릴 때 향을 가지고 갔다. 1320년 겨울에 일단 귀국하였는데, 이해 충선왕은 참소를 입어 감숙성 타사마로 유배되었다. 또 이 무렵 원나라는 고려의 독립권을 빼앗고 성(省)을 세우려고 하였다. 그뿐 아니었다. 원나라는 고려를 견제하기 위해 요동의 심양에 왕을 세우고 고려 왕족으로 임명하였는데, 심왕 고(暠)가 충숙왕을 내몰고 왕위를 차지하려 하였다.

　이제현은 1321년에 부친상을 당하고 1323년에 상복을 벗자마자 원나라에 들어가 고려에 성(省)을 설치해서는 안 된다는 상서를 올렸다. 고려를 떠날 때 「십일월 십오일(十一月十五日)」이라는 시를 지었다.

송만용반옹명당　위봉루전천보장
松巒龍盤擁明堂, 威鳳樓前千步場.

선왕유풍급자손　매년차지연군신
先王遺風及子孫, 每年此地宴群臣.

건여측족아미반　천어증문지척간
蹇予仄足蛾眉班, 天語曾聞咫尺間.

궁화노습월중회　선악풍표운외래
宮花露濕月中廻, 仙樂風飄雲外來.

상왕수렴허동도　대평성사무전고
上王垂簾許同覩, 大平盛事無前古.

야심갱강가인례　화기융융잉설설
夜深更講家人禮, 和氣融融仍洩洩.

상유호자하즉효　군자진효민흥효
上有好者下卽傚, 君子盡孝民興孝.

차일번화응사구　지락환여구시부
此日繁華應似舊, 至樂還如舊時否.

요해연산노사천　봉상상수지하년
遼海燕山路四千, 奉觴上壽知何年.

음운지공집미산　독립창망누여선
陰雲低空集微霰, 獨立蒼茫淚如線.

송악은 용이 서린 듯 명당을 옹위하고
위봉루 앞에는 천 걸음 넓이의 광장.
선왕 끼치신 풍속이 자손에게 미처
해마다 이곳에서 신하들 위해 잔치 벌였다.
못난 나도 훌륭한 분들 반열에 끼어
임금님 말씀을 지척에서 들었지.
궁궐 꽃(궁녀)은 이슬에 젖어 달빛 따라 돌아오고
신선 음악은 바람결에 구름밖에서 내려왔다.
상왕(충선왕)께서 주렴 치고 만물의 성대함을 함께 보셨으니
그러한 태평성사는 예전에 없었던 일.
밤 깊어선 다시 가인(家人)의 예를 강론해서
평화스런 기운이 넘실대고 훨훨하였다.
윗분이 선(善)을 좋아하면 아랫사람 본받고
군자가 효를 다하면 백성도 효심을 일으키는 법.
지금의 번화함은 응당 옛날과 같으리라만
지극한 즐거움은 옛날과 같을지.
요해 건너 연산 넘어 사천 리 길
술잔 올려 성상께 축수할 날이 언제일까.
음울한 구름이 낮게 깔려 싸락눈을 쏟는데
홀로 서서 창망하여 눈물만 흘리노라.


이제현은 송도에 충선왕이 계시어 태평스러웠던 시절을 회상하였다.
가인의 예를 강론하였다는 말은 『주역』 가인괘(家人卦)에서 아버지와 아

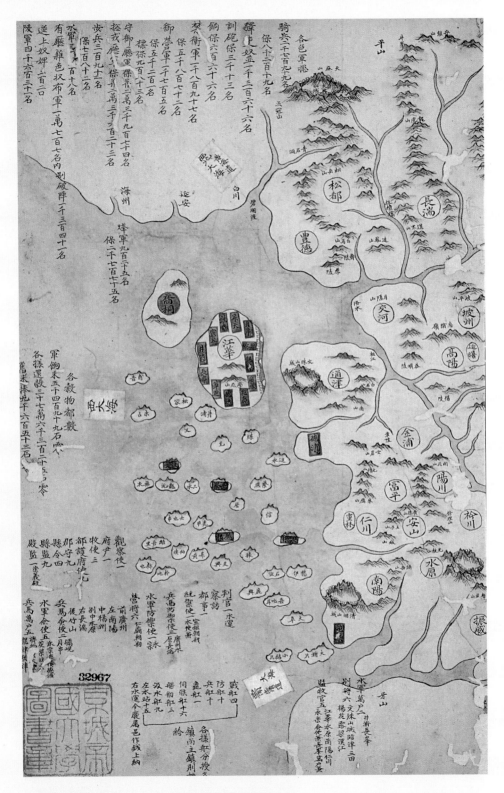

● 해동지도海東地圖(경기도京畿道 부분), 18세기, 서울대학교 규장각 소장

들·형과 아우·남편과 아내가 자기 도리를 다하여 한 집안이 바르다고 한 뜻을 취하였다. 곧 상왕과 충숙왕 사이나 궁중 여인들 사이가 화목하였다는 말이다.

하지만 이제 과거의 안정은 사라지고 조국은 자주권을 빼앗길 위기에 직면했다. 음울한 구름이 싸락눈을 쏟는 이러한 때에 시인은 홀로 시대의 문제를 고민하고 있다.

그러나 이제현은 국가의 위기를 당하여 몸을 사리지 않았다. 원나라에 들어간 그는 왕조의 정통성을 주장하는 글을 원나라 조정에 올렸다.

우리 시조 왕씨가 바다 모퉁이에 개국한 지 426년이요 자손이 이어 온 지도 28대나 되는데, 대륙의 송나라·요나라·금나라를 거쳐 오면서 사신을 통하여 왕래하며 간접적으로 견제받았을 따름이외다.

비록 우리나라는 대륙의 여러 나라에 사신을 보내어 조공이라는 형태의 외교관계를 맺기는 하였으나 굴욕적인 지배를 받은 일이 없다. 이제현은 이렇게 당당하게 논하였다. 이 상서를 올린 다음해, 이제현은 감숙성으로 가서 충선왕을 위로하였다.

이제현은 송도를 남달리 사랑하였다. 봄비 그친 곡령(鵠嶺)의 경치, 늦가을 용산(龍山)의 단풍, 자동(紫洞)으로 스님을 찾아나서는 모습, 청교(靑郊)에서 길손을 전송하는 광경, 웅천(熊川)에서 계(禊)를 하며 술 마시는 일, 용야(龍野)에서 봄을 찾는 일, 남포(南浦)에 물안개 끼었을 때 도롱이 입고 낚시하는 모습, 서강에 달이 뜬 날 배를 띄워 노는 일 등. 이제현은 그 멋진 경치와 놀이와 흥취를 「송도를 그리워하여 여덟 가지를 읊는다(憶松都八詠)」라는 제목으로 하나하나 노래하였다.

곡령은 신라 말의 도선(道詵)이 왕의 종자를 심을 명당이라 지정한 곳으로 바로 고려 태조가 탄생한 곳이다. 여기에는 저 유명한 작제건(作帝建)의 전설이 있다.

작제건 설화는 『고려사』에 실린 김관의의 『편년통록』에 자세하다. 보육이란 사람이 곡령에서 소변을 보아 삼한을 덮는 꿈을 꾸고 형 이제건에게 이야기하자, 형은 제왕이 될 꿈인 줄 알고 딸 덕주를 아내로 삼게 하였다. 이어 두 딸을 낳았는데, 작은딸이 언니가 꾼 오줌 꿈을 비단 치마를 주고 샀다. 이때 당나라 황제가 제위에 오르기 전에 송악에 와서 살고 있었다. 작은딸은 언니 대신 그와 동침하여 작제건을 낳았다. 성장한 작제건은 신궁(神弓)을 가지고 당나라 상선을 탔다가 풍랑을 만나 배에서 내린다. 그 풍랑은 서해용왕이 일으킨 것이었다.

작제건은 서해용왕의 부탁을 받아, 용왕을 괴롭히던 늙은 여우를 쏘아 죽인다. 그리고 용녀를 얻어 송악으로 돌아와 옛날 강충이 살던 곳에 집 지어 살았다. 용녀는 네 아들을 낳고, 우물을 통하여 딸을 데리고 서해로 돌아갔다. 그 첫째 아들 용건이 왕건을 낳았다고 한다.

이제현은 「송도를 그리워하여 여덟 가지를 읊는다」의 '곡령춘청(鵠嶺春晴)'에서 곡령의 신비로운 모습을 이렇게 묘사했다.

<br>

팔 선 궁 주 취 미 봉　　표 묘 연 하 기 만 중
八仙宮住翠微峯, 縹緲烟霞幾萬重.

일 야 장 풍 취 우 과　　해 룡 경 출 옥 부 용
一夜長風吹雨過, 海龍擎出玉芙蓉.

여덟 신선 궁전이 취미봉에 있어

어슴푸레한 노을이 수만 겹이더니,

하룻밤 긴 바람이 비 몰아 간 뒤에

바다 용이 옥부용을 끄집어내 두었군.


여덟 신선은 본래 도교의 전설에 나오는 신선들이다. 여기서는 곡령
의 신비로움을 드러내기 위하여 그들의 궁전이 거기 있는 듯하다고 하
였다. 또 고려 태조의 조상들을 신선이란 말로 상징한 것이기도 하다.
또 비온 뒤 곡령의 깨끗한 모습을 바다 용이 만들어낸 옥부용이라고 하
였다. 작제건 신화에 나오는 서해용왕을 의식한 표현이리라.

공민왕의 제2차 개혁정치가 시행되던 시기, 김구용(金九容, 1338~1384)
은 고려 왕조의 미래에서 희망을 보았던 듯하다. 그래서일까, 「거리에서
느낌이 있어(街上有感)」라는 시는 무척 경쾌하다.


십 자 가 두 석 조 사　훤 전 거 기 우 번 화
十字街頭夕照斜, 喧闐車騎又繁華.

태 평 기 상 송 산 재　의 구 총 롱 삽 채 하
太平氣像松山在, 依舊蔥瓏插彩霞.


교차로 거리에 석양이 비꼈는데

수레 소리 시끄럽고 또한 번화하여라.

태평성세 기상이 송악산에 있어

예전처럼 아름다운 놀 속에 푸르게 꽂혀 있군.

고려 멸망 후 송도는 역사의 무상감을 연상시키는 곳으로 되었다. 시인들은 옛 궁전 빈 뜰에 우거진 잡초나 나뒹구는 기왓장, 무심히 지나치는 목동의 피리소리에서 서글픔을 느꼈다. 조선 초 성수침(成守琛, 1493~1564)의 「송도회고(松都懷古)」는 그러한 보편적 정서를 담아낸 가편이다. 3수 가운데 제2수를 든다.

목 락 상 청 만 목 추　　묵 사 전 사 사 인 수
**木落霜淸滿目秋, 默思前事使人愁.**

의 관 제 택 금 하 재　　풍 우 공 산 맥 일 구
**衣冠第宅今何在, 風雨空山貊一邱.**

나뭇잎 지고 서리 맑아 시야에 가을 풍광 가득한데
지난 일을 가만히 생각하면 수심이 이누나.
귀족의 저택들은 지금 어디에 있는가
비바람 부는 빈산은 한 언덕 담비일 뿐.


한 언덕 담비란 말은 예전이나 지금이나 별 차이가 없다는 뜻이다. 한때는 고려 귀족들의 저택이 즐비하였지만 이제 강산은 주인 노릇할 사람 없이 늦가을의 쓸쓸한 풍광을 드러낼 따름이다. 역사의 무상함을 비바람 부는 빈 강산으로 상징한 것이다.

고려의 유신(遺臣, 한 왕조가 멸망한 뒤 전 왕조에 대한 충성을 지키는 신하)을 자처한 길재(吉再, 1353~1419)는 고려가 망한 뒤 개성을 돌아보면서

오백 년(五百年) 도읍지(都邑地)를 필마(匹馬)로 돌아드니

산천(山川)은 의구(依舊)하되 인걸(人傑)은 간 데 없다

어즈버 태평연월(太平烟月)이 꿈이런가 하노라

라고 하여, 망국의 한을 노래하였다. 전 왕조의 유신이 아니더라도 시인들은 개성의 옛 궁궐터를 바라보면서 무상감을 느끼고는 하였다.

그러나 지금의 개성은 역사미를 고스란히 지니고 있을 뿐만 아니라 분단의 어두운 역사를 종식시킬 새로운 가능성의 공간으로 떠오르고 있다.

慶州府

城郭石築高十二尺
四面周四千七百七十五尺

民戶一萬八千九百二十九戶
兵營軍七百七十二名
田六十三百五十三結甲七個東
畓七十二百六十六個東
冬營穀八十七百六十六个架
會付穀四萬八千九百六十九名升三合三夕
合付報四萬八千九百八十四名升四勺合
合十三庫

東距蔚山界六十里距蔚山六十里
東距大海四十里
西距永川界六十里距永川八十里
慈仁界七十里距慈仁一百里
清道界九十里距清道一百里
容陽界九十里距容陽一百五十里
北距迎日界三十里距迎日四十里
興海界五十里距興海八十里
盈德界一百四十里距盈德二百五十里
青松界一百四十里距青松三百里
南距彥陽界六十里距彥陽八十里

東面
初境二十里
終境四十里
南面
初境二十里
終境四十里
西面
初境二十里
終境四十里
北面
初境三十里
終境五十里

# 十二. 기품 있는 유산, 경주

신라의 수도였던 경주는 지금도 왕조시대의 그 기품을 유지하고 있다. 거리 어디에서도 눈에 띄는 고분들은 망각 속으로 사라져가는 신라의 역사를 지탱하여 우리에게 새로운 의미로 와 닿게 한다. 신라 때는 그냥 '경(京)'이라 하였는데, 고려 때는 동경(東京), 조선시대에는 경주라 불렀다.

신라인은 명랑하였다. 그 명랑함은 불교의 구원사상에서 비롯된 듯하다. 삼국이 분립하여 있던 시대에 선덕여왕은 분황사·영묘사 같은 큰 사찰을 일으키고, 자장(慈藏)의 건의에 따라 황룡사 9층탑을 축조하는 등 불교를 장려하였다. 지귀(志鬼)라는 남성이 여왕을 사모하다 죽어 그 혼령이 불로 되어 탑을 돌았다는 설화에서도 불탑이 배경이었다. 그만큼 불교가 왕실에서나 민간에서나 중심적인 사상으로 굳어져 있었다.

불교사상은 신라 문화에 깊이와 넓이를 가져다주었다. 신라인은 불교의 가르침을 되새겨 삶과 죽음의 문제를 진지하게 생각함으로써 찰나

적인 이승의 삶을 아름답고도 숭고하게 가꿔 나가려고 애썼다. 향가
「제망매가」를 보면 죽음과 초월에 대한 문제를 숙고하는 사상적 깊이가
드러난다. 그 깊이는 무가를 제외한다면 다른 문학 갈래에서는 좀처럼
찾아보기 어렵다.

　신라 불교에 활력을 불어넣은 사상가는 원효(元曉, 617~686)다. 원효는
진덕여왕 2년(648)에 황룡사 스님이 되어 각종 불전을 섭렵하였다. 원광
과 자장에게서 불법을 배웠을 가능성이 있지만 일정한 스승을 모시지
않고 스스로 공부하여 많은 사상논저를 남겼다. 그는 "일체에 걸림이
없는 사람은 단번에 생사를 벗어난다"는 무애(無碍) 사상을 「무애가」로
만들어 노래하면서 여염집을 드나들었다. "중생의 마음은 원융하여 걸
림이 없으니, 허공처럼 태연하고 바다같이 잠잠하며 평등해서 차별상
이 없다"고 중생의 마음을 귀하게 여겼다. 어느 종파에도 치우치지 않
고 전체 불교를 하나의 진리에 종합하는 화쟁(和諍)을 주장하였다. 화쟁
은 곧 쟁론을 없앤다는 뜻이다. 그래서 원효를 훗날 '무쟁국사(無諍國
師)'라고 추봉(追封)하고 비석까지 세웠다.

　원효의 「미타증성가(彌陀證性歌)」는 미타신앙의 정수를 담고 있다.

　　　내 왕 과 거 구 원 세　유 일 고 사 호 법 장
　　乃往過去久遠世, 有一高士號法藏.

　　　초 발 무 상 보 리 심　출 속 입 도 파 제 상
　　初發無上菩提心, 出俗入道破諸相.

　　　수 지 일 심 무 리 상　이 민 군 생 몰 고 해
　　雖知一心無二相, 而愍群生沒苦海.

起六八大超誓願, 具修淨行離諸穢.
　기　육　팔　대　초　서　원　　구　수　정　행　이　제　예

아주 오래전 어떤 세상에

법장이라는 높은 법사가 있어,

처음으로 더할 나위 없는 보리심 내고

세속 떠나 도를 닦아 모든 차별상을 부수었다.

한 마음에 두 가지 상이 차별 없음을 알면서도

고해에 빠진 군생을 가엾이 여겨,

육팔(사십팔)의 뛰어난 큰 서원을 세워

깨끗한 업을 닦아 모든 재앙 떠났도다.


법장은 아미타불이 부처가 되기 전의 이름이다. 육팔은 아미타불이
법장 비구일 때, 자기와 남들이 함께 성불하기를 원하며 세운 48대 서원
이다. 이 시는 중생을 아미타불의 정토로 인도하였던 법장의 일을 예찬
함으로써 스스로도 중생들을 교화하겠다는 의지를 드러내었다. 원효는
학승이자 교화승으로서 활약하였다. 민중 사이에 두루 퍼져있던 미타
신앙에도 호응하였다.

경주 남산에 머물던 시절, 김시습은 분황사에 있던 화쟁대사 원효의
비를 보고, 성(聖)과 속(俗)을 넘나들며 매임 없었던(不羈) 원효의 삶을
추모하여 「무쟁비」라는 시를 지었다.

군 불 견 신 라 이 승 원 욱 씨　척 발 행 도 신 라 시
君不見新羅異僧元旭氏, 剔髮行道新羅市.

입 당 학 법 반 상 재　혼 동 치 백 행 여 리
入唐學法返桑梓, 混同緇白行閭里.

가 동 항 부 득 용 이　지 운 수 가 수 씨 자
街童巷婦得容易, 指云誰家誰氏子.

연 이 밀 행 대 무 상　기 우 연 법 해 종 지
然而密行大無常, 騎牛演法解宗旨.

제 경 소 초 영 건 상　후 인 견 지 쟁 앙 기
諸經疏抄盈巾箱, 後人見之爭仰企.

추 봉 국 사 명 무 쟁　늑 피 정 민 파 칭 미
追封國師名無諍, 勒彼貞珉頗稱美.

갈 상 금 설 광 린 린　법 화 호 사 역 가 희
碣上金屑光燐燐, 法畵好辭亦可喜.

아 조 역 시 선 환 도　기 어 환 어 상 략 의
我曹亦是善幻徒, 其於幻語商略矣.

단 아 호 고 부 수 독　우 차 불 견 서 래 사
但我好古負手讀, 吁嗟不見西來士.


그대는 못 보았나 신라 이승 원욱(元旭) 씨가

머리 깎고 신라 저자에 도를 행한 것을.

당나라에 가서 불법 배워 고국으로 돌아와

승속(僧俗)을 넘나들며 민간에 다니면서

거리 아동과 아녀자도 쉽게 깨우치니

그를 두고 아무개 집 아무개라 가리킬 정도.

그러나 큰 무상(無常)의 도를 가만히 행하여

소 타고 법을 펴서 종지(宗旨)를 풀이해서
불경의 소초(疏抄)가 책 상자에 가득하니
후인들이 보고서 다투어 따랐다.
국사로 뒤늦게 무쟁이라 시호 내리고
곧은 돌에 새겨 자못 칭송하였으니,
비갈 위 금가루는 광채가 찬란하고
불화와 사(辭)도 역시 좋아라.
우리도 환도(幻徒, 승려)와 친하여
환어에 대해서는 대략 아는 편.
다만 나는 옛것을 좋아해서 비문을 뒷짐 지고 읽을 뿐
아아 서쪽에서 오신 분(달마)을 보지는 못하누나.


'신라 이승 원욱 씨'는 원효(元曉)를 가리킨다. 원효를 원욱이라 한 것
은 '효(曉)'와 '욱(旭)'이 다 같이 아침 해를 뜻하는 글자이기 때문이다.

원효는 의상과 함께 당나라로 가려다가 고구려 군에게 붙잡혀 돌아
왔고, 다시 의상과 함께 당나라로 가려다가 해골에 괸 물을 마시고서
"진리는 밖에서 찾을 것이 아니다"라고 깨달아 그냥 돌아왔다. 하지만
원효가 중국에서 불법을 배웠다는 전승도 있었던 듯하다.

치백(緇白)에서 치는 승려가 입는 검은 옷, 백은 선비가 입는 흰옷으
로 각각 불교의 도와 유교의 도를 상징한다. 김시습도 원효처럼 불교와
유교를 조화하고자 하였다. 또한 거리의 아동과 부녀자도 원효를 친근
하게 여겼던 것처럼 자신도 민중적이고자 하였다.

김시습은 환어 즉 불법에 대해서는 대략 알지만 불교의 진리를 진정

으로 체득하지 못함을 한탄하였다. 이것이야말로 진정한 구도자의 자세라고 하겠다.

　신라도 제49대 헌강왕 이후 마지막 경애왕 때까지 80년간은 말기적인 풍조를 드러냈다. 불교사상은 일상생활에 활력을 불어넣지 못하고 형식적인 국가신학으로 고착되었다. 불교사상이 부정적인 모습을 띠게 되자 그것을 비판하는 사상과 운동도 여러 갈래로 나왔다. 주류 사상 속에서도 반성이 일어났고, 주류 사상에 저항하는 새로운 이념도 나왔다. 유학을 공부한 지식인들이 군신의 명분과 유교적 통치이념을 정립하고자 한 것은 뒤의 예에 속할 것이다.

　『삼국유사』에 따르면 신라 전성기에 왕경에는 17만 8936호, 1360방(坊)이 있었다고 한다. 모두 55리였고, 대부호가 서른다섯 집이나 되었다. 이렇게 번성한 시기가 계속되자 귀족계급은 점차 유흥에 탐닉하였다. 초기의 화랑정신이 보여준 활력과 우아한 아름다움은 사라졌다. 왕과 신하들은 연회를 열어 별 내용도 없이 화려하기만 한 시를 지었다. 『삼국사기』는 그러한 연회 광경을 몇몇 기록으로 남기고 있다.

　헌강왕 3년 3월에 왕이 임해전에서 신하들과 연회를 열었는데, 술에 취한 왕이 거문고를 타면서 신하들에게 각각 노래를 지어 올리게 하였다. 또 헌강왕 9년 3월에도 왕이 도성 내의 삼랑사에 행차하여 문신들에게 각각 시를 한 수씩 짓게 하였다고 한다.

　경주의 포석정은 중국 동진 시대에 유행하였던 곡지연(曲池宴, 굽어 돌아간 물 위에 술잔을 흘려 보내면서 시를 짓고 즐기는 연회)의 흉내를 내어 시회를 하던 장소로, 군신들의 놀이터였던 듯하다. 이 유적지는 종교제사의 장

소라고 보는 설이 있다. 그렇다면 제사 끝에 곡지연을 즐겼을지 모른다.

홍청거리는 놀이 속에서 나온 한시로, 경애왕이 비빈·귀족들과 봄놀이하면서 지은 「번화곡(繁花曲)」이 있다. 후대의 사람이 만들었을 가능성이 없지 않다. 단, 현세를 즐기는 질탕한 심리와 그 배후에 깔린 알 수 없는 공허감은 신라 왕경의 분위기를 전하기에 충분하다.

기 원 실 제 혜 이 사 동　양 송 상 의 혜 나 중
祇園實際兮二寺東, 兩松相依兮蘿中.

회 수 일 혜 화 만 오　세 무 경 운 혜 병 몽 농
回首一兮花滿塢, 細霧輕雲兮并濛濃.


기원사와 실제사, 두 절의 동쪽
소나무 두 그루가 등넝쿨 속에 기대 있도다.
머리 돌려 바라보매 꽃은 못가 섬돌에 가득하고
옅은 안개와 가벼운 구름이 뒤엉켜 몽롱하여라.


기원(祇園) 정사는 인도 마갈타국 수달장자가 석가모니를 위해 세운 절이다. 그 이름을 딴 절이 왕경에 있었나 보다. 실제사도 절이름이었을 것이다. 중국 장안에 같은 이름의 절이 있다. 그 두 절의 동쪽 숲에 소나무 두 그루가 등넝쿨 속에 서로 의지해 모순과 대립 없이 자라나 있다. 왕과 귀족들은 그 나무처럼 모순과 대립이 없고자 하였다. 그들이 삶을 누리는 세계는 연못가에 아름다운 꽃이 만발하여 있고, 옅은 안개와 가벼운 구름이 어우러져 있는 지극히 화려하고도 감각적인 세계다. 주변

세계를 이렇게 인식할 때, 성(聖)과 속(俗)의 대립도 없고, 현실과 피안의 대립도 없다. 하물며, 현실 생활 속에서 고통 받는 이들에 대한 관심이 어찌 있으랴. 불교사상은 귀족의 속된 생활을 고상한 듯 치장하여 주는 수준으로 전락하고 말았다.

그러나 중간계층이나 일반백성까지 화려하고 감각적인 세계에 탐닉해 있었던 것은 아니다. 그들에게는 분노할 일과 원망할 일이 있었다. 신라 말기에는 문화가 난숙하여 왕경의 귀족만 아니라 지방의 지식인들도 한시에 능하였다. 하지만 지방 지식인의 한시는 궁정 주변의 한시와는 성격이 달랐다. 그 예로 진성여왕 때, 대야주(大耶州, 합천)에 살던 은자 왕거인(王巨仁)이 지은 「분원시(憤怨詩)」가 있다.

진성여왕의 즉위 후 유모 부호(鳧好) 부인과 그 남편 위홍(魏弘) 등 서넛이 정치를 마음대로 하였으며 도적이 떼를 지어 일어났다. 진성여왕 2년 봄에는 사량리의 돌이 저절로 움직여 가는 해괴한 현상이 일어났다. 나라 사람들은 근심한 나머지 다라니 은어를 지어 길가에 붙여두었다. "남무망국, 찰니나제. 판니판니, 소판니. 우우삼아간, 부이사바아 (南無亡國, 刹尼那帝. 判尼判尼, 蘇判尼. 于于三阿干, 鳧伊娑婆訶)." 찰니나제는 여왕, 판니판니 소판니는 두 소판 벼슬의 사람, 우우삼아간은 위홍, 부이는 부호를 가리킨다고 한다. 어떤 사람이 여왕에게, 이것은 필시 뜻을 얻지 못하고 불우해 하는 자의 짓일 것이며, 대야주에 은거해 사는 왕거인의 짓이 틀림없다고 무고하였다. 여왕은 왕거인을 붙잡아 오라 해서 심문한 후 옥에 가두었다. 왕거인은 분노하여 감옥의 벽에다가 이런 시를 썼다.

우 공 통 곡 삼 년 한　추 연 함 비 오 월 상
于公慟哭三年旱, 鄒衍含悲五月霜.

금 아 유 수 환 사 고　황 천 무 어 단 창 창
今我幽愁還似古, 皇天無語但蒼蒼.


우공이 통곡하자 삼 년을 내리 가물었고
추연이 슬픔 품으니 오월에 서리가 내렸다.
지금 나의 시름도 옛 분들과 같건만
하늘은 아무 말 없어 그저 푸를 뿐이라니.


　　우공과 추연은 음양재이설에 밝았던 옛 사람들이다. 음양오행설은
천지자연의 운행과 인간세상의 변화를 음양과 오행의 운동규칙에 따라
풀이하는 이론. 재이설은 자연의 재앙과 이변이 정치의 잘못을 징계하
거나 예견한다는 주장. 천견(天譴, 하늘이 벌을 내림)이라는 말은 바로 그러
한 이론과 주장에서 나왔다.

　　우공은 한나라 때 공평하고 자비로운 판관이었다. 어떤 여자가 남편
을 여의고 혼자 살자, 그녀가 개가할 수 있도록 하려고 시어머니가 목을
매어 죽었다. 그런데 시누이가 그 여인을 시어머니 살해범으로 고발해
서 여인은 사형을 당하였다. 뒤에 우공이 상부에 재심리를 건의하였으
나 받아들여지지 않자 통곡을 하였다. 그러자 그녀의 원혼이 3년 동안
가뭄을 들게 하였다고 한다.

　　추연은 전국시대 제나라의 음양오행가로 연나라 소왕(昭王)의 스승이
었다. 변방을 다스려 공이 있었음에도 오해를 받아 옥에 갇히게 되었다.
그러자 5월인데도 서리가 내렸다고 한다.

옛 도읍의 역사미　**305**

察訪　省峴　兵且節度使　釜山鎮　漆浦　左兵使　幽谷　松罪　左兵使　多大浦　包沍浦　雲侯　昌朶　權管　西生浦　蓋丑山浦　右兵使一　金泉　水軍僉使　漆浦　西平浦　甫助項　唐浦　加德鎮　加背梁　彌助項　昆陽　男州權管

清道界

西扵金羅道界

西南扺全羅界

清道界

豐基　開慶　醴泉　龍宮　黑岩　黑馬山　咸昌　戲陽山　丹陽　尚州　飛山　善山　甘山　文開寧　金山　知禮　金烏山　仁同　玉山　九峰山　黃立山　三峰山　乾　興居昌安陰　星州　加里山　陜川　高靈　玄風　八尖山　咸陽　山陰　紺岳山　德山　靈山　宜寧　三嘉　丹城　晉州　河東　泗川　昆陽　固城　鎮海　咸安　巨濟羅　南海　雄谷山　黃嶺山

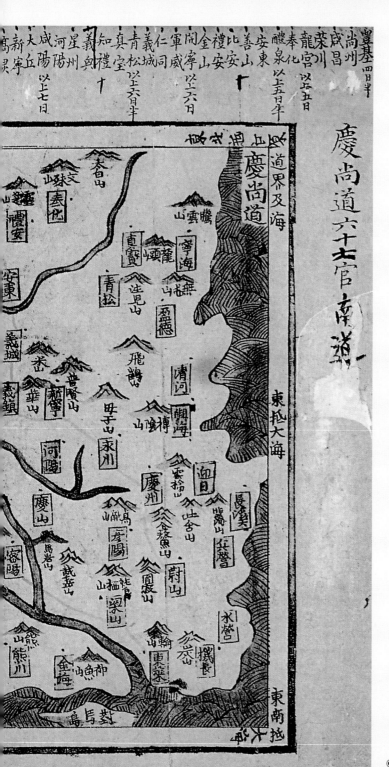

왕거인은 우공과 추연의 옛이야기를 환기하여, 하늘이 말 없이 그저 푸를 리만 없고 반드시 재앙을 내리리라고 예언하였다. 왕거인이 시를 읊자 갑자기 구름이 끼고 벼락이 치며 우박이 쏟아졌다. 진성여왕은 몹시 두려워하여 왕거인을 석방했다고 한다. 『삼국유사』에는 감옥에 벼락이 쳐서 왕거인을 석방하게 되었다고 했다.

사실 신라는 토착사상을 중심으로 유교·불교·도교를 함께 발전시키면서 고유한 정신세계를 구축하였다. 그 과정에서 여러 종교나 사상들이 서로 충돌하는 일도 없지 않았을 것이다.

진성여왕의 정치를 비방하는 다라니 은어는 조정에 이르는 길에 붙어 있었다고 하였다. 조정에 이르는 길은 여러 관청들이 늘어선 중심도로로 당나라 장안의 주작대로(朱雀大路)처럼 도시계획에 의하여 조성되어 있었을 것이다.

그 도시계획의 모델은 중국의 경전인 『주례(周禮)』에 편입된 「고공기(考工記)」라는 글 속에 잘 나타나 있다. 도성 내에 도로를 동서와 남북으로 교차시켜 사각형의 방(坊)을 만들어 땅을 구획하는 계획이다. 이 모델은 당나라의 여러 성과 일본의 왕경 및 지방도읍인 국부(國府, 고쿠후)에서 채용되었다. 『삼국사기』와 『삼국유사』를 보면 신라 왕도인 경주에서도 그러한 계획이 실시되었던 것 같다.

「고공기」에 나타난 도시계획이나 중국·일본의 고대 주성에서는 주궁, 즉 정궁이 북쪽에 위치하여 남쪽을 바라보도록 되어 있다. 경주에서는 이 정궁에 해당할 지점인 성동동에서 궁성 터가 발견되었다. 다만 성동동의 왕궁이 정궁이었는지, 반월성이 정궁이었는지에 대해서는 정

● 영남지도嶺南地圖(경주부慶洲府), 18세기, 영남대학교 박물관 소장

설이 없는 듯하다.

신라는 삼국을 통일 한 후 지방도시에서도 도시계획을 실시하였다. 9주5소경의 경우, 성을 쌓은 기록만 있고, 도시계획에 관한 기사는 없다. 그러나 1910년대 초에 제작된 1/1,200 지적도와 1/10,000 지형도를 보면 이 도시들의 거리들이 일정한 간격과 크기로 수직 교차하고 있음을 살필 수 있다. 거리의 간격과 크기는 신라 이래의 그것을 계승하였다고 추정된다.

신라의 왕성과 9주5소경은 도시계획에 따라 정연한 모습을 띠었을 것이다. 하지만 지방은 자연촌락을 바탕으로 생활공간이 이루어졌으리라. 낙후된 지방에서 생활하였던 지식인들은 왕성의 향락적 문화를 고운 눈으로 바라보았을 리 없다. 경애왕 때의 「번화곡」과 헌강왕 때 왕거인의 「분원시」는 신라 왕경과 지방의 정신풍토를 대비적으로 보여주는 예다.

신라 하대의 혼란기에 이르러 왕실불교·귀족불교였던 화엄종은 사회적 기반을 점차 잃게 되었다. 교종은 대개 이론에 치중하여 관념화되어 갔다. 그 대신 신라 하대는 선종이 발달하였다. 선승들은 6두품 이하의 출신으로, 신분사회의 한계를 절감하고 있던 참이었다. 또 선종사상은 개인주의 경향을 지녔다. 따라서 선승들은 독자 세력을 형성한 지방호족과 어울렸다. 선승들과 토착호족 세력은 견훤과 연결되기도 하였지만, 종국적으로 대부분 왕건과 연결되어 갔다.

신라시대에는 불교 저술과 불교시가 많이 나왔다. 의상(義湘, 625~702)의 「화엄일승법계도」에 들어있는 시, 원효의 「대승기신론소」에 들어있는 시, 태현(太賢, 경덕왕 무렵 활동)의 「성유식론학기(成唯識論學

記)」・「보살계본종요(菩薩戒本宗要)」 등에 붙인 게송, 사복(蛇福)의 게송, 혜초(慧超, 704~787)의 『왕오천축국전(往五天竺國傳)』에 삽입된 시 등이 그것들이다.

『왕오천축국전』의 현전본에는 시가 모두 다섯 수 남아 있다. 그 시들은 순례자로서의 마음, 여행길에서의 고단함을 표현한 서정시들이다. 다음 시는 혜초가 배로 동인도 부근에 도착해서 석가의 유적지를 직접 돌아보게 된 감격을 노래한 내용이다.

불 려 보 리 원　언 장 녹 원 요
不慮菩提遠, 焉將綠苑遙.

지 수 현 로 험　비 의 업 풍 표
只愁懸路險, 非意業風標.

팔 탑 난 성 견　참 저 경 겁 소
八塔難誠見, 參著經劫燒.

하 기 인 원 만　목 도 재 금 조
何其人圓滿, 目睹在今朝.


보리가 먼 것도 걱정하지 않거니,

어찌 저 녹야원이 멀다 탓하랴.

다만 험준한 길을 시름할 뿐이요,

사나운 바람이야 염려하지 않는다.

여덟 탑을 보기는 진실로 어렵나니,

오랜 세월에 어지러이 타버렸구나.

하지만 어쩌다 본래의 내 소원을 이루어

오늘에 내 눈으로 직접 보는고.

녹야원은 석가모니가 성도한 삼칠일(三七日) 후에 처음으로 5비구를 제도한 곳이다. 팔탑은 여덟 성인이 입멸한 후에 만들어진 탑이다. 당시 팔탑은 폐허가 되었던 듯하다. 하지만 혜초는 폐허의 유적지까지 포함하여, 불교의 성지를 하나하나 돌아보게 되었기에 마음이 들떠 있었다.

그러나 차츰 혜초는 향수에 젖게 되고, 이윽고 순력(巡歷, 성지 순례)을 통해 정말로 득도해서 고향으로 돌아갈 수 있을지 염려하기 시작하였다. 마침 어느 절에서는 중천국의 한 승려가 득도하고서도 고향으로 돌아가지 못하였다는 이야기를 들었다. 그때의 불안한 마음을 혜초는 다음과 같이 노래하였다.

고 리 등 무 주　　타 방 보 수 최
故里燈無主, 他方寶樹摧.

신 령 거 하 처　　옥 모 이 성 회
神靈去何處, 玉貌已成灰.

억 상 애 정 절　　비 군 원 불 수
憶想哀情切, 悲君願不隨.

숙 지 향 국 로　　공 견 백 운 귀
孰知鄕國路, 空見白雲歸.

고향에서는 등불의 주인을 잃고
객지에서 보배나무가 꺾였구나.
신령스런 영혼은 어디 갔는가

옥 같은 그 얼굴이 재로 되었다니.

생각하면 슬픈 마음 간절하여

그대가 소원 못 이룸이 못내 서러워라.

고향으로 가는 길을 누가 알랴

돌아가는 흰 구름만 부질없이 바라본다.


혜초는 인도 여행을 마친 후 아프가니스탄과 실크로드를 거쳐 장안으로 돌아갔다. 그리고 중국에서 밀교(密敎)의 고승으로서 많은 업적을 남겼다. 하지만 고향 신라로 돌아오지는 못하였다. 인도 여행 때 고향으로 돌아가지 못하리란 예견을 하였던 것이 들어맞은 것이다. 어째서 그는 중국에서 열반하여야 하였을까? 신라의 사회가 그를 받아들이기에는 너무도 협소하였던 것일까?

당나라가 668년에 고구려의 터전을 합병한 후, 고구려 유민 가운데 지도자인 대조영(大祚榮)은 말갈 추장과 함께 당나라 군사를 몰아내었다. 뒤이어 말갈 추장이 죽자 그는 발해를 세웠다. 고구려가 당과 신라의 연합군에 의해 멸망되고, 30여 년 후 그 옛 땅에 발해가 건국되면서 남북국시대가 열린 것이다.

발해는 주변 지역을 복속시켜 동북아시아의 강국으로 성장하였다. 그러나 926년에 거란에게 멸망됨으로써 우리 민족은 이 지역과의 직접적인 관계를 상실하였다. 17, 8세기에 정통론 사학이 대두하고, 또 백두산정계비의 건립을 계기로 북방 옛 땅을 회복하자는 의식이 높아지면서 발해에 대한 관심이 비로소 일어났다. 유득공(柳得恭)은 1774년에 우리나라 상고시대 한시들을 모아 『삼한시기(三韓詩紀)』로 엮으면서 발해인의 시를 부록으로 붙였다. 발해를 우리 민족의 한 국가로 생각하였기 때문이다.

발해는 고구려계 주민과 말갈계 주민이 섞여 살되 고구려계가 지배층 노릇을 하였다. 이 사실은 여러모로 입증되었다. 하지만 중국에서는 발해가 당 왕조에 예속되어 있었으며, 속말말갈(粟末靺鞨)을 주체로 건립된 지방 민족정권이라 보고 있다.

발해지역을 여행하며 발해 문물 진열실 앞에서 그러한 내용의 설명문을 보면 중국인의 뿌리깊은 중화주의를 절감하지 않을 수 없다.

대조영은 발해를 건국한 후 신라에 사신을 보냈는데, 신라는 발해를 북국이라 부르고 스스로를 남국이라 자처하였다. 최치원은 "고구려의 남은 무리가 북쪽 태백산에 거점을 두고 무리를 지어 나라 이름을 발해라고 했다"고 하였다. 또 발해가 일본에 보낸 국서에는 "고려의 옛 터전을 회복하고 부여가 남긴 풍속을 갖추었다"고 하였다. 일본의 답서에서도 '고려왕'이라는 말이 자주 보인다. 발해는 엄연히 우리 민족의 국가로 신라와 대치한 북국이었던 것이다.

발해는 당나라와 교류하면서 유학생도 보냈다. 당나라는 발해를 '해동성국'이라고 일컬었다. 그만큼 발해의 한문학도 수준이 높았다. 발해의 문장으로는 당나라에 보낸 「하정표(賀正表)」와 일본에 보낸 국서, 1949년에 돈화 부근의 육정산(六頂山) 고분군에서 발견된 '정혜공주묘비(貞惠公主墓碑)', 1980년에 발견된 '정효공주묘비(貞孝公主墓碑)'가 남아 있다. 정혜공주는 발해 제3대 왕인 문왕의 둘째 딸이고, 정효공주는 문왕의 넷째 딸이다. 한편 한시는 일본에 11편이 남았다.

발해인의 한시는 일본에 사신 갔을 때 연회석에서 지은 것들이다. 그 시들을 통하여 발해 문학의 실제 수준과 발해 문화의 특징을 짐작하기는 어렵다. 하지만 그 시들을 읽어보면 발해 왕성의 번영상을 간접적으로 짐작할 수 있다. 발해 제3대 왕인 문왕 때 부사의 자격으로 일본에 갔던 양태사(楊泰師)가 송별연에서 지은 시는 특히 문학성이 돋보인다. 「한밤에 다듬이 소리를 듣고(夜聽擣衣聲)」라는 제목으로, 일본 근세의 문인 이치가와 간사이(市河寬齋, 1749~1820)의 『일본시기(日本詩紀)』에 수록되어 있다. 본래 일본 차아(嵯峨)천황의 명으로 편찬한 『경국집(經國集)』에 수록되어 있었으나 시의 후반부가 다르다. 또 김육불(金毓黻)이 발해 관련 기록들을 모아 편찬한 『발해국지장편(渤海國志長編)』에도 전재되어 있다. 모두 스물 넉 줄로 된 고시다. 여섯 번이나 운자를 바꾸어 상념의 변화를 잘 담아내었다.

상 천 월 조 야 하 명　객 자 사 귀 별 유 정
霜天月照夜河明, 客子思歸別有情.

염 좌 장 소 수 욕 사　홀 문 인 녀 도 의 성
厭坐長宵愁欲死, 忽聞隣女擣衣聲.

성 래 단 속 인 풍 지　야 구 성 저 무 잠 지
聲來斷續因風至, 夜久星低無暫止.

자 종 별 국 불 상 문　금 재 타 향 청 상 사
自從別國不相聞, 今在他鄕聽相似.

부 지 채 저 중 장 경　불 실 청 침 평 불 평
不知綵杵重將輕, 不悉靑砧平不平.

요 련 체 약 다 향 한　예 식 경 심 노 옥 완
遙憐體弱多香汗, 預識更深勞玉腕.

위 당 욕 구 객 단 의　위 부 선 수 규 각 한
爲當欲救客單衣, 爲復先愁閨閣寒.

雖忘容儀難可問, 不知遙意怨無端.
<sub>수 망 용 의 난 가 문</sub> <sub>부 지 요 의 원 무 단</sub>

寄異土兮無新識, 想同心兮長歎息.
<sub>기 이 토 혜 무 신 식</sub> <sub>상 동 심 혜 장 탄 식</sub>

此時獨自閨中聞, 此夜誰知明眸縮.
<sub>차 시 독 자 규 중 문</sub> <sub>차 야 수 지 명 모 축</sub>

憶憶兮心已懸, 重聞兮不可穿.
<sub>억 억 혜 심 이 현</sub> <sub>중 문 혜 불 가 천</sub>

卽將因夢尋聲去, 只爲愁多不得眠.
<sub>즉 장 인 몽 심 성 거</sub> <sub>지 위 수 다 부 득 면</sub>


가을 하늘 달빛 비쳐 은하수 밝은 밤

나그네는 돌아갈 생각에 감회가 새롭다.

긴 밤을 앉았노라니 수심에 애타는데

홀연 들리는 이웃집 아낙의 다듬이 소리.

끊어질 듯 이어지며 바람결에 실려와

별이 기울도록 잠깐도 쉬지 않는다.

고국을 떠난 뒤 듣지를 못했더니

타향에서 듣는 이 소리, 고향의 소리.

그 방망이 무거운지 가벼운지

그 다듬잇돌 평평한지 아니한지.

멀리 안 됐구려 가녀린 몸에 땀 흘리고 있을 텐데.

알겠구려, 밤늦도록 고운 팔을 지치도록 두드리란 것을.

길 떠난 내 홑옷이 걱정되어 옷을 다듬겠지만

당신 방 안이 차지 않을까 근심되는구료.

당신 모습 가물거려 생각이 안 나오

멀리서 무단히 원망이나 않을지.

이국땅에 붙여 사니 새로 사귄 이 없고

동심의 부인 생각에 탄식만 나온다오.

지금 홀로 방 안에서 다듬이 소리 듣나니

이 밤 누군가 눈가에는 눈물이 고였으리.

그립고 그리워라 마음은 매달린 듯

저 소리 거듭 들려 수심을 뚫을 길 없어라.

꿈속에서 다듬이 소리 따라 가려 하지만

다만 수심 많아 잠조차 못 이룬다오.


이웃집에서 들려오는 다듬이 소리는, 외국에 객이 되어 있는 자신을 위해 고향집에서 다듬이질하고 있을 부인에 대한 그리움을 불러 일으켰다. 그리움은 수심으로 바뀌었다. 그 수심이 너무 깊어 고향집으로 달려가는 꿈조차 이루지 못한다고 하였다. 생각이 끝없고 변화가 급해서 곳곳마다 운자를 바꾸어 빠른 리듬과 완만한 리듬을 복잡하게 얽었다. 그만큼 이 시는 내면의 정서를 잘 드러냈다.

양태사가 일본으로 떠난 것은 대흥 21년, 즉 문왕 21년(758)이다. 정사(正使)는 보국대장군 행목저주자사(輔國大將軍 行木底州刺史) 직함의 양승경(楊承慶)이었고, 양태사는 귀덕장군(貴德將軍)의 직함을 띤 부사직이었다. 이해 가을, 일본에서 처음 공식적으로 사신 왔던 오노노 다모리(小野田守)가 귀국하자 양승경과 양태사 등 23인의 발해사절단이 함께 일본으로 가서 두 해 전(756) 5월에 죽은 성무상황(聖武上皇)의 상에 조문하기로 하였다. 9월에 일본의 에치젠(越前)에 도착한 일행은 3개월간 그곳에 체류하였다.

에치젠은 현재 동해 연안 후쿠이(福城井)현의 북부에 있던 대국이다. 일행은 12월 24일에야 일본 왕경인 헤이조쿄(平城京)에 들어갔다. 헤이조쿄는 현재의 나라(奈良)이다. 현행력으로 759년 1월 31일에 입경한 것이다. 발해 사신은 대흥 22년(759) 정월 18일에 순인천황(淳仁天皇)에게 국서를 올렸다. 천황은 양승경에게 정3위, 양태사에게 정4위를 수여하고 주연을 베풀었으며 여악(女樂)과 100준(屯) 즉 600냥의 면(綿)을 내렸다.

당시 일본의 실력자였던 후지와라노 나카마로(藤原仲麻呂)는 정월 27일에 자신의 저택으로 발해사신을 초대하여 연회를 베풀었다. 이때 일본인들이 송별의 시를 지었다. 양태사는 답례로 「한밤에 다듬이 소리를 듣고서」와 「기노 아소미 공이 눈을 노래한 시에 화운하여(奉和紀朝臣公咏雪詩)」를 두 편 내어 보였다.

2월 1일에 일본 천황은 고원도(高元度) 등 99인을 발해에 보내어 발해 사신을 송환하게 하고, 당에 사신 갔다가 조난하여 장안에 있던 후지와라노 기요가와(藤原淸河)를 영접하도록 하는 한편, 발해 왕에게 올릴 견직물과 명주 등 예물을 가져 가게 하였다. 2월 16일에 태재수(太宰帥) 후지와라노 마타테(藤原眞楯)의 송별연에 참석한 후 발해 사신들은 헤이조쿄를 떠나 귀로에 올랐다.

집에 외로이 남은 부인이 길 떠난 낭군을 위하여 다듬이질을 하는 소리는 도성이든 시골이든 어디서도 들렸을 것이다. 하지만 다듬이 소리는 역시 도성의 다듬이 소리여야 애절하다. 도성에 남아 다듬이질하는 부인은 변방이나 이역으로 떠난 낭군이 바람조차 막을 수 없는 곳에서 추위에

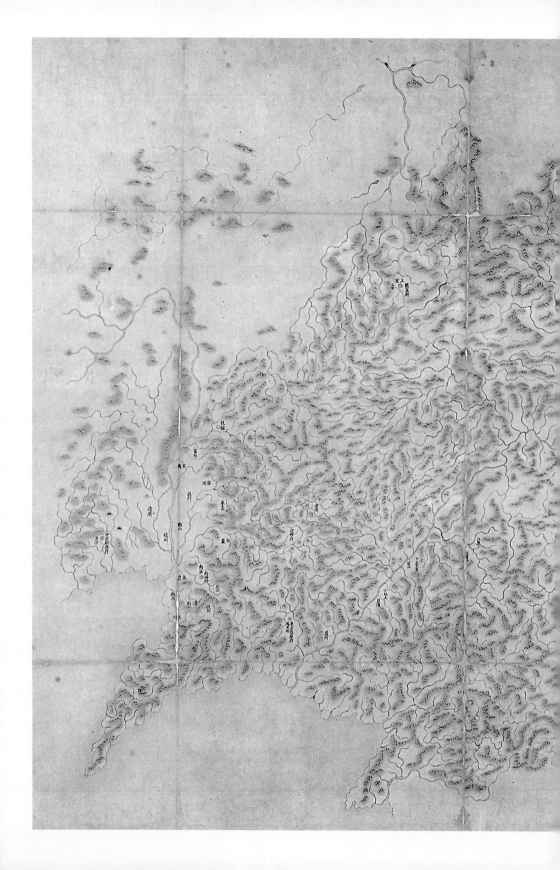

◉ **연혁도칠폭**沿革圖七幅(발해 부분), 19세기,
영남대학교 박물관 소장

떨지나 않을까 하는 애절한 마음을 지닌다. 거꾸로 도성에서 자신을 위해 옷을 다듬고 있을 부인을 그 낭군이 생각할 때도 그리운 마음이 절실하지 않을 수 없다.

다듬이 소리는 이백의 저 유명한 「자야오가(子夜吳歌)」에서부터 부부 애정을 상징하는 보편적 이미지로 이용되었다. 즉 그 시에 "장안에 한 조각 달 걸린 때, 일만 호 집집마다 다듬이 소리(長安一片月, 萬戶擣衣聲)"라는 구절이 있다. 가옥이 즐비한 장안의 가을밤에 홀로 남은 부인이 다듬이질 하고 있는 형상이 선명하다.

양태사가 일본에서 다듬이 소리를 처음 들은 것은 늦가을 에치젠에서였다. 「한밤에 다듬이 소리를 듣고서」의 첫 구에서 '가을 하늘 달빛 비쳐 은하수 밝은 밤'이라 한 것을 보면 시를 처음 지은 계절이 가을이었음을 알 수 있다.

그때 지어둔 시를 다음 해 초봄인 정월 27일에 후지와라노 나카마로가 벌인 연회에서 읊어 보인 것이다. 에치젠의 중심지는 현재의 후쿠이현 다케후(武生)였으므로, 양태사 일행은 가을 3개월을 거기 머물렀을 것이다. 905년에서 927년까지 걸쳐 편찬된 일본법령집인 엔기시키(延喜式)에 따르면 다케후에는 지방중심도시인 고쿠후(國府)가 설치되어 있었다. 지금도 이 도시에는 도성제가 실시되었을 때부터의 시가지가 그대로 남아 있다. 곧 남북으로 주작대로가 뚫려 있고 부근에 시장이 있다.

양태사 일행이 12월에 들어간 일본의 헤이조쿄는 당나라 장안을 모방하여 도시계획이 실시되어 있었다. 710년부터 787년까지 일본의 서울이었다. 동서 약 6킬로미터, 남북 약 4킬로미터에 인구 20만 명이 살았던 대단히 조밀한 도성이다. 북쪽 중앙에 대내리(大內裏, 궁궐)가 있었고, 거기서 남쪽으로 주작대로가 뻗어있었다. 동서의 가로에 의하여 전부 84방이 구획되고, 각 방은 다시 16평씩 분할되었다. 에치젠의 고쿠후에도 유사한 도성제가 실시되어 있었다. 이렇게 번화한 도성이었으므로 이백의 "장안에 한 조각 달 걸린 때, 1만 호 집집마다 다듬이 소리"라는 이미지와 부합한다.

양태사는 에치젠의 고쿠후에서 다듬이 소리를 듣고는 즉시 발해의 도성에서 옷을 다듬고 있을 부인을 연상하였다. 일본의 지방도시가 아무리 번화하다 하더라도 외국에 객이 되어 있는 시인의 울적한 심사를 누그러뜨리지는 못했다.

더구나 시인이 떠나온 발해의 수도 상경성(上京城)은 훨씬 번화한 곳이었다. 따라서 상경성에서 울려날 다듬이 소리를 상상한다는 것이 시적으로 전혀 무리가 아니다.


발해의 문왕은 당나라 문화를 수용하여 독자적인 문화를 발달시켰다. 즉위한 지 2년 후인 738년에는 당나라에서 『당례』·『진서』·『삼국지』·『십육국춘추』 등을 베껴와, 그것을 토대로 국가체제를 정비하였다. 738·755·762·766년에는 당나라로부터 책봉을 받고 특진되기도 하였다.

정효공주묘와 정혜공주묘는 모두 문왕 때에 이루어진 것인데, 그 묘제나 회화 기술은 당나라의 그것과 대등하다. 정혜공주묘에서 출토된 돌사자의 조형과 품격도 매우 높다. 또한 그 두 묘에 세워진 묘비의 정면에 해서체로 적은 변려문도 수준 이상이다.

755년에 당나라에서 안록산 난이 일어나자 그 영향을 최소화하기 위해 발해의 문왕은 756년에 상경용천부 즉 상경성으로 도읍을 옮겼다. 지금의 흑룡강성 영안현 발해진 지역이다. 천도는 급작스럽게 이루어진 듯하지만 장안을 모델로 한 도시계획은 그 이전에 벌써 수립되어 있었다. 785·786년경에는 동경성(현재의 길림성 훈춘시 팔련성)으로 도읍을 옮겼다. 794년 문왕이 죽은 후 적자 굉림이 일찍 죽어 대원의(폐왕)가 즉위했으나 수개월 만에 살해되었다. 이어서 문왕의 손자 대화여(大華璵)가 즉위하고는 다시 상경성으로 천도하고 중흥을 표방하였다. 곧 5대 성왕이다.

상경용천부는 성왕 때부터 발해가 멸망할 때까지 135년간 수도였다. 성은 외성과 내성으로 이루어져 있다. 내성은 동서 길이 약 1.1킬로미터, 남북 약 1.4킬로미터이며, 당나라 장안과 마찬가지로 주작대로가 있다. 궁성은 북부에 자리하고 있다. 궁성 남쪽에는 황성이 큰 도로를 사이에 두고 있다.

외성은 장안성 규모의 반이지만, 일본의 헤이안쿄(平安京)보다는 크다고 한다. 궁성 정문(오봉루) 터는 석축의 길이가 42미터, 남북 너비가 27미터, 높이가 4.2미터나 된다. 궁성 안 흥륭사 터에는 석등과 석불이 남아 있다.

발해의 상층계급은 독자적인 문화를 수립하였기에 수준 높은 문학세계를 이루었을 것이다. 양태사가 세련된 압운법의 한시를 지었던 것은 결코 우연이 아니었다.

발해의 사신들은 실로 격조 높은 한시를 지을 줄 알았다. 814년에 대사로 파견된 왕효렴(王孝廉)도 일본의 일류 문인들과 시를 주고받았다. 당시 존문발해객사의 자격으로 있던 시게노 마사누시(滋野貞主)는 특히 학자이자 문인으로 명망이 있었다. 일본은 발해사신을 위해 헤이안쿄를 비롯한 여러 곳에 홍려관(鴻臚館)을 두었다. 그것을 변정(邊亭) 혹은 변청(邊廳)이라 하였다. 왕효렴은 교토의 홍려관에서 시게노 등과 운자를 골라 시를 짓는 아희(雅戲)를 즐겼다. 「봄날 비를 마주하여, 정(情)자를 뽑아 짓다(春日對雨 探得情字)」라는 시가 그 예다. 이 시는 일본의 3대 칙찬 한시집 가운데 하나인 『문화수려집(文華秀麗集)』에 실려 있다. 시게노 사다누시는 바로 그 칙찬 한시집을 편찬한 사람 가운데 한 사람이기도 하다. 또한 왕효렴은 「변정에 있으면서 산꽃을 노래하여, 장난 삼아 두 영객사와 시게노에게 드리다(在邊亭賦得山花 戲寄兩領客并滋三)」라는 시도 지었다. 제목의 '자삼(滋三)'이란 곧 시게노 마사누시다.

방 수 춘 화 색 심 명　　초 개 사 소 청 무 성
芳樹春花色甚明, 初開似笑聽無聲.

주 인 매 일 전 반 진　　잔 편 하 시 증 객 정
主人每日專攀盡, 殘片何時贈客情.

고운 나무에 봄꽃 피어 색깔이 화사해라
갓 핀 모습이 웃는 듯도 하군, 그 소리 안 들려도.
주인께서 매일 혼자서만 다 따시니
남은 조각인들 어느 때나 객에게 주어 위로하시려오.


봄날의 화려한 꽃가지를 하나 빌려 달라고 하여 양국의 우호를 다지자는 뜻을 해학적으로 말하였다. 구김살 없고 유미한 태도가 어른어른하다.

발해가 망한 후 유민들 가운데도 문학 작품을 남긴 인물이 적지 않았다. 요나라 때 천조제 문비 대씨(天祚帝 文妃 大氏), 금나라 때 왕준고(王遵古)·왕정견(王庭堅)·왕정균(王庭筠)·왕만경(王萬慶) 집안, 고간(高偘)·고헌(高憲) 집안, 장여위(張汝爲)·장여능(張汝能) 형제 등이 그들이다.

발해에 한자와는 다른 고유문자가 있었다는 주장도 있다. 하지만 대체로 상층의 문자생활은 한자·한문에 의존하였을 것이다. 그들의 높은 문학수준으로 볼 때 발해의 번영상을 반영한 작품이 적지 않았을 것이다. 그러한 시가 하나도 남아 있지 않기에 참으로 애석하다.

지금 중국은 동북 공정의 일환으로 상경용천부의 왕궁을 복원하여, 유네스코 세계문화유산에 올리려 한단다. 그러나 발해문화의 독자성을 무시하고 중국문화에 맞추어 복원을 서두르는 모양이다. 그 또한 안타까운 일이다.

# 十四. 항쟁의 기지와 강화학의 산실, 강도

강화도는 강도(江都) 혹은 심주(沁州)라고도 한다. 안으로 마니(摩尼, 摩利)·혈구(穴口, 穴窟山)의 첩첩한 산이 웅거하고, 밖으로는 동진(童津, 通津山)·백마산의 요새가 사면에 둘러 있다. 고려·조선시대 다섯 도(道)의 뱃길이 닿는 길목이기도 하였다.

　고려 중엽의 문인 최자(崔滋)는 「삼도부(三都賦)」를 지어 삼도의 하나로 강화를 손꼽았다. 삼도는 곧 평양(서도)·송도(북경)·강화(강도)를 말한다.


　안으로 마니·혈구의 첩첩한 산들을 거점으로 하고, 밖으로는 동진·백마산의 사면 요새를 경계로 하도다. 출입을 단속함에는 동편의 갑화관(岬華關, 甲串津)이 있고, 외빈(外賓)을 맞고 보냄에는 북쪽의 풍포관(楓浦館)이 있도다. 두 화산(華山)의 봉우리가 문턱 되고, 두 효(崤)

가 지도리, 참으로 천하에 오구(奧區, 깊고 으슥한 구역)이로다. (……) 이
는 금성탕지(金城湯池)요, 만세 제왕의 도읍이로다.

최자는 무인정권 하에 관료로 있었다. 그 정권이 몽고군에게 저항하
지 못하고 강화로 천도한 사실을 합리화하려는 뜻이 없지 않았을 것이
다. 하지만 강화가 도읍지로서 적합한 장점을 환기시키고 있으니, 나름
대로 자존 의식을 지녔음을 엿볼 수 있다. 더구나 강화를 중시한 것은
그 자신만의 생각이 아니었다. 그것은 당대 지식인의 국토지리 의식과
궤를 같이하였다.

강화도와 김포 사이의 손돌목(孫乭項)은 교통의 요지였다. 조선시대
에는 소금배가 황해에서 임진강·벽란도를 거쳐 손돌목 앞으로 하여 강
화해협을 빠져나가 한강으로 들어와 마포를 거쳐 양수리에서 남쪽으로
내려가서 충주에 닿아, 거기서 소금을 팔고 목면을 사서 다시 해주로 돌
아갔다. 손돌목에서는 주사(舟師, 뱃사공) 손돌공 진혼제가 치러져서,
1983년에 재현된 바 있다. 손돌은 강화도로 파천하는 고종을 배로 모시다
가 억울하게 죽었다고 하며, 바람의 신이다. 손돌의 죽은 날이 10월 20일
이어서, 그날이면 거센 바람이 분다고 한다. 실은 '손'은 빠르다는 뜻이고
'돌목'은 급여울을 가리킬지 모른다. 이순신이 해전을 하였던 명량(鳴梁)
의 우리말이 '울돌목'인 것을 환기할 필요가 있다. 하지만 어쨌든 손돌목
전설은 강화도에 전하는 비극적인 내용의 구비문학이라고 하겠다.

강화도는 제왕의 도읍지로서 손색이 없고 수로의 요지로서 많은 물
산이 오고 갔지만, 거꾸로 외침을 당하여 많은 시련을 겪어야 했다.

즉, 강화도는 몽고 침략에 맞서 싸울 때나 만주족의 침략을 당했을

때 많은 억울한 주검을 품게 되었다. 진강산(鎭江山) 남쪽 기슭에는 개성 땅을 밟지 못하고 외로운 혼령으로 화한 고려 고종의 능인 홍릉(洪陵)을 비롯하여 모두 세 개의 고려 왕릉이 있다. 하일리에는 충렬왕의 생모 김씨의 능인 가릉(嘉陵)이 있다. 병자호란 때는 이곳으로 피난하였던 사대부들과 일반 서민들이 참혹한 화를 입었다. 최남선(崔南善)이 「강화기행시(江華紀行詩)」에서 "병자년 부끄럼이 강화보다 더 심하랴"고 한 것은 빈말이 아니다. 또 병인년(1866년)에는 프랑스, 신미년(1871년)에는 미국이 침략해서, 두 차례의 양요(洋擾)를 겪었다.

이러한 역사는 강화도와 관련이 있는 문인들로 하여금 민족주의적 정신을 시문에 담도록 만들었다. 외침에 맞서려는 기개가 강화도를 소재로 한 시문에 넘쳐나는 것은 결코 우연이 아니다.

강화도의 마니산은 백두산과 한라산의 중간에 위치한다. 이곳에는 단군이 참성단을 쌓고 나라와 백성의 앞날을 빌었다는 전설이 있다. 고려 때도 천자가 하늘에 제사 지내는 의식인 교사(郊祀)를 이곳에서 행하였다. 진작부터 이 지역은 성지로 인식되어 왔던 것이다.

다만 조선 후기의 고증주의 사학가이자 시인이었던 김정희(金正喜)는 참성단 제사나 고려의 교천 사실이 확실치 않다고 하였다. 그는 정조 때, 왕명으로 정족산성으로 『실록(實錄)』을 모셔오러 갔다. 이때 마니산 꼭대기에 올라 「실록을 모셔오라는 명을 받들고 강화사고에 가서 마니산 절정에 오르다(奉陪來實錄之命 往江華史庫 登摩尼絶頂)」라는 제목으로 다섯 수의 시를 지었다. 마지막 수에서는

여 대 교 천 미 구 원  단 군 구 사 최 난 언
麗代郊天未究原, 檀君舊史最難言.

승 언 대 해 무 량 의　교 소 미 신 피 대 은
僧言大海無量義, 較少微臣被大恩.

고려시대 교천은 사실인지 알 길 없고
단군의 옛날 일도 무어라 말하기 어렵다.
스님은 부처님 공덕이 대해의 무량의라 말하지만
내가 받은 큰 은혜에 비하면 오히려 적고 말고.

라고 실록을 모셔가게 된 벅찬 감격을 토로하되 민족의 상고사에 대하여는 지나치게 유보적인 태도를 취하였다.

하지만 강화도는 우리 민족이 자주적으로 하늘에 제사를 지내 온 신성한 지역임에 틀림없다. 조선 선조 때의 호방한 문인 권필(權韠)은 「마니산에 노닐며 전에 지었던 관등 노래 운자를 이용하여 짓다(遊摩尼山用觀燈行韻)」는 제목의 장편고시에서 마니산의 신성한 풍광을 이렇게 기렸다.

옥 경 기 차 불 영 척　상 문 선 패 명 영 롱
玉京去此不盈尺, 想聞仙珮鳴玲瓏.

임 궁 가 허 철 봉 등　만 학 남 취 연 고 릉
琳宮駕虛鐵鳳騰, 萬壑嵐翠連觚稜.

만 귀 포 단 문 묘 향　객 진 멸 진 신 혼 응
晚歸蒲團聞妙香, 客塵滅盡神魂凝.

산 광 운 영 요 상 박　수 성 제 조 유 귀 객
山光雲影繞箱箔, 數聲蹄鳥留歸客.

옥경(광한전, 달)과 한 자도 떨어지지 않아

신선의 패옥 소리 영롱하게 울리는 듯해라.

범궁(절간)은 허공에 솟아 쇠 봉황이 튀어 오른 듯하고

일만 골짝의 남기(산 기운)는 처마 모서리에 이어졌네.

저녁나절 돌아와 포단에 앉아 신묘한 향을 맡으매

객 살이 티끌은 다 없어지고 정신이 집중되는군.

산빛과 구름 그림자는 바깥채 주렴에 감돌고

서너 곡조 새 울음은 길손의 발걸음을 머물게 하누나.


　　권필은 특히 마니산을 사랑하였다. 칠언율시 「마니산 천단에 올라 목
은 이색(李穡)의 운자를 이용하여 짓다(登摩尼山天壇用牧隱韻)」도 남겼다.
그 시에서 그는


분 명 일 월 임 현 포　　호 탕 풍 연 몰 백 구
分明日月臨玄圃, 浩蕩風烟沒白鷗.


또렷하게 해와 달은 현포(천상의 선경)에 임하였고

넓게 깔린 아지랑이 속으로 흰 갈매기 잠기네.


라고 하여, 마니산 천단을 신성한 곳으로 인식하였다. 권필은 19세(1587)
때 사마시의 합격을 취소당하여 세간사에 불만이 많았다. 36세 이후로
강화에 초당을 짓고 들고나기를 반복하였다. 지인들의 후의로 동몽교
관에 제수되었으나, 눌러 있지 않았다.

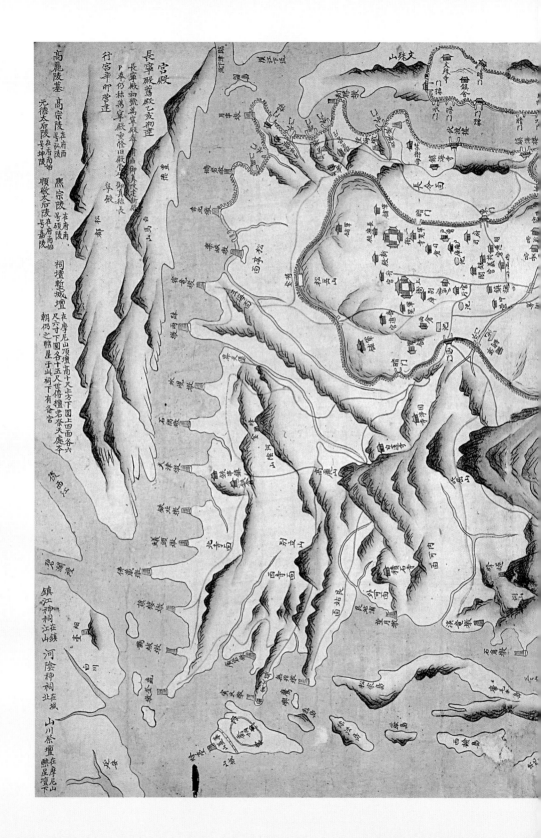

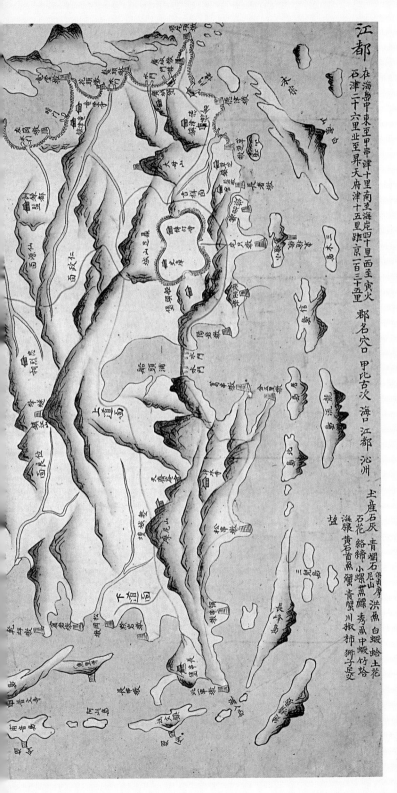

◉ **해동지도**海東地圖(강도江都),
   18세기, 서울대학교 규장각 소장

고려 중엽에 무신정권은 원의 침략을 피하여 강화도로 천도하였다. 그로써 강도는 항몽의 기지로 되었다.

북아시아 초원의 유목민족에서 성장한 몽고는 1219년(고려 고종 6) 강동성의 거란족 토벌을 계기로 고려에게 불평등 관계를 요구하고, 1231년(고종 18) 살리타이가 대군을 이끌고 침입하였다. 무신성권의 집정자 최우는 항쟁을 결의하고 서울을 강화도로 옮겼다. 이후 무신정권이 몰락하고, 1270년(원종 11)에 개경으로 환도하게 된다.

이규보는 65세 되던 1232년(고종 19) 6월에 고려 정부를 따라 강화도로 들어갔다. 지공거와 재상을 역임하면서 인재 선발과 국정을 담당했을 뿐만 아니라 몽고에 보내는 외교문서를 전담해서 지었다. 「바다를 바라보면서 천도한 것을 뒤미처 경하함(望海因追慶遷都)」3수에서 이규보는 강화천도를 찬양하였다.

遷都自古上天難, 一旦移來似轉丸.

不是淸河謀大旱, 三韓曾已化胡蠻.

천도란 하늘 오르기 만큼 어려운데
공 굴리듯 하루아침에 옮겨 왔네.
황하를 맑게 하려는 계획을 서둘지 않았더라면
삼한은 벌써 오랑캐 땅 되었으리.

황하를 맑게 하려는 계획이란 전화(戰禍)를 벗어나 태평세월을 이루려는 계획을 말한다. 황하는 늘 흐리고 맑을 때가 적어, 황하가 맑으면 태평의 상서(祥瑞)로 여기기 때문이다.

이규보는 강화도가 한 줄기 강으로 본토와 떨어져 있기에 금성탕지라고 여겼다. 그래서 "천만의 오랑캐 기병이 새처럼 난다 해도, 지척의 푸른 물결을 건너지는 못하리라(百雉金城一帶河, 較量功力孰爲多. 萬尺胡騎如飛鳥, 咫尺蒼波略未過)"고 호언하였다. 다만 지세만 믿어서는 안 된다, 역시 덕치(德治)가 있어야 한다고 해서 다음과 같이 경계하였다.

표 리 강 산 좌 만 가　　구 경 형 승 부 하 가
表裏江山坐萬家, 舊京形勝復何加.

이 지 하 승 금 성 고　　차 갱 암 타 덕 승 하
已知河勝金城固, 且更諳他德勝河.

강산 안팎에 집이 가득 들어찼나니
옛 서울 좋다 해도 경치가 어찌 이보다 더하랴.
강물이 금성탕지의 견고함보다 나은 줄 알았으니
덕이 강물보다 나은 줄도 알아야 하리.

이규보는 몽고에 항거하려는 최이 정권과 이념을 같이하였다. 하지만 전쟁이 장기화되자 지배층들은 향락에 탐닉하고 민중의 항전의욕을 무산시키고 말았다. 백성들의 시름과 고통은 깊어 갔으며 원망 소리도 높아만 갔다. 이규보는 차츰 개경을 그리워하였다. 그래서 천수사 문앞, 귀법사 개울가와 안화사 연의정을 추억하는 시를 한 수씩 지었다. 귀법사는 초학자들이 여름 공부를 하던 곳이었다.

故國荒凉忍可思, 不如忘却故憨痴.

猶餘一段關情處, 歸法川邊踞送卮

황량한 고국(옛 도읍)을 어이 차마 생각하랴
다 잊고 짐짓 바보가 됨만 못하이.
그래도 못내 마음에 걸리는 하나는
귀법사 개울에서 다리 뻗고 술잔 돌리지 못하는 일.


그러나 이규보는 74세로 강화도에서 생을 마감하고 말았다. 이규보는 1237년에 대장경을 판각할 때는 「대장경도량음찬시(大藏經道場音讚詩)」 14수를 짓고 임금과 신하들의 공동기도문인 「대장각판군신기고문(大藏刻板君臣祈告文)」을 지어, 부처의 힘을 빌려 외적을 물리치려는 뜻을 담았다. 하지만 그는 잘 알고 있었을 것이다. 무신정권이 승도들의 반란을 우려하여 살육을 자행해서 그 핏물이 개성 성문 밖에 몇 날을 흘렀다는 사실을. 그리고 몽고군에게 유린당하는 일반 민중들이 눈물조차 흘리지 못하고 지냈다는 사실을. 이규보가 그런 글들을 지을 때, 과연 어떤 심경이었을지 궁금하다.

대몽 항쟁 시기에 강화도로 이주한 지식인의 고뇌를 담은 시로 유승단(俞升旦, 1169~1232)의 「혈구사(穴口寺)」가 있다. 본래 강화도에는 신라 문성왕 6년(844) 때, 혈구진(穴口鎭)을 두었다. 혈구산이란 산 이름도 있는데, 그 동쪽 계곡에 절이 있었던 모양이다. 유승단은 「한림별곡」의 첫 장에서 '원순의 문장(元淳文)'이라 칭송되었던 인물이다.

地縮兼旬路, 天低近尺隣.

雨宵猶見月, 風晝不躋塵.

晦朔潮爲曆, 寒暄草記辰.

干戈看世事, 堪羨臥雲人.


땅이 우그려서 열흘 넘게 걸리는 길
하늘은 나지막하여 지척이로군.
비 오는 밤에도 달을 보고
바람 부는 낮에도 티끌을 밟지 않는 곳.
초하루 그믐의 밀물·썰물로 달력 삼고
무성했다가 시드는 풀로 일진을 기억하네.
난리 북새통 세상을 보자니
구름 속에 누운 스님이 부럽구나.


도연명의 시에 "달력을 기억하지 않아도, 계절이 넷 지나면 또 한 해(雖無紀曆誌, 四時自成歲)"라는 구절이 있고, 당나라 시에 "스님은 날짜를 헤아리지 않아도, 지는 잎 하나에 천지가 가을임을 아누나(山僧不解數甲子, 一葉落知天地秋)"라는 구절이 있다. 유승단은 그 시상을 따왔다. 혈구사는 세월 갑자를 잊고 사는 선계요, 법계의 진면목이다.

이 시에는 여운이 있다. 비 내리는 밤과 바람 부는 한낮이란 말은 지극히 혼란스런 세계를 상징한다. 그 속에 시인은 갇혀 있다. 그 때문에 구름 속에 묻혀 일체 현실을 잊은 사찰의 경계가 부럽다. 부러움은 부러움일 뿐 시인은 혼란의 세계를 벗어날 수 없어 우울하기만 하다.

조선시대에도 강화도는 국난에 대비할 해도로서 중시되었다. 하지만 병자호란 때 함락되고 말았다. 그때의 비극을 소재로 한 시와 문이 상당히 많이 나왔다. 17세기에는 특히 실기(實記) 작품이 여럿 나왔다. 남급(南礏)의「강도록(江都錄)」·나만갑(羅萬甲)의『병자록(丙子錄)』·이형상(李衡祥)의「강도지(江都志)」·정양(鄭瀁)의「강도피화기사(江都被禍記事)」·어한명(魚漢明)의『강도일기(江都日記)』·김창협(金昌協)의『강도충렬록(江都忠烈錄)』·윤선거(尹宣擧)의「기강도사(記江都事)」·조익(趙翼)의「병정기사(丙丁記事)」등이 그것이다.

이 실기들이 전하는 강화도 실함의 참상은 이렇다.

1636년 12월에 청나라 군사가 송도로 들어오자 조선 조정은 파천을 결의하였다. 그리고 예방승지 한흥일(韓興一)에게 종묘의 신주와 빈궁을 모시고 강도로 향하게 하고, 김경징(金慶徵)·이민구(李敏求)로 하여금 빈궁과 두 대군(봉림대군·인평대군) 및 원손(소현세자의 아들)을 호위하게 하였다. 또한 장유(張維)의 아우 장신(張紳)을 유수(留守)로 삼아 강화도 수비를 책임지게 하였다. 적이 도성을 급습하자, 강화도로 피난하려는 양반 사족들로 통진 일대는 발 디딜 틈이 없었고, 건널 배도 변변한 것이 없었다. 김경징은 영의정 김류(金瑬)의 아들이건만 체통을 잃고 가속들만 챙겼다. 이민구는 추위를 이기려고 술을 마셔대었다. 적병이 통진에 달려들자 피난민들은 찔려 죽거나 혹은 강물에 몸을 던졌다. 요충지라고 할 연미정(燕尾亭)과 갑곶이(甲串)에는 초병이 전혀 없었고, 관군의 총기는 습기가 차서 불발하였다. 강화도에 진군한 청나라 군대는 마구 노략질을 하였으며, 빈궁 일행을 포로로 하였다. 원손은 다시 주문도로 피신하였다.

「강도록」은 강도성이 함락되는 과정을 다음과 같이 서술하였다.

적은 성 밖에 이르러 거짓으로 말하였다. "우리들이 여기에 온 것은 우호를 맺으려는 것이다. 듣자하니, 지금 정승이 성안에 있다고 하는데, 나와서 우리말을 들어라!" 이에 윤방(尹昉)이 나가자, 적들은 "화약(和約)의 일을 성에 들어가 의논해야 하니, 속히 성문을 열라. 우리 군대는 오른쪽에 위치하고 귀국 군대는 왼쪽에 위치하여 서로 상의하여 화약을 맺자"고 하였다. 윤방은 하는 수 없이 성문을 열고 맞아들여 그 약속처럼 군대를 양쪽에 정렬케 하였다. 얼마 후 빈궁과 양 대군을 윽박질러 나오게 하더니, 급기야 적의 병사들은 멋대로 성안을 노략질했다. 집채는 불타고 망루는 부서졌으며, 적의 화살은 비 오듯 쏟아졌다. 행궁은 화염에 휩싸였다. 유격병이 사방에서 노략질을 하니, 섬 전체가 어육(魚肉)이 되었다.

적의 위협에 우리 대신들이 아무 저항도 못하고 성문을 열어주는 광경은 지금 읽어보아도 한심할 정도다.

『강도몽유록』은 몽유자 청허선사(淸虛禪師)가 연미정을 찾았다가 도성 함락 때, 자결하거나 살해된 여인들의 원혼을 만나 그녀들의 넋두리를 듣는다는 내용이다. 그 음산한 분위기는 일본 노오(能)의 그것과 오히려 유사하다.

그런데 당시 궁녀 다섯이 고려 궁터 행궁의 나무 밑에서 목 매어 죽은 일이 있었다. 그들의 죽음은 오랫동안 주목받지 못하다가 1766년(영조 42년)에 이르러 비로소 추숭되었다. 즉, 영조가 그곳에 제단을 쌓고 그들의 절개를 기리게 하였다. 1769년에 강화유수 황경원(黃景源)이 기문(「宮娥祭壇記文」)을 썼다. 성이 함락되고 사직이 망할 때 대부가 죽는 것은 마땅한 일이지만, 궁녀의 경우에 꼭 죽어야 할 의리는 없다. 하지만 궁녀들은 몸이 더럽혀질 것을 두려워하여 죽음을 택하였으니 그 매운 자취는 칭송하여 마땅하다는 논리다. 오늘날의 관점에서 보면, 조정대신들이 적절한 대처를 못하고 우왕좌왕할 때 할 수 없이 죽음을 택한 궁녀들의 처지가 너무 가련할 따름이다.

강화도는 근세에 이르러 국운이 걸린 소용돌이에 휘말렸다. 1866년(고종 3)에 프랑스는 식민지 경략의 일환으로 조선을 침략하여 강화도 정족산의 외사고에 소장된 왕실 관련 문헌들을 약탈해 갔다. 이른바 병인양요다.

이때 강화학파 학자 이시원(李是遠, 1790~1866)이 조정대신을 각성시키고 백성들을 독려하고자 스스로 목숨을 끊었다. 프랑스 함대가 강화 도성을 포격하고 관군들이 도망을 친 뒤, 이시원은 사당에 하직하고는 아우 이지원(李止遠)와 함께 김포의 우거로 나가 간수를 마셨다. 형제가 평소와 다름없이 담소하였으며, 구국의 시책을 건의하는 소(疏)를 적고, 유서를 써 내려갔다. 이시원은 자결의 결심을 「강도성이 함락된 후 짓다(江都城陷後作)」 4수에 담았다. 절명시다. 제3수를 든다.

일사승어백만병　내성왜습송공명
一死勝於百萬兵, 萊城倭慴宋公名.

신위여귀능섬적　막도홍모칠척경
身爲厲鬼能殲賊, 莫道鴻毛七尺輕.

한 사람의 죽음이 백만 군사보다 나은 법

동래성에선 왜놈들이 송공(송상현)을 두려워하였지.

몸이 여귀(귀신)가 되어 능히 적을 섬멸하리니

일곱 자 몸이 새털처럼 가볍다 말하지 마라.

이시원의 죽음은 헛되지 않아, 기세를 되찾은 우리 관군이 침략군을 격퇴시킬 수 있었다.

개화기 지식인이자 시인이었던 강위(姜瑋)는 이시원의 자결 소식을 듣고 울분과 흠모의 정을 시로 남겼다. 「프랑스 도적놈들이 강화도에 들어오자 사기 이시원 상서께서 소를 남기고 김포에서 아우분과 함께 약을 마시고 돌아가셨다는 소식을 경상도 감영에서 듣고서(嶺營城中聞番寇入沁李沙磯是遠尙書遺疏仰藥卒)」라는 제목이다. 그는 선생의 평소 가르침을 저버리고 의리의 정신을 드높이지 못하였다고 자책하였다.

환해분파모사생　종신도의자쟁영
寰海奔波慕死生, 宗臣蹈義自崢嶸.

임위총임봉강책　격세선수근국성
臨危摠任封疆責, 激世先輸殣國誠.

강도종용수정력　편인창졸견생평
講到從容須定力, 偏因倉卒見生平.

옛 도읍의 역사미 341

受知半世成遼濶, 諼倚西風涕屢傾.

바다 섬에 파도 거칠 때 생사 도리 따르시어

왕가 출신 신하로서 의리 지켜 그 행적이 빛나시다.

국난에 임하여 국가 방어의 책임을 자임해서

세상을 분격시키고자 순국의 성심 다하셨네.

차분히 힘을 양성하라 늘 강론하시더니

이렇게 창졸간에 평소 의지를 보이셨도다.

일생 가르치심을 나는 못 지켜

서풍에 부질없이 눈물만 거듭 쏟노라.


　　우부천총 양헌수(梁憲洙)는 정족산성에서 프랑스군 160명을 쳐부수었다. 이건창(李建昌)은 그의 사적을 「공조판서양공묘지명(工曹判書梁公墓誌銘)」에서 상세히 묘사하였다. 우리 중군(中軍)이 통진에 진주한 채 머뭇거리자, 양헌수는 손돌의 무덤에서 기도하고 500여 병사를 데리고 정족산성으로 들어가 매복하여 프랑스군을 공격하였다.

　　1871년(고종 8) 신미양요 때, 경영병(京營兵)이 달아난 후 진무중군 어재연(魚在淵)은 500여 군사들을 인솔하고 광성진에서 미국 군대와 백병전을 벌였다. 포탄이 쏟아지고 피가 흩뿌리는 곳에서 종일 격투하였기에, 그가 죽고 군대가 궤멸되었어도 적은 그의 의기에 놀라 감히 전진하지 못하고 그날로 물러갔다. 역시 이건창이 「진무중군어공애사(鎭撫中軍魚公哀辭)」와 「애사후서(哀辭後書)」를 적어 그 사실을 기록으로 남겼다. 다음은 애사의 일부다.

齋精誠兮斂煩冤, 莽超忽兮排帝閽.

格上帝兮扈烈祖, 神赫戲兮威靈怒.

揚海旗兮震天鼓, 從天兵兮下如雨.

撞大礮兮拉大舶, 臠虜肉兮爲脯腊.

妖祲豁兮海氛淸, 民康樂兮桑且耕.


정성을 바치고 원한을 거두어

구름을 뚫고 천제의 문을 밀치고 들어가,

상제에게 나아가 선왕들을 호종하면

신들은 번쩍거리고 혼령들은 분노해서,

바다에 깃발 날리고 하늘의 북을 둥둥 울리며

하늘의 군사를 놓아 비가 쏟아지듯 내려 보내어,

대포 쏘아 큰 배를 꺾어버리고

오랑캐 살을 저며서 육포를 만들리라.

그리하여 요악한 기운 없어져 바다 기운 맑아지면

백성들 편안하여 길쌈하고 농사지으리라.

어재연의 혼령이 하늘의 군사를 거느리고 내려와 외적들을 일소시켰으면 하였다. 그러면 바다로부터의 근심이 없어지고 백성들은 안심하고 생업에 종사할 수 있으리라는 것이다.

서슬 퍼런 지사였던 이건창은 남달리 민중의 처지에 공감하고 그들의 애환을 시문으로 표현하고 위정자들의 실정(失政)을 비판하였다. 나이 40세 되던 1891년에는 강화도 동쪽에 있는 광성진에서 풍어굿을 보면서 어민들의 삶에 동정하는 시를 남겼다. 「광성진에 투숙하여 배에서 벌어지는 풍어굿 풀이를 기록한다(宿廣城津記船中賽神語)」라는 제목이다. 네 구씩 운자를 바꾸었다.

대 선 격 고 고 삼 사　소 선 타 고 성 무 차
大船擊鼓鼓三四, 小船打鼓聲無次.

장 간 대 기 여 화 홍　풍 점 조 강 강 수 비
長竿大旗如火紅, 風颭照江江水沸.

선 두 살 저 대 여 마　선 인 역 주 거 창 하
船頭殺猪大如馬, 船人瀝酒籧窓下.

장 년 독 두 도 여 산　여 무 광 수 분 저 아
長年禿頭搗如蒜, 女巫廣袖紛低亞.

조 래 주 동 일 장 고　명 월 만 천 강 무 도
潮來舟動一丈高, 明月滿天江無濤.

금 지 취 우 광 엄 애　영 래 여 운 만 강 고
金支翠羽光晻靄, 靈來如雲滿江皐.

기 취 기 포 하 석 여　수 궁 저 보 지 여 여
既醉既飽何錫子, 水宮之寶持與汝.

延平石首七山鱘, 只恐船重擡不擧.
<sup>연 평 석 수 칠 산 시</sup> <sup>지 공 선 중 대 불 거</sup>

歸來計利淸本錢, 緝算恰嬴三萬千.
<sup>귀 래 계 리 청 본 전</sup> <sup>민 산 흡 영 삼 만 천</sup>

便可一生不操檝, 買田買宅終汝年.
<sup>변 가 일 생 불 조 즙</sup> <sup>매 전 매 택 종 여 년</sup>

船人聞之謝神賜, 口中又有祈請事.
<sup>선 인 문 지 사 신 사</sup> <sup>구 중 우 유 기 청 사</sup>

聖主寬仁恤農商, 郡縣處處猶苦吏.
<sup>성 주 관 인 휼 농 상</sup> <sup>군 현 처 처 유 고 리</sup>

去歲明詔罷水稅, 今年截巷覓抽計.
<sup>거 세 명 조 파 수 세</sup> <sup>금 년 절 항 멱 추 계</sup>

三南特遣運漕艘, 濱海捉船仍煩獘.
<sup>삼 남 특 견 운 조 소</sup> <sup>빈 해 착 선 잉 번 폐</sup>

又如神賜得錢多, 買田買宅誰耐過.
<sup>우 여 신 사 득 전 다</sup> <sup>매 전 매 택 수 내 과</sup>

紅泥蹋紙字如斗, 馬尾壓頂事如何.
<sup>홍 니 답 지 자 여 두</sup> <sup>마 미 압 정 사 여 하</sup>

神言此事非我職, 汝雖百拜請無益.
<sup>신 언 차 사 비 아 직</sup> <sup>여 수 백 배 청 무 익</sup>

往訴岸上吟詩人. 採入風謠獻京國.
<sup>왕 소 안 상 음 시 인</sup> <sup>채 입 풍 요 헌 경 국</sup>


큰 배가 북을 친다 둥둥 두두 둥둥

작은 배는 덩달아 박자 없이 북을 쳐댄다.

긴 장대 끝에 큰 깃발은 불같이 빨간색

너풀너풀 강에 비쳐 강물이 끓는 듯.
뱃머리에 돼지는 말만한 놈을 잡아 놓고
뱃사람들은 봉창 아래서 술을 붓는다.
장년 남자는 대머리를 마늘 찧듯이 하고
무당은 넓은 소매를 어지럽게 뒤흔든다.
밀물에 배가 기울어 한 자는 높았고
하늘 가득 명월인데 파도도 잔잔하다.
금빛 가지 비춰 깃털은 빛깔도 요란하고
신령이 내린 듯 강 언덕엔 구름 자욱.
"취하고 배부르구나, 너에게 무얼 줄까.
수궁의 보배를 가져다 너를 줄까.
연평 조기에다 칠산의 준치
다 싣지 못할 만큼 줄까.
와서 계산하면 본전을 제하고
꿰미 돈이 수천 수만 냥.
그러면 일생 노를 안 잡아도
밭 사고 집 사서 여생을 잘 보낼 게다."
뱃사람은 신령이 내리는 걸 사례하고는
우물우물 공수를 한다.
"임금님 어지셔서 농사꾼과 상인을 돌보시지만
고을마다 여전히 고약한 아전이 있지요.
지난해 조칙 내려 수세(水稅)를 파하셨으나
금년에도 항구 막아 거둬들여요.

삼남지방에는 조운선을 보내셨으나
연안에선 어선 징발로 폐단이 심하답니다.
또 신령께서 돈을 많이 주신대도
밭 사고 집 사고를 어찌한답니까?
공문에 붉은 도장이 말(斗)만하게 찍혔고
마미립(馬尾笠, 말총 갓)이 잔뜩 이마를 죄는 걸요."
신령 말이, "이 일은 내가 못 하니
일백 번을 청한대도 소용없구나.
기슭의 시인에게 하소연하여
풍요에 채록해서 도성에 올려 달래라."


1889년(고종 24)에 조선 조정은 잡세를 폐지하고 공용선박이나 어선을 사사로이 징발하는 일을 못하게 금하였다. 하지만 제대로 시행되지 않았다. 또 한 해 전에 삼남 지방에는 근대식 기선을 조운선으로 파견하였으나, 연해에서는 어선이나 주판 선박을 징발하여 조운을 맡겼다. 어부들은 설사 풍어가 들어도 큰돈을 벌기란 불가능하다. 공납으로 바쳐야 할 액수가 턱없이 책정되어 있다. 게다가 말총 갓이 앞이마를 죄고 있으므로 어민들은 평생 고기잡이 신분을 벗어날 수 없었다. 이건창은 어민들의 그러한 사정에 동정하면서 부패한 정치를 개혁하여야 하겠다고 다짐하였다.

강화도는 고난의 땅이기만 한 것이 아니었다. 강화도는 조선 후기에 인간 본연의 가치를 새롭게 발견한 강화학파가 배태된 곳이기도 하다. 정제두(鄭齊斗, 1649~1736)는 표연히 서울을 떠나 안산에 칩거하여 양명학을 연구하더니, 만년에는 다시 강화도 하일리(霞逸里)로 이주하였다. 이때 이광려(李匡呂)와 이광명(李匡明) 그리고 신대우(申大羽)가 그를 흠모하여 강화도로 이주해서 수학하였다. 이광사(李匡師)도 그 학맥을 이었다. 그들은 경전을 우리의 시각에서 연구하고 우리의 문자·음운·역사를 탐구하는 한편, 인간존재의 본질을 생각하는 시와 글을 지었다. 그 후 이긍익(李肯翊)·유희(柳僖)·신작(申綽)이 각각 국사학·국어학·경학에서 탁월한 업적을 이루었다.

정제두는 언젠가 강학의 뜻을 「산 시내(山溪)」라는 시에서 토로하였다. 강화도에서 지은 것인지는 알 수 없다. 하지만 우주 이법의 세계에 동참하기 위하여 부단히 자기를 연마하는 강인한 정신 태도가 잘 드러나 있다.

연연유출애무정　호간섬원일맥청
涓涓流出愛無情, 好看纖源一脉淸.

거회강호천만리　홍파수식차중생
去會江湖千萬里, 洪波誰識此中生.

졸졸 흘러나오니 그 무심함이 사랑스럽구나
작은 수원의 맥이 맑아서 보기 좋아라.
강과 호수를 만나며 천만 리를 가나니
큰 파도도 바로 이곳에서 생겨남을 그 누가 알랴.

역진천암만학간　여하일야부증한
歷盡千岩萬壑艱, 如何日夜不曾閑.

도도만리분귀의　지재창파대해간
滔滔萬里奔歸意, 只在滄波大海間.

험준한 천암만학을 두루 거치다니

어찌하여 밤낮으로 한가하질 못하는가.

도도하게 만리를 내달려 가는 뜻은

다만 대해의 창파를 목표하기 때문.


    소론의 정객이면서도 온건한 학자였던 최규서(崔奎瑞, 1650~1735)도 6
년간 하일리에 거주하며, 정제두와 정치 문제를 논하고 양명학적 심학
에 대하여 토론하였다. 훗날 한강 용호가로 옮기게 된다. 하일리에 있을
때는 서재의 편액을 수운헌(睡雲軒)이라 하고는 장와(長臥, 은둔)의 뜻을
담았다. 「수운헌에 적다(題睡雲軒)」라는 시가 있다.


雲在峀, 捲復舒, 舒復捲.

人在欄, 睡復醒, 醒復睡.

捲則睡, 人在峀, 雲在欄.

舒則醒, 人在欄, 雲在峀.


구름이 산굴에 있어

말았다간 펼치고

펼쳤다간 마누나.

사람은 난간에 있어

졸다가는 깨고

깨었다간 자누나.

(구름이) 말면 (사람은) 자니

사람은 산굴에 있고

구름은 난간에 있도다.

(구름이) 펼치면 (사람은) 깨니

사람은 난간에 있고

구름은 산굴에 있도다.


구름으로 상징되는 자연의 세계와 누헌에 위치한 인간이 어우러진 모습을 해학적으로 묘사하여 여유 있고 풍요로운 정신세계를 드러내었다.

이긍익(李肯翊)·영익(令翊)의 사촌인 이충익(李忠翊, 1744~1816)은 강화도 초피봉 아래 거주하면서 불교와 양명학에 심취하였다. 본래 이광현(李匡顯)의 아들인데, 1760년 무렵, 함경도 갑산으로 귀양을 가 있던 이광명의 양자로 들어갔다. 그는 갑산과 서울을 오가며 양부를 모시다가 양부가 죽자 강화도로 운구하였다. 양부의 삼년상을 마친 후 가족을 데리고 경기도 당량·개성·장단 등지로 옮겨다니며 숙사(塾師) 노릇을 하였다. 스무 해를 유랑하다가 노년에야 초피봉 아래로 다시 들어왔다.

이충익은 가학(假學, 거짓 학문)을 배격하고 실학을 이룰 것을 일생 목표로 삼아 「가설(假說)」이라는 논문을 지었으며, 『노자』를 애독하여 『담로(談老)』를 남겼다. 1768년(영조 44) 무렵에는 승려 혜운(慧雲)과 함께 마니산 망경대 폭포 아래에 7간 암자를 지었다가 관가의 벌을 받을까 두려워 스스로 철거하였다. 이영익이 허허 웃으면서 이런 시를 지어 보냈다.

「우신(이충익)이 최근에 불교 이치에 빠졌다. 듣자니 마니산 망경대의 폭포 아래에다 승려와 함께 작은 암자를 짓고, 스스로 폭포암 주인이라 호하였는데, 암자를 낙성하자마자 관가에서 금할까 두려워 곧바로 철거하고 불상을 묻었다고 한다. 나도 모르게 포복절도하고는 붓을 내달려 14절구를 지어 부친다(虞臣近長佛理 聞與釋子 構小庵於摩尼山望京臺瀑布下 自號瀑布庵主人 甫落 畏官禁 旋撤材藏埋 不覺絕倒 走筆寫十四絕句以寄)」라는 긴 제목이다. 제5수는 이렇다.

한 불 소 분 공 불 전    매 계 매 주 향 군 관
恨不少分供佛錢, 買鷄買酒餉軍官.

삼 추 박 착 증 망 권    일 야 장 매 시 각 난
三秋樸斲曾忘倦, 一夜藏埋始覺難.


아뿔싸, 부처에게 바칠 돈을 조금 나누어
닭 사고 술 사서 군관을 먹이지 않았다니.
가을 내 나무 깎으며 고단함도 몰라 놓고는
하룻밤에 죄다 묻다니, 어려움 깨달아서.


이영익은 불교의 교리가 양명학과는 합치될 수 없다고 보았다. 그래서 평소 양명학을 한다던 이충익이 불교에 빠져드는 것을 망행(妄行)이라고 경고하였다. 제14수는 이렇다.

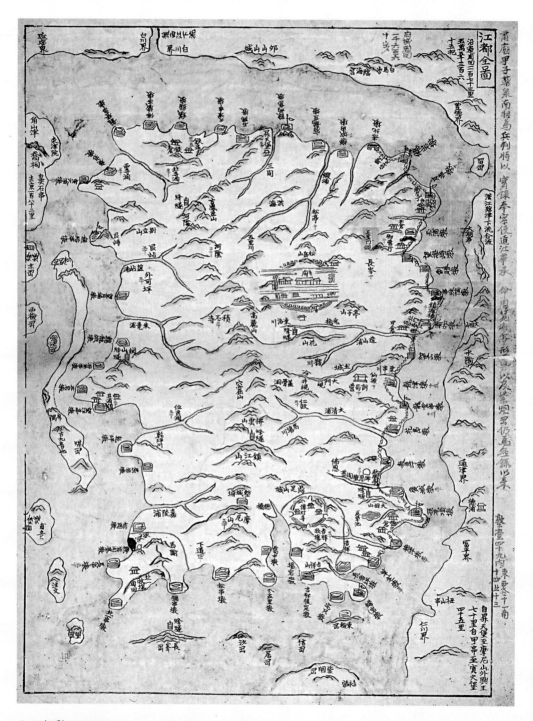

● 고지도첩古地圖帖(강도전도江都全圖), 18세기, 영남대학교 박물관 소장

막 장 이 어 부 계 산　실 리 공 관 천 리 간
莫將夷語附稽山, 實理空觀千理間.

능 설 불 가 도 착 상　하 인 묘 해 도 사 관
能說佛家都着相, 何人妙解到斯關.


불교의 말을 계산(稽山)의 학(양명학)에 붙이지 마라

계산의 실리(實理)는 불교의 공관(空觀)과는 천리나 먼 것을.

불설을 말할 수 있는 자들은 모두 상(相)에 집착하나니

어느 누가 묘리를 터득해 이 관문에 이르렀던가.


　　이충익은 오랫동안 고기를 먹지 못하고 나무뿌리로 연명하여야 하였
지만, 현실의 부조리에 그냥 눈을 감고 있을 수는 없었다. 백성과 나라
에 대하여 지극한 정을 지녀서 술을 마시고 나면 시절을 슬퍼하여 눈물
을 흘렸다. 언젠가 아들 이면백(李勉伯)에게 말하길, 세상이 이 지경에
이른 것은 '당론(黨論)의 화(禍)' 때문이라고 하였다.

　　당시 백성들은 솔피로 근근이 연명하고 있었다. 이충익은 「향촌기사
(鄕村紀事)」에서 "산중 온갖 풀을 다 먹을 수 있되, 죽을 만들 뿐이고 곡
식 한 톨 없구나(山中百草皆宜食, 只是糝和一粒無)"라고 하였다. 그 자신도
솔가루를 섞어 죽을 만들어 먹어야 했다. 「찬송(餐松)」이라는 시에서 그
는 이렇게 적었다. "솔가루 섞어 죽을 만들어선, 여러 번 오열하며 날마
다 두 끼만 먹는다(屑松拌飯粥, 數咽日再食)." 이충익은 삼정의 문란으로
백성들이 도탄에 빠진 현실을 목도하고 「백아곡의 벼걷이(白鵝谷穫稻)」
7수 가운데 제4수에서 인민의 삶을 애도하였다.

先秋饑死耕田夫, 穫者爲誰婦與姑.

死身名在軍書裏, 頭米還須送稅租.


가을도 오기 전 농부가 굶어 죽었으니

가을걷이하는 자는 누구, 며느리와 시어미.

몸 죽어도 이름은 군적에 남았기에

첫 걷이 쌀을 세금으로 보내야 한다네.


소론의 당색에 속하여 극심한 탄압을 받았던 강화학파 학자들은 벼슬길을 찾지 않고 민족과 인간을 사랑하는 마음을 국학과 시문에 쏟았다. 그러다가 철종이 등극하면서 사기리의 이시원을 중앙으로 불러 벼슬을 주었다. 판서를 지낸 후 이시원은 고향에 은퇴하여 있다가, 병인양요 때, 78세의 고령으로 자결을 하였다. 앞서 본 그대로다.

그 후 이시원의 손자 이건창(李建昌)이 조부의 강매한 성격을 이었다. 26세 되던 1877년(고종 14)에는 충청우도 안렴사가 되어 조병식(趙秉式)의 탐학을 규탄하다가 민규호와 조병식의 무고로 오히려 귀양을 갔다. 1년 만에 민영익의 주선으로 풀려났으나, 민영익이 어윤중·김옥균과 결성한 개화당에는 협력하지 않고 강화도에 거처하였다. 그 후 1891년(고종 28)에는 한성소윤, 1892년에는 안핵사로서 정무를 훌륭하게 처리하였으나, 다음 해 승지로 있을 때, 매관매직의 관리를 탄핵하다가 오히려 보성으로 유배되었다.

유배에서 풀려난 이건창은 갑오정국에서 법무협판·경연시강 등에 임명되었으나 모두 거절하고, 사기리의 옛집으로 돌아갔다. 당시 정원하(鄭元夏, 정제두의 7대손)·홍승헌(洪承憲, 홍양호의 6대손) 그리고 이건창의 아우 이건승(李建昇)·사촌 이건방(李建芳)이 모두 함께 강학하였다. 이건창은 당쟁 때문에 정치이념이 구현되지 못하는 현실을 개탄해서 붕당 정치사인 『당의통략(黨議通略)』을 집필하였다.

이건승은 1906년, 사기리에 계명의숙(啓明義塾)을 설립하여 교육구국운동을 전개하였다. 광무 11년 5월 24일, 숙장(塾長)으로서 그가 공표한 「계명의숙취지서」를 보면, 국민개학(國民皆學)·무실(務實)·심즉사(心卽事)·개광지식(開廣知識)의 이념이 담겨 있다. 1910년에 국치를 당하자 이건승은 정원하의 뒤를 따라 만주 회인현(懷仁縣)으로 망명하였다. 이건방은 조선에 남아 국학의 정신을 정인보(鄭寅普)에게 심어주었다.

전등사(傳燈寺)에는 석상의 전설이 있다. 하지만 문인들과 학인들이 남긴 자취에 비하면 그리 깊은 흥취를 유발하지 않는다. 고은(高銀) 시인은 『절을 찾아서』라는 책에서, 그 절의 주지로 있었던 때를 회상하여 "그 남문 너머의 허술한 숲, 절답지 않은 경내, 정족산의 갈가마귀 울음만이 스쳐 가는 황량한 상봉, 가랑잎이나 구르는 산기슭 어디에도 나를 감동케 하는 얼굴이 없었다"라고 하였다. 그 말을 떠올리는 것으로 족하지 않을까 한다.

# 역동의 자연과 생활

우리의 국토산하 가운데는 특별히 민족의 생활에 깊은 연관을 가지거나 민족의 심미적, 종교적 인식, 민족의 공동체적 조건으로 의미를 지니는 곳이 아주 많다. 여기서는 특별히 탐라·한강수로·금강산·지리산·백두산만을 골라 그곳을 배경으로 창작된 한시들을 감상하면서 각각의 산수가 우리에게 어떻게 형상화되고 상징되었는지 살펴보기로 한다.

탐라는 설화의 고장이자 인고의 땅이었다. 한강수로는 남과 북을 연결하는 교통의 중핵이었다. 한편, 금강산은 순수와 초월의 상상을 낳게 한 천하명산이다. 지리산은 특히 조선조 지식인들이 심신을 수양하는 가장 친근한 도량이어 왔다. 백두산은 태고 이래 민족의 유구한 역사를 지켜보아 온 성산으로 인식되어 왔다.

# 十五. 대해로 둘러싸인 탐라

일제 때, 정지용(鄭芝溶)이 제주도의 백록담을 노래한 시가 있다. 아홉 편의 연작 산문시다. 산 밑에서 정상에 이르는 경치를 묘사하면서 정신 의식의 고양을 그려보였다. 첫째 수는 절정에 가까울수록 뻑국채 꽃 키가 작아지고 바람이 차갑게 되는 변화를 이렇게 묘사하였다.

절정에 가까울수록 뻑국채 꽃키가 점점 소모된다. 한마루 오르면 허리가 슬허지고 다시 한마루 우에서 목아지가 없고 나종에는 얼골만 갸웃 내다본다. 화문(花紋)처럼 판(版) 박힌다. 바람이 차기가 함경도 성진(星辰)처럼 난만(爛漫)하다. 산그림자 어둑어둑하면 그러지 않아도 뻑국채 꽃밭에서 별들이 켜든다. 제자리에서 별이 옮긴다. 나는 여긔서 기진했다.

셋째 수에 이르러서는

　백화(白樺) 옆에서 백화가 촉루(髑髏)가 되기까지 산다. 내가 죽어
백화처럼 흴 것이 숭 없지 않다.

라고 하여 삶과 죽음이 공존함을 발견하였다.
　사실 제주도 사람들은 삶이 죽음과 공존하는 사실을 역사 속에서 여
러 차례 겪어 왔다. 한라산의 바람은 그러한 흉 없지 않은 죽음을 몇 번
이고 보듬어 왔다.
　고려 공민왕 때, 이제현(李齊賢)은 제주도의 풍속을 민가풍의 칠언절
구로 묘사하여 「소악부(小樂府)」라고 이름 붙였다. 두 수다. 당시 제주
에는 기생들이 돈 많은 승려를 따르는 것을 풍자하는 민요가 있었다. 그
것을 이제현은 다음과 같이 한역하였다.

　　도 근 천 퇴 제 수 방　　수 정 사 리 역 창 랑
　都近川頹制水坊, 水精寺裏亦滄浪.

　　상 방 차 야 장 선 자　　사 주 환 위 황 모 랑
　上房此夜藏仙子, 社主還爲黃帽郎.


　도근천 무너져 제방을 넘으니
　수정사 마당까지 강물이 찰랑찰랑.
　상방에 오늘밤 선녀를 숨겨두곤
　주지승이 도리어 뱃군이 되었구나.

　도근천은 제주 서쪽에 있으며, 수정천(水精川)이라고도 한다. 원래 조공천(朝貢川)인데, 방언으로 '도근천'이라고 하였다. 도근천 즉 수정천 서쪽 기슭에 수정사가 있었다.

　1702년(숙종 28)에 제주목사로 부임한 이형상(李衡祥, 1653~1733)은 유교를 지나치게 숭상하여 130여 곳의 절간을 태웠다. 다행히 수정사는 남았다. 황모랑은 뱃사람이다. 뱃사람들이 누런 모자를 썼으므로 그렇게 말한다. 그런데 이 시에서 뱃사람이란 말은 이중의 뜻을 지닌 음탕한 표현이다. 상방은 본당을 가리킨다.

　당시 어떤 고관이 봉지연(鳳池蓮)이라는 늙은 기생을 비꼬아 "너희들은 돈 많은 중만 따르고 사대부가 부르면 왜 그렇게 늦게 오느냐?" 하였다. 그러자 봉지연은 "요즈음 사대부들은 돈 많은 장사치의 딸을 데려다가 두 살림을 꾸리거나 아니면 종년을 첩으로 삼지 않습니까? 우리가 만일 승려라고 가린다면 어떻게 조석 먹을 양식을 구하겠습니까?"라고 대꾸하였다. 사대부들이 모두 부끄러워했다고 한다.

　고려 때, 탐라는 거주지가 좁고 가난하였다. 전에는 전라도 장사꾼이 쌀을 팔러 때때로 왔다. 하지만 충숙왕과 공민왕 때는 관가와 사대부 집의 소와 말만 들에 가득하고 개간은 하지 않는데다가, 높은 관리나 사대부들이 쉴 새 없이 드나들어 백성들이 신역을 나가거나 물자를 조달하느라 시달렸다. 그래서 민란이 자주 일어났다. 그 고초를 백성들이 민요로 불렀다. 이제현은 그 민요도 칠언절구의 「소악부」로 번역하여 두었다.

從敎鼙麥倒離披, 亦任丘麻生兩歧

滿載靑甆兼白米, 北風船子望來時.

보리이삭이야 패든 말든

언덕배기 삼마에 잡풀이야 나든 말든.

청자에다 흰 쌀을 가득 싣고

북풍에 뱃사공 올 날만 기다린다오.


조선시대에 들어와서는 제주도에 관한 상세한 기록이 몇몇 나왔다. 중종 때, 김정(金淨, 1486~1520)은 1520년 8월에 유배지 제주에 이르러 1521년 10월 사약을 마실 때까지 제주도에서의 견문을 『제주풍토록』으로 기록하였다. 또 인조 때인 1628년, 왕족 이건(李健)은 제주도에 유배되어 있으면서 『제주풍토기』를 적었다. 1899년에는 전라남도 제주군 읍지가 편찬되었다.

제주도의 역사에서 특히 가슴 아픈 부분은 삼별초가 토벌된 후 제주도가 원나라 직할령이 되었던 일이다. 제주도로 들어간 삼별초의 무리는 1271년(고려 원종 12)에 김통정을 수령으로 받들고 항전을 계속하다가 1273년 2월 항바두리 전투에서 패하였다. 그 후 제주도는 원나라 직할령이 되고, 1276년(충렬왕 2)에는 원나라의 목마장이 설치되었다.

1294년(충렬왕 20) 이후 고려는 탐라만호를 두어 제주도를 관할하기 시작해서 1367년(공민왕 16)에는 완전히 영토로 귀속시켰다. 고려는 새로 들어선 명나라와 외교를 맺어 1370년에 명나라로 제주 말을 보내게

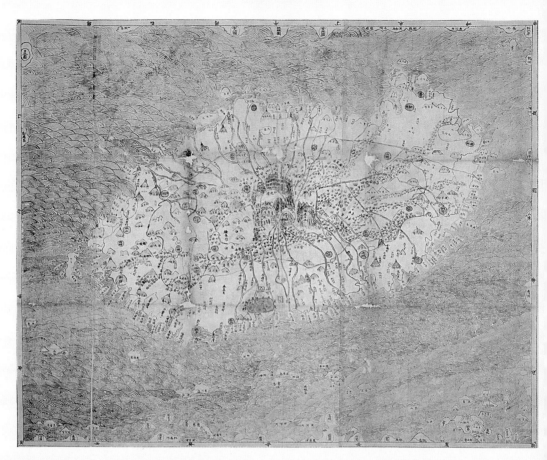

◉ **제주지도**濟州地圖, 18세기, 숭실대학교 박물관 소장

되었다. 이때 목마장에서 일하는 목호(牧胡)들이 난을 일으켰다. 1372년에 목호들이 조정사신과 제주목사를 살해하였다. 이에 1374년(공민왕 23), 최영·염흥방·이희필이 314척의 전함을 이끌고 가서 반란군을 토벌하게 된다.

제주도의 전설에는 아기장수의 겨드랑이에 난 비늘을 그 부모가 몰래 없애버린다는 이야기가 있다. 나중에 반란군 수령이 될까 봐, 혹은 관군이 알면 해를 입을까 봐 그랬다는 것이다. 혼란기의 제주 사람들이 겪어야 하였던 슬픈 운명을 잘 말해준다고 생각한다.


김정(金淨)은 1519년(중종 14) 11월에 발생한 기묘사화 때 조광조의 당인으로 지목되어 금산에 유배되었다가 이듬해 진도로 이배되고 또다시 제주로 옮겨져 위리안치(圍籬安置)되었다. 그는 제주 성 동문 밖 거로리(巨老里)의 금강사 옛터에 살면서 우물을 파 민생에 도움을 주기도 하였다. 하지만 1521년에 사사되었다. 유배지에서 김정은 우도에 관한 이야기를 듣고는 칠언배율의 「우도가(牛島歌)」를 지었다. 훗날 김상헌(金尙憲)이 제주도에 왔을 때 엮은 『남사록(南槎錄)』에도 실려 있을 정도로 이 시는 제주도와 관련된 명시로 꼽힌다.

우도는 남제주군 성산 일출봉에서 동쪽으로 바라보이는 섬이다. 한라산의 측화산으로 모양이 누운 소 같다. 섬 남쪽 동어귀라는 절벽에 해식동굴이 있는데, 동굴의 반석에 햇빛이 비치면 천장으로 반사된 빛이 달 모양을 만든다고 한다. 우도팔경의 첫째로 꼽혀 '주간명월(畫間明月)'이라 한다.

우도의 동굴에는 무지개 모양의 석문이 있다. 그 속에 신룡이 살고 있

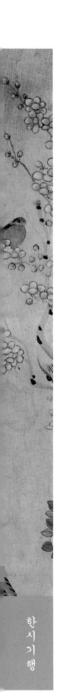

었다고 한다. 7, 8월 사이에는 고깃배가 갈 수 없고, 만약 가면 큰바람과 뇌우가 일어나 나무를 꺾고 곡식을 해쳤다. 그 안에 또 작은 굴이 있어 물에 반사된 빛이 사발 같고 술잔 같고 오리알 같고 탄환 같은 것이 천장에 별처럼 어지러웠다. 또 굴이 온통 짙푸른 색이라서 흰 돌이 별과 달처럼 보였다. 「우도가」곧「방생이 우도 이야기하는 것을 듣고 노래를 불러 흥을 부치다(聞方生談牛島 歌以寄興)」시의 일부를 든다.

영주동두오변경　천년비영함중명
瀛洲東頭鰲抃傾, 千年閟影涵重溟.

군선상소섭오정　희비일야굉뢰정
群仙上訴攝五精, 屭贔一夜轟雷霆.

운개무곽홀용출　서산신화비왕정
雲開霧廓忽湧出, 瑞山新畫飛王庭.

명도붕흉서산복　함하동천심운경
溟濤崩洶噬山腹, 谽谺洞天深雲扃.

능충누벽금힐은　부상일조광정형
稜層鏤壁錦纈殷, 扶桑日照光晶熒.

번주응로설경습　호중요벽전열성
繁珠凝露潣輕濕, 壺中瑤碧躔列星.

경궁연저불가견　유시은은규창령
瓊宮淵底不可見, 有時隱隱窺窓欞.

헌원주악풍이무　옥소요조래청명
軒轅奏樂馮夷舞, 玉簫嫋窱來靑冥.

완홍음해수장미　추붕희학표시령
宛虹飲海垂長尾, 鷲鵬戲鶴飄翅翎.

曉珠明定塵區黑, 燭龍爛燁雙眼靑.

효 주 명 정 진 구 흑　촉 룡 난 엽 쌍 안 청

영주산 동쪽 머리를 자라가 쳐서 기울어

천 년 비궁의 그림자가 바다 속에 잠기자,

신선들이 상제께 호소해서 해·달·별을 주무르매

두터운 구름 속에서 한밤 내내 벼락이 우릉거렸고,

구름 걷히고 안개 트이자 홀연 솟아난 뒤

상서로운 산 그림이 왕궁으로 날아갔다.

넘실대는 바다 물결은 산허리를 날름거리고

툭 트인 계곡 하늘에 구름 빗장 깊어라.

아스라한 절벽을 아로새겨 비단 무늬 화려하고

부상에 해 비치어 빛이 번쩍번쩍할 때,

구슬 모양 이슬 엉겨 물방울을 떨구고

호동천(壺洞天)엔 푸른 옥이 별자리마냥 늘어선다.

옥 궁전 깊어서 그 속을 볼 수 없고

때때로 은은하게 창살만 엿보이는데,

헌원씨 음악에 맞춰 강귀신(풍이) 춤추고

옥퉁소 소리는 그윽하게 푸른 하늘에서 들려오네.

무지개는 바다를 마시느라 긴 꼬리를 끌고

큰 붕새는 학을 놀리며 훨훨 날갯짓.

진세는 깜깜하거늘 새벽 진주(샛별) 밝고

촉룡 신은 이글이글 두 눈이 푸르다.

시상이 심오하고 황홀하다. 허균이 말했듯이 재주의 극치다. 김정은 우도의 동굴로 날아가고픈 꿈을 꾸지만, 유배처의 울타리조차 벗어나지 못하는 현실을 문득 깨닫는다. 세상살이의 거친 풍파는 수심을 더한다. 그래서 그는 이 시의 마지막에서 이렇게 한숨을 지었다.

<ruby>水<rt>수</rt></ruby><ruby>咽<rt>열</rt></ruby><ruby>雲<rt>운</rt></ruby><ruby>暝<rt>명</rt></ruby><ruby>悄<rt>초</rt></ruby><ruby>愁<rt>수</rt></ruby><ruby>人<rt>인</rt></ruby>，<ruby>歸<rt>귀</rt></ruby><ruby>來<rt>래</rt></ruby><ruby>怳<rt>황</rt></ruby><ruby>兮<rt>혜</rt></ruby><ruby>夢<rt>몽</rt></ruby><ruby>未<rt>미</rt></ruby><ruby>醒<rt>성</rt></ruby>.

수 열 운 명 초 수 인　귀 래 황 혜 몽 미 성
水咽雲暝悄愁人，歸來怳兮夢未醒.

차 아 지 도 격 문 한　안 득 열 수 승 풍 령
嗟我只道隔門限，安得列叟乘風泠.

물은 오열하고 구름 어두워 사람의 수심을 더하는데
황홀하다 귀거래 꿈, 여태도록 못 깨누나.
아아 나는 그저 문이 막혔다고 한탄할 뿐이라니
어찌하면 열자(列子)처럼 맑은 바람 타고 날까.

열자는 중국 전국시대 정나라 사람인 열어구인데, 『장자』에 보면 바람을 타고 다녔다는 말이 있다.

김정은 「임절사(臨絶辭)」를 남기고 사약을 받았다. 36세였다. 「임절사」는 초나라 굴원(屈原)이 간신배의 모함으로 배척을 당하고 방황하면서 지은 초사(楚辭)의 형식을 따랐다.

투 절 국 혜 작 고 혼　유 자 모 혜 격 천 륜
投絶國兮作孤魂，遺慈母兮隔天倫.

조사세혜운여신　승운기혜역제혼
遭斯世兮隕余身, 乘雲氣兮歷帝閽.

종굴원혜고소요　장야명혜하시조
從屈原兮高逍遙, 長夜冥兮何時朝.

형단충혜매화래　당당장지혜중도최
炯丹衷兮埋華萊, 堂堂壯志兮中道摧.

오호천추만세혜응아애
嗚乎千秋萬歲兮應我哀.


외딴 섬에 귀양 와 외로운 넋이 되어

어머니를 두고 가니 천륜을 어기누나.

이런 세상 만나 내 목숨을 떨구어

구름 타고 옥황상제 궁궐에 가서,

굴원을 따라 아득히 노닐런다만

긴 밤이 너무도 어두워라, 아침이 언제 오랴.

빛나는 단심(丹心)은 잡초에 묻히고

당당하게 장한 뜻은 중도에 꺾이도다.

아아 천 년 뒤 이 슬픔에 응답 있으리.


　김정은 언젠가 「산초백두도(山椒白頭圖)」를 그렸다. 지금 국립제주박물관에 소장되어 있다.

　제주도는 산악이 많고 토질이 나빠 농업생산력이 떨어지고, 생필품은 육지와 교역해서 조달할 수밖에 없었다. 게다가 제주목사와 세 읍의 수령이 선정을 베풀지도 못하였다.

왜란 후 1601년(선조 34), 제주도에서 선산 사람 길운절(吉雲節)이 반란을 꾀하였다. 곧 그해 7월에 길운절과 익산 사람 소덕유, 해남 승려 혜수 등이 제주도 토민 10여 명을 모아 제주목사 이하 3읍의 수령을 모살하였다. 이 사건은 고변에 의해 곧 진압되어 길운절은 자수하고 소덕유 등은 체포되어 경성으로 압송되었다. 반란의 원인은 자세하지 않지만, 지역민들의 불만이 배후에 있었을 것이다. 이 사건은 왜란 직후 민심을 수습하러 고민하고 있던 집정자들에게 큰 충격을 주었다. 그래서 조정은 제주도의 민심을 수습하기 위해 어사를 파견하기로 결정했다. 이때 당시 성균관 전적으로 있던 김상헌(金尙憲, 1570~1652)이 선발되었다.

8월 13일에 서울을 출발한 김상헌은 해남의 관두량(館頭梁)에서 배에 올라 모로도·진도·독거도·초도·죽도·어란·어울·응거·마삭·장도·광아·추자도를 경과하여 제주 애월(涯月)에 상륙하였다. 그리고 도근천을 넘어 제주 남문으로 들어가 관덕정 앞을 지나서 객사에 머물렀다. 이후 관리의 비리를 적발하고 방어시설을 사찰하였으며 민정을 파악하고 국마(國馬) 수를 확인하는 등 공무를 집행하였다. 그리고 이듬해 귀로에 올라 2월 15일에 입궐하여 복명(復命)하였다. 김상헌은 오가면서 보고들은 일과 제주도의 풍토·물산·형승·민정·풍속·고적·공물 등을 상세히 기록하여 『남사록(南槎錄)』을 편찬하고, 그때그때 감회를 시로도 지었다.

김상헌은 그해 10월 13일에 정의현(旌義縣) 수산(水山)에서 허물어진 성을 보고 느낀 바가 있어 시로 표현하였다. 수산의 서남쪽 들판은 충렬왕 때 원나라 타라치(塔羅赤) 등이 말을 방목하였던 곳이다.

寒雲衰草掩荒城　云是胡元牧馬坰
한 운 쇠 초 엄 황 성　운 시 호 원 목 마 경

舊置牧奴多跋扈　屢勤都統元興兵
구 치 목 노 다 발 호　누 근 도 통 원 흥 병

通精驚血秋螢碧　肖古妖魂鬼火靑
통 정 경 혈 추 형 벽　초 고 요 혼 귀 화 청

聖化至今覃內外　海邦耕鑿樂遺氓
성 화 지 금 담 내 외　해 방 경 착 낙 유 맹

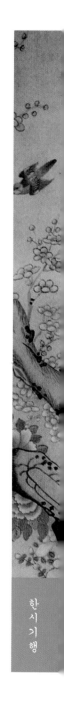

찬 구름과 쇠한 풀 덮인 황폐한 성터

듣자니 오랑캐의 목마지라는군.

예전에는 목노(牧奴)를 두었는데 발호가 많아

도통(都統)을 수고롭게 하고 원나라는 군사를 일으켰다.

푸릇푸릇 가을 반디는 김통정의 놀란 피요

파릇파릇 귀신불은 초고왕의 요망한 혼.

이제는 임금님 교화가 안팎에 지극하니

우물 파고 밭 갈며 섬 백성들 안락하구나.


　'도통'은 고려 말에 두었던 무관 벼슬이다. 여기서는 아마 추토사(追
討使)로 파견된 김방경(金方慶)을 가리키는 듯하다. '초고'는 백제 온조
계의 왕이다. 탐라는 백제 동성왕 20년(498) 이후 백제에 속하였다가 백
제가 멸망하자 신라에 속하게 되었다. 김상헌은 삼별초 난을 반란으로
보았고, 백제가 탐라를 경략한 일도 옳지 않은 일로 여겼다. 그래서 김
통정은 놀라 죽어 반딧불이로 되고, 초고왕은 죽어 귀신불이 되어 깜빡

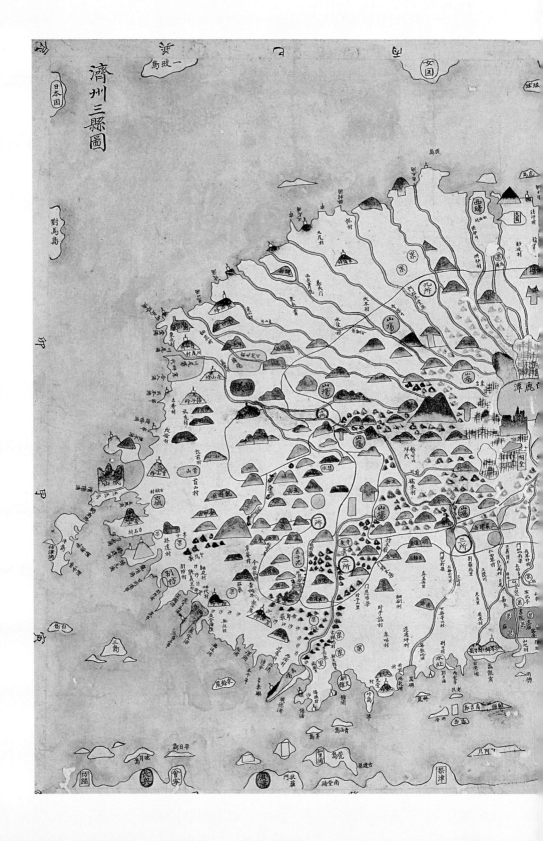

濟州三縣圖

● 해동지도海東地圖
(제주삼현도濟州三縣圖), 18세기,
서울대학교 규장각 소장

거린다고 하였다. 조선조 학자들의 시각에서 볼 때 통일된 국가권력에 저항하는 일은 반란일 수밖에 없었다. 삼별초의 난을 반외세 투쟁으로 보게 된 것은 민족주의 사학자 신채호에 이르러서다. 김상헌은 제주도의 슬픈 역사를 회상하면서 제주도가 이제는 우리 강역 내에 완전히 들어와 조정의 교화가 미치고 있음을 찬양하였다.

김상헌은 『남사록』에 제주 수령들의 탐학을 기록해 두었다. 수령들은 향교 유생을 역군에 차정하거나, 말을 안 들으면 잡아다가 두들겨 패기도 하며, 심지어 서울로 유학이라도 가려고 하면 그들의 탐학이 알려질 것을 염려하여 출입을 막았다. 또 관덕정(觀德亭)에서 군인을 점열해 보니 명부상으로는 5,654명에 이르지만 병에 걸리거나 빌어먹는 자가 절반 이상이고, 심지어 70세 이상의 노인이나 6, 7세 정도의 어린아이까지 끼어 있었다. 게다가 진상이 육지에 비해 지나치게 과중하므로 도망가는 자가 속출해서 호구가 줄었다.

17,8세기 제주도의 방어 현황과 군민 풍속을 알려면 이형상(李衡祥, 1653~1733)이 엮은 『탐라순력도(耽羅巡歷圖)』를 펼쳐 보는 것이 가장 좋다. 이형상은 50살 되던 1702년(숙종 28)에 제주목사로 부임해서, 10월 그믐에 제주영을 출발하여 한 달 동안 동·남·서·북을 순력하고 다시 제주영으로 돌아왔다. 그는 그 기간의 여러 행사를 28폭 화면에 옮기는 한편, 당시의 연례행사를 13폭 화면에 옮겼다. 제주감영의 화공 김남길(金南吉)이 그림을 그리고, 이형상은 설명문을 붙였다. 가로 35.5센티미터, 세로 55센티미터 크기다. 「천연에서 활쏘기(天淵射帿)」와 「현폭에서 활쏘기(縣瀑射帿)」를 보면, 폭포 저쪽에 있는 과녁을 향해 무사가 외

줄을 타고 가서 화살을 회수하여 오는 장면이 그려져 있다.

이형상은 1704년(숙종 30) 경상도 영천에 은거하면서 제주 관련 기록을 살피고 제주목사 시절에 조사한 제주도의 풍물과 고적의 사항을 정리하여 『남환박물(南宦博物)』을 엮었다. 박물지 뒤에는 『황복원대가(荒服願戴歌)』라고 하여, 김종직의 「탁라가」 14절구, 김정의 「우도가」, 최부(崔溥)의 「탐라시」 53절구를 게재한 후, 자신의 차운시도 수록하였다.

조선 후기에 실사구시 학풍을 열었던 김정희(金正喜)는 제주도와 관련이 깊다. 대정촌(大靜村)에서 세한도(歲寒圖)를 그린 이야기는 새삼 말할 것도 없다. 다음의 「대정촌사(大靜村舍)」 시에는 시골 풍속을 바라보는 대학자의 잔잔한 웃음이 담겨 있다.

<br>

綠礬丹木紫牛皮, 朱墨紛紛批抹之.

工庫文書生色甚, 背糊村壁當看詩.

<br>

녹반에 단목에 자금우 껍질로 물감 내어
붉은 먹으로 어지러이 비점 치고 지웠으니
관청 곳집 문서가 생색도 심하구나.
시골집 벽 바른 것을 시인 양 바라본다.

<br>

녹반과 단목은 물감의 재료인 소목(蘇木)의 일종이다. 자금우(紫金牛)

라는 나무도 껍질을 이용하여 물감을 낸다. 궁벽진 시골 관청의 재물 조사표가 무어 대단하다고 비싼 물감을 들여 붉은 먹으로 어지럽게 도말하였는지, 대학자로서는 절로 쓴웃음을 짓지 않을 수 없었을 것이다.

제주도의 문화에 영향을 끼친 사람에 김정·송인수·김상헌·정온·송시열·김정희의 다섯 사람이 있다는 말이 있다. 1728년(영조 4년)에 권진응이 지은 송덕비에 보면 이 다섯 사람이 모두 성리학에 밝고 백성을 가르치고 선행으로 이끈 공로가 있다고 하였다. 이것은 어디까지나 제주도 사람들 스스로 이룩한 생활방식을 무시한 채 유교문화의 교화만 중시하는 관점에서 하는 말이다.

김정희의 예에서 나타나듯, 유배객들은 사실 제주도민의 삶을 가소롭게 생각한 면이 없지 않다. 한편, 목민관으로 왔던 많은 관리들은 풍류랍시고 한량 짓을 하였다. 「배비장전」의 풍류사를 풍류로만 받아들이기 어려운 이유가 여기에 있다.

김춘택(金春澤, 1670~1717)이 제주도에 유배되어 왔다가 지은 다음 시는 많은 것을 생각하게 한다. 이 시는 그의 「제주 잡시. 심심풀이로 두자미(두보)의 '진주잡시' 운자를 사용하다(濟州雜詩 謾用子美秦州雜詩韻)」 20수 가운데 제18수다.


혹 유 환 유 객　유 련 불 억 귀
或有宦遊客, 留連不憶歸.

순 료 첨 기 상　홍 분 배 광 휘
醇醪添氣象, 紅粉倍光輝.

양 마 상 다 취　잠 주 역 암 비
良馬常多取, 潛珠亦暗飛.

島氓何所望, 御史有霜威.

어쩌다 이곳에 벼슬 살러 오는 분들
질탕하게 노닐어 돌아갈 생각을 안 한다.
맛 좋은 술은 호기를 돋우고
분 단장 기녀는 광채를 더하며,
좋은 말은 늘 빼앗아 갔고
진주도 몰래 낚아채 간다.
그러니 섬사람들 무엇을 바라겠나
어사의 추상 같은 위엄만 바랄 뿐.

영조 연간의 불우한 시인 신광수(申光洙)는 53세 때인 1764년(영조 40) 정월에 금오랑으로 제주도에 가서 40여일 머물며 시집 『탐라록』을 엮었다. 그때 「잠녀가(潛女歌)」를 지어 해녀의 애환을 서술하였다. 반면에, 대작 「한라산가(漢拏山歌)」를 보면 그 허두가 환상적이다 못해 허풍스럽다.

군 불 견 　한 라 지 산 령 기 방 박 탱 남 기
君不見 漢拏之山靈氣磅礴撐南紀,

고 칭 영 주 무 내 시
古稱瀛州無乃是.

미 망 구 주 외　환 이 대 해 수
微茫九州外, 環以大海水.

其高一萬五千丈, 上有玉堂金闕空中峙.

금 광 기 초 일 월 정    복 천 년 이 불 사
金光奇草日月精, 服千年而不死.


그대는 보지 못했나

한라산의 영기가 넓게 퍼져 남쪽 기강을 지탱하는 것을.

예부터 영주산이라 일컫던 것이 이것 아니냐.

아득히 구주의 바깥에 대해의 물로 에워싸여 있도다.

그 높이는 1만 5천 장(丈)으로

위에는 옥당과 금대궐이 대치해 있네.

금광배의 기화요초는 해와 달의 정수이니

한 번 복용하면 천 년토록 죽지 않으리.


  바람의 땅인 제주도는 제주도민 자신의 것이다. 어두운 역사와 운명
에 대항하는 건강한 삶을 제주도민은 영위해 왔다. 사실 그러한 모습은
한시보다 설화와 민요의 세계 속에 더 잘 드러나 있다.

# 十六. 한강수로

조선 후기 안석경(安錫儆, 1718~1774)의 『삽교만록(霅橋漫錄)』이란 책에 보면 숙종 때, 원주 법천에 살면서 땔나무·숯·생선·소금을 싣고 한강을 따라 서울로 오르내리며 장사하여 10년 사이에 부자가 된 사람의 이야기가 있다. 이처럼 수로를 이용하여 장사하는 일을 '주판(舟販)'이라 하고 장사꾼을 '강상(江商)'이라 한다. 강상은 서울의 객주(客主)에게서 물건을 떼어다 팔고는 하였다. 그런데 1695년(숙종 21)과 그 다음 해에 큰 흉년이 들었다. 원주 강상은 쌀 3,000석을 싣고 서울로 갔다가 마침 객주집이 어려운 형편이었는데도 돌보지 않고, 다른 부유한 객주에게 팔아 이익을 취해 떠났다. 가난한 객주는 다른 사람에게서 쌀 한 말을 얻어 목숨을 부지하고, 그 후 재기하여 큰 부자가 되었다. 이 소식을 들은 원주 강상은 다시는 서울로 올라가지 못하였다고 한다.

한강을 이용한 주판이 이미 숙종 때 흥하여 큰 부자들이 많았고, 서울에서는 객주들 사이에 마찰이 있을 만큼 상권 다툼이 치열하였음을 알 수 있다. 한강 수로가 막힌 오늘날에는 상상하기 어려운 일이다.

한강은 한반도의 중심부를 가로지른다. 남한강은 오대산 우통수(于筒水)에서 발원한다고 한다. 실은 태백산 금대봉 정상의 제왕궁샘에서 발원해서 지하로 들어갔다가 검룡소에서 부활하여 골지천과 임계천을 지나면서 강의 모습을 지닌다. 북한강은 금강산 부근에서 발원하여 남류하면서 금강천·수입천·화천천과 합하고, 춘천에서 소양강과 합류한 뒤 남서로 흘러 가평천·홍천강·조종천을 합하고, 경기도 양수리에서 남한강과 합류한다.

한강은 남북의 물산과 인물을 소통시키는 매우 중요한 수로였다. 이미 고려 때 조운(漕運) 제도가 있어서, 남방 연해안과 한강 수로변에 12조창을 두고 조세로 징수한 미곡이나 포목을 선박으로 운송하였다. 하구에서 영월까지 330킬로미터, 양수리에서 화천까지 138킬로미터에 달하였다. 한강은 다시 낙동강과 연결되어 조선조 최대의 생산지인 영남지방과 최대의 소비지인 서울을 연결시켰다.

또 정선·영월·영춘·단양·청풍·충주·원주·여주·천녕을 거쳐 북상하여 양근·광주의 땅에 이르는 동안 많은 나루가 있었다. 광주에서 다시 봉안으로 통하는 마첨진·두미진과 양주로 건너가는 미음진을 거쳐 광진(광나루)에 이르렀다. 광진을 비롯해서, 삼전도·송파진·신천진·두모포·한강도·서빙고진·동작진·흑석진·노량도·용산진·마포진·서강진·율도진·양화도·공암진·철곶진·조강진은 모두 서울로 통하는 길목이었다. 광진에서부터의 한강을 경강(京江)이라 한다. 뱃길로 영춘에서 서울까지 닷새반, 단양에서는 닷새, 충주에서는 나흘, 여주에서는 이틀, 이포에서는 하루가 걸렸다.

마포에서 양수리를 거쳐 북한강을 따라 춘천의 소양정 아래까지 수로에는 40개의 여울이 있었다. 정약용은 1821년의 『산행일기(汕行日記)』에서 고향 마현(마재) 앞의 사라담(鈔鑼潭)에서 소양정에 이르는 수로를 240리 36탄이라고 적었다.

조선 영조·정조 때 시인 이덕무(李德懋)가 한강 수로에 얽힌 애환을 민요풍의 「강노래(江曲)」에 담았다. 그 첫 수에는 황해 소금배 상인의 처가 화자로 등장한다.

滿船黃海鹽, 明日忠州去.

忠州多木綿, 妾已理機杼.

황해 소금 가득 실은 배
내일 아침 충주로 간다네.
충주는 목화 많은 곳
전 벌써 베틀을 손봐뒀어요.

소금배는 황해에서 임진강·벽란도를 거쳐 손돌목 앞으로 해서 강화해협을 빠져나가 한강으로 들어가 마포를 거쳐 양수리에서 남쪽으로 내려가 충주에 닿는다. 주판(舟販) 상인들은 거기서 소금을 팔고 목면을 사서 다시 해주로 돌아왔다.

속리산에서 흘러내린 달천강이 남한강과 합류하는 충북 중원군 가금

면 창동리에는 119칸의 가흥창(可興倉)이 있었다. 추수 후에 경상도 60개 읍과 강원 남부, 충청도 지역의 세납미가 모이면, 강물이 풀리는 3월에서 5월 사이에 뱃길 따라 서울로 운반하였다. 현재는 주춧돌만 남았다. 가흥창 맞은편에는 서울로 실려갈 농산물과 한강을 따라 올라온 문물이 모이는 목계(木溪)나루가 있었다. 목계에 배가 들어오면 갯벌장이 섰다. 특히 소금배가 한 달에 세 번 닿을 때면 음성·괴산·청안·연풍·제천·단양과 경상도 북부, 심지어 강원도 남부의 여러 고을에서도 우마에 곡식을 싣고 목계로 왔다 한다.

서울에 드나드는 선박이 하루 평균 100척에 달하였다. 800가구 주민은 객주·바꿈이(행상)·하역꾼·주막밥떼기·사공일을 하였다. 그리고 별신제(別神祭)를 지내면서 끼줄(줄다리기)도 하였다. 지금은 수로가 쇠퇴하여 시골장으로 퇴락하고 말았다.

효종 때, 청백리로 유명한 조석윤(趙錫胤, 1605~1654)이 1640년(인조 18)에 목계의 강상이 겪는 애환을 「고객행(賈客行)」이란 시에 담았다. 모두 30구인데, 앞부분만 보면 다음과 같다.

목 계 강 상 범 기 가　　가 가 고 판 위 생 애
木溪江上凡幾家, 家家賈販爲生涯.

불 사 서 리 사 주 즙　　연 년 축 리 수 풍 파
不事鋤犁事舟楫, 年年逐利隨風波.

동 린 서 사 동 시 발　　공 언 금 일 일 최 길
東隣西舍同時發, 共言今日日最吉.

선 두 시 주 새 강 신　　소 원 신 안 재 만 실
船頭釃酒賽江神, 所願身安財滿室.

목계 강가 서너 집이

집집마다 장사 일로 생계를 꾸려,

호미·쟁기 버려두고 노 젓기를 일 삼아

해마다 이익 좇아 물결 따라다니니,

이웃 사람끼리 함께 떠나누나

오늘이 가장 길하다며.

뱃머리서 술 걸러 강신에게 고사 올려

건강하고 재물 많기를 빌고 또 빈다.


"지난해 홍수에는 물이 넘쳐 두렵더니 금년 가뭄엔 여울에 띄우기도 곤란하군." "쯧쯧 음양이 어찌 이리 어그러질까, 장사해도 이문 적고 고생만 많구만." 상인들은 이런 근심을 한다. 그러나 조석윤은 말한다. "상인들이여 상인들이여 탄식을 마오. 군자께선 천하 백성이 물에 빠질까 걱정하고 계시다오(賈客賈客休歎息, 君子方憂天下溺)."

군자는 임금이나 조정대신을 가리킨다. 때는 중국 대륙에 명나라가 망하고 청나라가 들어선 혼란기. 우리나라에도 그 영향이 미치고 있었다. 임금과 조정대신들은 국가의 장래를 근심하고 있거늘, 주판 소상인들의 걱정은 하찮은 일이다. 과연 이 시에는 큰 관리의 풍모가 드러나 보인다. 하지만 조석윤은 주판 소상인들의 처지에 동정하였다. 그렇기에 이런 시를 지은 것이리라.

한편 서강나루에는 호조에 속한 광흥창(廣興倉)이 있었다. 지금 지하철 6호선 역이 있다. 관리들에게 봉급으로 줄 곡물을 저장하였다가 지급한 곳이다. 이곳에서는 조운된 세미와 공물을 하역하였고, 거상들은

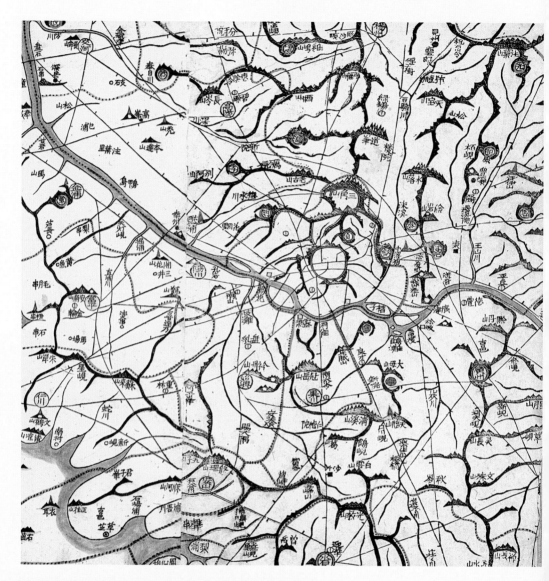

◉ 대동여지도大東輿地圖(강릉~강화 부분), 1861년, 서울대학교 규장각 소장

별도로 미곡을 주판하였다.

1759년(영조 35) 무렵, 광흥창 봉사를 지낸 권헌(權攇, 1713~1770)은 거상들의 거룻배에서 짐을 내리는 하역꾼들을 소재로 「고인행(顧人行)」이란 장편시를 지었다. 하역꾼의 행상을 그려낸 부분만 보면 이러하다.

서 강 고 인 건 어 우　양 견 뇌 위 여 토 부<br>
西江雇人健於牛, 兩肩嵬嵬如土阜.

매 종 판 선 교 석 리　거 상 연 전 청 분 주<br>
每從販船巧射利, 巨商捐錢聽奔走.

청 신 비 견 집 강 문　교 량 전 수 입 양 구<br>
淸晨比肩集江門, 較量轉輸立良久.

탁 오 남 풍 불 기 조　해 후 책 함 사 전 수<br>
卓午南風不欺潮, 邂逅舴艦私傳受.

종 일 부 미 득 고 치　근 력 공 식 공 재 후<br>
終日負米得雇直, 筋力攻食恐在後.

장 신 누 행 앙 협 식　대 삭 담 두 상 재 수<br>
長身僂行仰脅息, 大索擔頭常在手.

서강나루 일꾼들은 소보다 건장하여

두 어깨 울끈 솟아 흙더미 같은데,

장삿배에서 교묘히 이익을 노려

거상이 돈 뿌리면 일 맡아 분주하다.

이른 새벽 나란히 강어구로 나가 모여

하역량을 헤아리며 한참을 서 있다가

정오에 남풍 불어 밀물이 틀림없으면

큰 배 만나서 사사롭게 주고받는다.

종일토록 볏짐 져서 품삯 받으니

근력으로 밥벌이, 행여 뒤질세라.

큰 키를 구부려 가다가 고개 들어 숨 몰아쉬고

동아줄과 등태는 손에 꼭 쥐고 있다.


광흥창에는 하역하다 땅에 떨어진 쌀을 주워모아 시장에 내다 파는 아낙들이 있었다. 권헌은 그런 아낙의 일을 「낱알 쓸어모으는 여인(女掃米行)」이라는 시로 묘사하였다.

경강 상인들은 강상미(江上米)를 매점하여 팔았다. 서울에서 일용하는 양곡은 정부가 방출하는 공가미(貢價米)로 충당하기에는 태부족이었다. 세납미를 금전으로 내는 경향이 있어 양이 더욱 감소하였다. 그래서 선상(船商, 주판)들이 전라도와 황해도에서 구입하여 온 강상미가 도하에 흘러들어갈 수밖에 없었다. 경강 상인의 매점은 여러가지 폐단을 낳았다.

한편 경강에는 선상이 가져온 볏섬을 조금씩 사다가 방아로 찧어 시전에 팔아 생계를 꾸리는 사람들이 있었다.

이영익(李令翊)이 그런 인물을 소재로 「방아노래(舂歌)」를 지었다. 공덕촌(孔德村)에 거주하던 여항인 이명배(李命培)란 인물이 방아찧기를 생업으로 한 사실을 소재로 하였다. 공덕촌 사람들은 강을 따라 올라온 조운선에서 볏섬 한섬에 300전씩 주고 사서 종일 방아로 찧어다가 시전에 내다 팔았다. 근근이 풀칠을 할 수 있었다. 시의 일부를 든다.

청성상 공덕촌옹한천객
請成相, 孔德村翁寒賤客.

상유자친하처제 학가무전가사벽
上有慈親下妻弟, 學嫁無田家四壁.

강촌민업재용속 비위피세고궤적
江村民業在舂粟, 非爲避世故詭跡.

청신출포방도선 일석산환삼백전
淸晨出浦訪稻船, 一石筭還三百錢.

귀래용지모 담미향시전
歸來舂至暮, 擔米向市廛.

매도약귀매미천 일일근고소기연
買稻若貴賣米賤, 日日勤苦少奇羨.

유령적려여서설 가작전죽공친선
猶零赤糲與栖屑. 可作饘粥供親膳.

옹집저 부파양
翁執杵, 婦簸揚.

불사한협신려왕 양급풍다이표강
不辭汗浹身黧尫. 揚急風多易飄糠.

조강색색박면피 생양세강비비도
粗糠揀揀撲面皮, 生痒細糠霏霏塗.

구색비백진수발 창옹역유하희저
口塞鼻白盡鬚髮. 蒼翁亦有何喜杵.

어여차 부르세

공덕촌의 가난한 사람

모친 모시고 아내와 아우 딸렸는데

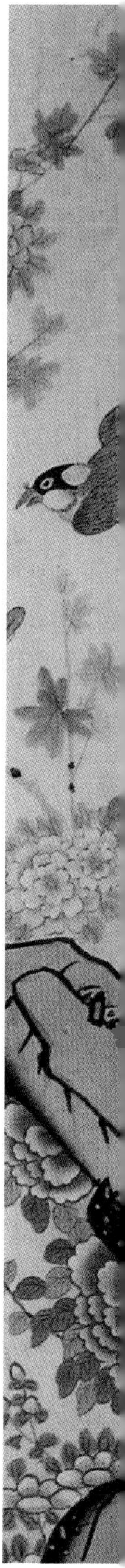

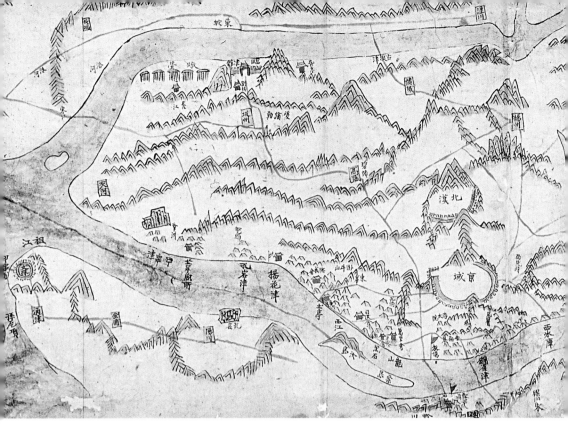

밭떼기 하나 없고 단칸방에 재물 없어,

강마을 백성처럼 곡식 찧는 일을 하니

세상 피해 자취 속임이 아니라네.

꼭두새벽에 갯포로 나가 세미선을 찾아

한 섬에 삼백 전씩 사다가

돌아와 저녁까지 찧어서는

쌀을 메고 시전으로 향하는데,

비싸게 벼를 사서 헐값에 쌀을 파니

날마다 고생해도 남는 게 적구나.

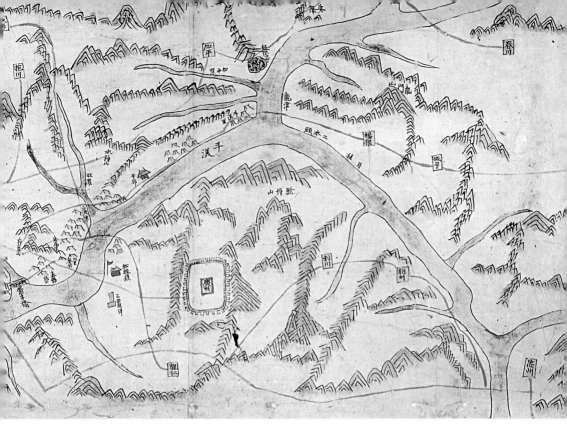

그래도 현미 몇 톨과 흰 싸라기로

죽을 끓여 모친께 올리겠다고.

남편은 절굿공이 잡고

부인은 켜 까불기.

흐르는 땀 마다않고 몸은 야위었다만

빨리 까불면 겨가 쉬이 날아간다고.

엉근 겨는 싸록싸록 낯가죽을 때리고

아까운 고운 겨는 부슬부슬 땅에 떨어지네.

입 막히고 코 희고 머리카락 왼통 겨에 덮였으니

늙은이가 어찌 절굿공이를 좋아할까.

조선 후기의 문화와 사상을 이해하려면 한강 유역에 주목하여야 한다. 그 일대는 물길로 바로 서울과 이어지고 산수가 수려하여 이른바 대기벌열(待機閥閱)들이 거주하기에 적합하였다. 그런데 당쟁사의 시각을 조금 벗어나서 이 지역을 보면, 그 천부의 자연 조건은 조선조 지식인의 정신세계를 풍요롭게 하기에 충분하였다. 그렇기에 당색을 불문하고 많은 지식인들이 서로 가까운 곳에 살면서 직접 혹은 간접으로 영향을 주고받았다. 그곳은 새로운 창조의 공간이었던 것이다. 특히 미금(渼金)의 석실서원(石室書院)에서부터 정약용의 생가인 마재를 거쳐 소양강에 이르는 지역을 보라. 석실서원은 김상용(金尙容)과 김상헌(金尙憲)의 위패를 모신 사우(祀宇)로 출발하여 김수항(金壽恒) 형제와 김창협(金昌協) 형제 그리고 홍대용(洪大容)과 박지원(朴趾源) 등 노론계의 학자와 문인들을 배출하였다.

정약용과 같은 시기에 마현 건너편 마을인 광주 사마루(사촌社村)에서는 강화학파의 신작(申綽)이 손수 밭을 일구면서 삼경(三經) 『차고(次故)』를 편찬하고 있었다. 그리고 청평 근처 용문산(龍門山)의 설암정사(雪庵精舍)는 날카로운 비판정신의 소유자 남기제(南紀濟)가 당색을 떠난 공론을 전개하고자 『아아록(我我錄)』을 집필하는 데 무대가 되어 주었다.

팔당댐을 건너 남쪽으로 광주를 향하다 보면 왼쪽으로 호수처럼 넓게 한강물이 펼쳐 있고, 그 북쪽에 정약용의 생가 마을이 보인다. 그 지점에서 길 왼쪽을 보면 시멘트 탑이 하나 있다. 석정(石亭)이 있었다는 표지다. 석정은 바로 정약용이 유배에서 돌아와 강화학파 학자 신작과 만나 경학에 관해 토론하고 우정을 나눈 곳이다.

또 경춘가도를 따라가다가 수입리의 남일원에서 남쪽 지류를 따라 들어가면 벽계(蘗溪)에 이른다. 숙종 때, 시인 김창흡(金昌翕)이 은둔했던 곳이다.

김창흡은 노론의 핵심인물인 김수항의 세째 아들로, 크게 출세할 수 있는 터였다. 그러나 기사환국 때, 부친이 사약을 받자, 경기도 영평의 백운산 아래 은둔하였다. 1694년 갑술환국으로 서인이 재집권했을 때는 벽계에 은둔하고 산을 나가지 않았다. 만년에는 이곳 벽계와 강원도 인제의 갈역에 주로 거처했다. 1714년 62세 되던 해 지은 「벽계잡영」 43수 가운데 제17수는 이렇다.

협 순 연 무 우　희 소 견 성 시
浹旬連霧雨, 稀少見星時.

원 욕 창 태 산　이 의 잡 훼 지
院溽蒼苔産, 籬欹雜卉支.

사 교 탐 성 구　연 약 괘 주 사
蛇驕探省瞉, 燕弱挂蛛絲.

물 태 공 고 소　시 성 반 리 사
物態供孤笑, 詩成半俚辭.


열흘 동안 안개비 계속 내려
별을 보기도 어려운 때,
질척한 뜨락에는 푸른 이끼 돋아나고
기울어진 울타리엔 풀과 나뭇가지 섞였구나.

교만한 뱀은 참새 새끼 찾고

연약한 제비는 거미줄에 걸려 있군.

경물은 나 혼자나 웃을 거리.

이루어진 시는 태반이 속어.


일상의 삶에서 진리를 깨달았기에 속어가 곧 참말이다. 「벽계잡영」
제1수에서는 숲 속 생활을 택한 이유를 이렇게 말하였다.


峽裏今多虎, 新添招隱言.

林棲焉可廢, 塵世亦多喧.

盧岳偓人杏, 夔州拙士藩.

高低見智術, 風雪且關門.


골짝에는 이즈음 범이 많아서

은둔자더러 나오라는 말이 더 많아졌다.

하지만 숲 속 생활을 어찌 그만두랴

티끌 세상은 너무도 시끄러운 것을.

여산에선 동봉(董奉)이 살구를 심었고

기주에선 두보(杜甫)가 울타리 수리했지.

높은 지혜와 낮은 술수를 다 알았으니

거친 풍설에 묻이나 닫음세.

초사(楚辭) 가운데 「초은사(招隱士)」라는 글이 있다. 회남 소산왕이 재주를 품고도 은둔해 있는 사람들을 불러들이는 내용이다. 미원 협곡에 범이 많이 나오자, 가뜩이나 서울로 귀환하라고 종용하던 사람들이 더욱 귀환을 재촉한다. 하지만 세간은 당파 싸움으로 시끄러워 누가 옳고 누가 그른지를 가릴 수도 없을 만큼 혼탁하였다.

김창흡은 동봉과 두보의 경우를 비교하였다. 동봉은 삼국시대 오나라 사람이다. 여산(廬山)에 살면서 병든 이들을 고쳐주었는데, 돈은 받지 않고 병의 정도에 따라 살구를 차등 있게 심도록 하였다. 수년 내 살구나무가 10만 그루나 되었다. 사람들이 그 숲을 동선(董仙)의 살구나무 숲이라고 불렀다. 한편 두보는 공부(工部)라는 낮은 벼슬마저 그만두고 떠돌다가 기주(夔州) 땅에서 궁핍한 생활을 하였다. 동선의 삶이 높은 지혜에서 나온 것이라면 두보의 삶은 낮은 술수에서 결과된 것이다. 그러나 외형의 생활 모습은 다르지만, 그 둘은 모두 세속에 영합하지 않고 마음의 평화를 얻었다. 김창흡은 단호히 말한다. 나는 그 두 사람의 생활방식 가운데 어디쯤인가에 위치하여야 하겠다. 그러니 바깥의 풍설에 마음을 썩이지 말고 문을 닫고 들어앉자!

남양주시 조안면(와부면) 능내리에는 정약용의 여유당(與猶堂)이 있다. 곧 마재, 지금은 마현(馬峴)이라 부르는 곳이다. 집 앞 강물은 소내라 한다. 우천(牛川) 혹은 초천(苕川)으로 적는다. 정약용은 정조의 특별한 사랑을 받았지만, 정조 말년(정조 24, 1800) 봄에 벽파의 모함을 입자 귀향의 생각을 굳혔다. 며칠 후 소명을 받아 상경하였지만, 배를 집같이 꾸며 북한강을 둥실둥실 떠다니려고까지 생각했다. 「소내의 아지랑이 낀 물결 위를 떠다니며 낚시하는 늙은이의 집에 붙이는 글(苕上烟波釣叟之家記)」에 그러한 심사가 드러나 있다.

정약용은 정조의 서거 뒤에 경상도 장기로 유배를 가게 되었다. 어느 주막에선가, 고향의 강과 산들을 먹으로 그려 벽에 걸어두고 「장난 삼아 초계도를 그려두고(戱作苕溪圖)」라는 시를 남겼다. 신유사옥 때 다시 심문을 받고 전라도 강진으로 유배를 갔다가 1817년에야 마재로 돌아왔다. 강진에서 지은 수조가두조(水調歌頭調) 「고향생각(思鄉)」은 회귀의식을 드러냈을 뿐만 아니라, 조금은 완세(玩世, 세상을 멸시함)의 뜻마저 담고 있다.

소 쇄 월 계 수　　담 탕 백 병 산
瀟灑粤溪水, 澹蕩白屛山.

아 가 모 옥　　기 재 연 애 묘 망 간
我家茅屋, 寄在煙靄杳茫間.

욕 여 운 홍 고 거　　괴 유 중 만 첩 장　　불 허 이 동 환
欲與雲鴻高擧, 怪有重巒疊嶂, 不許爾同還.

일 취 낙 화 저　　귀 몽 요 사 만
一醉落花底, 歸夢繞沙灣.

조 어 자　　진 망 외　　십 분 한
釣魚子, 塵網外, 十分閒.

석 년 하 사　　광 주 표 박 저 쇠 안
昔年何事, 狂走漂泊抵衰顏.

<ruby>風<rt>풍</rt></ruby><ruby>裏<rt>리</rt></ruby><ruby>一<rt>일</rt></ruby><ruby>團<rt>단</rt></ruby><ruby>黃<rt>황</rt></ruby><ruby>帽<rt>모</rt></ruby>, <ruby>雨<rt>우</rt></ruby><ruby>外<rt>외</rt></ruby><ruby>一<rt>일</rt></ruby><ruby>尖<rt>첨</rt></ruby><ruby>靑<rt>청</rt></ruby><ruby>篛<rt>약</rt></ruby>, <ruby>此<rt>차</rt></ruby><ruby>個<rt>개</rt></ruby><ruby>勝<rt>승</rt></ruby><ruby>簪<rt>잠</rt></ruby><ruby>綸<rt>륜</rt></ruby>.

<ruby>幾<rt>기</rt></ruby><ruby>日<rt>일</rt></ruby><ruby>湖<rt>호</rt></ruby><ruby>亭<rt>정</rt></ruby><ruby>上<rt>상</rt></ruby>, <ruby>高<rt>고</rt></ruby><ruby>枕<rt>침</rt></ruby><ruby>看<rt>간</rt></ruby><ruby>波<rt>파</rt></ruby><ruby>瀾<rt>란</rt></ruby>.


조촐한 월계수

해맑은 백병산.

내 초가를

안개와 노을 망망한 속에 두었지.

기러기와 함께 높이 날아가려 해도

어쩔거나 산봉우리 첩첩하여

너와 함께 돌아가질 못하니,

지는 꽃 아래 크게 취하여

돌아가는 꿈만 모래톱에 감기누나.


고기를 낚노라

티끌세상 떠나

너무도 한가해라.

지난날 무슨 일로

미친 듯 떠돌아 얼굴만 쇠했던가.

바람 속에 둥그런 누른 모자

빗속에 뾰족한 도롱이

이것이 관복보다 나은 것을.

어느 때 석호정(石湖亭)에서

높이 베고 누워 물결을 다시 볼까.

　정약용은 59세 되던 1820년(순조 20) 3월 24일(음력)에 소내를 떠나 북한강을 거슬러 올라 춘천 일대를 유람하고, 62세 때인 1823년 4월 15일(음력)에도 역시 마재 앞에서 배를 띄워 춘천에 와서 소양정에 오르고 곡운의 구곡(九曲)을 돌아보았다. 한번은 조카의 혼사에, 또 한번은 손자의 혼사에 동행한다는 명목이었다.

　정약용은 상고사 체계에서 가장 해결하기 어려웠던 두 가지 문제, 즉 열수(洌水)·산수(汕水)·습수(濕水)를 비정하는 문제와 춘천과 맥국(貊國)·낙랑(樂浪)과의 관계를 밝히는 문제에 대하여 실지 답사를 통해 정설을 마련하겠다는 숨은 의도를 지니고 춘천을 찾았다. 이미 그는 1811년 봄에 초고를 완성한 『아방강역고』에서 문헌고증의 방법을 통하여 위의 두 문제에 관해 일정한 결론을 내린 듯하다. 그러나 실사구시의 학문적 욕구는 기어코 그로 하여금 춘천 여행을 결행하게 하였다. 이때 그는 "물 위에 뜬 집, 떠다니는 가택(浮家汎宅)"과 "물에서 자고 바람을 먹는다(水宿風餐)"라는 대련(對聯)을 배의 기둥에 써붙이고, 병풍·휘장·담요·이불 등의 장구와 붓·벼루·서적 등에서부터 약탕기·다관(茶罐)·반상기·죽솥 따위에 이르기까지 모두 갖추었다. 젊은 날 꿈꾸었던 평온한 은둔의 삶을 잠시나마 실행해 본 것이다.

# 十七. 천하 명산, 금강산

조선 영조 때의 산수화가 최북(崔北)은 한쪽 눈이 아주 나빠 안경을 걸치고 그림을 그렸다는데, 술버릇과 기벽으로도 유명하다. 호가 칠칠(七七)이다. 언젠가 그는 외금강 구룡연(九龍淵)에서 술에 취하여 통곡하다 웃다가 하다가, "천하 명인 최북은 천하 명산에서 죽어야 한다"고 외치고 못에 뛰어들려 하였다. 구룡연은 200척 폭포가 심연을 알 수 없는 못으로 떨어지는 곳이라고 한다. 곁엣사람이 마침 최북을 만류하여 떠메고 산 밑에 내려와 평평한 바위에 누이자, 헐떡대고 있다가는 갑자기 일어나 휘파람을 길게 불었다. 그 소리가 메아리를 이루자 새들이 짹짹거리고 날아갔다고 한다. 남공철(南公徹)이 지은 「최칠칠전(崔七七傳)」에서 읽은 이야기다.

　천하 명산의 기기괴괴한 형세는 인간의 내부에 있는, 때로는 악마적이기까지 한 천재성을 촉발하여 발산하게 만드는 것일까? 아니면 반대로 평범한 속물들을 두렵게 하고 왜소함을 절절히 깨닫게 만드는 것일까?

18세기의 문인화가 강세황(姜世晃, 1713~1791)은 "산에 다니는 것은 인간으로서 첫째가는 고상한 일이다. 그러나 금강산을 구경하는 것은 가장 저속한 일이다"고 말했다. 장사꾼·품팔이·시골 노파들까지도 마치 금강산을 갔다 오지 않으면 사람 축에 끼지도 못하는 듯이 여겨 그곳을 찾는 것을 보고서 한 말이었다. 그러나 그도 76세 때 맏아들의 임지인 회양(淮陽)에 취양(就養, 자식의 임지에 따라가 봉양을 받음)하러 간 참에 금강산과 내금강을 돌아보았다. 그리고 그때의 감동을 산문「금강산유람기(遊金剛山記)」와 화첩『풍악장유첩(楓嶽壯遊帖)』에 담았다.

1795년(정조 19) 제주도의 기근 때, 만덕(萬德)이란 여인이 곡식을 내어 굶주린 사람들을 구제했다. 정조가 공덕을 치하하고 그 소원을 묻자, 금강산을 보고 싶다고 청했다. 정조는 만덕에게 여의(女醫)의 직을 준 후 역마를 내주어 금강산을 유람케 하였다. 채제공(蔡齊恭)이 그녀의 선행을「만덕전」으로 기록하고, 박제가는「만덕이 제주로 돌아가는 것을 전송하는 시(送萬德歸濟州詩)」를 주었다.

금강산은 누구나 다 찾고 싶어 했던 명산이었다. 이용휴(李用休)도 최북이 그린「풍악도에 쓰다(題楓嶽圖)」에서 "우리나라에 태어나 풍악을 보지 못하였다면 (산동성 곡부의) 사수(泗水)와 수수(洙水)를 가보고도 공자묘를 배알하지 않는 것과 같다(生左海, 不見楓嶽, 如過泗洙, 不謁大聖)"고 하였다. 금강산을 '고산앙지(高山仰止, 공자의 덕을 높은 산처럼 우러른다는 말)'의 지고한 경지에 빗대어 찬미한 것이다.

사실 우리나라의 명산으로는 묘향산·금강산·두류산을 꼽는다. 그

가운데 묘향산은 웅(雄), 금강산은 수(秀), 두류산은 비요(肥饒, 살지고 풍성함)를 친다. 광해군 때, 임숙영(任叔英)이 쓴 「임술지에게 주는 글(贈任述之序)」에 그러한 평가가 나온다. 금강산은 진작부터 빼어난 아름다움 때문에 높이 평가되었던 것이다.

노론의 대학자 송시열(宋時烈, 1607~1689)은 금강산을 묘사하면서 우뚝한 기백을 담은 가편을 많이 남겼다. 1662년(현종 3), 55세 때 지은 「풍악산에 구경 가서 윤미촌 시에 차운하여 지은 시(遊楓嶽次尹美村韻)」를 보라. 서재 문을 왈칵 밀어젖히고 나가 금강산에서 맑을 기운을 들이마셔 호연지기(浩然之氣)를 키웠다고 한다.

진편문유고인심　반세뇌관자자심
陳編聞有古人心, 半世牢關字字尋.

각공매두무료일　수장한각축비금
却恐埋頭無了日, 遂將閒脚逐飛禽.

풍산호기천년적　봉해창파만장심
楓山灝氣千年積, 蓬海蒼波萬丈深.

차지지의남악구　매등고처비장음
此地只宜南嶽句, 每登高處費長吟.

책에 옛 사람 생각이 들어있다 하기에
반평생 문 닫고 한 글자 한 글자 찾아보다가
머리를 파묻고 읽어도 끝날 날이 없을까 봐
한가로운 걸음으로 새 짐승을 쫓기로 했다.

풍악산 맑은 기운은 천 년 동안 쌓였고
동해의 푸른 물은 수십 만 길 깊어라.
여기가 바로 주희의 「남악」 시와 걸맞기에
높은 곳에 오를 때면 길게 읊어 보노라.

남악은 중국 호남성에 있는 형산(衡山)의 주봉이다. 주희(朱熹)는 「남악」 시에서 "만리 길을 바람 타고 와서 보니, 골짝의 뭉게구름이 가슴을 틔워준다. 탁주 세 사발에 호기가 솟아, 소리 내어 시 읊으며 축융봉을 내려간다(我來萬里駕長風, 絶壑層雲許盪胸, 濁酒三杯豪氣發, 朗吟飛下祝融峰)"라고 하였다. 활연히 도를 깨달은 정신세계를 엿볼 수 있다. 송시열도 금강산에서 그러한 경지를 맛보았던 것이다.

신광하(申光河, 1732~1796)는 백두산 등람 이후에 '백택(白澤)'이라는 호를 사용한 등산가이자 시인이다. 그는 묘향산·금강산·오대산·속리산의 절정에 올라보았고 그 행로와 감흥을 시문으로 남겼다. 1778년(정조 2) 8월 금강산을 유람하게 되자, 여러 사람들이 전송하는 글을 지어주었다. 이용휴(李用休)의 「신문초(신광하)가 금강산으로 놀러가는 것을 전송하는 글(送申文初遊金剛山序)」을 보면 그 행색이 정말 멋지다.

금강산은 이름이 높아서 유람객의 수레와 말이 답지해서, 티끌과 먼지가 나날이 쌓였다. 정유년(정조 즉위년, 1777년) 가을 8월에 하늘이 크게 비를 내려 한바탕 씻어내자, 본상(本相, 본모습)이 마침내 드러났다. 선비 가운데 문학도 잘 하고 기이함을 좋아하는 사람인 신문초가 그 말을 듣고 그리로 간단다. 사람에게 비유하자면 비에 씻기기 전에 본 것

● 금강산사대찰전도金剛山四大刹全圖, 1899년, 영남대학교 박물관 소장

은 병들고 때에 찌든 얼굴이고, 지금은 세수하고 목욕해서 면목이 새로워진 자태다. 길손을 끌어들이는 제 시기에 신문초가 가는 것이므로 마땅하고도 다행스럽다. 신문초가 동쪽으로 유람가는 날은 마침 거인(擧人, 소과 합격하고 대과에 응시할 자격을 가진 사람)들이 대과(문과)에 응시하러 가는 날이다. 이것은 바로 신선과 범인의 분기처다.

선비들이 과거에 응시하러 서울로 몰려드는 때, 신광하는 큰비 끝에 본모습을 드러낸 금강산을 향해 표표하게 떠났다. 그 모습을 그려낸 이용휴의 글도 정말 기문이다. 신광하는 금강산 유람의 전말을 「동유기행(東遊紀行)」으로 기록하고, 시를 『동유록』으로 엮었다. 1787년(정조 11)에 다시 금강산을 유람하고, 시를 『풍악록』으로 엮게 된다.

금강산을 유람하고 쓴 기록들은 참 많다. 남효온(南孝溫)이 산문으로 지은 「금강산기」가 있고, 이이(李珥)의 장시 「풍악행(楓嶽行)」도 있으며, 인조 때 이경석(李景奭)이 산문과 시로 엮은 「풍악록」도 있다. 그리고 정선(鄭敾)의 금강산 그림에 이병연(李秉淵, 1671~1751)은 제시(題詩)를 덧붙였다. 정조가 문신들에게 7언 50운의 배율로 지어 올리게 한 「금강만이천봉(金剛萬二千峰)」의 응제시는 박제가나 이만수(李晚秀) 등 여러 사람들의 문집에 남아 있다.

금강산의 비경을 묘사한 회화에 적은 제화(題畵) 가운데 걸출한 것으로는 이용휴의 「제풍악도(題楓嶽圖)」를 들 수 있다. 최북의 그림을 보고 쓴 3편인데, 그 셋째 편에서는

옛 사람이, 아무 산은 조화옹이 어린 시절에 만든 것이어서 허술하다

고 하였다. 내가 생각에 이 산은 조화옹이 노성해져서 솜씨가 익숙하게
된 뒤에 별도로 신의를 내어 창조한 것이라고 본다. 그렇지 않다면 천하
에 어찌 이 산과 방불할 만한 산이 하나도 없단 말인가!

라고 하였다. 금강산의 비류할 바 없는 절승을 상상케 해준다.

이보다 앞서 이황(李滉)은 1553년(명종 8) 가을에 홍인우(洪仁祐)의 『유
금강산록(遊金剛山錄)』에 서문을 지어 주어, 금강산의 원유(遠遊, 거처를 떠
나 먼 곳을 유람함)가 문인의 양기(養氣, 기체의 양성)에 유용하다고 보았다.

산의 뿌리와 지맥, 물의 수원과 지파, 구름을 삼키고 안개를 뿜어내
는 모습, 가지를 모으고 선 수풀과 무리져 엉켜 있는 바윗돌 등등, 천태
만상이 붓 하나로 다 거두어져 있어서 군더더기이거나 부족하거나 한
것이 다시없으니, 읽는 이로 하여금 문밖을 나서지 않고서도 일만 이천
봉우리를 또렷이 눈으로 보게 한다. 글이 이런 경지라면, 산수와 그 빼
어남(奇)을 함께할 만하다.

신광하는 금강산 유람 때, 많은 노랫말 형식의 시를 지어 호방한 기상
을 드러내었다. 그 가운데 「금강산가」의 전반부는 이렇다.

<sup>군 불 견 금 강 지 산 직 상 사 만 팔 천 척</sup>　<sup>내 시 담 무 갈 지 소 택</sup>
君不見金剛之山直上四萬八千尺, 乃是曇無碣之所宅.

<sup>천 광 해 색 상 마 합</sup>　<sup>석 상 만 고 공 중 백</sup>
天光海色相磨欲, 石狀萬古空中白.

이 십 팔 수 삼 개 장　　삼 십 육 제 참 고 상
二十八宿森開張, 三十六帝參翺翔.

천 풍 취 락 요 대 설　　천 애 만 동 쟁 호 결
天風吹落瑤臺雪, 千厓萬洞爭皓潔.

일 월 배 회 어 기 중　　부 지 출 입 광 경 멸
日月裵徊於其中, 不知出入光景滅.

대 소 향 로 중 향 성　　최 최 찬 찬 우 기 절
大小香爐衆香城, 璀璀燦燦尤奇絕.

석 양 도 경 요 석 채　　청 천 조 요 금 은 궐
夕陽倒景搖石彩, 靑天照耀金銀闕.

혈 망 비 로 상 대 기　　보 현 오 로 여 부 이
穴網毗盧相對起, 普賢五老如附耳.

만 폭 동 회 백 천 교　　일 야 분 류 동 해 수
萬瀑洞會百川橋, 一夜奔流東海水.

질 칙 벽 력　　서 칙 문 기
疾則霹靂, 徐則文綺.

청 뢰 호 석　　상 여 종 시
淸瀨皓石, 相與終始.

수 풍 상 생　　삽 연 이 지
水風相生, 霅然而止.

무 악 수 혜 여 독 사　　호 창 록 혜 제 청 시
無惡獸兮與毒蛇, 嘷蒼鹿兮啼靑兕.

진 택 광 부 경 혼 백　　이 수 거 석 이 직 시
震澤狂夫驚魂魄, 以手據石而直視.


그대는 보지 못하나 금강의 산이 곧추 사만 팔천 척이나 솟아 있는 것을.

그곳은 바로 담무갈이 거처하는 곳이로다.

하늘빛과 바닷색이 서로 갈고 마셔서

바위의 형상이 공중에 솟아나 만고에 희도다.

천상의 이십팔 별자리가 삼엄하게 벌려 있고

삼십육 천제가 너울너울 날아올라 참예하는 곳.

하늘의 바람이 요대(瑤臺)의 흰눈을 불어 떨어뜨린 듯

일천의 벼랑과 일만의 골짝이 깨끗함을 다툰다.

해와 달은 그 속에서 배회하니

그것들이 드나들어 빛이 한시도 소멸하지 않누나.

대소 향로봉과 중향성은

옥처럼 영글어 찬란해서 너무도 기특하다.

석양이 거꾸로 비쳐 바위의 채색을 흔들고

푸른 하늘의 금대궐 은대궐을 내리비춘다.

혈망봉과 비로봉이 마주하여 솟아나고

보현봉과 오로봉은 귀를 대어 보는 듯.

만폭동은 백천교에서 만나

한밤중에 콸콸, 동해 물로 쏟아져 가니

빠르면 벼락이 치듯 하고

느리면 그 물결은 고운 무늬.

맑은 여울과 흰 바위가

서로 언제까지고 어우러지고

물과 바람이 상생하여

요란스럽다간 뚝 그친다.

악한 짐승도 없고 독사도 없으며

푸른 사슴이 울고 파란 들소가 울부짖으매

진택광부(震澤狂夫, 시인 자신)는 혼백이 벌벌 떨려

손으로 바위를 붙잡고서 응시하노라.


신광하는 금강산을 원기(元氣)의 출입처라 하였다. 그리고, 그 속에서 원기를 체득하여 충만해 진 정신세계를 노래하였다.

금강산의 심장은 마하연(摩訶衍)이다. 신라 문무왕 원년에 의상대사가 창건하였다. 신라의 마의태자가 이곳에서 생을 마치려 하였고, 고려의 나옹화상이 이곳에서 수도하였다. 후에 화재로 폐허가 되었다가 조선 순조 때 중수하고 1932년에 다시 크게 개수하여 표훈사(表訓寺) 스님들의 도량으로 이용되었다. 절은 해발 846미터의 높은 대 위에 있다. 중향성(衆香城)이 뒤쪽으로 병풍을 친 듯하고, 혈망봉(穴望峰)과 담무갈봉(曇無竭峰)이 앞으로 병풍을 친 듯하다. 기괴한 암벽 사이에 자리잡고 있는 것이다.

고려 후기의 학자 이제현(李齊賢)이 마하연 절을 찾아 시를 지었다. 대자연은 결국 우리 인간을 그 작은 일부로 화하게 하는 것이 아닌지! 흰 구름이 옛 절을 감싸고 있는 광경을 보고 이제현은 대자연의 광대무변함을 절감하였다.


山中日亭午, 草露濕芒屨.

古寺無居僧, 白雲滿庭戶.

산속이라 해가 중천에 올라도

풀에 맺힌 이슬이 짚신을 적신다.

옛 절에는 스님이 살지 않고

흰 구름만 뜰에 가득하고.


18세기 소북 계열의 시인 임희성(任希聖)이 지은 「마하연」이라는 시는 인간의 실존과 관련하여 많은 것을 생각하게 한다. 그는 신궁(절)에도 성쇠가 있음을 깨닫고, 인간만물의 왜소성을 더 한층 실감하였다.


팔 담 유 시 궁　군 승 역 기 편
八潭游始窮, 羣勝歷幾徧.

경 여 축 지 고　초 벽 수 안 전
輕輿逐趾高, 峭壁隨眼轉.

초 근 중 향 성　갱 득 마 하 연
稍近衆香城, 更得摩訶衍.

보 지 경 자 별　영 택 명 잉 천
寶地境自別, 靈宅名仍擅.

운 대 사 노 정　담 갈 전 피 면
雲臺乍露頂, 曇竭全披面.

징 명 계 음 합　조 란 풍 색 현
澄明桂陰合, 照爛楓色絢.

명 심 좌 초 홀　진 흥 일 고 면
冥心坐超忽, 眞興溢顧眄.

소 석 진 감 폐　구 궐 재 향 천
所惜塵龕閉, 久闕齋香薦.

禪宮有衰盛, 世界尤幻變.
선궁유쇠성 세계우환변

將去復回首, 此來猶過電.
장거부회수 차래유과전

팔담에 노닒을 비로소 마치니

뭇 경승들을 몇 번이나 거쳤는지.

편여는 인부들 발을 따라 높이 오르고

아스라한 바위벽은 시선 따라 빙빙 돌아,

중향성이 차츰 가까워지더니

다시 마하연 승지를 얻었다.

사찰의 경지가 유별나서

영택의 명성을 독차지하는군.

운대(雲臺)는 잠깐 정수리를 드러내고

담무갈은 얼굴을 완전히 드러내었다.

명징한 빛이 계수나무 그늘과 가만히 합하고

햇빛이 찬란하게 비쳐 단풍색이 현란하다.

아득히 세속 떠난 경지이기에 마음을 가라앉히고

이리저리 돌아보며 참 흥취를 만끽한다.

애석한 것은 먼지 덮인 감실이 닫혀 있어

재향 못 올린 지 오래되었다는 사실.

선궁(절)에도 성쇠가 있는 법

세계는 정말로 변환이 심하도다.

떠나려다 말고 다시 고개 돌려 바라보매

여기에 온 것도 번개가 지나가듯 한순간.


이병연은 1712년 금화현 수령으로 있을 때, 정선과 함께 금강산을 유람하고, 정선의 금강산 그림을 『해악전신첩(海岳傳神帖)』으로 엮었다. 그는 금강산을 주유하고 얻은 흥취를 3천여 글자의 장시에 담았다. 「내가 풍악에 노닐 때 게을러서 시를 짓지 못하다가, 올라가 다 본 뒤에 마침내 구경한 바를 한데 몰아 3천 자로 적는다. 감히 시라고는 할 수 없고 그저 지나쳐 온 바를 기록할 따름이며, 말이 저속한데다 운자까지 중복하여 놓았으니, 독자께서는 비웃지 마시라」는 긴 제목이다. 여기서는 그가 지은 「원통동(圓通洞)」을 든다. 이 시는 목전의 실경을 묘사하고 다음날의 경색을 상상하여 적었다. 상상속의 내일 경치도 실은 실경이다.


원 통 동 리 답 명 사　 우 헐 구 명 산 로 사
圓通洞裏踏明沙, 雨歇鳩鳴山路斜.

지 시 효 래 계 력 건　 분 분 요 락 목 련 화
知是曉來溪力健, 紛紛搖落木蓮花.


원통골 속으로 고운 모래 밟고 가는데
비 그치자 비둘기 울고 산길은 기울었네.
새벽이면 시냇물 세차고
어지러이 목련화 떨어졌으리.


정양사(正陽寺)는 금강산 정맥에 위치하여 지세가 높고 멀었다. 고려 태조가 금강산에 올라가자 중국 당나라 승려인 담무갈이 바위 위에 나와 광채를 나타내었으므로 거기에 절을 지었다고 한다. 당나라 승려를 끌어들인 것은 좀 불만이다. 하지만 절의 신성한 내력을 말해주는 전설이라 하겠다. 절은 천일대와 마주하고 있는데, 그 부근은 일기가 고르지 않다. 현란한 미의 연출을 이병연의 「정양사」 시는 이렇게 표현하였다.

정 양 루 각 은 경 뢰  천 일 대 전 우 사 개
正陽樓角殷輕雷, 天一臺前雨乍開.

차 간 붕 운 천 만 첩  석 양 전 도 우 횡 래
且看崩雲千萬疊, 夕陽顚倒又橫來.

정양루 모서리에 천둥 가볍게 울리고
천일대 앞에 비가 뿌리다 곧 걷혔다.
천만 겹 먹구름이 흩어지나 싶더니
저녁햇살 거꾸러져 또다시 비껴오네.

전하는 말에 조선 중기의 시인 정사룡(鄭士龍, 1491~1570)은 정양사에서 지난 인생을 되돌아보고 겸허한 마음을 갖게 되었다고 했다.

만 이 천 봉 영 략 귀  소 소 낙 엽 타 추 의
萬二千峯嶺略歸, 蕭蕭落葉打秋衣.

정 양 한 우 소 향 야  거 원 방 지 사 십 비
正陽寒雨燒香夜, 蘧瑗方知四十非.

일만 이천 봉을 얼추 보고 가는 길
쓸쓸히 지는 낙엽이 가을 옷을 때린다.
정양사에 찬비 내리고 향불 피운 밤
거원(蘧瑗)처럼 알겠네, 사십 년 잘못을.

거원은 춘추시대 위나라의 대부인데, 나이 50에 지난 49년의 잘못을
깨달았다고 한다. 자가 백옥(伯玉)이라 거백옥으로 잘 알려져 있다.

정사룡의 이 시에는 조금 악의에 찬 이야기가 붙어 다닌다. 정사룡이
젊어서 정양사의 금부처를 훔쳤다가 늘그막에 잘못을 깨닫고 지은 시라
는 것이다. 사실 이 시는 1577년 초간의 『호음잡고(湖陰雜稿)』에는 실려
있지 않다.

이 시와 그 이야기는 박지원의 『열하일기』에 나온다. 정사룡이 예조
좌랑이 되었을 때, 평성부원군 박원종(朴元宗)과 가까이 지냈다. 박원종
은 연산군 때, 무반 벼슬에 있던 중 삭직되자 중종을 옹립하는 반정에
가담하여 일등 공신으로서 정승 자리에 올랐다. 정사룡이 그를 만나러
겹문을 들어가니 곳곳에 화려한 집이 있고 붉은 난간이 있었으며, 젊은
여인들은 모두 비단옷을 늘어뜨리고 진수성찬을 내어놓았다. 종일 질
편한 잔치를 하고 난 후에 정사룡이 공무를 아뢰자 박원종은 쳐다보지
도 않고 "공무는 가서 예조판서에게나 물어보게"라고 하였다. 이때부
터 정사룡은 평생 박원종처럼 지내기로 결심하였다고 한다. 그런데 박
원종은 도둑질에 명수였는데, 정사룡이 그의 묘수를 배워 정양사에 묵
을 때 금부처를 훔쳐 부자가 되었다는 것이다.

박원종은 무인으로서 반정에 참여하고 호사한 생활을 하였으므로 그

를 추종한 정사룡을 못마땅하게 생각하는 사람들이 있었을 것이다. 그들이 이런 이야기를 지어냈을 게다. 어쨌든 박지원은 정사룡의 이 시가 정양사 벼랑에 적혀 있는 것을 보았다고 하였다.

금강산은 삼신산의 하나로 꼽을 만큼 도교의 성산이기도 하다. 금강산 시 가운데 선풍도골(仙風道骨)이 빼어난 것으로 명종·선조 때, 양사언(楊士彦, 1517~1584)의 시가 있다. 글씨로도 유명하여 조선 전기 4대 서가로 꼽히는 이 사람은 만폭동에 '봉래풍악(蓬萊楓岳)'과 '원화동천(元化洞天)'의 글씨를 남겼다. 관직에 있으면서도 대지팡이와 미투리로 산골짜기를 찾아다녔고, 도량과 풍채도 있었다. 「발연사(鉢淵寺)」라는 시를 하나 든다.

백 옥 경　 봉 래 도
白玉京, 蓬萊島.

호 호 연 파 고　 희 희 풍 일 호
浩浩煙波古, 熙熙風日好.

벽 도 화 하 한 내 왕　 생 학 일 성 천 지 로
碧桃花下閒來往, 笙鶴一聲天地老.

백옥경

봉래도.

아득하게 안개 낀 물결이 예스럽고

부드러운 바람과 햇볕도 좋아라.

벽도화 아래 한가롭게 오가나니

410

학 탄 신선의 피리 소리에 천지가 늙누나.

금강산의 산수는 안온한 관조의 대상이 아니다. 생활공간과 이어져 있지도 않다. 곧, 인간으로 하여금 본래성을 환기하도록 만드는 장엄산 하다. 사대부 문인들은 금강산 곳곳의 불교식 이름을 못마땅해 하였다. 하지만 그들도 바로 거기서, 일상성으로부터의 탈각을 촉구하는 체험을 겪었다.

광해군 때 임숙영(任叔英)은 금강산의 광대한 세계를 자못 커다란 기상으로 노래하였다. 「비로봉에 올라서(登毗盧峰)」라는 제목이다. 비로봉은 금강산을 하나하나 발밑에 두고 내려다볼 수 있는 해발 1,638 미터 절벽 산이다.

개 골 산 두 망 팔 은 　 대 천 초 체 격 풍 진
**皆骨山頭望八垠, 大千迢遞隔風塵.**

욕 경 동 해 첨 춘 주 　 취 진 환 중 억 만 인
**欲傾東海添春酒, 醉盡寰中億萬人.**

개골산 정상에서 온 세상을 바라보니
광대무변의 대천세계가 풍진을 떠나 있군.
동해의 물 길어다가 봄 술을 담아내어
이 세상 억만 사람을 취하게 하련다.

영 · 정조 때, 남인의 문인이었던 이헌경(李獻慶, 1719~1791)은 금강산 어

구에 이르러 벌써 속세의 생각이 가셨다고 하였다. 「금강산 어구로 들어가 초천을 건너며(入金剛洞口渡初川)」란 제목이다.

來渡初川第一橋, 淸沙白石水光搖.
내 도 초 천 제 일 교　청 사 백 석 수 광 요

曹溪一酌香生齒, 人生塵根到此鎖.
조 계 일 작 향 생 치　인 생 진 근 도 차 쇄

초천의 첫째 다리 건너매
흰 바위 맑은 모래, 물빛에 흔들린다.
조계 한잔 물에 입 안 가득 향내나서
육근(六根, 사람을 미혹하게 하는 여섯 가지 근원)이 예 와서 사라지네.


인조 때, 이경석(李景奭, 1595~1671)은 헐성루(歇惺樓)를 노래한 시에서 조화의 묘관(妙觀, 오묘한 광경)을 자세히 살필 수 있겠다고 하였다. 참 자아를 찾아나서겠다는 뜻을 토로한 것이다. 헐성루는 정양사 동선당(東禪堂)의 동쪽에 있는 누각이다. 금강의 일만 이천 봉이 누각 앞으로 향하여 있는 듯하다고 한다.

玉骨浮空霽色新, 九秋霜後更精神.
옥 골 부 공 제 색 신　구 추 상 후 갱 정 신

花紅葉赤渾爲假, 無葉無花始是眞.
화 홍 엽 적 혼 위 가　무 엽 무 화 시 시 진

공중에 뜬 옥골이 비 개어 새롭고

구추(가을)의 서리 진 후 더욱 정신(정화)을 드러낸다.

붉은 꽃과 단풍잎은 모두 다 가식이니

잎 없고 꽃 없어야 비로소 참모습.

영조 때, 노론계 문인 황경원(黃景源, 1709~1787)은 향로봉 아래 팔담(八潭)을 노래한 8편의 연작시에서 인간의 왜소성을 장엄산하에 대비시켜 비애의 감정을 일으켰다. 그 여섯째 수는 이렇다.

<ruby>鬱鬱奇峰凌碧霄<rt>울 울 기 봉 능 벽 소</rt></ruby>, <ruby>六潭西望洞門遙<rt>육 담 서 망 동 문 요</rt></ruby>.

<ruby>楓林送客秋光暮<rt>풍 림 송 객 추 광 모</rt></ruby>, <ruby>啼鳥閒雲兩寂寥<rt>제 조 한 운 양 적 요</rt></ruby>.

빼곡하게 기이한 봉우리들 하늘 높이 솟아났고

여섯째 못에서는 계곡 어구가 서쪽으로 멀리 보이네.

단풍 숲은 길손을 전송하여 가을빛 저물었고

우는 새와 한가론 구름만 적막하구나.

조선조 오백 년의 사직이 종언(終焉)을 고하려 할 때, 지사 최익현(崔益鉉, 1833~1906)도 50세 되던 1882년에 지기들과 금강산을 올라 보고 시들을 지었다. 「4월 3일에 여러 벗들과 금강산을 가다(四月三日與諸友發金剛之行)」이하 40편이다. 금강산 유람은 나라의 장래를 걱정하다가 앓게

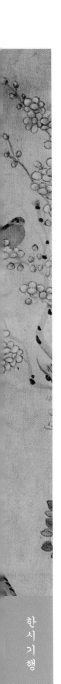

된 마음의 병을 치유하려 한 것이었다. 하지만 이 기행에서도 나라 일을 근심하는 마음을 지울 수가 없었다. 「북관정(北寬亭)」 시를 보면 그 점을 알 수 있다. 북관정은 철원 북쪽에 있는 정자다. 궁예의 도읍지였던 곳이 기도 하다.

翩翩笻屐向東州, 回首難寬望美愁.

古都形勢經千劫, 重地關防閱幾秋.

曾聞巨室傳三姓, 更看名園聳一樓.

却羨主翁先據了, 悠然物外任閑遊.


훨훨 행장을 떨치고 관동으로 향하지만

님 계신 데 돌아보니 근심을 누그러뜨리기 어렵다.

고도의 형세는 일천 겁을 지냈나니

요새지는 몇 년이나 험한 전쟁 거쳤던가.

이곳은 세 성씨가 서로 전했다는 말을 들었는데

다시 보니 아름다운 정원에 누대가 솟아 있군.

먼저 여기 차지한 주인이 부러우이

세상 밖에 한가히 노니는 그대가.


정철의 「관동별곡」에 "동주(철원)의 밤을 겨우 새워 북관정에 오르니,

임금 계신 서울의 삼각산 제일 높은 봉우리가 웬만하면 보일 것도 같구나"라고 하였다. 금강산을 유람하던 사람들도 이 북관정에 이르러서는 종묘사직의 문제를 떠올리고는 하였던 것이다.

강준흠(姜浚欽)의 「수석편(水石篇)」은 금강산의 자연미와 그 유람의 의미를 가장 적실하게 말한 노래체 시이다. 산의 지정(至靜)과 물의 지동(至動)이 서로 꾀하고 서로 비추는 것이 금강의 자연미라고 하였다. 일부만 든다.

발위만장봉　삭위천인벽
拔爲萬丈峰, 削爲千仞壁.

중중적폐부　축축추검극
重重積肺腑, 矗矗抽劍戟.

시위석지승　수비조화적
是爲石之勝, 誰非造化跡.

폭종천상래　담종지중탁
瀑從天上來, 潭從地中坼.

곡곡철마등　면면파리벽
曲曲鐵馬騰, 面面玻璃碧.

시위수지승　수비귀신극
是爲水之勝, 誰非鬼神劇.

상당천지초　성산유여력
想當天地初, 成山有餘力.

고장석위골　수이통혈맥
故將石爲骨, 水以通血脈.

지정여지동　상모역상석
至靜與至動, 相謀亦相射.

성 은 완 종 고　세 급 생 벽 력
聲殷宛鐘鼓, 勢急生霹靂.

팔 마 산 진 수　분 노 곡 위 착
刮磨山盡瘦, 奮怒谷爲窄.

연 하 유 상 윤　초 목 승 여 택
烟霞有常潤, 草木承餘澤.


뽑혀서는 일만 장(丈) 봉우리

깎여서는 일천 인(仞) 벼랑.

차곡차곡 폐부를 겹쳐 둔 듯하고

곧추곧추 칼날을 뽑아둔 듯.

이것이 바위의 형승이니,

조화옹 자취 아닌 게 어디 있는가.

폭포는 하늘에서 내리쏟고

못은 땅에서 터져 나오니,

구비구비 철마가 튀고

면면이 유리처럼 푸르고나.

이것이 물의 형승이니

귀신의 놀이 아닌 게 어디 있는가.

상상컨대 조물주가 천지를 열 때에

산을 이루고는 힘이 남자,

바위로는 뼈를 만들고

물로는 혈맥을 통하게 하여

지정(至靜)과 지동(至動)이

서로 꾀하고 서로 들어맞게 한 것이리.

우르릉 소리는 완연히 종과 북의 음악

급한 형세는 벼락을 낳는데,

갈고 닦이어 산들은 죄다 수척하고

불끈 노하여 골짜기가 좁디좁다만,

연하(아지랑이와 노을)가 늘 윤기를 머금어서

초목이 그 은택을 입고 있구나.


지정(至靜)과 지동(至動)이 어우러진 금강의 자연 속에서 유람자는 반관(反觀, 자기성찰)을 하게 되며, 그로써 정신적 고양을 경험하게 된다. 곧, "수심하는 사람은 원한과 불만을 풀고, 용기 있는 사람은 떨쳐 일어나려 생각하며, 탐악한 자는 마음을 씻으려 하게 되고, 겁 많은 자는 덕을 수행하려고 하게 된다."

박제가는 정조의 명에 응하여 올린 장편의 「금강산」 시 첫머리에서

<ruby>携<rt>휴</rt></ruby> <ruby>筇<rt>공</rt></ruby> <ruby>一<rt>일</rt></ruby> <ruby>日<rt>일</rt></ruby> <ruby>一<rt>일</rt></ruby> <ruby>峰<rt>봉</rt></ruby> <ruby>等<rt>등</rt></ruby>    <ruby>百<rt>백</rt></ruby> <ruby>歲<rt>세</rt></ruby> <ruby>三<rt>삼</rt></ruby> <ruby>分<rt>분</rt></ruby> <ruby>始<rt>시</rt></ruby> <ruby>一<rt>일</rt></ruby> <ruby>周<rt>주</rt></ruby>

携筇一日一峰等, 百歲三分始一周.

지팡이 짚고 하루에 하나씩 오른다 해도

백 년에 삼분의 일이어야 일주할 수 있지.


라 하였고, 또

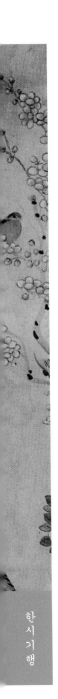

축 입 단 청 유 괘 루   산 위 천 억 자 궁 수
## 縮入丹靑猶掛漏, 散爲千億恣窮搜

그림 속에 축소해 그려도 빠뜨리게 되니

천억으로 흩어두어 마음껏 찾아보게 하네.

라고도 하였다. 금강산이 이루는 세계가 얼마나 광대한지 극명하게 말
하였다.

　선인들에게 금강산 유람은 '맑은 마음(心齋)'의 상태, 나의 정신과
천지의 정신이 왕래 소통하는 경지를 뚜렷하게 체험하는 기회였다. 다
만 금강산은 험하고 아스라해서 거처할 수 없기에 거기서는 고요함과
한가함을 느낄 수 없었다. 그래서 박지원은 금강산보다 삼각산이 더 좋
다고 하였다. 지금 우리에게 금강산은 어떤 모습으로 다가서는가?

# 十八. 청학이 사는 지리산

지리산은 금강산·한라산과 더불어 삼신산의 하나로, 일명 방장산(方丈山)이라고 한다. 또 백두대간이 뻗어내렸다 하여 두류산(頭流山)이라고도 한다. 남해에 이르기 전 잠시 머물렀다고 해서 머물 류(留)로도 적는다. 전북 남원시·전남 구례군·경남 산청군·하동군·함양군에 걸쳐 있으며, 주봉 천왕봉(1915미터)과 서쪽 끝의 노고단(1507미터)·서쪽 중앙의 반야봉(1751미터) 등 3봉을 중심으로 한다.

천왕봉에서 노고단에 이르는 주능선을 끼고 남강(낙동강 상류)과 섬진강이 흐른다. 섬진강의 물은 하동 쪽 남해로 흘러든다. 안도현 시인은 「지리산 뻐꾹새」에서 이렇게 노래하였다.

지리산중
저 연연한 산봉우리들이 다 울고 나서

오래 남은 추스름 끝에
비로서 한 소리 없는 강이 열리는 것을 보았다.


섬진강 섬진강
그 힘센 물소리가
하동 쪽 남해를 흘러들어
남해군도의 여러 작은 섬을 밀어 올리는 것을 보았다.


지리산은 등반 코스가 여럿이다. 과거에는 경상도 진주에서 오르는
길을 많이 이용하였다. 현재 국립공원으로 지정된 이 지역은 동으로 하
봉·중봉에서 제석봉·칠선봉에 이르고, 서쪽으로는 토끼봉·반야봉에
서 구례 화엄사를 내려다보며, 북으로는 뱀사골·심원 계곡을 이룬다.
뱀사골이나 피아골에 이르면 풀 한 포기, 돌멩이 하나라도 예사로 지나
칠 수 없다. 해방 후 우리 지식인들의 고민의 땅이자 수많은 원령들이
떠도는 골짝이다. 그렇기에 이성부 시인은 「피아골 다랑이논ㅡ내가 걷
는 백두대간 67」에서


구례군 토지면 직전마을 피아골 들머리
아침 햇발에 층층 쌓인 다랑이논들
거친 숨결 내뿜는 것을 본다


라고 하지 않았던가.
　하지만 한시에서 지리산은 청학동 전설과 결부되어 아름답고도 환상

적인 유토피아로 묘사되어 왔다.

　그런데 청학동이란 이름은 일곱 곳이나 있다고 한다. 고려 중엽의 문인인 이인로(李仁老)는 진주 쪽에서 청학동을 찾아 나섰다가 찾지 못하고「지리산에 노닐다(遊智異山)」 시를 지어 아쉬움을 토로하였다.

<ruby>頭<rt>두</rt></ruby><ruby>流<rt>류</rt></ruby><ruby>山<rt>산</rt></ruby><ruby>迴<rt>형</rt></ruby><ruby>暮<rt>모</rt></ruby><ruby>雲<rt>운</rt></ruby><ruby>低<rt>저</rt></ruby>, <ruby>萬<rt>만</rt></ruby><ruby>壑<rt>학</rt></ruby><ruby>千<rt>천</rt></ruby><ruby>巖<rt>암</rt></ruby><ruby>似<rt>사</rt></ruby><ruby>會<rt>회</rt></ruby><ruby>稽<rt>계</rt></ruby>.

두류산형모운저　만학천암사회계
頭流山迴暮雲低, 萬壑千巖似會稽.

책장욕심청학동　격림공청백원제
策杖欲尋靑鶴洞, 隔林空聽白猿啼.

누대표묘삼산원　태선의희사자제
樓臺縹渺三山遠, 苔蘚依俙四字題.

시문선원하처시　낙화유수사인미
試問仙源何處是, 落花流水使人迷.


두류산 저 멀리 뵈고 저녁구름 나직한데
만학 천봉이 회계산과 흡사하다.
지팡이 짚고서 청학동을 찾으려 하였더니
수풀 너머 속절 없이 들리누나, 흰 원숭이 울음소리.
누대는 아스라하여 삼신산이 멀고
이끼 낀 빗돌에는 네 글자가 어렴풋하다.
무릉도원이 어딘가 물으려 한다만
낙화가 시냇물에 흘러 헷갈리게 하네.


회계산은 중국 절강성 소흥의 동남쪽 산. 옛 이름은 모산(茅山)이었는데, 우임금이 천하를 순력하다가 이 산에 오르자 뭇 신하들이 크게 모였으므로 이름을 고쳤다고 한다. 지리산 꼭대기에는 태을선인이 거처하여 뭇 신선들이 모여든다고 한다. 지리산을 회계산에 비유한 것은 이 때문이다. 그만큼 지리산에는 제왕의 기운이 있다는 뜻이기도 하다. 수풀 너머에서 흰 원숭이가 울었다는 말은 산세가 험준하고 신비롭다는 뜻이지, 실제로 흰 원숭이가 있었다는 말은 아닐 것이다.

지리산의 수원은 영신원(靈神源)이라 한다. 이인로는 물의 근원을 따라가 신선 사는 곳을 찾으려 하였으나 길을 알 수 없었다고 하였다. 도연명의 「도화원기」에, 어부가 복사꽃 떠 오는 곳을 따라 올라가 선경을 찾았으나 그곳을 나온 뒤에는 그리로 가는 길을 찾지 못하였다는 이야기가 있다. 이인로는 복사꽃 떠 오는 물 때문에 오히려 길을 찾지 못하겠다고 하였다. 지리산의 신비함을 그렇게 말한 것이다.

청학동 전설은 근세에 이르기까지 널리 구전되었다. 별유천지(別有天地)나 선경(仙境)이란 말로 표현되듯, 청학동은 인간세상이 아닌 곳으로 상상되어 왔다. 이인로는 다음과 같이 「청학동기」도 남겼다.

옛 노인이 이렇게 말했다. "지리산에 청학동이 있는데 길이 매우 좁아서 사람 하나가 겨우 지날 수 있다. 몸을 구부리고 수십 리를 가서야 넓고 훤한 경지가 펼쳐진다. 거기에는 기름진 밭과 땅이 널려 있어 곡식을 심기에 알맞다. 하지만 이제는 푸른 학만 살고 있다. 그래서 그런 이름이 붙었다. 아마 세상을 피한 사람들이 살았던 까닭에 무너진 담과 구덩이가 가시덤불 우거진 터에 여전히 남아 있는 듯하다." 나는 친척 형인 최상국(崔相國)과 약속하고 그곳을 찾아가기로 하였다. 대고

리짝을 소 등에 두서넛 싣고 들어가면 장차 이 세속과는 동떨어지겠거니 생각하였다. 마침내 화엄사에서 출발하여 화개현에 이르러 신흥사에 투숙하였는데, 가는 곳마다 모두 선경이었다. 많은 기암들이 빼어남을 다투고 많은 시내들이 흐름을 다투었으며, 대울타리 친 초가에 복사꽃이 어리비쳤다. 흡사 인간세상이 아닌 듯하였다. 하지만 청학동이라는 곳은 끝내 찾지 못하였다.

지금 사람들은 대개 하동 청암면 묵계리 진주암 일대가 청학동이라고 한다. 그러나 이인로의 말에 따르면 그곳 입구는 사람 하나가 겨우 지날 수 있을 정도로 좁으며, 전에 사람이 살기는 하였으나 후에는 청학만 살게 되었다고 하였다. 지금의 진주암 일대를 과연 청학동이라 할 수 있을까? 청학동은 세속과는 단절된 곳이기에, 인간세계의 티끌을 묻힌 사람이 들어갈 수 있는 곳이 아니다. 이인로는 끝내 그곳을 못 찾았다고 하였다. 그 말에는 그 자신이 끝내 속세에의 미련을 떨치지 못하였다는 의미가 함축되어 있다.

지리산은 삼신산 가운데 방장산에 비교된다. 하지만 지리산 동쪽 봉우리인 천왕산 아래 가섭대(迦葉臺)에서 보면 다시 방장산·봉래산·영주산이 아스라히 보인다고 하였다. 또 지리산 계곡에는 최치원이 썼다는 '광제암문(廣濟嵒門)'의 네 글자가 있다. 쌍계사 계곡에도 '쌍계석문(雙溪石門)'의 네 글자가 있다. 쌍계산 계곡의 글씨는 아이들 장난 같다. 이인로가 말한 것은 '광제암문'의 네 글자였던 듯하다.

조선 선조 때, 박지화(朴枝華, 1513~1592)가 지은 「청학동(青鶴洞)」시는 심원하고 억세며 간결하고 질박하기로 유명하다. 박지화는 예학과

● 천하중국조선팔도지총도서天下中國朝鮮八道之總圖書, 필자 소장
왼쪽 아래 부분에 하동(河東)이 있고 그 위에 지리산(智異山)이 있다.

도가사상에 밝았는데, 관직은 고작 학관(學官)을 지냈다. 임진왜란 때, 적에게 수모를 당하지 않겠다고 바위를 안고 계곡물에 빠져 죽었다. 박지화는 최치원의 일을 회상하였다. 최치원은 문장학사로서 신라 중흥의 이념을 품었지만 세상의 혼란상을 보고 선도(仙道)에 잠심하였고, 결국 지리산에 들어갔다. 최치원의 일은 영웅재사가 겪을 수밖에 없는 운명이었단 말인가?

고 운 당 진 사　초 불 학 신 선
孤雲唐進士, 初不學神仙.

만 촉 삼 한 일　풍 진 사 해 천
蠻觸三韓日, 風塵四海天.

영 웅 나 가 측　진 결 본 무 전
英雄那可測, 眞訣本無傳.

일 입 명 산 거　청 풍 오 백 년
一入名山去, 淸風五百年.


고운(최치원)은 당나라의 진사로
당초 신선을 배우지는 않았네.
조그마한 삼한 땅이 서로 싸우고
사해에 전쟁 먼지 날리던 시절,
영웅의 마음을 어찌 헤아리랴
진결(眞訣)이 본래 전하지 않는 걸.
한 번 명산으로 들어간 뒤
맑은 풍모가 오백 년을 전하네.

최치원은 12세 때, 당나라에 유학하여 18세로 빈공과(賓貢科, 외국학생 대상의 시험)에 급제하였다. 그래서 당나라 진사라 하였다. 만촉(蠻觸)은 『장자』「측양(則陽)」편에 나오는 고사로, 달팽이의 오른쪽 더듬이의 만씨와 왼쪽 더듬이의 촉씨가 전쟁을 한다는 가설적인 이야기다. 여기서는 자그마한 한반도가 세 나라로 나뉘어 싸운 일을 비유하였다. 명산은 어떤 책에는 봉산(蓬山, 봉래산)으로 되어 있다. 청풍은 어떤 책에 청분(淸芬, 맑은 향기)으로 되어 있다. 또 오백 년은 어떤 책에 팔백 년으로 되어 있다.

최치원이 청학동에 노닌 것은 애당초 신선이 되려 한 것이 아니다. 선비로서 세상에 도를 행하려다가 부득이 하여 은거한 것이다. 사실 은둔을 결심한 그의 참 마음은 알기 어렵다. 세간의 추측이야 어떻든 최치원은 지리산에 들어갔다. 그리고 그의 청풍(淸風)만은 길이 전한다.

조선 중기의 도학가 조식(曺植)은 지리산 자락에 거처하였다. "암혈에 눈비 맞아 볕뉘 쬔 적 없다"라고 호언할 만큼 벼슬을 살지 않고 고고한 생활을 하였다. 61세 때, 덕산에 서실을 짓고 산천재(山天齋)라 이름 지었다. 그 명칭은 『주역』 대축괘(大畜卦☶)의 "강건하고 독실하게 수양해서 안으로 덕을 쌓아 밖으로 빛을 드러내어 날마다 그 덕을 새롭게 한다(剛健, 篤實, 輝光, 日新其德)"라는 말에서 따온 것이다. 경(敬) 자세를 지키고 의(義)를 행한다는 유가의 행위준칙에 철저하였으며, '명(明, 명료한 분별)'과 '단(斷, 결단)'을 정신 경계로 삼았다. 선과 악이 서로 물어뜯고 뒤집어엎는 현실계에서 선의 일단을 붙잡으려고 고투하였기에, 도덕적 실천의지가 매우 강인하였다. 「우연히 읊다(偶吟)」라는 제목의 시를 보면 그는 천리의 운행을 직관한다고 확신하였다.

고 산 여 대 주    탱 각 일 변 천
高山如大柱, 撑却一邊天.

경 각 미 상 하    역 비 불 자 연
頃刻未嘗下, 亦非不自然.


큰 기둥같이 높은 산이

하늘 한쪽을 버티고 서서

잠시도 내려놓지 않나니

그 또한 절로 그렇지 않음이 없도다.


조식은 성리학에 관한 구구한 이론을 늘어놓지 않았다. 세상을 울릴
학문 사업을 하지 않고 내면의 본래성을 다잡아, 하늘이 울어도 울지 않
는 두류산과 같고자 하였다. 「덕산 계정의 기둥에 쓰다(題德山溪亭柱)」
라는 시를 보라.


청 간 천 석 종    비 대 구 무 성
請看千石鍾, 非大扣無聲.

쟁 사 두 류 산    천 명 유 불 명
爭似頭流山, 天鳴猶不鳴.


천 석들이 종을 보라

크게 치지 않으면 아무 소리 없네.

하지만 어찌 저 두류산이

하늘이 울어도 울지 않음만 하랴!

이러한 부동의 경지에 서 있었기에 현실의 복잡다단한 사실들이 마음에 아무 상처를 남기지 않았을 것이다.

종래 지리산의 가장 아름다운 곳으로 불일암(佛日菴)을 꼽았다. 불일암은 본래 쌍계사의 부속암자로 고려 보조국사가 중창하고 도량으로 삼은 후 그렇게 부르게 되었다고 한다. 지금은 송광사에 속한다. 절벽 위에 있으며, 산들로 둘러싸여 상쾌하고 명랑하기 그지 없다. 아래로는 용소(龍湫)와 학못(鶴淵)이 있어 그 깊이를 헤아릴 수 없다. 그곳을 청학동이라고 하는 사람도 있다. 김일손(金馹孫)은 「두류기행록」에서 다음과 같이 말하였다.

등구사(登龜寺)로부터 여기까지 전후 16일 동안, 수없이 많은 봉우리들이 제각끔 빼어나고 계곡마다 시냇물이 다투어 흘러서, 아름다운 것과 희한한 것을 셀 수 없을 만큼 많이 보았지만, 가장 내 마음에 드는 것은 불일암 하나뿐이다. 또 학의 이야기를 듣고 혹시 이인로가 찾던 청학동이 여기가 아닐까 생각하여 보았다. 그러나 계곡이 아주 험하여 원숭이가 아니고서는 잘 다닐 수 없으니 처자도 둘 데가 없고 가족도 용납할 데가 없다. 암천사(巖天寺)와 단속사(斷俗寺)는 중들의 독천장이 되었고 청학동은 끝내 찾을 수가 없으니 어찌할 것인가!

조선 선조 때, 시인 이달(李達)은 「불임암의 인운(因雲)스님에게 준 시(佛日菴贈因雲釋)」에서 세월을 잊고 사는 승려의 고고한 정신세계를 조금 해학적으로 그려보았다.

寺在白雲中, 白雲僧不掃.
<small>사 재 백 운 중　백 운 승 불 소</small>

客來門始開, 萬壑松花老.
<small>객 래 문 시 개　만 학 송 화 노</small>

절간이 흰 구름 속에 있나니
흰 구름을 스님은 쓸지 않는군.
바깥손님 왔기에 문 열어보니
만 골짝 송화가 이미 늙었네.

바깥손님이 와서야 비로소 문을 열어보고 봄이 다 가고 송화가 쇤 때임을 알게 되었다고 하였다. 말이 절묘하다. 사찰이 그대로 청정한 도량임을 말한 것이다. 첫구의 사(寺)는 1618년 간행 『손곡시집(蓀谷詩集)』에 산(山)으로 되어 있다. 여기서는 여러 시화집(詩話集)을 따라 사(寺)로 보았다.

불일암은 '무소유'를 실천한 법정스님이 1975년부터 1992년까지 머물렀던 곳이기도 하다. 명예와 영리를 좇아 평안할 날이 없는 이즈음의 우리들에게는 청정한 도량이 더욱 절실하다. 침묵의 공간이 필요하다.

# 十九. 민족의 성산, 백두산

시인 고은은 백두산을 이렇게 노래했다.

모든 산들을 저 아래에 두고
몇 억 만년 지나도록
아직껏 이것은 산이 아니었다.

오 너 백두산
그토록 오래된 나날이건만
새로이
네 열여섯 봉우리 펼쳐라

백두산은 일찍부터 민족의 성산이었다. 그렇지만 백두산을 노래한

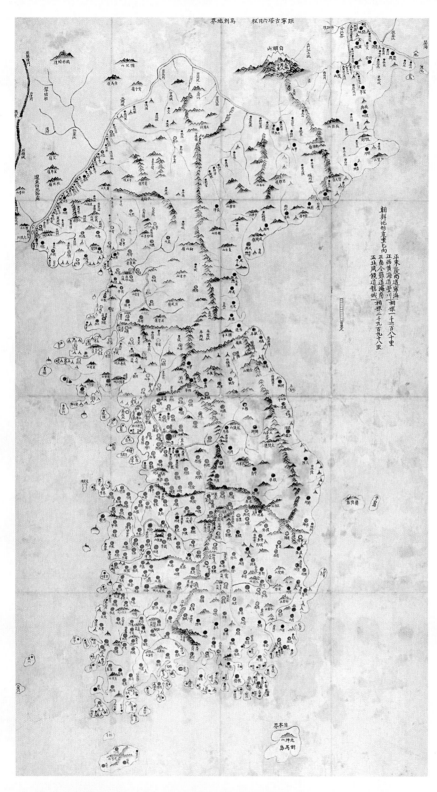

◉ **각도지도**各道地圖(조선전도朝鮮全圖), 18세기, 영남대학교박물관 소장

한시는 그리 많지 않다. 가까이 가 본 사람도 없었거니와, 가까이 갔다 해도 외경의 대상을 시로 표현하기 어려워서 그랬는지 모른다. 반면에 산문은 여럿 전한다. 숙종 조의 문인인 홍세태(洪世泰, 1653~1725)는 역관 김경문(金慶門)으로부터 정계비에 관해 듣고, 그 사실을 「백두산기」에 기록하였다. 실제로 백두산에 오르지는 않았다.

1739년(영조 15)에 이르러 홍계희(洪啓禧, 1703~1771)는 왕명을 띠고 갑산에서 무산으로 들어가 백두산 일대를 답사하고 노정기를 만들었다. 그 후 1764년(영조 40)에는 박종(朴琮, 1735~1793)이 신상권(申尚權)과 함께 백두산 주변의 여러 읍과 고적을 18일 동안 답사하고 「백두산유록」이라는 한문 수필을 남겼다. 백두산을 직접 올라보고 지은 기행문 가운데 가장 오랜 것이다. 같은 시기에 서명응(徐命膺)도 「유백두산기(遊白頭山記)」를 적었다. 1784년에는 신광하(申光河)가 백두산 정상에 올라보고 여러 시를 지었다. 정약용이 그의 백두산 등정을 기념하여 글을 지어주었다. 근세에 들어와 1926년에 최남선은 「백두산근참기(白頭山覲參記)」, 1930년에 안재홍(安在鴻)은 「백두산등척기(白頭山登陟記)」를 지었다.

박종은 백두산 시는 남기지 않았다. 그의 「백두산유록」 가운데 백두산 정상에 올라보고 감회를 적은 다음 부분은 유달리 시선을 끈다.

　　명나라 지리지(地理志) 가운데 백두산에 대한 기록에는 "높이는 삼백 리, 산 밑의 둘레는 천여 리, 못의 둘레는 팔십 리"라고 하였다. 지금 내가 본 바로는 수백 리 밖에서부터 점차로 높아졌기 때문에 갑자기 급경사로 된 데가 없으면서, 마침내 하늘을 만질 듯이 솟아 있어, 헤아릴 수 없이 장엄하고 광대하다. 그리하여 우리나라 전역에 뿌리를 박고 앉았으니, 비유컨대 성인이 가르치는 길이란 가파르지도 않고 괴이하지도 않아 누구나 다 낮은 데로부터 높은 데로, 일상생활로부터 도덕의 극치에로 올라갈 수 있음과 같다. 명나라 지리지에서 높이 삼백 리라 한 것은 물론 옳지 않으나, 자리 잡은 둘레도 천 리에 그치는 것이 아니다. 못의 둘레는 팔십 리까지는 못 되는 듯하다. 산에 온통 포석(泡石)이 널려 있고 온 산이 하나의 거창한 포석 덩이를 이루었다. 우주가 생성되던 태초에 원기(元氣)의 거센 운동으로 거품이 일어나 그것이 점차 바탕이 되어 이렇게 형성되지 않았을까?

백두산 뿌리가 드넓게 자리 잡았고, 그 꼭대기가 장엄 광대한 형상을 이룬 것을 보고 인생철학을 상기하였다. 가파르지도 않고 괴이하지도 않으면서 장엄한 자태를 지니는 것이 백두산이다.

백두산을 노래한 이른 시기의 한시는 찾기 어렵다. 더구나 직접 탐승한 감회를 읊은 것은 보이지 않는다. 고려 말, 이색(李穡)은 「동북면 만호 벼슬 한아무개를 전송하며, 월자 운으로 짓다(送東北面韓萬戶 得月字)」에서

長白山穹窿, 鐵嶺關律屼.

橫亘幾千里, 天險不可越.

백두산은 지붕같이 덮었고
철령관은 우뚝 솟았나니,
수천 리에 연이어

하늘이 낸 험한 땅이라 넘을 수가 없도다.

라 하였다. 그 험준함과 장엄함을 상상하여 적은 것이다.

우리나라 산줄기는 하나의 대간, 하나의 정간 그리고 13개의 정맥으로 이루어져 있고, 거기서 다시 기맥이 뻗어나왔다. 곧, 백두대간에서 장백정간이 갈려 나오고, 다시 낙남정맥을 비롯한 13개의 정맥이 나뉘는 식이다. 이렇게 기록한 것은 조선시대에 만들어진「산경표(山景表)」에 따른다. 산경표는 1800년경 신경준(申景濬)이 집필한 '산수고(山水考)'의 내용에 의거하여 후대의 누군가가 표로 만든 것이다.

우리나라의 옛 지도는 산줄기 지도였다. 두만강 끝에서 목포 유달산까지, 신의주 앞산에서 부산 금정산을 지나 다대포 몰운대까지 산줄기가 이어져 있다. 이에 비하여 장백·마천령·함경·낭림·강남·적유령·묘향·언진·멸악·마식령·태백·추가령(구조곡)·광주·차령·소백·노령산맥 등의 이름은 1903년 일본의 지질학자가 발표한「조선의 산악론」에 기초를 둔 것이라고 한다.

백두산은 실상 많은 봉우리들로 이루어져 있다. 그 가운데 가장 널리 알려져 있는 것이 연지봉(臙脂峰)이다. 신광하는 연지봉을 노래하여,

자 산 기 부 존　소 력 개 평 야
茲山豈不尊, 所歷皆平野.

고 한 초 목 절　광 망 사 토 자
高寒草木絕, 光焗沙土赭.

冠冕列明堂, 儼若見王者.


이 산이 어찌 높지 않으랴만

지나온 곳이 모두 평야라 몰랐네.

높고 추워 초목은 끊어지고

반짝반짝 사토가 붉구나.

관면 갖추고 명당에 열 지은 듯해서

엄연히 군왕을 뵙듯 하다.


라고 하였다. 2360미터의 연지봉도 백두산 정상 못지않게 웅장하다.

　백두산 정상에 오르면 대택(大澤) 곧 천지와, 13개의 연봉(連峰)이 눈에 들어온다고 한다. 서명응(徐命膺, 1716~1787)은 「유백두산기」에서 백두산 정상에서 바라본 천지와 연봉의 광경을 이렇게 묘사하였다.


　봉우리를 굽어보면 어떤 것은 높고 어떤 것은 낮으며 어떤 것은 뾰족하고 어떤 것은 둥글다. 마치 파도가 동탕하고 운무가 입김을 불어내어 만들어, 푸르게 만 리 멀리에서부터 서로 이끌고 와서 손을 모으고 선 듯하다. 몸을 돌려 두 봉우리의 틈에 서면, 봉우리 아래로 땅과의 거리가 오륙백 장(丈)이나 되는 곳이 텅 비고 평평하다. 대택이 바로 그 가운데 있다. 주위가 사십 리로, 물은 짙은 푸른빛이어서, 하늘빛과 위아래로 같은 색이다. 대택의 동남쪽 기슭에는 정황석산이 있다. 세 봉우리의 높이를 1이라고 친다면 그 바깥 봉우리는 3이어서, 사람의 혀

가 입안에 있는 것과 같다. 그러나 뒤는 사방이 열 두 봉우리로 둘러 싸여 마치 못에 성을 두른 듯하다. 또 신선이 쟁반을 이고 있는 듯하고, 붕새가 부리를 치켜든 듯하며, 기둥으로 받쳐 든 듯하며, 우뚝하게 뽑혀나 있는 듯하다. 속은 모두 깎아지른 듯하다. 절벽이 단황(丹黃)과 분벽(粉碧)의 물감 속에 꽂혀 있어서, 수놓은 비단을 펼쳐 놓고 무늬 없는 붉은 비단으로 에워싼 듯 찬란하다. 그 바깥은 기괴하면서 희다 못해 푸른 것들이 혼연히 커다란 하나의 덩어리로 되어 있으니, 수포석이 응결된 것이다. 서너 봉우리를 걸어서 지나자, 대택은 둥글기도 하고 모가 나기도 하여 각각 그 경관이 달라졌다. 아주 네모지고 조금 평평한 봉우리에 자리를 잡았는데, 봉우리에는 오석이 많았다. 아래로 대택을 굽어보니 삼면이 산에 막혀 있고 그 북쪽이 터져 있다. 그 가운데 물이 돌 틈에서 넘쳐 나와 혼동강이 되어 곧바로 영고탑지에 이르러 바다로 들어간다. 어떤 사람은 압록강과 토문강이 대택에서 발원한다고 하는데, 그것은 잘못이다. 사슴들이 무리를 이루어 물을 마시기도 하고 지나가기도 하며 누워있기도 하고 무리를 지어 달리기도 한다. 검은 곰 두세 마리가 벽을 타고 오르내린다. 괴상한 새 한 쌍은 몸을 뒤집어 날다가 물을 찍는다. 마치 그림 속의 광경 같다.

신광하는 「대택(大澤)」 시의 일부에서 천지의 변화무쌍한 광경을 다음과 같이 묘사하였다.

심 벽 만 장 추    탕 쇄 오 색 벽
深碧萬丈湫, 蕩碎五色壁.

<ruby>大<rt>대</rt></ruby>器<ruby><rt>기</rt></ruby><ruby>貴<rt>귀</rt></ruby><ruby>含<rt>함</rt></ruby><ruby>蓄<rt>축</rt></ruby>, <ruby>殊<rt>수</rt></ruby><ruby>響<rt>향</rt></ruby><ruby>殷<rt>은</rt></ruby><ruby>空<rt>공</rt></ruby><ruby>谷<rt>곡</rt></ruby>.

대기귀함축　수향은공곡
大器貴含蓄, 殊響殷空谷.

혹언측옹이　발위삼강맥
或言側瓮耳, 發爲三江脈.

목격수불연　회합장성곽
目擊殊不然, 回合狀城郭.

불유지중행　하이주동북
不有地中行, 何以注東北.

신물비고한　변화고막측
神物閟高寒, 變化固莫測.

할거태황정　원시천하국
割據太荒頂, 俯視天下國.

운뢰근만고　벽력최양각
雲雷根萬古, 霹靂摧兩角.

짙푸른 만 장(丈) 깊이의 못

일렁이며 부서지는 오색의 벽.

대기(大器)는 함축을 귀하게 여기는 법

기이한 음향이 빈 골짝에 우렁차다.

어떤 사람은 그 모양이 장독 귀를 기울인 것 같아

발원하여 삼강의 맥이 되었다 하더라만,

실제로 보니 그렇지 않아

빙 두른 안은 성곽의 형상이군.

그러니 땅 밑으로 흘러가지 않는다면

어떻게 동북으로 흘러내리랴.

신령이 높고 추운 곳에 은밀히 숨어 있어

그 변화를 참으로 헤아리기 어렵구나.

태황(太荒)의 정상에 버티고서

천하의 나라를 굽어보매,

구름과 천둥이 만고의 뿌리를 이룬 듯하고

벼락이 양 가장이를 꺾어 놓은 듯해라.


신채호(申采浩, 1880~1936)는 1910년 이후 중국 망명 시절에 백두산을 유람하고 "산도 물도 다한 곳에서 곡하기도 어려워라"라고 삶의 고달픔을 노래하였다. 민족의 광복을 위해 투쟁한 불굴의 실천가였지만, 어둠의 시대를 사는 지사(志士)로서 '일모도원(日暮途遠, 해는 저물었거늘 갈 길은 멂)'의 심경을 다름 아닌 한시로 절실하게 토로한 것이다. 「백두산 도중(白頭山途中)」이라는 제목의 시 가운데 첫 수는 이러하다.

인 생 사 십 태 지 리    빈 병 상 수 잠 불 이
人生四十太支離, 貧病相隨暫不移.

최 한 수 궁 산 진 처    임 정 가 곡 역 난 위
最恨水窮山盡處, 任情歌曲亦難爲.


인생 사십 년이 너무도 지리하다

병과 가난 잠시도 안 떨어지네.

한스러운 것은, 산도 물도 다한 곳에서

마음껏 노래도 못한다는 사실.

신채호는 1910년 4월 신민회 동지들과 협의 후 중국 칭따오(靑島)로 망명해서, 그곳에서 안창호(安昌浩) 등과 독립운동 방안을 협의하였고, 다시 블라디보스토크로 건너가 『권업신문(勸業新聞)』에서 활동하였다. 그러다가 1914년에 신문이 강제 폐간되자 그해 남북 만주와 백두산 등 민족의 고대 활동무대를 답사하였다. 위의 시는 그 무렵에 지은 것 같다.

'지리(支離)'는 '지리올(支離兀)'·'지리소(支離疏)'로도 쓴다. 형체가 기형이어서 세상에 쓸모 없고, 남의 구제나 받아야 하는 인물을 가리키는데, 『장자』「인간세(人間世)」편에 나온다.

'수궁산진처(水窮山盡處)'의 구는 당나라 시인 왕유(王維)가 「종남별업(終南別業)」이라는 시에서 "가다가 물길이 다한 곳에 이르러, 앉아서 구름이 일어날 때를 본다. 우연히 나무꾼을 만나, 담소하느라 돌아갈 줄 모른다(行到水窮處, 坐看雲起時. 偶然値林叟, 談笑無還期)"고 하였던 구절을 연상시킨다. 왕유는 물아일여(物我一如)의 경지를 나타내었다. 하지만 신채호는 아름다운 산수자연 속에서도 마음이 평온할 수 없었다. 조국과 민족의 현실이 늘 마음에 걸려 마음껏 노래도 부르지 못하였다. 곡조를 이루지 못하는 노래, 그것이 그의 한시였다.

1926년에 박한영(朴漢永, 1870~1948)은 최남선과 백두산을 오르면서 모두 23편의 한시를 지었다. 정상에서는 부(賦)와 행(行)을 한 편씩 지었고, 고시도 한 편 지었다.

박한영은 개화기 이래 조국 광복 때까지 사회활동과 교화에 헌신한 스님으로, 법명은 정호(鼎鎬), 호는 석전(石顚)이라 한다. 1911년에 해인사 주지가 일본 조동종과 우리나라 불교를 연합시키려 꾀하였을 때 한

용운과 함께 임제종의 정통성을 내세워 연합 조약을 무효로 만들었다. 1929년 조선 불교 교정(敎正)에 취임, 1931년 이후에는 불교전문학교 교장으로서 불교 중흥에 힘쓰고 조국 광복의 인재를 양성하였다.

시인은 조선 말의 대가인 추금 강위(姜瑋)를 사숙하였으되, 조국애와 불심을 한데 엮어낸 품이 뛰어났다. 오언고시 「백두산 꼭대기에 올라 천지를 내려다보며(登白頭頂 俯瞰天池)」를 보기로 한다.

풍 우 취 오 급　　경 경 상 백 두
風雨吹吾急, 輕輕上白頭.

강 만 촉 석 발　　창 발 등 공 부
岡巒觸石拔, 滄渤騰空浮.

돌 올 암 사 립　　고 상 수 조 류
突兀嵒獅立, 翶翔水鳥流.

엄 양 귀 타 복　　촉 벽 귀 신 수
腌暘龜鼉伏, 劚壁鬼神愁.

허 기 응 성 설　　징 모 전 요 주
噓氣凝成雪, 瞪眸轉窅洲.

퇴 사 하 교 교　　군 록 득 유 유
堆沙何皎皎, 群鹿得呦呦.

조 욱 명 동 토　　금 풍 냉 만 주
朝旭明東土, 金風冷滿洲.

유 여 아 축 국　　일 견 난 재 요
猶如阿閦國, 一見難再繇.

우 사 강 소 한　　가 망 수 압 유
又似絳霄漢, 可望誰狎遊.

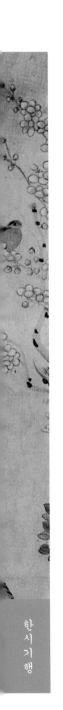

권언북산사 종고기인우
睠言北山史, 終古幾人憂.

사해쟁수힐 천민장수우
四海爭隨黠, 天民長守愚.

곡릉평사지 만촉경분구
谷陵平似砥, 蠻觸競分溝.

연초비소자 등태신성구
戀楚悲騷子, 登台哂聖丘.

초연천인표 쇄탈만정유
迢然千仞表, 灑脫萬情由.

산산분홍예 지고근북두
霰散紛虹霓, 趾高近北斗.

담강세여월 구몌삽생추
膽腔洗如月, 裘袂颯生秋,

궁괴무봉철 파운환벽주
穹壞無縫綴, 波雲換碧朱.

추금시면억 태납기난추
秋琴詩緬憶, 蛻衲氣難追.

한소경신고 고행영초유
寒嘯經辛苦, 孤行詠峭幽.

괴오행각원 휴니집금휴
愧吾行脚遠, 虧你集衿休.

기기분개필 장병허기주
騏驥奮開蓽, 杖瓶虛寄舟.

풍광요온제 정장의순주
風光饒穩霽, 汀嶂擬巡周.

가 동 최 선 매  심 수 호 탕 구
呵凍催旋旆, 深羞浩蕩鷗.

비바람이 나를 급히 내몰아

잰걸음으로 백두산에 올라보니,

묏부리는 바위에 부딪히며 솟았고

푸른 물은 튀어 올라 허공에 떠 있으며,

우뚝하게 바위 사자들이 섰고

너울너울 물새들 흐르듯이 난다.

홀연 어두워지니 거북과 악어가 숨고

깎아지른 절벽에 귀신도 수심한다.

숨을 내쉬면 얼어붙어 눈송이가 되는데

또렷이 눈뜨고 으슥한 못가를 바라보매,

평평한 모래밭은 어찌 그리 깨끗한지

떼 지은 사슴들은 우우 울어대는군.

아침 햇살이 우리 동방을 밝히고

가을바람은 만주에 서늘하도다.

아쇼바 부처의 무진에(無瞋恚) 나라 같아

한번 보고 나면 다시 오기 어려워라.

또한 짙붉은 하늘 같아

바라만 볼 뿐이지 누가 가까이 놀겠는가.

지난날 이 북녘 산의 역사를 돌아보면

자고로 얼마나 많은 이들이 근심하였던가.

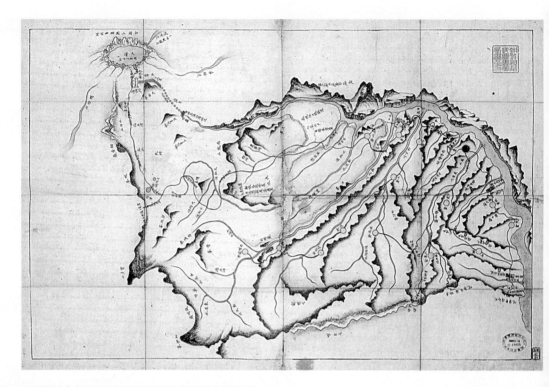

◉ 북관장파지도北關長坡地圖, 1880년, 국립중앙도서관 소장

온 세상이 간교하게 서로 다툴 때
하늘이 내린 우리 백성은 우직하기만 했네.
골짜기 능선이 다듬이처럼 평평해지도록
달팽이 뿔 위에서 도랑을 나눠 다툰 격.
초나라를 사랑했던 굴원의 일 슬프고
태산에 올랐던 공자님이 우습구나.
초연히 천만 길 밖으로 벗어나서
온갖 욕망을 죄다 씻어내노라.
싸라기눈 흩어지고 무지개 어지러운데
발 디딘 곳 높아서 북두성에 가깝구나.
속마음을 씻어내어 달처럼 맑게 하니
옷깃과 소매에 가을바람 상쾌하다.
하늘과 땅은 꿰맨 자욱 없는 그대로요,
물결 같은 구름은 붉었다간 푸르다.
추금 강위 선생의 시를 회상하여 보매
죽어도 그 기운 따르기 어렵구나.
차가운 휘파람은 갖은 고난 끝에 나왔고
외로운 자취는 강직한 속내를 읊어냈지.
내 행각은 그분에게 못 미쳐 부끄러웠네
그저 이불 들쓰고 쉬고 있다니.
그리하여 사립문 열고 천리마를 내몰았고
죽장과 물병 들고 헛되이 배에 올랐다.
날씨 맑아 풍광이 더욱 넉넉해

물가와 봉우리를 모두 돌아보려 했건만,
언 붓을 녹이며 돌아갈 길 재촉하니
호탕한 흰 새에게 너무도 부끄럽구나.


　　열강과 왜적의 침략에 옳게 저항도 못하고 어리숙하기만 해왔던 우리 민족에 대한 연민의 정, 강위를 사숙하였으면서도 그의 정신을 따르지 못하고 웅크리고 있는 스스로를 부끄럽게 여기는 마음, 그런 것들이 뒤얽혀 있다. 하지만 일순간, 조국에 대한 사랑 때문에 멱라수에 몸을 던진 굴원의 일이나 천하 경영의 큰 포부를 지녀 태산에 올라보고 천하가 좁다고 여겼던 공자의 일도 이러한 영산에 올라보면 차라리 왜소하기 짝이 없는 일이라고 생각하여 본다. 두 번 다시 마주칠 수 없는 무동(無動)·부동(不動)·무진에(無瞋恚)의 세계를 맛보았기 때문이다. 아쇼바는 동방의 아비라제국(阿比羅提國)에 출현하여 대일여래(大日如來)가 있는 곳에서 성불한 부처다.

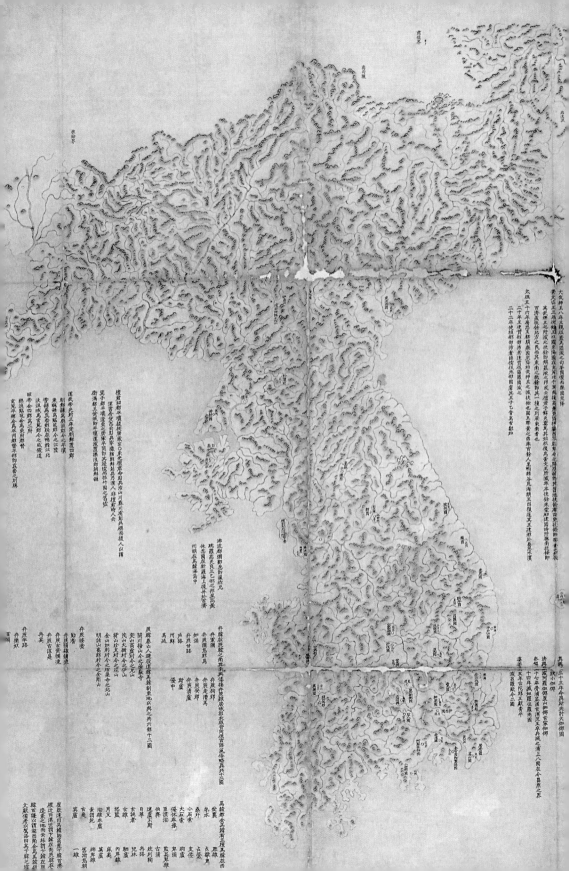

# 고대로의 여행

문명과 문명이 충돌하여 한 문명의 사활이 걸려 있다고 하는 현대에, 특히 주변의 여러 민족이나 국가들이 자국의 이해에 더 많은 관심을 기울이고 있는 지금, 우리로서는 민족의 역사와 문화를 되새겨 보면서 아시아 혹은 세계 내에 우리 민족이 차지하는 위상을 재확인할 필요가 더욱 커졌다. 국경을 둘러싼 분쟁을 극복하고 국가간 인접 지역에서의 정치적, 문화적 영향력을 확보하는 일이 어느 때보다 첨예한 문제로 대두되었다.

이 시기에 이르러 고대 역사 및 문화에 대한 연구와 고대사 인식에 대한 역사적 성찰이 매우 중요한 의미를 지니게 되었다. 고대 역사에 대해 선인들이 지녔던 관념을 재해석하는 일은, 그러한 성찰에 깊이를 가져오게 될 것이다. 불행하게도 고조선·고구려·백제의 역사와 문화와 생활을 노래한 한시들은 그리 많이 남아 있지 않다. 하지만 그러한 한시들을 되읽으면서 선인들이 고대 역사에 대해 지녔던 관념을 알아보고, 나아가 고대의 국가가 우리 민족사에 어떠한 빛을 던지고 있는지 살펴보기로 한다.

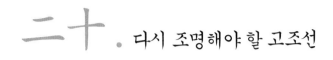

# 二十. 다시 조명해야 할 고조선

고조선은 우리나라 최초의 고대국가다. 신화의 상징체계로 서술되어 있기는 하지만 단군신화를 통해서 고조선이 정치와 종교를 하나로 삼았던 국가체계였음을 상상할 수가 있다. 최근의 고고학 연구에 의하면 고조선은 본래 요하(遼河)지역을 중심지로 하였다가 대동강 부근으로 이동하였다고 한다.

　　정두경(鄭斗卿)은 민족의 시조 단군에 대해 각별한 관심을 가졌다. 그는 평양의 단군사를 배알하고 「단군사(檀君祠)」라는 시를 지었다.

　　유 성 생 동 해　　우 시 병 방 훈
　　有聖生東海, 于時竝放勳.

　　부 상 빈 백 일　　단 목 상 청 운
　　扶桑賓白日, 檀木上靑雲.

천 지 후 초 건　　산 하 기 불 분
**天地侯初建, 山河氣不分.**

무 진 천 세 수　　오 욕 헌 오 군
**戊辰千歲壽, 吾欲獻吾君.**


성인이 동해에서 나셨으니,

그때는 방훈(요)과 나란한 때.

부상나무는 태양을 맞이하고,

박달나무는 푸른 구름 위로 솟아났네.

천지에 제후로 처음 세워졌을 때,

산하 기운은 나뉘지 않았다네.

무진년 도읍한 뒤 천 년 누린 장수를

나는 우리 임금께 바치고 싶도다.


　단군왕검이 세상에 나온 때가 중국의 요(堯) 임금 치세와 같다고 하였
다. '병(竝)'이란 시어가 매우 깊은 의미를 지닌다. 이것은『삼국유사』의
설을 사실로 인정한 것이다. 『삼국유사』에 따르면, 단군이 고조선을 다
스린 것은 중국의 요 임금 때와 같은 시기라고 하였고, 단군이 오랫동안
고조선을 다스리다가 늙어서 아사달에 숨었다고 했다.

　동해 바다의 신성한 부상나무는 태양을 맞이하였고, 단군의 아버지
환웅이 내려온 박달나무는 하늘로 치솟아 있었다. 단군이 군주로 즉위
함으로써 산하의 기운이 나뉘지 않은 혼돈의 시대가 종료하고 문명이
시작하였다.

　종래 민족의 선조는 단군이지만 문명의 시조는 기자라는 설이 지배

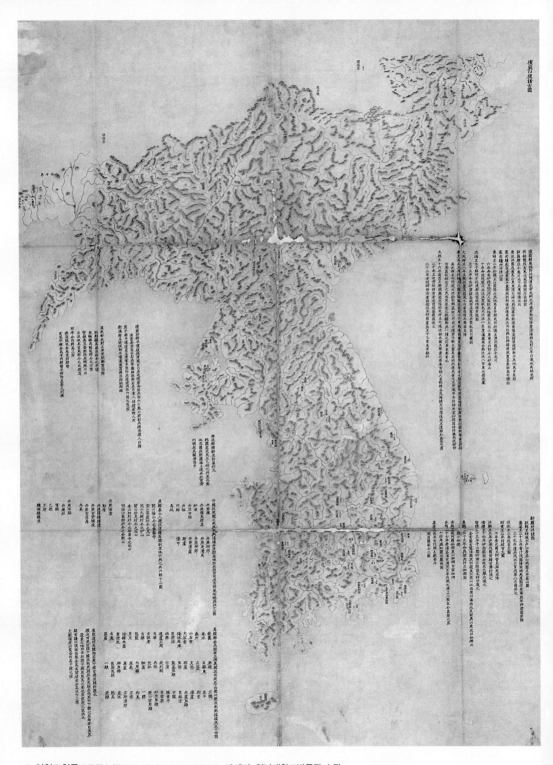

● **연혁도칠폭**沿革圖七幅(단기이후제고국檀箕以後諸古國), 19세기, 영남대학교박물관 소장

적이었다. 그러나 정두경은 단군의 즉위로 문명이 시작되었다고 보았다. 기자 문명개조설을 간접적으로 비판한 것이다. 단군왕검은 무진년에 평양을 도읍으로 정하고 국호를 조선이라 했다. 또한 1천여 세까지 장수를 누리다가 신선이 되었다고 한다. 정두경은 연한의 진위를 따지기보다 그 신성성을 중시하였다. 그만큼 민족의식이 강하다. 홍만종(洪萬宗, 1643~1725)은 『순오지(旬五志)』에서 정두경의 이 시를 단군에 관한 대표적인 시로 소개하였다.

조선시대 학자들은 고조선의 존재를 인정하면서도 은나라 말년에 기자가 동쪽으로 와서 조선을 교화하였다는 설도 대체로 믿었다. 우리의 문화적 전통을 중화주의로 치장하려 하였던 사람들은 기자조선설을 조금도 의심하지 않았다. 민족 문화의 우수성에 자부심을 가진 사람들도 기자조선설을 지지하여 우리 문화가 일찍부터 높은 수준에 있었다고 선전하였다. 중국의 문화를 보편문화로서 받아들인 위에 우리 문화의 우수성을 알리려 하다 보니 기자조선을 실체로 인정하지 않을 수 없었던 것이다. 남의 조상을 내 조상으로 제사 지낸 꼴이었다.

하지만 조선 전기의 김시습(金時習)은 단군시조를 더욱 중시하였다. 김시습은 주나라 무왕(武王)이 기자를 이 땅에 봉하고 신하로 삼지 않았다는 전설을 믿었다. 상고사에 관한 문헌이 너무도 적어 우리 역사의 위대성을 증명할 길 없기에, 기자 전설을 받아들임으로써 우리 민족이 일찍부터 고유한 문화를 이루어 왔음을 입증하고자 한 것이다. 이것은 다른 사람들의 견해와 다르지 않다.

그런데 김시습은 우리 역사가 기자에서부터 시작하는 것이 아니라고 하였다. 단군의 사당을 돌아보면서 성군 세종이 그 사당을 세운 의미를 되새겨 보았을 것이다. 그는 또, 우리 민족의 역사를 끌어올려 둔 일연(一然)선사의 민족주의적 사상에 공감하였던 듯하다.

단군신화와 기자 전설을 상기하면서 김시습은 우리 상고사에서 벌써 찬탈의 사실이 있음을 떠올렸다. 그래서 훗날 『금오신화』의 「취유부벽정기」에서 기씨의 딸이라는 여인을 등장시켜 아버지 준왕이 위만의 손에 나라를 잃어버리고 이리저리 떠돌게 되었던 사연을 슬프게 이야기하도록 하였다. 그런데 기씨 딸은 신선으로 화한 단군의 구원을 받아 하늘나라로 올라갔다고 되어 있다. 김시습은 단군신화와 기자조선이 역사적으로 이어진다고 보았기에, 소설에서 그러한 설정을 하였던 것이다.


현재까지 전하는 고조선의 문학으로 백수광부의 처가 부른 「공무도하가」가 있다. 이 노래는 오랫동안 우리나라에서보다 중국 내에 전승되어 온 불행한 역사가 있다.

「공무도하가」의 이야기는 2세기 후반 중국의 채옹(蔡邕)이 편찬한 『금조(琴操)』와 3세기 말 서진의 최표(崔豹)가 편찬한 『고금주(古今注)』, 당나라 때 유서(類書)인 『초학기(初學記)』와 『예문유취(藝文類聚)』에 수록되어 전한다. 그 후 송나라 곽무천(郭茂倩)의 『악부시집(樂府詩集)』, 명나라 서사증(徐師曾)의 『문체명변(文體明辯)』에는 악부의 상화가사(相和歌辭, 相和引)에 이 노래를 귀속시켰다. 우리나라에서는 16세기 말에 이르러 권문해(權文解)의 『대동운부군옥』과 차천로(車天輅)의 『오산설림초고』가 처음 거론하였고, 그 후 박지원의 『열하일기』나 한치윤의 『해동역사』도 그 노래를 소개하였다. 혹자는 현재의 하북성(종래의 稷隸省) 노룡현(盧龍縣) 부근에 조선현이 있었다는 기록을 근거 삼아, 이 노래가 중국 것이라고 주장하였다. 하지만 조선현은 낙랑군이 철수할 때, 고조선의 유민이 이주하여 이루어진 현이므로, 설령 그곳 조선현의 노래라 해도 기원을 따져 보면 그것은 우리 노래였을 것이다. 더구나 『금조』는 2세기 후반의 문헌이니, 거기에 나오는 「공무도하가」는 중국 안의 조선현이 설치되기 이전 고조선 땅에서 나온 노래임에 틀림없다. 성기옥 님의 자세한 고증이 있다.

「공무도하가」는 나루를 지키는 군졸인 곽리자고의 아내 여옥(麗玉)에 의하여 편곡되었다. 이후 한나라에서 음악을 담당한 관서였던 악부에서 불려졌다. 주로 공후라는 악기로 반주되었으므로 「공후인(箜篌引)」이라고도 한다. 이 노래에는 설화가 있다. 곽리자고가 새벽에 배를 젓는데, 한 백수광부가 술병을 끼고 물을 건넜다. 그 아내가 따라와 만류하였으나 백수광부는 마침내 물에 빠져 죽었다. 백수광부의 아내는 공후를 끌어당겨 이 노래를 불렀다. 곽리자고가 집에 돌아가 그 처 여옥에게 말하니, 여옥이 다시 공후를 당겨 그 노래를 본떠 불렀다고 한다. 그렇다면 노래의 작가는 백수광부의 처다. 하지만 『예문유취』에는 곽리자고가 그 광경을 보고 직접 지은 것으로 되어 있다. 정황으로 보건대 곽리자고의 처 여옥이 최종적으로 노래를 완성했다고 하겠다.

公無渡河, 公竟渡河.

墮河而死, 當奈公何.

님이여 강을 건너지 마시라

님은 끝내 강을 건넜더라.

강에 빠져 죽었노라

님을 어쩔지 몰라라.


　네 글자씩 네 구절로 된 한시로 번역되어 있다. 한시에서는 '하(河)'라고 하면 보통 황하를 가리킨다. 그래서 당나라 시인 이백(李白)은 이 시를 황하 유역의 노래라고 보았다. 하지만 여기서 '하'는 황하가 아닐 것이다. '하(河)'는 '사(死)'나 '하(何)'처럼 끝 모음이 ' - 아'다. ' - 아(나/라)'로 끝났을 우리 노랫말의 음색을 살려 번역하다 보니 그 글자를 골라 쓴 것이리라. 마치 운자(韻字)를 밟은 듯하다. 한시는 매구 혹은 두 구마다 마지막에 비슷한 소리를 지닌 글자를 두어 리듬을 반복한다. 그 글자를 운자라고 한다.

　고조선은 기원전 3세기에 들어서면서 요서지역을 떠나 한반도로 중심지를 옮겼다. 「공무도하가」는 이때 한반도 내의 고조선에서 불리던 노래일지 모른다. 혹은 기원후 2세기 무렵에 한나라가 대동강 유역에 둔 낙랑지역에 살던 고조선 민중들이 부르던 민요였을 것이다.

　「공무도하가」를 공후에 맞추어 부르던 「공후인」은 당나라 때, 이백도 모방 작품을 만들었을 정도로 중국에서 유행하였다. 고조선의 노래였던 「공무도하가」가 우리나라에서는 잊히고, 오히려 중국에서 후대에 이르도록 애창되었다. 고조선이 중국과의 대립 속에서 영토를 옮기거나 일부 지배를 받을 수밖에 없었던 불행한 역사가 그렇게 만들었을 것이다. 「공무도하가」는 고조선의 강역과 역사를 새삼 생각하게 하는 한자 번역시다.

고조선은 춘추시대의 제나라와 교역할 만큼 문물이 발달하였다. 기원전 4세기 무렵에는 당시 중국의 제후국이었던 연(燕)과 충돌하였다. 기원전 3세기 초에 들어서면서, 연은 장수 진개를 보내어 요서지방을 포함한 고조선의 서쪽 세력권을 차지하였고, 이에 고조선은 중심지를 한반도지역으로 옮겨야 하였다. 진나라가 중국을 통일하자 고조선은 진나라와 평화적인 관계에 있었고, 진나라가 망한 후 인접 지역인 연이나 제 지역에서 이주해 오는 사람들을 받아들여 서쪽 변경에 살게 하였다. 얼마 후 한나라가 중국을 통일하고 연 땅도 지배하자 연 땅에 있던 노관(盧綰)이란 자가 흉노로 망명하는 틈에, 많은 주민들이 동쪽으로 이주하여 왔다. 그때 근방에 살던 위만이 천여 명의 무리를 이끌고 와서 서쪽 변경에 살다가, 고조선의 준왕을 몰아내고 권력을 차지하였다. 한무제는 흉노와 고조선이 연결되는 것을 막기 위해 침략 전쟁을 일으켰고, 그 결과 고조선은 멸망하였다.

고조선에도 한자를 이용한 시가 있었을 것이다. 다만 당시의 한시는 전하지 않는다. 기자가 지었다는 「맥수가(麥秀歌)」가 있다. 하지만 기자조선은 실재했다고 볼 수 없기에, 기자가 그러한 시를 지었든 안 지었든 우리와는 아무 관계가 없다.

조선 후기 역사학자 안정복(安鼎福, 1712~1791)은 한 무제가 고조선을 침략하였을 때, 왕검성을 근거로 대항하다가 매국노의 손에 죽은 성기의 일을 「성기가(成己歌)」로 노래하였다. 외세침략에 대항한 고조선 사람들의 기백을 높이 평가한 것이다.

한 황 독 무 사 원 략　기 동 살 기 미 천 흑
漢皇黷武思遠略, 箕東殺氣彌天黑.

누 선 괘 범 하 요 해　좌 장 약 마 유 갈 석
樓船卦帆下遼海, 左將躍馬由碣石.

제 현 폭 렬 왕 도 경　단 견 분 분 매 국 적
諸縣幅裂王都傾, 但見紛紛賣國賊.

안 위 각 유 대 신 재　말 혈 음 읍 수 고 성
安危却有大臣在, 沫血飮泣守孤城.

고 성 세 급 위 어 발　도 차 일 사 홍 모 경
孤城勢急危如髮, 到此一死鴻毛輕.

패 수 류 양 양　왕 검 고 금 금
浿水流洋洋, 王儉高嶔嶔.

성 기 대 명 류 지 금　서 반 서 주 시 하 의
成己大名留至今, 書反書誅是何義.

사 신 병 필 미 서 법
史臣秉筆迷書法.


한나라 황제가 함부로 멀리 침략하려 들어

우리나라 하늘에 살기가 까맣게 뻗쳤다.

누선장군 양복은 돛 걸고 요수를 내려오고

좌장군 순체는 갈석 땅부터 말을 달리며,

고을마다 찢기고 왕성도 기울건만

분분하게 나라를 팔자는 역적들뿐.

나라의 안위가 대신에게 달리자

피눈물 쏟으며 외론 성을 지켰나니,

외론 성 형세가 머리칼에 매달린 듯 위급할 때
한번 죽기를 터럭보다 가벼이 여겼다.
패수는 넘실넘실 흐르고
왕검성 아스라이 높아라.
성기의 큰 이름이 이제도 남았거늘
반란했다 죽였다 기록함은 무슨 의리냐.
역사가가 붓 잡아 기록법을 그르쳤군.

「우리나라 역사를 보고 느낀 바가 있어서 악부체를 본떠서 다섯 편을 짓는다(觀東史有感效樂府體五章)」라는 제목의 다섯 수 가운데 한 수다. 악부체는 노랫가락 형태의 시란 뜻이다.

이른바 위만조선이 들어서자, 한나라 무제는 흉노와 고조선의 연합을 막으려고 섭하라는 사신을 보내 왔다. 섭하는 성과를 거두지 못하고 돌아가다가 고조선 장수를 살해하고, 그 공으로 요동군 동부도위라는 관직에 임명되었다. 고조선은 섭하를 살해하여 보복하였다. 그러자 기원전 109년 가을, 한나라는 육로와 해로로 고조선을 공격해 왔다. 고조선은 육군을 대패시키고, 수군도 궤멸하여 첫 승리를 거두었다.

이후 한나라 군사는 왕검성을 포위하였으나 고조선은 완강히 저항하였다. 한나라는 고조선의 지배층을 매수하여 분열시키는 계략을 썼다. 왕검성 안에서 분열이 일어났다. 조선상 역계경은 화해를 주장하다가 우거왕에게 받아들여지지 않자, 무리를 이끌고 남쪽의 진국으로 내려 갔다. 조선상 노인·니계상 삼·장군 왕협 등은 항복을 모의하였고, 니계상 삼은 사람을 보내 우거왕을 살해하고 한나라에 항복하였다. 하지

만 대신으로 있던 성기는 사람들을 모아 끝까지 저항하였다. 그러자 왕자 장과 노인의 아들 최가 사람들을 선동하여 성기를 살해하였다. 이로써 기원전 108년 여름, 왕검성은 함락되고 말았다.

안정복은 "패수는 넘실넘실 흐르고, 왕검성은 아스라이 높아라"는 두 구로 성기의 정신이 강물처럼 도도하였고, 그의 기백이 하늘을 찌를 뜻하다고 예찬하였다.

그런데 『동국통감』 같은 역사서는 중국 문헌기록을 받아들여 성기의 항거를 반란(反)이라고 기록하였다. 또 왕자 장과 노인의 아들 최가 성기를 살해한 일을 두고는 역적을 죽였다고 보아 주(誅)라고 적었다. 안정복은 그러한 역사 기술이 잘못이라고 반박하였다. 우리 역사는 우리 시각에서 보아야 한다는 생각에서였다.

안정복의 스승 이익(李瀷)은 『해동악부』 120편을 지어 상고시대부터 조선 전기까지 역사에서 전환점이 된 사건들을 노래하고 논평하였다. 고려 말에서 조선조에 이르는 부분에서는 훌륭한 인물의 행적을 찬미하고 의리에 맞는 실천행위를 강조하였다. 안정복은 이익의 『해동악부』를 보완한다고 하였다. 하지만 그가 지은 다섯 수는 이익의 『해동악부』와는 성격이 다르다. 안정복은 역사의 위기에 나라를 위해 장렬하게 행동한 인물을 대상으로 노래하였다. 그리고 역사의 흐름이란 피아의 대립과 충돌에 의해 이루어진다는 역사관도 드러내었다. 「성기가」는 그 두드러진 예다.

안정복의 「성기가」는 우리 역사를 우리 시각에서 새롭게 서술하여야 한다는 선언을 담았다. 역사문헌이 적은 고조선의 사실만이 아니라 현대사에 이르기까지 우리의 과거 역사를 우리는 매 시기마다 새롭게 해석하여야 할 것이다.

# 고구려인의 너글너글한 기상

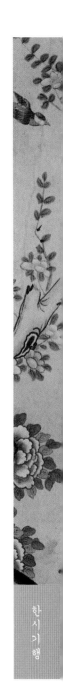

고구려 때의 한시로 을지문덕(乙支文德)이 지은 「수나라 우익위 대장군 우중문에게 주는 시(贈隋右翊衛大將軍于仲文)」가 있다. 줄여서 「우중문에게 주다(遺于仲文)」라고 한다. 영양왕 23년(612)에 평양성 근처까지 쳐들어온 수나라 장군의 기를 꺾으려는 의도에서 지은 것이다. 각 구절마다 다섯 글자씩, 네 구절로 이루어진 오언시다.

신 책 구 천 문　　묘 산 궁 지 리
神策究天文, 妙算窮地理.

전 승 공 기 고　　지 족 원 운 지
戰勝功旣高, 知足願云止.

귀신 같은 책략은 천문을 꿰뚫고
기묘한 계산은 지리를 통달했도다.

싸워 이긴 공이 이미 높으니

만족함을 알아 그치기를 바라노라.


이 시는 수나라 양제(煬帝)가 우문술(宇文述)과 우중문(宇仲文)을 시켜 고구려를 침략하게 하였을 때, 을지문덕이 교병책(驕兵策, 이쪽의 위세를 적에게 과시하는 전술)의 일환으로 우중문에게 준 것이다. 중국 역사서 『수서(隋書)』의 「우중문전」에 가장 먼저 나오고, 중국 시선집인『고시기 (古詩紀)』에 수록되어 있다. 우리나라 문헌 가운데는『삼국사기』에 가장 먼저 나온다. 그 후『동문선』·『지봉유설』·『해동역사』·『이십일도회고 시』·『대동시선』에 실렸다. 『동문선』은 이 시를 오언절구라고 하였으 나, 압운을 보면 오언고시나 고풍스런 절구라고 하겠다.

조선의 문호 허균은 이 시가 과연 을지문덕의 손으로 이루어진 것인 지는 알 수 없다고 하였다. 하지만 근대의 민족주의자 정인보는 을지문 덕의 작(作)이라고 보았다. 을지문덕은 침착하고도 용맹스러웠으며 지 략이 뛰어난 인물이었다. 치열한 전쟁 중에, 그것도 평양성 코앞까지 쳐들어 온 적을 두고 이처럼 너글너글한 한시를 적어 보내어 적군의 기 세를 꺾은 것이다.

『삼국사기』 열전에 보면 을지문덕은 세계(世系)를 알 수 없다고 하였 다. 조선 정조 때의 홍양호(洪良浩)는『해동명장전』에서 을지문덕을 평 양 석다산(石多山) 사람이라고 하였다. 혹자는 을지문덕이 중국 울주 출신 의 장군 울지경덕(尉遲敬德)과 사촌 아니면 육촌이라고 주장하였다. 하지 만『수서』에 보면 고구려에 을지 성이 별도로 있었다. 더구나 울지경덕은 공(恭)이 이름이고 경덕은 자(字)이므로 문덕과 같은 항렬일 리가 없다.

고구려는 환인성에서 발상하여 2대 유리왕 때, 집안(集安)으로 천도하였다. 기원후 1세기 말에는 물산이 풍부한 요동을 손에 넣고 옥저·동예·숙신을 차례로 정복하였다. 4세기에는 중앙정부의 통치기반을 확립하였다. 정치적인 자신감은 시조 주몽을 천제의 아들이자, 하백의 손자라고 일컬은 점에서도 나타났다. 그러다가 서기 427년, 장수왕은 압록강을 건너 수도를 평양으로 옮기고 농경을 중시하는 한편, 만주 일대는 그대로 경영하였다. 고구려가 이렇게 발전을 하였을 때 수나라가 침략해 왔다.

수나라는 598년부터 614년까지 고구려를 네 번이나 침략하였다. 수나라는 북방의 돌궐을 분단하여 지배하에 둔 후 요동지역에서 고구려 세력을 몰아내려고 하였다. 이때 신라는 수나라에 「걸사표(乞師表)」를 올려 고구려 정벌을 요청하고, 백제는 사태의 추이를 관망하였다. 결국 598년에 수나라 수군과 육군 30만이 침공을 개시하였다. 하지만 만리장성 임유관(臨渝關) 부근에서 고구려와 휴전을 맺었다. 수나라는 608년에 황하에서 백하를 연결하는 영제거(永濟渠)를 개설하고, 611년에는 통혜하(通惠河)를 완성하였다. 그리고는 612년, 양제 자신이 200만 군사를 이끌고 침입하였다.

처음에 고구려는 우중문의 계략에 속아 오골성 부근에서 패하였다. 그래서 우중문이 압록강에 이르자 을지문덕은 거짓 항복하고는 그 군영으로 갔다. 우중문은 을지문덕을 붙잡아 두려 하였으나 말리는 자가 있어 놓아주었다. 우중문은 기병을 뽑아 추격하도록 시켜서 번번이 고구려군을 격파하였다. 실은 고구려군이 열세에 놓인 듯 위장한 것이었다. 을지문덕은 시를 우중문에게 보냈다. 우중문도 답장을 보냈다. 그 답장

은 전하지 않는다.

고구려는 지형을 이용하여 수나라 군대를 농락하였다. 우문술은 양식이 다하여 돌아가려 했으나, 우중문은 을지문덕을 추격하라고 지시하였다. 우문술이 살수에 이르렀을 때, 군사들은 지치고 굶주렸다. 612년 7월, 을지문덕은 30여만 수나라 군사를 청천강에서 궤멸시켰다. 곧 살수대첩이다. 『수서』는 "완전히 패해서, 도망쳐 돌아온 군사가 2천여 기에 불과하다"라든가 "처음에 요수를 건넌 자가 38만 5000명이었으나 요동성으로 돌아온 자는 겨우 2,700명뿐이었다"고 참담한 패배를 실토하였다. 후에 양제는 우중문을 감옥에 가두었다. 우중문은 너무 근심하다가 발병하여 석방된 뒤 곧 죽었다.

살수대첩에서 참패한 후로도 수나라는 3차, 4차 침공을 하였으나 성과를 얻지 못하였다. 뿐만 아니라 내란과 농민반란으로 수 왕조 자체가 멸망하였다.

을지문덕은 우중문에게 시를 보내어 겉으로는 상대를 칭송하는 듯하면서 그의 허세를 비꼬았다. 시의 마지막 구는 노자의 『도덕경』에 있는 "족함을 알면 욕되지 않고 그칠 줄 알면 위태하지 않다(知足不辱, 知止不殆)"란 말에서 따온 것이다.

한시에서 경전이나 옛 글귀나 역사 사실을 빌려서 하고 싶은 말을 은연중에 드러내는 방법을 전고(典故)라 한다. 을지문덕의 시가 노자의 『도덕경』을 전고로 삼은 이유는 수나라 사람들이 도교사상에 익숙하였기에 그쪽의 사상풍토를 이용한 것이다.

또한 을지문덕 자신도 평소 도교사상을 잘 알고 있었던 듯하다. 당시 고구려 대신들 가운데는 도교를 믿는 사람이 많았을지 모른다. 고구려

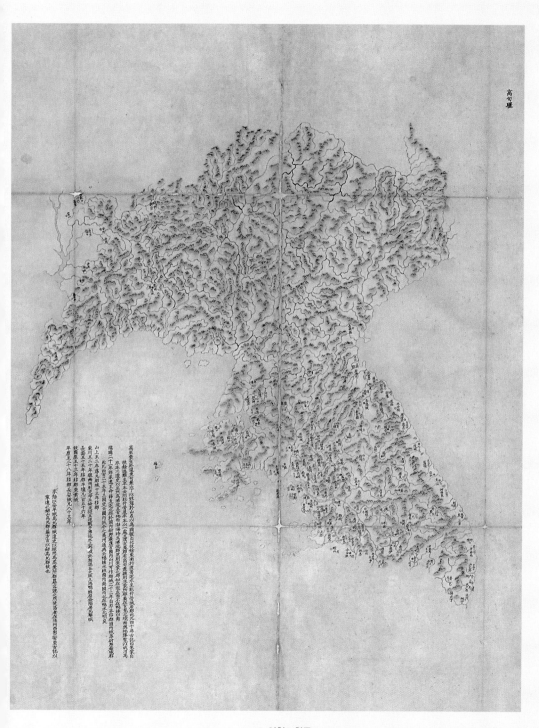

● **연혁도칠폭**沿革圖七幅(고구려高句麗), 19세기, 영남대학교박물관 소장

는 훗날 당나라를 통해 도교를 더욱 적극적으로 받아들였다. 중국 역사서인 『구당서』와 『신당서』, 우리 역사서인 『삼국사기』와 『삼국유사』에 의하면 도교의 일파인 오두미도가 7세기 전반의 고구려에 널리 퍼졌다고 한다. 당나라 고조는 고구려가 도교를 신봉한다는 소문을 듣고 624년에 천존상(天尊像)을 보내고 도사를 파견해서 고구려왕에게 『도덕경』을 강의하게 하였다. 643년에 연개소문은 보장왕에게 "유교·불교·도교는 솥(鼎)의 세 개 발과 같으므로 도교가 빠져서는 안 됩니다"라고 하였다. 그래서 보장왕이 당나라 태종에게 요청하여 도사 여덟이 중국에서 왔다. 『구당서』를 보면 당나라 도사의 강론을 듣고자 모인 고구려 사람들이 매일 수천 명이었다고 한다.

그런데 수나라가 침략해 올 무렵 이미 고구려에 도교사상을 받아들일 만한 정신풍토가 마련되어 있었을 듯하다. 을지문덕의 시에 노자의 『도덕경』을 인용한 것은 우연이 아닐 것이다.

그밖에 고구려의 한시로 정법사(定法師)의 「외로운 바위를 노래한 시(詠孤石)」와 작자미상의 「인삼노래(人蔘讚)」 같은 것들이 전한다. 앞의 것은 불교적인 구도정신을 담은 시이고, 뒤의 것은 심마니의 민요였다.

정법사의 「외로운 바위를 노래한 시」는 중국 시선집 『고시기(古詩紀)』에 처음 전하고, 우리나라의 『해동역사』와 『대동시선』에 실리게 되었다.

迴石直生空, 平湖四望通.
형 석 직 생 공   평 호 사 망 통

巖根恒灑浪, 樹杪鎮搖風.

偃流還漬影, 侵霞更上紅.

獨拔群峰外, 孤秀白雲中.


아스라한 바위가 하늘에 곧추 솟았고

평평한 호수는 사방으로 통하네.

바위 뿌리엔 언제나 물결이 치고

나무 끝엔 늘 바람이 살랑댄다.

물결에 기우니 그림자 잠기고

노을 침노하니 바위 머리 붉어라.

홀로 우뚝 뭇 봉우리 밖에 솟아나

외로이 흰 구름 속에 빼어났구나.


정법사는 진(陳)나라 후주(後主) 때, 혜표(惠標, 표법사)와 교유한 듯하다. 『고시기』에 보면, 같은 곳에 혜표의 「외로운 바위를 노래한 시」가 실려 있다. 정법사의 시와 마찬가지로 고고한 정신세계를 외로운 바위산에 비유한 것이다.

한편, 「인삼찬」은 중국의 『속박물지(續博物誌)』·『본초강목(本草綱目)』·『명의별록(名醫別錄)』과 우리나라의 『패관잡기』·『해동역사』에 실려 있다.

삼아오엽　배양향음
三椏五葉, 背陽向陰.

욕래구아　가수상심
欲來求我, 椵樹相尋.

세 줄기 다섯 잎사귀
해 등지고 그늘 향하네.
나를 얻으려면
가수나무 아래서 찾을 일.

『본초강목』의 도홍경(陶弘景) 주(注)에 "(인삼은) 처음 나오는 작은 것은 서너 치쯤이고 한 줄기마다 다섯 잎사귀다. 사오년 뒤에는 두 줄기에 다섯 잎이 나오되, 꽃 줄기는 없다. 십 년 뒤 세 줄기가 나오며, 연륜이 깊은 것은 네 줄기에 다섯 잎이 나온다"라 하고, '고려'의 이 시를 인용하였다. '고려'는 곧 고구려를 말하는 듯하다.

이 밖에 고구려의 시가로 「황조가(黃鳥歌)」가 전한다. 『삼국사기』에 따르면 유리왕 3년 10월에 왕비 송씨가 죽자 화희(禾姬)와 한나라 여인 치희(雉姬)를 계실로 맞았는데, 둘이 총애를 다투다가 치희가 달아났다. 유리왕이 쫓아갔으나 치희가 노해서 돌아오지 않았으며, 그때 유리왕이 이 노래를 불렀다고 한다. 그러나 이 노래가 나온 시기에 대해서는 이설이 많다. 치희와 관련이 없다는 설도 있다. 소수림왕 때 한문이 본격적으로 수용된 후 누군가 한자로 번역하였거나 뒷사람이 위작한 것이라고도 한다.

이 「황조가」는 치희 설화와 연관을 시키지 않더라도 그 자체로 멋진 시다. 훨훨 나는 꾀꼬리의 형상이 경쾌하고 그것에 대비되는 시인의 고독감이 순수하고도 절절하다.

翩翩黃鳥, 雌雄相依.
편 편 황 조　자 웅 상 의

念我之獨, 誰其與歸.
염 아 지 독　수 기 여 귀

훨훨 꾀꼬리
암수 서로 즐겁구나.
외로운 이 몸을 생각하면
뉘와 함께 돌아갈꼬.


집안에 남아 있는 고구려 고분의 벽화에는 불교와 도교의 영향이 두드러진다. 불교적인 측면은 5세기 고분에 잘 나타나 있다. 장천1호분의 예불도와 보살도, 연꽃 장식 그리고 무용총 현실에 그려진 승려와의 대화 장면 등이 그 예다. 그런데 무용총에는 사신(四神)이 그려져 있고, 천장에는 학을 탄 신선의 모습이 있다. 도교의 영향도 깊었던 것이다. 7세기에 만들어진 통구의 사신총, 오회분(五盔墳) 4호묘와 5호묘는 네 벽면에 사신만 그려 넣어 도교적 성향이 더욱 짙다. 인간사를 음울한 시선으로 보지 않는 천진한 낭만성이 고구려인에게는 있었다. 그것이 만주벌판을 내닫는 기백을 낳았을 것이다.

고구려 고분의 벽화에 보이는 홍색·청색·황색의 강렬한 원색과 힘

찬 선은 고구려인의 씩씩한 기상을 잘 드러낸다. 집안의 국내성 시대만
이 아니라 평양시대에도 그러한 기상은 줄지 않았다.

중국인들은 고구려를 두고, 중국 변방의 소수민족이 세운 정권이라
우기고 있다. 정치적인 이유도 있겠지만, 중국과 맞서 동북아시아의 패
권을 다투었던 고구려를 우리 고대국가로 인정하고 싶지 않아서 그러는
것이기도 하리라.

# 二二. 백제의 서정

백제시대의 한시는 온전한 형태로는 아직 발견되지 않았다. 하지만 백제의 옛 역사서가 『일본서기』에 일부 채록되어 전하는 것을 보면, 백제도 한자와 한문을 받아들여 찬란한 문화를 이루었음을 알 수 있다. 분명히 한시 작품들도 많았을 것이다.

더구나 백제지역에는 진작부터 시가가 발달하였으므로 시가의 일부로서 한시 문학도 개화되어 있었을 것이다. 15세기에 편찬된 『악학궤범』에 손질되어 전하는 「정읍사」를 보면 서정적 체험에서 우러나온 시정신이 대단히 아름답고도 순결하다. 아마 백제의 한시에서도 그러한 서정이 물씬 풍겨 나왔으리라 짐작된다.

『고려사』 악지(樂志)에 의하면 「정읍사」는 장사하러 간 남편이 오랫동안 돌아오지 않자 그 아내가 산 위에 올라 남편을 걱정하며 지었다고 한다. 고창군에 편입된 고을에 전하던 「선운산가」의 서정과도 통한다. 「선운산가」는 부역 나간 남편을 기다리며 여성이 불렀다는 노래라고 한다. 가사는 전하지 않지만, 기다림의 주제는 공통된다.

그런데 「정읍사」는 당시의 현실을 '어두운 밤'과 '진 데'로 상징하였다. 백제의 귀족 문화도 백성들의 희생 위에서 이루어졌을 것이다. 그래서 일반 백성들은 어둠을 이기려는 소망을 이 노래 속에 그토록 간절하게 드러낸 것이 아니겠는가.

달이여 높이 돋으시어
멀리 비추오시라
온 저자를 돌아다니시는가요
진 데를 디디실세라
어디에다 놓으시라
내 님 가는 데 저물세라

부여박물관에는 「사택지적당탑비(砂宅智積堂塔碑)」라는 유물이 있다. 의자왕 14년(654)에 사택씨 집안의 지적이란 사람이 세운 비석이다. 사택씨는 백제 8대 성씨의 하나다. 지적은 대좌평의 직함으로 일본에 사신 갔다온 일도 있는데, 만년에는 삶의 비애를 느껴 금으로 불당을 세우고 옥으로 탑을 만들면서 이 비문을 지었다. 높이 1미터 가량의 화강석 비인데, 해서체로 된 한문 문장이 넉 줄 56자 남아 있다. 남아 있는 문장으로 볼 때, 전체 글은 대우법에 충실한 병려문(騈儷文)이었다. 그 문체를 통해 백제의 문학세계가 매우 화려했으리라 짐작할 수 있다. 백제 최

472

후의 왕이었던 의자왕 때의 유물이라는 데서 유달리 많은 생각을 갖게
된다.

또 부여박물관 마당에는 돌로 된 그릇(石槽)이 넷 전시되어 있다. 큰
돌을 넓고 깊게 판 것으로 궁중이나 사찰에서 물을 담아 사용하였다고
한다. 부소산에서 출토되었다는 유물 중간부가 잘록한 원기둥 형태의
좌대 위에 밑이 둥근 돌그릇이 놓여 있다. 그 밖에 장방형의 배 모양 돌
그릇, 만개한 연꽃 모양의 돌그릇, 원석 그대로의 형태를 살린 돌그릇
이 있다. 이 돌그릇 유물에 진작 관심을 보였던 조선시대의 시인이 있
다. 정조 때 검서관을 지냈던 유득공(柳得恭)이다.

유득공은 31세 때인 1778년(정조 2)에 한백겸(韓百謙)의 『동국지리지
(東國地理志)』를 읽고 느낀 바 있어서 단군의 왕검성에서부터 고려의 송
도에 이르기까지 21도읍을 대상으로 칠언절구를 연작하고 『이십일도회
고시』라 이름하였다. 1785년(정조 9)에는 스스로 주를 붙였다. 후에 청
나라에서 총서 가운데 한 권으로 인쇄되었으며, 우리나라에서도 1877
년(고종 14)에 단행본으로 간행되었다.

유득공은 『이십일도회고시』 가운데서 네 편의 시로 백제 멸망의 원인
을 심각하게 생각하고 슬픈 감회를 쏟았다. 회고시라고 하면 대개 옛일
을 회상하고 무상감을 토로하지만, 유득공은 애상적인 감정만 드러내
지 않고 역사에 대한 논평을 시 속에 담았다. 따라서 영사시(詠史詩)의
한 종류라고 하겠다. 백제를 노래한 네 수 가운데 마지막 시는 부여현청
에 있던 돌그릇을 소재로 하였다. 유득공은 그 돌그릇을 백제 궁녀의 목
욕통이었다고 보았다.

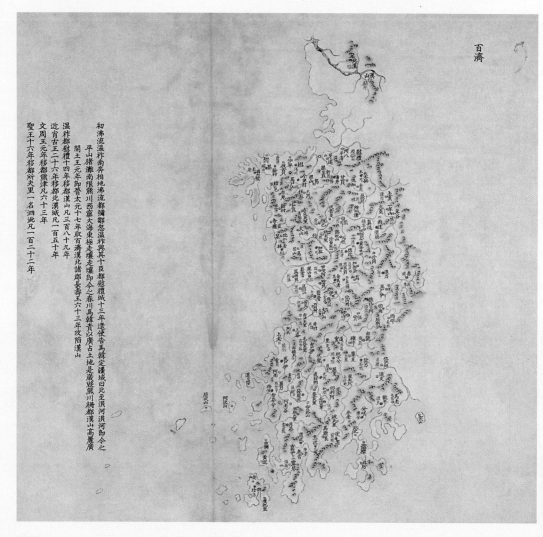

百濟

初沸流温祚南奔相地沸流都彌鄒忽温祚與其十臣都慰禮城十三年遣使告馬韓定疆域曰北至浿河浿河即今之
平山猪灘南限熊川西窮大海東極走壤走壤即今之春川馬韓責以廣占土地是歳襲熊川柵都漢山高麗廣
開土王元年郡晉太元十七年取百濟漢北諸郡郡長壽王六十三年攻陷漢山
温祚都慰禮十四年移都漢山凡三百八十九年
近肖古王二十六年移都北漢城凡一百五十年
文周王元年移都熊津凡六十三年
聖王十六年移都所夫里一名泗沘凡一百二十二年

◉ **연혁도칠폭**沿革圖七幅(백제百濟), 19세기, 영남대학교 박물관 소장

浴槃零落涴臙脂, 石室藏書事可疑.
時見荒原秋草裏, 行人駐馬讀唐碑.

깨진 목욕통에 연지 흔적 더러우니
석실에 과연 서적을 소장한 일 있었을까.
마침 보니 가을 들풀 우거진 거친 들에서
행인이 말 세우고 소정방비를 읽고 있군.

부여현청 뜰에 있던 돌그릇, 백제 때 서책을 비장하였다는 석실, 당
나라가 백제를 침략하고 세웠다는 「소정방기공비(蘇定方紀功碑)」를 소
재로 하였다. 담담히 서술한 것 같지만 실은 백제 멸망의 원인을 되씹고
비판하여 몹시 침통하다. 돌그릇을 꼭 목욕통이라고 보아야 할지 의문
인데다가, 설령 궁녀들의 목욕통이었다고 하더라도 궁녀들의 연지가
당시까지 남아 있었을 리 없다. 하지만 유득공은 그 유물에서 왕과 궁녀
들의 음란한 행각을 연상하였다. 백제왕이 음란하여 정치를 돌보지 않
았으므로 국가의 문헌전적을 석실에 잘 보관하였을 리가 없다고 의심한
것이다.

하지만 백제도 고유한 우리 문화를 개화시킨 문명국이었다. 그 백제
가 한낱 당나라 장군에게 유린당한 사실을 생각하면 통곡하지 않을 수
없다. 유득공은 마음속에 일어나는 분개의 감정을 직접 말하지는 않았
다. 마침 보니 어떤 행인이 말을 멈추고 「소정방기공비」를 읽고 있는 모
습이 보인다고 하였다. 행인의 마음속 울분을 독자로 하여금 짐작하게

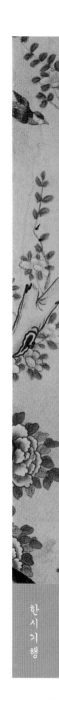

한 것이다. 「소정방기공비」를 읽고 있는 행인은 다름 아닌 유득공 자신의 투영이다.

과거의 지식인들은 유득공처럼 대개 백제가 군주의 문란한 행각 때문에 멸망하였다고 여겼다. 멸망한 왕조를 폄하하는 인습적 사고 때문이었다.

조선 초 시인이자 자유인이었던 김시습(金時習)도 「백제의 옛 일을 읊다(咏百濟故事)」라는 제목으로 다섯 수를 지어, 백제사를 추론해 보았다. 그런데 그는 군주의 음란한 행각을 백제 멸망의 원인으로 보지 않았다. 첫째 수는 중국에서 백 명의 사람이 건너와 옛 백제를 열었다는 전설을 소재로 하였다. 둘째 수는 견훤이 완산에서 일어나서 신라와 적대한 일을, 셋째 수는 견훤의 세 아들이 견훤을 금산에 구금한 일을, 넷째 수는 견훤이 고려에 투항한 일을, 다섯째 수는 고려 태조가 황산성에서 후백제를 성토한 일을 각각 소재로 하였다. 후백제의 역사를 더 많이 읊은 셈이다.

김시습은 원삼국 시대의 백제를 질박한 국가로 이상화하고, 후백제의 역사를 다루면서 점차 타락의 길로 접어든 과정을 논하였다. 첫 수는 이렇다.

이 석 미 유 국　　　원 습 하 무 무
伊昔未有國, 原隰何晦晦.

구 롱 암 송 력　　　분 연 풍 호 래
丘壟暗松櫟, 墳衍豐蒿萊.

수 제 조 적 교　　　묘 망 홍 몽 해
獸蹄鳥跡交, 渺莽鴻蒙垓.

476

百<sup>백</sup>人<sup>인</sup>自<sup>자</sup>中<sup>중</sup>國<sup>국</sup>, 遠<sup>원</sup>渡<sup>도</sup>滄<sup>창</sup>溟<sup>명</sup>來<sup>래</sup>.

以<sup>이</sup>長<sup>장</sup>爲<sup>위</sup>其<sup>기</sup>酋<sup>추</sup>, 孱<sup>잔</sup>者<sup>자</sup>趁<sup>추</sup>爲<sup>위</sup>民<sup>민</sup>.

鑿<sup>착</sup>井<sup>정</sup>又<sup>우</sup>耕<sup>경</sup>垈<sup>대</sup>, 種<sup>종</sup>築<sup>축</sup>開<sup>개</sup>荒<sup>황</sup>榛<sup>진</sup>.

是<sup>시</sup>爲<sup>위</sup>古<sup>고</sup>百<sup>백</sup>濟<sup>제</sup>, 風<sup>풍</sup>俗<sup>속</sup>何<sup>하</sup>厖<sup>방</sup>淳<sup>순</sup>.


그 옛날 아직 나라가 없었을 때

진펄은 얼마나 무성하였을까.

언덕에는 소나무 가래나무 울창하고

평지에는 쑥대풀이 무성하였으며,

짐승과 새 발자국이 섞여 있고

툭 트인 풍광이 아득하였으리.

이때 일백 사람이 중국에서부터

멀리 푸른 물결을 건너와,

나이 많은 사람으로 추장을 삼고

힘 약한 사람은 백성이 되어,

우물 파고 밭을 경작하여

씨 뿌리고 집 지어 거친 땅을 개척했다.

이것이 옛날의 백제이니

풍속이 얼마나 순박했겠나.

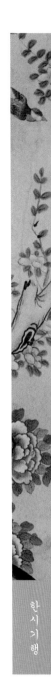

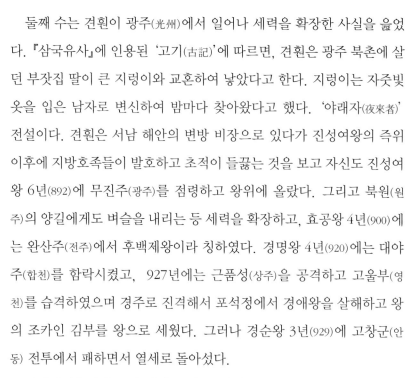

　둘째 수는 견훤이 광주(光州)에서 일어나 세력을 확장한 사실을 읊었다. 『삼국유사』에 인용된 '고기(古記)'에 따르면, 견훤은 광주 북촌에 살던 부잣집 딸이 큰 지렁이와 교혼하여 낳았다고 한다. 지렁이는 자줏빛 옷을 입은 남자로 변신하여 밤마다 찾아왔다고 했다. '야래자(夜來者)' 전설이다. 견훤은 서남 해안의 변방 비장으로 있다가 진성여왕의 즉위 이후에 지방호족들이 발호하고 초적이 들끓는 것을 보고 자신도 진성여왕 6년(892)에 무진주(광주)를 점령하고 왕위에 올랐다. 그리고 북원(원주)의 양길에게도 벼슬을 내리는 등 세력을 확장하고, 효공왕 4년(900)에는 완산주(전주)에서 후백제왕이라 칭하였다. 경명왕 4년(920)에는 대야주(합천)를 함락시켰고,　927년에는 근품성(상주)을 공격하고 고울부(영천)를 습격하였으며 경주로 진격해서 포석정에서 경애왕을 살해하고 왕의 조카인 김부를 왕으로 세웠다. 그러나 경순왕 3년(929)에 고창군(안동) 전투에서 패하면서 열세로 돌아섰다.

　옛말에 "올빼미는 제 어미를 먹고, 파경(破鏡)이란 짐승은 제 아비를 먹는다"고 하였다. 견훤은 많은 아내를 두어 10여 명의 아들이 있었는데, 그 가운데 넷째인 금강을 사랑하여 왕위를 물려주려 하였다. 그러자 금강의 형 신검·양검·용검이 935년 3월에 견훤을 금산사에 유폐시켰다. 견훤은 석달 후 6월, 경비 군사들을 술 취하게 만든 후 막내아들 능예(能乂)·딸 애복(愛福)·첩 고비(姑比)를 데리고 나주로 도망쳐서 해로를 이용하여 고려에 귀부하였다. 후백제는 분열 끝에 왕건에게 멸망당했다.

　김시습은 둘째 수에서, 견훤이 분수를 모르고 발호하였기에, 결국 자식들에게 핍박받는 화를 자초하였다고 논하였다.

<sup>견 씨 기 완 산</sup> <sup>의 기 하 호 릉</sup>
甄氏起完山, 意氣何豪凌.

<sup>주 의 하 처 옹</sup> <sup>탁 적 신 강 응</sup>
朱衣何處翁, 托迹神降凝.

<sup>혁 구 자 정 신</sup> <sup>악 부 치 려 증</sup>
革舊自鼎新, 握符治黎烝.

<sup>북 접 한 강 빈</sup> <sup>동 지 두 류 릉</sup>
北接漢江濱, 東至頭流陵.

<sup>강 강 인 불 모</sup> <sup>부 서 심 불 징</sup>
剛强人不侮, 富庶心不懲.

<sup>침 피 사 로 경</sup> <sup>용 호 상 시 증</sup>
侵彼斯盧境, 龍虎相猜憎.

<sup>졸 피 효 경 화</sup> <sup>어 란 상 분 붕</sup>
卒被梟鏡禍, 魚爛相分崩.


견훤이 완산에거 거병했을 때

의기가 얼마나 호방했던지.

붉은 옷 그 노인(야래자)은 어디 사람이었나

신령한 기운이 내려 엉겼노라 가탁한 게지.

옛것을 뒤엎고 스스로 혁신하여

옥새를 쥐고 백성들을 다스리고,

북으로 한강가에 접하고

동으로 두류산(지리산)까지 이르러서,

억세어 남이 무시하지 못하자

부강을 자만해서 조심하지 않았다.

사로국 땅을 침범하여

용과 범처럼 서로 미워하다가,

올빼미와 파경처럼 자식에게 잡아먹혀

고기 썩듯 서로 문드러져 망하고 말다니.


　김시습이 백제 역사를 바라본 시각은 당시 관찬 역사서의 편향적 사관과 다르지 않다. 하지만 그가 역사를 통해서 현실의 문제를 암암리에 비판한 태도는 주목할 만하다. 즉 그는 왕실 혹은 지배층의 내분이 국운의 쇠퇴, 종묘사직의 종말을 초래한다는 것을 말하고자 하였다. 그것은 곧 수양대군의 찬탈을 말세의 폭거로 보고 규탄한 것이기도 하다. 따라서 김시습의 영사시는 '옛일을 제시함으로써 지금 일을 비판한다(以古刺今)'는 한시미학의 원리를 충분히 구현하였다.

　조선 후기 안산에 거처하던 문인 이복휴(李福休)는 『해동악부』 257편을 남겼다. 그 가운데 「가림탄(加林歎)」은 백제 동성왕(東城王)이 '절제 없이 놀기만 하다가' 내란을 초래한 사실을 다루었다.

　백제 동성왕은 임류각(臨流閣)을 세우고 오락에 빠졌다. 또 가림성을 쌓고는 백가에게 강제로 가서 지키게 하였다. 동성왕은 웅천(熊川)에서 수렵을 하다가 큰눈 때문에 길이 막혀 마포촌(馬浦村)에 묵었다. 이때 백가가 사람을 시켜 왕을 찔러 죽이게 하였다. 아들 무령왕이 즉위하자, 백가는 가림성을 근거지 삼아 반란을 일으켰다. 무령왕이 군사를 이끌고 우두성(牛頭城)에 이르자, 백가가 항복하였다. 무령왕은 그를 베고 백강(白江)에 그 시신을 던졌다.

　이복휴가 지은 「가림탄」의 본사(本詞)는 다음과 같다.

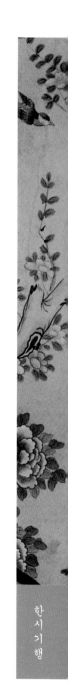

臨<sub>임류각</sub>流閣, 蹙<sub>축민미</sub>民眉.

加<sub>가림성</sub>林城, 疾<sub>질민수</sub>民首.

城<sub>성등등</sub>登登, 閣<sub>각고고</sub>高高, 鎭<sub>진일군왕단화류</sub>日君王但花柳.

莫<sub>막권장군거</sub>勸將軍去, 將<sub>장군일거기응비</sub>軍一去飢鷹飛.

熊<sub>웅천엽화불취피</sub>川獵火拂翠被, 膠<sub>교주한수하년귀</sub>舟漢水何年歸.

乾<sub>건계비혈한재수</sub>谿飛血恨在誰, 白<sub>백두반신죄자지</sub>頭叛臣罪自知.

燁<sub>엽엽의기우두성</sub>燁義旗牛頭城, 先<sub>선왕유혼응초아</sub>王有魂應招兒.

兒<sub>아혜출전불반병</sub>兮出戰不返兵, 劍<sub>검작적두여작사</sub>斫賊頭如斫絲.


임류각 세우니

인민들은 눈썹 찡그리고

가림에 성 세우자

인민들이 머리 아파하였네.

성은 우람하고

누각은 아스라하다만

평소 군왕은 화류만 쫓을 뿐.

장군더러 가고 말아라

장군이 한번 가선 주린 매처럼 날았네.

웅천의 사냥 불이 비춰 이불을 비췄으니

한수(漢水)에 묶어둔 배 어느 때나 돌아가랴.

건계(乾谿)에 초령왕(楚靈王) 피가 튄 일, 누굴 한하랴

흰머리 반신(叛臣)은 스스로 죄를 알리라.

의기(義旗)가 우두성에 펄럭였나니

선왕의 혼백이 응당 자식을 불렀으리라.

"애야 나가 싸워 군대를 돌이키지 마라.

적의 머리 베기를 명주실 베듯 하라"고.


동성왕의 시해 사실을 춘추시대 초나라 영왕(靈王)이 건계에서 변고를 당한 일과 다름없다고 하였다. 동성왕의 행각을 비판한 것이다. 그런데 이복규는 무령왕의 복수를 높이 평가했다. 그는 이 본사 뒤에 논평의 말을 붙여, 무령왕이 의분을 떨친 것은 오자서(伍子胥)가 자기 원수였던 초나라 왕의 시체를 채찍질한 일이나 조무(趙武)가 도문(屠門)을 몰살한 일과 다름 없다고 보았다. 나아가, 무령왕의 일은 『춘추』에 기록한다면 제(齊)나라 양공(襄公)이 부왕의 원수를 갚았던 사적에 뒤지지 않는다고 칭송하였다.

1971년 발굴된 백제 제25대 무령왕릉의 관재(棺材)는 조사보고서에 의하면 일본특산의 금송(金松)과 삼(杉)나무라고 한다. 상록침엽교목인 금송은 세계적으로 단 한 종류로, 일본 혼슈(本州)의 저위도 지방과 시코쿠, 규슈 등 주로 일본 남방에만 분포한다고 한다. 무령왕이 재위하던 6세기를 전후하여 백제는 동북아 강국으로서 일본에 식민지를 경영했던

것은 아닐까?

사실 무령왕릉과 관련해서는 아직 의문이 많다. 왕릉의 바닥에 놓여 있던 지석(誌石)은 왜 구멍이 한가운데 나 있을까? 지석의 문장은 고졸하면서도 강인하다. 매지문(買地文)은 도교와 관련이 있을 것이다.

또 미륵사는 어떤가. 미륵사는 「서동요」의 주인공 선화공주의 발원으로 창건된 절이다. 『삼국유사』를 보면 무왕이 아내 선화공주와 함께 사자사로 가던 길에 용화산 아래 큰 못가에 이르렀을 때, 물속에서 미륵삼존이 나타났다고 한다. 두 사람은 길을 멈추고 예를 올렸다. 그리고 그곳에 절을 세우자는 선화공주의 간청에 따라, 무왕은 사자사 스님 지명법사의 신통력을 빌려 하룻밤 만에 산을 헐어 못을 메우고, 그 위에 절을 지었다. 이때 미륵삼존을 본받아 금당과 탑과 회랑을 세우고 미륵사라 불렀다. 선화공주의 아버지인 신라 진평왕은 기술자를 보내 그 공사를 도왔다고 한다. 조선 중기 이후 폐찰이 되었다. 발굴조사로 이제야 그 전모가 드러나기 시작했다.

이토록 많은 자료가 있음에도 불구하고 무녕왕의 일생 사적은 여전히 신비스럽다. 백제의 역사도 마찬가지로 불분명한 것이 많다.

앞서 말했듯이 백제 역사를 보는 조선조 지식인들의 시각은 대체로 부정적이었다. 역사가 왜곡되었기 때문이다. 하지만 백제의 역사는 그렇게 부정적이지 않았다. 오히려 동아시아의 강국으로서 높은 문화를 이루었을 것이다. 전하지는 않지만, 백제는 서정성 깊은 한시 작품을 많이 낳았을 것이다. 「정읍사」에 나타나 있듯 어두움에 저항하려는 의식이 그 서정성의 중요한 내용이었으리라.

한시기행

## ❖ 한시 기행을 마치면서

우리의 산하는 우리의 마음을 평안히 쉬게 하고 용솟음치게 하며 깊은 사색에 젖게 한다. 더구나 그 아름다움은 자연 그대로만의 아름다움이 아니라 우리 민족의 삶이 만들어온 역사미를 지니고 있다. 홀홀하게 넘겨볼 수 없는 그 무엇이 있다.

그렇거늘 우리는 우리의 산하를 편력하지 못하고, 우리의 역사를 되돌아볼 여유를 잃었다. 정치적인 이유 때문에 우리 산수의 아름다움을 온전히 탐방할 기회를 갖지 못하고 있다. 이 무슨 운명인가?

김일손(金馹孫)은 「두류기행록(頭流紀行錄)」의 첫머리에서 이렇게 말한 바 있다.

선비가 나서 한 구역의 테두리를 떠나보지 못하고 마는 것도 운명이라면 운명이라고 할까? 천하를 두루 구경하여 자기 지식을 넓히기는 어려운 일이지만 제 나라 산천은 응당 다 탐방하여야 하련만, 어디 세상일이 그것인들 쉬이 용납하는가?

우리 한시는 우리의 산수와 우리의 삶 속에서 자연스레 만들어져 나왔다. 그럼에도 불구하고 현재는 낯설게, 어렵게 느껴진다. 현재의 우리가 한시의 표현방식에 익숙하지 않기 때문이다. 또, 한시 작품이 나온 시간과 공간을 파악하기 어려워 그 시적 체험을 생생하게 반추할 수 없기 때문이기도 하다.

　한시는 그것이 창작되어 나온 구체적인 시간과 공간을 제대로 알지 못하면 시에 담긴 사상과 감정을 올바로 이해하기 어렵다. 시인이 시를 지었던 그때의 심정을 잘 이해하고 또 시인이 담으려고 했던 역사현실의 문제를 좀 더 정확하게 이해하기 위해서는 시 창작배경이라고 할 지역공간을 돌아볼 필요가 있다. 『한시기행』은 그 감상방법을 이용하였다.

　지역공간을 돌아보려면 실제 답사가 가장 중요하다. 과거의 지형이나 환경이 바뀐 경우에도 답사가 여전히 중요하다고 생각된다. 시가 창작되어 나온 그 지점에 서면 시인이 경험하였던 심미적 긴장을 보다 생생하게 체험할 수 있다. 일종의 정신적 교감이 이루어진다.

　하지만 아쉽게도 답사는커녕 지도상의 확인조차 용이하지 않을 때가 많다. 우리나라에서는 시대별 역사 지도가 작성되어 있지 않고, 옛 지명의 연혁을 일목요연하게 알려주는 참고도서도 마련되어 있지 않기 때문이다.

　그러나 이 『한시기행』은 고지도와 지리서를 활용하고 각종 기록을 근거로 삼아, 역사지리의 공간과 한시를 연결시켜 보려고 노력하였다.

　필자가 한국 한시에서 국토산하의 아름다움을 노래한 미학적 전통에 대해 주목한 이래 벌써 10여 년이 흘렀다. 본인이 관련 논저를 공표한 이후, 그간에 다른 연구자들이 그러한 주제를 다룬 연구성과도 여럿 나왔다. 뿐만 아니라 한국 한시 작품에 대한 연구 자체가 매우 폭넓고 깊어졌다. 이 책은 본인의 연구만 아니라, 다른 연구자들의 성과도 참조하였다. 일일히 감사의 뜻을 표하지 못하였기에 송구하다.

이 책을 교정하면서 이가서 출판사의 함명춘, 최정원, 이현정 님과 연구실의 송호빈 군으로부터 많은 도움을 받았다. 이 자리를 빌어 감사드린다.

앞으로 한시를 통해 우리 산하 곳곳의 아름다움과 역사 및 생활사를 세부적으로 살펴나갈 필요가 있다. 그리하여 일반인들도 모두 우리 한시의 넓고 깊은 문학성과 우리 국토 산하의 자연미와 역사미를 함께 감상할 수 있게 되었으면 한다. 그것은 관련 연구자들 모두의 과제라고 생각한다.


2005년 7월
심경호


486

# ❖ 이 책에 인용한 한시의 목록과 출전

## ■ 참고문헌

『공무도하가 연구』, 성기옥, 서울대학교 박사논문 , 1983.

『나·려 한시선 (부 : 삼한시귀감)』, 김갑기, 이우출판사, 1983.

『조선조 후기 한시 연구』, 정양완, 성신여자대학교 출판부, 1983.

『유득공의 시문학 연구』, 송준호, 태학사, 1985.

『서유영 문학의 연구』, 장효현, 아세아문화사, 1988.

『삼당시 연구』, 안병학, 고려대 박사논문, 1988.

『한국의 한문학 제3권 작품론Ⅰ』, 이병주 엮음, 민음사, 1991.

『발해 문학 연구』, 김무식, 한국학대학원 석사논문, 1992.

『이조시대 서사시』(상하), 임형택 편역, 창작과 비평사, 1992.

『한시로 엮은 한국사기행』, 심경호, 범우사, 1994.

「국토 산하를 노래한 한국 한시의 미학적 전통에 대하여」, 심경호, 『한국한문학』 18, 한국한문학회, 1995.

『이색의 시문학 연구』, 여운필, 태학사, 1995.

『한시미학산책』, 정민, 솔, 1996.

『남효온의 삶과 시』, 김성언, 태학사, 1997.

『효전 심노숭 산문 연구』, 김영진, 고려대학교 석사논문, 1997.

『백호전집』, 신호열 · 임형택 역, 창작과비평사, 1997.

『다산시 연구』, 송재소, 창작과비평사, 1998.

「조선후기 시사(詩社)와 동호인 집단의 문화활동」, 심경호, 『민족문화연구 』 3, 고려대학교 민족문화연구원, 1998.

『동명 정두경 문학의 연구』, 남은경, 이화여자대학교 박사논문, 1998.

『목릉 문단과 석주권필』, 정민, 태학사, 1999.

『조선중기 중인층 한문학의 연구』, 윤재민, 고려대학교 민족문화연구원, 1999.

『한국 한시의 향기』, 김상홍, 박이정, 1999.

『18세기 한국의 한시사 연구』, 안대회, 소명출판사, 1999.

『이계 홍양호 문학연구』, 진재교, 성균관대학교 대동문화연구원, 1999.

『조선시대 문학 예술의 생성공간』, 강명관, 소명출판사, 1999.

『해좌 정범조의 장편고시 연구』, 류정민, 고려대학교 석사논문, 1999.

『한국한시의 이해』, 심경호, 태학사, 2000.

『한국의 지도– 과거, 현재, 미래』, 국립지리원, 대한지리학회. 2000.

『부령을 그리며』, 박혜숙 역, 돌베개, 2000.

『동래 지역 한시의 몇 가지 면모』, 여운필, 한국한시학회 · 동양한문학회 2000년 가을 공동연구발표회.

『해동강서시파연구』, 이종묵, 태학사, 2001.

『사찰, 누정 그리고 한시』, 청파 민병수 치임 기념, 태학사, 2001.

『이조후기 한시의 사회상』, 진재교, 소명출판, 2001.

『역주 청구풍아』, 이창희, 도서출판 다운샘, 2002.

『한국역제사(驛制史)』, 조병로, 한국마사회, 2002.

『고려의 황도 개경』, 한국역사연구회, 창작과비평사, 2002. 1.

『한국한시작가연구』1~8, 한국한시학회, 태학사, 1995~2003.

『김극기 한시선』, 박성규, 도서출판 다운샘, 2003.

『한국한시와 여성인식의 구도』, 박영민, 소명출판, 2003.

『고려 전기 한문학사』, 이혜순, 이화여자대학교 출판부, 2004.

『김시습평전』, 심경호, 돌베개, 2004.

『고전작가의 풍모와 문학』, 김진영, 경희대학교 출판부, 2004.

『한국 문학의 사상적 지평』, 송재소, 돌베개, 2005.

## ■ 인용 한시 목록

함경도

- 홍양호(洪良浩), 「임명대첩가(臨溟大捷歌)」, 『이계홍양호전서(耳溪洪良浩全書)』Ⅰ, 권5, 민족문화사, 1982년 영인.

- 홍양호(洪良浩), 「북새잡요(北塞雜謠)」'괘검(掛劍)', 『이계홍양호전서(耳溪洪良浩全書)』Ⅰ, 권1.

- 홍양호(洪良浩), 「북새잡요(北塞雜謠)」'육진세포(六鎭細布)', 『이계홍양호전서(耳溪洪良浩全書)』Ⅰ, 권1.

- 홍양호(洪良浩), 「북새잡요(北塞雜謠)」'우혜(牛兮)', 『이계홍양호전서(耳溪洪良浩全書)』Ⅰ, 권1.

- 홍양호(洪良浩), 「삭방풍요(朔方風謠)」, '공주요(孔州謠) 삼첩(三疊)', 『이계홍양호전서(耳溪洪良浩全書)』Ⅰ, 권5.

- 홍양호(洪良浩), 「북새잡요(北塞雜謠)」'슬해의 울음(瑟海鳴)', 『이계홍양호전서(耳溪洪良浩全書)』Ⅰ, 권1.

- 박제가(朴齊家), 「수주객사(愁州客詞)」79수 '慶源西北望, 日晴山市遊', 『정유각집(貞蕤閣集)』, 五集, 한국문집총간 261, 민족문화추진회.

- 박제가(朴齊家), 「수주객사(愁州客詞)」79수 '爲屋必四榮, 屋中竈對廐', 『정유각집(貞蕤閣集)』, 五集, 한국문집총간 261, 민족문화추진회.

- 박제가(朴齊家), 「수주객사(愁州客詞)」79수 '袴褶何翩翩, 官令茂山去.', 『정유집(貞蕤集)』, 한국문집총간 261, 민족문화추진회.

- 정범조(丁範祖), 「북요잡곡(北謠雜曲)」전17수·후11수 '長白靈蔘一種春, 玉脂瓊液育魕氳氳, 『해좌집(海左集)』권4, 한국문집총간 239, 민족문화추진회.

- 조수삼(趙秀三), 「북행백절(北行百絕)」, '寒島不宜牧, 三冬馬多死', 『추재집(秋齋集)』권3, 한국문집총간 271, 민족문화추진회.

- 조수삼(趙秀三), 「북행백절(北行百絕)」, '餘分少無差, 四時方有信', 『추재집(秋齋集)』권3, 한국문집총간 271, 민족문화추진회.

- 정두경(鄭斗卿), 「마천령에 올라(登磨天嶺)」, 『동명집(東溟集)』권1, 한국문집총간 100, 민족문화추진회.

• 홍양호(洪良浩), 「마천령(磨天嶺)」 '君不見白頭之山奔騰二千里, 東到滄溟不能前', 『이계홍양호전서(耳溪洪良浩全書)』I, 권5.

• 정두경(鄭斗卿), 「성진(城津)」 8수, 『동명집(東溟集)』 권7, 한국문집총간 100, 민족문화추진회.

• 김정희(金正喜), 「석노(石砮)」, 『완당전집(阮堂全集)』, 한국문집총간 301, 민족문화추진회.

• 이건창(李建昌), 「삼가 선왕의 업적을 기록하다(恭紀聖蹟)」, 『명미당집(明美堂集)』 권5, 아세아문화사, 1978.

• 이건창(李建昌), 「금파(金坡)」, 『명미당집(明美堂集)』 권5, 아세아문화사, 1978.


평안도

• 황호(黃尿), 「가다가 의주 시에 차운하여 감회를 적다(行次義州感述)」, 『만랑집(漫浪集)』 권4, 한국문집총간 103, 민족문화추진회.

• 오광운(吳光運), 「백상루(百祥樓)」, 『약산만고(藥山漫稿)』 권2, 한국문집총간 210, 민족문화추진회.

• 권필(權韠), 「절도사 장만을 전송하여 쓴 철옹성 노래(鐵甕行送張晩節度)」, 『석주집(石洲集)』 권2, 한국문집총간 75, 민족문화추진회.

• 김인경(金仁鏡), 「보현사(普賢寺)」, 『신증동국여지승람(新增東國輿地勝覽)』, 권54, 평안도 영변대도호부(寧邊大都護府), 아세아문화사 영인.

• 김구(金坵), 「철주를 지나면서(過鐵州)」, 『지포집(止浦集)』 권4, 한국문집총간 2, 민족문화추진회.

• 정두경(鄭斗卿), 「능한산성에 올라 술을 마시고(登凌漢飲酒)」 3수 제2수, 『동명집(東溟集)』 권7, 한국문집총간 100, 민족문화추진회.

• 조수삼(趙秀三), 「정주 성루에 올라(登定州城樓)」, 『추재집(秋齋集)』 권2, 한국문집총간 271, 민족문화추진회.

황해도

- 최숙정(崔淑精), 「극성회고(棘城懷古)」, 『소요재집(逍遙齋集)』 권1, 한국문집총간 13, 민족문화추진회.

- 허균(許筠), 「해주(海州)」, 『성소부부고(惺所覆瓿藁)』 권1 佐幕錄, 한국문집총간 74, 민족문화추진회.

- 허균(許筠), 「황주염곡(黃州艷曲)」 8수 '上有正方山, 下有簇錦溪', 『성소부부고(惺所覆瓿藁)』 권1 佐幕錄, 한국문집총간 74, 민족문화추진회.

- 허균(許筠), 「황주염곡(黃州艷曲)」 8수 '節使年年返, 逢郎意更長', 『성소부부고(惺所覆瓿藁)』 권1 佐幕錄, 한국문집총간 74, 민족문화추진회.

- 허균(許筠), 「평산산성(平山山城)」, 『성소부부고(惺所覆瓿藁)』 권1 佐幕錄, 한국문집총간 74, 민족문화추진회.

- 정범조(丁範祖), 「구월산가, 이계수를 서울로 전송하며(九月山歌, 送李季受還京師)」, 『해좌집(海左集)』 권9, 한국문집총간, 민족문화추진회.

- 최성대(崔成大), 「가뭄을 걱정하며(憫旱)」, 『두기시집(杜機詩集)』.


강원도

- 황호(黃㦿), 「초닷새 안변부사 김도원이 초청하기에 가학루에 올라 벽상에 걸린 시의 운으로 짓다(初五日 安邊府伯金道源邀 登駕鶴樓 次壁上韻)」, 『만랑집(漫浪集)』 권4, 한국문집총간 103, 민족문화추진회.

- 강위(姜瑋), 「봉의산 절정에 올라(登鳳儀山絕頂)」, 『고환당수초(古歡堂收艸)』 권2, 한국문집총간 318, 민족문화추진회.

- 신흠(申欽), 「소동파의 유배살이 시에 차운하다(次東坡遷居韻)」, 『상촌고(象村稿)』 권6, 한국문집총간 71, 민족문화추진회.

- 김시습(金時習), 「소양정에 올라(登昭陽亭)」 3수, 『매월당집(梅月堂集)』 권13, 「관동일록(關東日錄)」 한국문집총간 13, 민족문화추진회.

- 정약용(丁若鏞), 「우수주. 두보의 성도부에 화운함(牛首州和成都府)」, 『여유당전서(與猶堂全書)』 권7, 한국문집총간 281, 민족문화추진회.

- 신위(申緯), 「맥풍(貊風)」 12장 제6수, 『경수당전고(警修堂全藁)』 책6, 한국문집총간 291, 민족문화추진회.

- 이자현(李資玄), 「낙도음(樂道吟)」, 『동문선(東文選)』.

- 곽여(郭輿), 「청평산 이거사에게 주다(贈淸平山李居士)」, 『삼한시귀감(三韓詩龜鑑)』中.

- 이황(李滉), 「청평산을 지나다가 감회가 있어서(過淸平山有感)」, 『퇴계집(退溪集)』 권1, 한국문집총간 29, 민족문화추진회.

- 유몽인(柳夢寅), 「청상과부(孀婦)」 혹은 「보개산 절의 벽에 쓴 시(題寶盖山寺壁)」, 『於于集』 권2, 한국문집총간 63, 민족문화추진회.

- 정범조(丁範祖), 「푸른 둥지를 얽고(搆靑巢)」, 『해좌집(海左集)』 권15, 한국문집총간 239, 민족문화추진회.

- 정철(鄭澈), 「죽서루(竹西樓)」, 『송강집(松江集)』 권1, 한국문집총간 46, 민족문화추진회.

- 김시습(金時習), 「한송정(寒松亭)」, 『매월당집(梅月堂集)』 권13, 관동일록(關東日錄), 한국문집총간 13, 민족문화추진회.

- 김창흡(金昌翕), 「갈역잡영(葛驛雜詠)」 제1수, 『삼연집(三淵集)』 권15, 한국문집총간 252, 민족문화추진회.

- 김창흡(金昌翕), 「갈역잡영(葛驛雜詠)」, '風中雨脚打窓深, 臥聽詹鈴尙擁衾', 『삼연집(三淵集)』 권15, 한국문집총간 252, 민족문화추진회.

- 김창흡(金昌翕), 「갈역잡영(葛驛雜詠)」, '觀迹超然物外身, 求諸方寸愧平人', 『삼연집(三淵集)』 권15, 한국문집총간 252, 민족문화추진회.

- 허균(許筠), 「명주를 추억하면서 구양수의 희서(戲書) 운으로 짓다(憶冥州戲書韻)」, 『성소부부고(惺所覆瓿藁)』 권2 화사영시(和思穎詩), 한국문집총간 74, 민족문화추진회.

- 박지원(朴趾源), 「총성적에서 일출을 보고 지은 시(叢石亭觀日出)」, 『연암집(燕巖集)』 권4 영대정잡영(映帶亭雜詠), 한국문집총간 252, 민족문화추진회.

경기도

- 신유한(申維翰), 「조강행(祖江行)」, 『청천집(清泉集)』권2, 한국문집총간 200, 민족
  문화추진회.

- 성현(成俔), 「창화리를 지나며(過昌和里)」, 『허백당집(虛白堂集)』拾遺 권1, 한국문
  집총간 14, 민족문화추진회.

- 남효온(南孝溫), 「수락산으로 청은을 찾아나섰다가 길을 잃었다. 삼십 리를 가니
  시내의 수원이 비로소 다하였는데, 복숭아 열매가 길에 드리워져 있기에 가지를 부
  여잡아 따서 먹었더니 주린 배가 채워졌다(訪淸隱于水落山 失路 將三十里 溪源始窮
  而有桃實垂路 攀枝摘食 飢腹果然)」, 『추강집(秋江集)』권3, 한국문집총간 16, 민족
  문화추진회.

- 이병연(李秉淵), 「십팔 일에 수락산으로 가다가(十八日往水落山)」, 『사천시초(槎川
  詩抄)』卷之上, 한산문헌총서 2, 한산문헌총서간행위원회.

- 김창협(金昌協), 「가을의 회포(秋懷)」, 『농암집(農巖集)』권1, 한국문집총간 161,
  민족문화추진회.

- 최숙정(崔淑精), 「을미년 이월 초팔일에 사은사 일행에 끼어 연경으로 가다가 벽제
  역에 묵으면서 감회를 적다(乙未二月初八日 部謝恩使赴京 宿碧蹄驛書懷)」, 『소요재
  집(逍遙齋集)』권1, 한국문집총간 13, 민족문화추진회.

- 최석정(崔錫鼎), 「종숙의 시에 화운하다(和宗叔)」, 『명곡집(明谷集)』권3 소성록(邵
  城錄), 한국문집총간 153, 민족문화추진회.

- 이규보(李奎報), 「태수가 부로에게 보이다(太守示父老)」, 『동국이상국집(東國李相
  國集)』권15, 한국문집총간 1, 민족문화추진회.

- 이식(李湜), 「이정은에게 보낸 시(寄正中)」, 『사우정집(四雨亭集)』卷上, 한국문집
  총간 16, 민족문화추진회.

- 강희맹(姜希孟), 『금양잡록(衿陽雜錄)』「선농구(選農謳)」14장, '중참을 기다리며
  (待饁)', 『사숙재집(私淑齋集)』권11, 한국문집총간 12, 민족문화추진회.

- 이병연(李秉淵), 「갯마을(浦村)」, 『사천시초(槎川詩抄)』卷之下, 한산문헌총서 2,
  한산문헌총서간행위원회.

- 정두경(鄭斗卿), 「신륵사(神勒寺)」 3수 제2수, 『동명집(東溟集)』권10, 한국문집총
  간 100, 민족문화추진회.

- 이색(李穡), 「여흥 청심루에서 현판시에 차운하다(驪興淸心樓題次韻)」 4수 제2수, 『목은고(牧隱藁)』詩藁 권34, 한국문집총간 2, 민족문화추진회.

- 신광한(申光漢), 「이소경에 차운한 책의 끝에 적다(書和離騷經卷端)」, 『기재집(企齋集)』권5, 한국문집총간 22, 민족문화추진회.

- 성현(成俔), 「과천별장에 놀며(遊果川別墅)」 3수 제3수, 『허백당집(虛白堂集)』補集 권5, 한국문집총간 14, 민족문화추진회.

- 신위(申緯), 「자하산장도에 스스로 써서 웅운(熊雲) 객에게 부치다(自題紫霞山莊圖寄熊雲客)」, 『경수당전고(警修堂全藁)』册14 詩夢室小草(丁亥十月至十一月), 한국문집총간 291, 민족문화추진회.

- 유인석(柳麟錫), 「관악산에 올라(登冠岳山)」, 『의암집(毅菴集)』 권1, 한국문집총간 337, 민족문화추진회.


충청도

- 권필(權韠), 「충주석(忠州石)」, 『석주집(石洲集)』 권2, 한국문집총간 75, 민족문화추진회.

- 이식(李植), 「충주동루(忠州東樓)」, 임방(任埅), 『수촌만록(水村漫錄)』, 홍만종 편, 홍찬유 역, 『시화총림(詩話叢林)』下, 통문관, 1993.

- 유명천(柳命天), 「고산정에 적다(題孤山亭)」, 『퇴당집(退堂集)』 권1 석갈록(釋褐錄), 강경훈 씨 소장본.

- 백광훈(白光勳), 「홍경사(弘慶寺)」, 『옥봉집(玉峯集)』 上, 한국문학집총간 47, 민족문화추진회.

- 김려(金鑢), 「황성이곡(黃城俚曲)」, '無腔篴和破鉦聲, 鼓吹虛傳兩部名', 『담정유고(藫庭遺藁)』 권2, 한국문집총간 289, 민족문화추진회.

- 김려(金鑢), 「황성이곡(黃城俚曲)」, '青草池塘新雨後, 不論公私只亂鳴', 『담정유고(藫庭遺藁)』 권2, 한국문집총간 289, 민족문화추진회.

- 김려(金鑢), 「황성이곡(黃城俚曲)」, '僻淨衖頭占小鋪, 錦城官妓笑當壚', 『담정유고(藫庭遺藁)』 권2, 한국문집총간 289, 민족문화추진회.

- 김려(金鑢), 「황성이곡(黃城俚曲)」, '入番首校上廳號, 軍令分明點日晡', 『담정유고 (薄庭遺藁)』 권2, 한국문집총간 289, 민족문화추진회.

- 김려(金鑢), 「황성이곡(黃城俚曲)」, '驟雨飄風苦颯然, 江倉庫子眼珠穿', 『담정유고 (薄庭遺藁)』 권2, 한국문집총간 289, 민족문화추진회.

- 홍석주(洪奭周), 「강경포(江鏡浦)」, 『연천집(淵泉集)』 권3, 한국문집총간 293, 민족 문화추진회.

- 박두세(朴斗世), 『요로원야화기(要路院夜話記)』.

전라도

- 김극기(金克己), 「남평(南平)」, 『신증동국여지승람』 권36, 전라도 남평현(南平縣).

- 김려(金鑢), 「장원경의 처 심씨를 위하여 지은 고시(古詩爲張遠卿妻沈氏作)」, 『담정 유고(薄庭遺藁)』 권12 補遺集, 한국문집총간 289, 민족문화추진회.

- 강위(姜瑋), 「주계에 민란이 일어나 소장을 적어 달라 하였으나 응하지 않아 화를 빚었다. 생각나는 대로 적어서 속마음을 표시한다. 마침 삼정의 폐해를 구할 책문 을 임금께서 내셨으니 초야에 있는 이들의 성대한 일이 아닐 수 없다(朱溪民擾 以求 狀不應 媒禍「謾筆遣懷 時有三政救弊詢策 草野之盛擧」3수 제2수, 『고환당수초(古 歡堂收艸)』 권4, 한국문집총간 318, 민족문화추진회.

- 임제(林悌), 「기행(紀行)」, 『임백호집(林白湖集)』 권1, 한국문집총간 58, 민족문화 추진회.

- 황현(黃玹), 「무장 의사 정시해의 죽음을 슬퍼하며(哀茂長義士鄭時海)」 4수 제4수, 『황현전집(黃玹全集)』, 매천집(梅泉集) 권4, 아세아문화사, 1978.

- 정철(鄭澈), 「식영정제영(息影亭題影)」 '창계백석(蒼溪白石)', 『송강집(松江集)』 原 集 권1, 한국문집총간 46, 민족문화추진회.

- 고경명(高敬命), 「면앙정삼십육영(俛仰亭三十詠)」, '서석청운(瑞石晴雲)', 『제봉집 (霽峰集)』 권2, 한국문집총간 42, 민족문화추진회.

- 최경창(崔慶昌), 「금대곡. 고죽 사군에게 드리다(錦帶曲贈孤竹使君)」, 『고죽유고(孤 竹遺稿)』, 한국문집총간 50, 민족문화추진회.

• 김시습(金時習), 「나주목에 노닐면서 태수를 알현하고(遊羅州牧 謁太守)」, 『매월당집(梅月堂集)』권11, 한국문집총간 13, 민족문화추진회.

• 정약용(丁若鏞), 「율정의 이별(栗亭別)」, 『여유당전서(與猶堂全書)』詩文集 권4, 한국문집총간 281, 민족문화추진회.

• 노수신(盧守愼), 「삼사창에 묵다(宿三社倉)」, 『소재집(穌齋集)』권4, 한국문집총간 35, 민족문화추진회.

• 윤선도(尹善道), 「오운대 즉사(五雲臺卽事)」, 『고산유고(孤山遺稿)』권1, 한국문집총간 91, 민족문화추진회.

• 윤선도(尹善道), 「낙서재에서 우연히 읊다(樂書齋偶吟)」, 『고산유고(孤山遺稿)』권1, 한국문집총간 91, 민족문화추진회.

• 이광사(李匡師), 「기속(紀俗)」, 『원교집(圓嶠集)』권3, 한국문집총간 221, 민족문화추진회.

• 조희룡(趙熙龍), 「임자도(荏子島)」, 『조희룡전집』권4, 한길아트, 1999.


경상도

• 이민성(李民宬), 「조령 노래(鳥嶺行)」, 『경정집(敬亭集)』권11, 한국문집총간 76, 민족문화추진회.

• 허목(許穆), 「죽령(竹嶺)」, 『기언(記言)』別集, 한국문집총간 98, 민족문화추진회.

• 홍신유(洪愼猷), 「유거사(柳居士)」, 『백화자집초(白華子集抄)』.

• 정범조(丁範祖), 「잡요(雜謠)」, 『해좌집(海左集)』권3, 한국문집총간. 민족문화추진회.

• 김종직(金宗直), 「낙동요(洛東謠)」, 『점필재집(佔畢齋集)』권5, 한국문집총간 12, 민족문화추진회.

• 임상원(任相元), 「관직에 있은 지 두 해, 공사에 고민스럽고 슬퍼할 만한 일이 있기에, 당시의 비난을 받을 것을 돌아보지 않고 노래가락에 드러내나니, 시어가 촌스럽고 형식도 범상하여 작가라고 하기에는 부끄럽다. 다만 백성들의 곤공함을 애도하여 서글퍼하고 간절히 슬퍼했으므로 채시관이 채집할 만한 민가풍에 가깝다고 하겠다. 그래서 3편으로 나누어 악부에 부친다(居官二年, 公事有可悶可惋者, 不顧時諱,

形於歌風, 詞俚體凡, 有愧作者, 若其哀窮悼困感愴悲切, 庶幾乎民風之可採者耳. 因分爲三篇, 以附樂府)」, 『염헌집(恬軒集)』권5, 한국문집총간 148, 민족문화추진회.

• 이안중(李安中), 「향낭전(香郎傳)」 挿入 「산유화(山有花)」 3장.

• 김려(金鑢), 「우해이어보(牛海異魚譜)」 우산잡곡(牛山雜曲) 「매갈(鮇鰡)」, 『담정유고(藫庭遺藁)』, 한국문집총간 289, 민족문화추진회.

• 김려(金鑢), 「우해이어보(牛海異魚譜)」 우산잡곡(牛山雜曲) 「보라어(甫鱷魚)」, 『담정유고(藫庭遺藁)』, 한국문집총간 289, 민족문화추진회.

• 민사평(閔思平), 「김해 태수에게 부침(寄金海邀頭)」, 『급암시집(及菴詩集) 권1, 한국문집총간 3, 민족문화추진회.

• 이학규(李學逵), 「전복 따는 여인(探鰒女)」, 『낙하생집(洛下生集)』 책7, 한국문집총간 290, 민족문화추진회.

• 이학규(李學逵), 「금관기속시(金官紀俗詩)」 77수, '鹵地熬鹽萬斛優, 一年强半上江舟', 『낙하생집(洛下生集)』 책12, 한국문집총간 290, 민족문화추진회.

• 이학규(李學逵), 「금관기속시(金官紀俗詩)」 77수, '竹島蚊兒陣似雲, 較來多少佛巖群', 『낙하생집(洛下生集)』 책12, 한국문집총간 290, 민족문화추진회.

• 이학규(李學逵), 『영남악부』 68장 '君爲燒酒徒, 我爲簺下奴', 『낙하생집(洛下生集)』 책 6, 한국문집총간 290, 민족문화추진회.

• 이학규(李學逵), 『영남악부』 68장 「철문어(鐵文魚)」, 『낙하생집(洛下生集)』 책6, 한국문집총간 290, 민족문화추진회.

• 김삿갓(金笠), 김병연(金炳淵), 「원당리(元堂里)」, 김일호(金一湖) 편, 『김립시집(金笠詩集)』, 진문사(眞文社), 1956.

• 이안눌(李安訥), 「몰운대(沒雲臺)」, 『동악집(東岳集)』 권8 내산록(萊山錄), 한국문집총간 78, 민족문화추진회.

• 박제형(朴齊珩), 「몰운대(沒雲臺)」 4수 제2수, 『조야시선(朝野詩選)』 권2.

• 이안눌(李安訥), 「금정산 범어사. 한음 이상국의 운에 차운하다(金井山梵魚寺 次漢陰李相國韻)」, 『동악집(東岳集)』 권8 내산록(萊山錄), 한국문집총간 78, 민족문화추진회.

• 이규보(李奎報), 「박공과 함께 동래 욕탕지로 향하면서 두 수를 입으로 부르다(同朴公將向東萊浴湯池口占)」 2수, 『동국이상국집(東國李相國集)』 권12, 한국문집총간 1, 민족문화추진회.

- 신정(申最), 「당나라 이가우가 강남 사람 집에서 신을 제사하는 것을 듣고 지은 작품을 본뜨다(擬李嘉祐聞江南人家賽神之作)」, 『분애유고(汾厓遺稿)』 권2 내산록(萊山錄).

- 최치원(崔致遠), 「가야산 독서당에 쓴 시(題伽倻山讀書堂)」, 『고운집(孤雲集), 한국 문집총간 1, 민족문화추진회.


### 서울

- 윤회(尹淮), 「경회루(慶會樓)」, 『신증동국여지승람(新增東國輿地勝覽)』 권1 경도부 (京都府) 上, '고적(古蹟).'

- 심광세(沈光世), 「해동악부(海東樂府)」 44수 '수진방(壽盡坊), 『휴옹집(休翁集)』 권 3, 한국문집총간 84, 민족문화추진회.

- 월산대군(月山大君), 「한도십영(漢都十詠)」 '양화도의 눈 밟기(楊花踏雪)', 『신증 동국여지승람(新增東國輿地勝覽)』 권1 경도부(京都府) 上, '고적(古蹟).'

- 서거정(徐居正), 「한도십영(漢都十詠)」 '종로의 등불 구경(鍾街觀燈)', 『사가집(四 佳集)』補遺1, 한국문집총간 11, 민족문화추진회 ; 『신증동국여지승람(新增東國輿 地勝覽)』 권1 경도부(京都府) 上, '고적(古蹟).'

- 강희맹(姜希孟), 「사가(서거정)의 한도십영 병풍에 적다(題四佳漢都十詠屛風)」 '남산 의 꽃구경(木覓賞花)', 『사숙재집(私淑齋集)』 권4, 한국문집총간 12, 민족문화추진회 ; 『신증동국여지승람(新增東國輿地勝覽)』 권1 경도부(京都府) 上, '고적(古蹟).'

- 박지원(朴趾源), 「필운대의 살구꽃 구경(弼雲臺看杏花)」, 『연암집(燕巖集)』 권4, 한 국문집총간 252, 민족문화추진회.

- 이병연(李秉淵) 「백운대(白雲臺)」 제4수, 『사천시초(槎川詩抄)』 卷之上, 한산문헌 총서 2, 한산문헌총서간행위원회.

- 이광려(李匡呂), 「걸어서 세검정에 이르렀더니, 산사의 승려가 저녁밥을 주었다(步 至洗劍亭 巖寺僧人致晚飯)」, 『이참봉집(李參奉集)』 권1, 한국문집총간 237, 민족문 화추진회.

- 최경지(崔敬止), 「압구정(狎鷗亭)」, 『신증동국여지승람』 권6, 경기도 광주목(廣州 牧).

- 강이천(姜彝天), 「한경사(漢京詞)」 106수 ‘山向京師寶帳開, 八門城堞自紆回’, 『중암고(重菴稿)』, 서울대 규장각.

- 강이천(姜彝天), 「한경사」 106수 ‘八吐丹蕶時首夏’, 『중암고』, 서울대 규장각.

- 이언진(李彦瑱), 「동호거실(衕衚居室)」 157수 ‘街頭汗流如漿, 箇箇扇不離手’, 『송목관신여고(松穆館燼餘藁)』, 한국문집총간 252, 민족문화추진회.

- 이언진(李彦瑱), 「동호거실(衕衚居室)」 157수 ‘千蹄踏萬足踏, 巷口泥如濃粥’, 『송목관신여고(松穆館燼餘藁)』, 한국문집총간 252, 민족문화추진회.

- 강이천(姜彝天), 「한경사(漢京詞)」 106수 ‘夫婦少小轉離鄕 學得歌彈訴怨傷’, 『중암고(重菴稿)』, 서울대 규장각.

- 박제가(朴齊家), 「성시전도(城市全圖)」, 『정유각집(貞蕤閣集)』 三集, 한국문집총간 261, 민족문화추진회.

- 조수삼(趙秀三), 「기이(紀異)」 ‘一枝梅’, 『추재집(秋齋集)』 권7, 한국문집총간 271, 민족문화추진회.

- 심노숭(沈魯崇), 「수근가(水芹歌)」, 『효전산고(孝田散稿)』 책3, 연세대 도서관.


평양

- 이유원(李裕元), 「복제산악(複製散樂)」 16수 ‘관서별곡(關西別曲)’, 『가오고략(嘉梧藁略)』 책1, 한국문집총간 315, 민족문화추진회.

- 정지상(鄭知常), 「친구를 전송하며(送友人)」; 『파한집(破閑集)』, 『삼한시귀감(三韓詩龜鑑)』.

- 임제(林悌), 「패강가(浿江歌)」 10수 제7수, 『임백호집(林白湖集)』 권2, 한국문집총간 58, 민족문화추진회.

- 김인존(金仁存), 「대동강(大同江)」, 『신증동국여지승람(新增東國輿地勝覽)』 권51, 平安道 平壤府 ‘大同江’ 條.

- 김극기(金克己), 「영명사(永明寺)」, 『신증동국여지승람(新增東國輿地勝覽)』 권51, 平安道 平壤府 佛宇 ‘永明寺’ 條.

- 이색(李穡), 「부벽루(浮碧樓)」, 『목은고(牧隱藁)』 詩集 卷2, 한국문집총간, 민족문

화추진회 ; 『신증동국여지승람(新增東國輿地勝覽)』 권51, 平安道 平壤府 樓亭 ‘浮碧樓’ 條.

- 신광수(申光洙), 「관서악부(關西樂府)」 108장, 제45수 ‘雲母窓間曲宴深, 雙雙念佛小娘音’, 『석북집(石北集)』 권10, 한국문집총간 231, 민족문화추진회.

- 유득공(柳得恭), 「이십일도회고시(二十一都懷古詩)」 고구려 평양부, 『영재집(泠齋集)』 권2, 한국문집총간 260, 민족문화추진회.

- 유득공(柳得恭), 「서경잡절(西京雜絶)」 15수 제3수 ‘선연동(嬋姸洞)’, 『영재집(泠齋集)』 권1, 한국문집총간 260, 민족문화추진회.

- 심노숭(沈魯崇), 「서경잡시(西京雜詩)」 22수 제18수, 『효전산고(孝田散稿)』.

- 심노숭(沈魯崇), 「서호가(西湖歌)」 12수 ‘영명사’, 『효전산고(孝田散稿)』.

- 신광수(申光洙), 「관서악부(關西樂府)」 108장, 제31수 ‘鐘樓日暮醉人多, 朱火靑烟樂歲歌’, 『석북집(石北集)』 권10, 한국문집총간 231, 민족문화추진회.


## 송도

- 김부식(金富軾), 「감로사(甘露寺)」, 이인로(李仁老), 『파한집(破閑集)』 수록.

- 이규보(李奎報), 「박연에 대하여 짓다(題朴淵)」, 『동국이상국집(東國李相國集)』 권14, 한국문집총간 1, 민족문화추진회.

- 임규(任奎), 「연복사에 들러서(過延福寺)」, 『삼한시귀감(三韓詩龜鑑)』 ; 『신증동국여지승람(新增東國輿地勝覽)』 권5, 開城府 下, 古跡 ‘延福亭’ 條.

- 김구용(金九容), 「거리에서 느낌이 있어(街上有感)」, 『척약재학음집(惕若齋學吟集)』 卷上, 한국문집총간 6, 민족문화추진회.

- 오세재(吳世才), 「창바위(戟岩)」, 『신증동국여지승람(新增東國輿地勝覽)』 권5, 開城府 上, 山川 ‘戟巖’ 條.

- 이제현(李齊賢), 「십일월 십오일(十一月十五日)」, 『익재난고(益齋亂藁)』 권2, 한국문집총간 2, 민족문화추진회.

- 이제현(李齊賢), 「송도를 그리워하여 지은 팔영(憶松都八詠)」 ‘곡령춘청(鵠嶺春晴)’, 『익재난고(益齋亂藁)』 권3, 한국문집총간 2, 민족문화추진회.

• 성수침(成守琛), 「송도회고(松都懷古) 3수 제2수 '만월대(滿月臺)', 『청송집(聽松集)』권1, 한국문집총간 26, 민족문화추진회.

## 경주

• 원효(元曉), 「미타증성가(彌陀證性歌)」, 『한국불교전서』1, 동국대학교출판부, 1979.

• 김시습(金時習), 「무쟁비(無諍碑)」, 『매월당집(梅月堂集)』권12 유금오록(遊金鰲錄), 한국문집총간 13, 민족문화추진회.

• 작가 미상, 「번화곡(繁花曲)」, 『삼국사기(三國史記)』.

• 왕거인(王巨仁), 「분원시(憤怨詩)」, 『삼국사기(三國史記)』; 『삼국유사(三國遺事)』.

• 혜초(慧超), 『왕오천축국전(往五天竺國傳)』수록 5수, 제1수. 제3수.

## 상경성

• 양태사(楊泰師), 「한밤에 다듬이 소리를 듣고(夜聽擣衣聲)」, 『경국집(經國集)』; 김육불(金毓黻), 『발해국지장편(渤海國志長編)』.

• 왕효렴(王孝廉), 「봄날 비를 마주하여, 정(情)자를 뽑아 짓다(春日對雨 探得情字)」, 『문화수려집(文華秀麗集)』.

## 강도

• 김정희(金正喜), 「실록을 모셔오라는 명을 받들고 강화사고에 가서 마니산 절정에 오르다(奉陪來實錄之命往江華史庫登摩尼絶頂)」5수 제5수, 『완당전집(阮堂全集)』권10, 한국문집총간 301, 민족문화추진회.

• 권필(權韠), 「마니산에 노닐며 관등행의 운자를 이용하여 짓다(遊摩尼山用觀燈行韻)」, 『석주집(石洲集)』권2, 한국문집총간 75, 민족문화추진회.

• 권필(權韠), 「마니산 천단에 올라 목은(李穡)의 운자를 이용하여 짓다(登摩尼山天壇 用牧隱韻)」, 『석주집(石洲集)』 권4, 한국문집총간 75, 민족문화추진회.

• 이규보(李奎報), 「바다를 바라보면서 천도한 것을 뒤미처 경하함(望海因追慶遷 都)」, 『동국이상국집(東國李相國集)』 권18, 한국문집총간 1, 민족문화추진회.

• 이규보(李奎報), 「옛 서울을 생각하면서 세 가지를 읊다(憶舊京三故)」, 『동국이상국 집(東國李相國集)』 後集 권1, 한국문집총간 1, 민족문화추진회.

• 유승단(俞升旦), 「혈구사(穴口寺)」, 『신증동국여지승람(新增東國輿地勝覽)』 권12, 京畿道 江華.

• 이시원(李是遠), 「강도성이 함락된 후 짓다(江都城陷後作)」 4수, 『사기집(沙器集)』, 한국문집총간 302. 민족문화추진회.

• 강위(姜瑋), 「프랑스 도적놈들이 강화도에 들어오자 사기 이 상서께서 소를 남기고 김포에서 중씨와 함께 약을 마시고 돌아가셨다는 소식을 경상도 감영에서 듣고서 (嶺營城中聞番寇入沁李沙磯是遠尙書遺疏仰藥卒)」, 『고환당수초(古歡堂收艸)』 권6, 한국문집총간 318, 민족문화추진회.

• 이건창(李建昌), 「진무중군어공애사(鎭撫中軍魚公哀辭)」, 『명미당집(明美堂集)』 권 15, 아세아문화사.

• 이건창(李建昌), 「광성진에 투숙하여 배에서 벌어지는 풍어 굿 풀이를 기록한다(宿 廣城津記船中賽神語)」, 『명미당집(明美堂集)』 권4, 아세아문화사.

• 정제두(鄭齊斗), 「산 시내(山溪)」 2수 제1수, 『하곡집(霞谷集)』 권7, 한국문집총간 160, 민족문화추진회.

• 최규서(崔奎瑞), 「수운헌에 적다(題睡雲軒)」, 『간재집(艮齋集)』 권1, 한국문집총간 161, 민족문화추진회.

• 이영익(李令翊), 「우신(이충익)이 최근에 불교 이치에 빠졌다. 듣자니 마니산 망경 대의 폭포 아래에다 승려와 함께 작은 암자를 짓고, 스스로 폭포암 주인이라 호하 였는데, 암자를 낙성하자마자 관가에서 금할까 두려워 곧바로 철거하고 불상을 묻 었다 한다. 나도 모르게 포폭절도하고는 붓을 내달려 14절구를 지어 부친다(虞臣近 長佛理 聞與釋子 構小庵於摩尼山望京臺瀑布下 自號瀑布庵主人 甫落 畏官禁 旋撤材 藏埋 不覺絶倒 走筆寫十四絶句以寄)」 제14수, 『신재집(信齋集)』 책1, 한국문집총간 252, 민족문화추진회.

• 이충익(李忠翊), 「백아곡의 벼걷이(白鵝谷穫稻)」 7수, 『초원유고(椒園遺稿)』 책1,

한국문집총간 255, 민족문화추진회.


## 탐라

- 이제현(李齊賢), 「(탐라)신사(新詞)」 2수, 『익재난고(益齋亂藁)』 권4, 한국문집총간 2, 민족문화추진회.

- 김정(金淨), 「방생이 우도에 대해 말하는 것을 듣고 노래를 불러서 흥을 부치다(聞方生談牛島歌以寄興)」, 『충암집(冲庵集)』 권3, 한국문집총간 23, 민족문화추진회. 일명 「우도가(牛島歌)」.

- 김정(金淨), 「임절사(臨絶辭)」, 『충암집(冲庵集)』 권4, 한국문집총간 23, 민족문화추진회.

- 김상헌(金尙憲), 「수산(水山)」, 『남사록(南槎錄)』.

- 김정희(金正喜), 「대정촌사(大靜村舍)」, 『완당전집(阮堂全集)』 권10, 한국문집총간 301, 민족문화추진회.

- 김춘택(金春澤), 「제주잡시. 두자미(두보)의 진주잡시 운자를 이용하다(濟州雜詩用子美秦州雜詩韻)」 20수 제18수, 『북헌집(北軒集)』 권2 수해록(囚海錄), 한국문집총간 185, 민족문화추진회.


## 한강수로

- 이덕무(李德懋), 「강노래(江曲)」 제1수, 『청장관전서(靑莊館全書)』, 한국문집총간 257, 민족문화추진회.

- 조석윤(趙錫胤), 「고객행(賈客行)」, 『낙정집(樂靜集)』 권5, 한국문집총간 105, 민족문화추진회.

- 권헌(權攇), 「고인행(顧人行)」, 『진명집(震溟集)』, 민창문화사, 1994.

- 이영익(李令翊), 「방아노래(舂歌)」, 『신재집(信齋集)』 책1, 한국문집총간 252, 민족문화추진회.

- 김창흡(金昌翕), 「벽계잡영(蘗溪雜詠)」 43수 제17수, 『삼연집(三淵集)』 권12, 한국 문집총간 165, 민족문화추진회.

- 김창흡(金昌翕), 「벽계잡영(蘗溪雜詠)」 43수 제1수, 『삼연집(三淵集)』 권12, 한국문 집총간 165, 민족문화추진회.

- 정약용(丁若鏞), 수조가두조(水調歌頭調) 「고향생각(思鄉)」, 『여유당전서(與猶堂全 書)』 I, 제1집 권5, 한국문집총간 281, 민족문화추진회.

## 금강산

- 송시열(宋時烈), 「풍악산에 유람하면서 유미촌 시에 차운하다(遊楓嶽次尹美村韻)」, 『송자대전(宋子大全)』 권4, 한국문집총간 108, 민족문화추진회.

- 신광하(申光河), 「금강산가(金剛山歌)」, 『진택집(震澤集)』 권4 동유록(東遊錄), 『숭 문연방집(崇文聯芳集)』 한국어문학연구회 편, 탐구당, 1975

- 이제현(李齊賢), 「마하연(摩訶衍)」, 『익재난고(益齋亂藁)』 권3, 한국문집총간 2, 민 족문화추진회.

- 임희성(任希聖), 「마하연(摩訶衍)」, 『재간집(在澗集)』, 문중소장 필사본.

- 이병연(李秉淵), 「원통동(圓通洞)」, 『사천시초(槎川詩抄)』 卷之上, 한산문헌총서 2, 한산문헌총서간행위원회.

- 이병연(李秉淵), 「정양사(正陽寺)」, 『사천시초(槎川詩抄)』 卷之上, 한산문헌총서 2, 한산문헌총서간행위원회.

- 정사룡(鄭士龍), 「정양사(正陽寺)」, 박지원(朴趾源), 『열하일기(熱河日記)』. 피서록(避暑 錄). 한국문집총간 252, 민족문화추진회.

- 양사언(楊士彦), 「발연사(鉢淵寺)」, 『봉래시집(蓬萊詩集)』, 한국문집총간 36, 민족 문화추진회.

- 임숙영(任叔英), 「비로봉에 올라서(登毗盧峰)」, 『소암집(踈菴集)』 권1, 한국문집총 간 83, 민족문화추진회.

- 이헌경(李獻慶), 「금강산 어구로 들어가 초천을 건너며(入金剛洞口渡初川)」, 『간옹 집(艮翁集)』, 권1, 한국문집총간 234, 민족문화추진회.

- 이경석(李景奭), 「헐성루(歇惺樓)」, 『백헌집(白軒集)』 권10, 한국문집총간 95, 민족문화추진회.

- 황경원(黃景源), 「팔담(八潭)」 8수 제8수, 『강한집(江漢集)』 권2, 한국문집총간 324, 민족문화추진회.

- 최익현(崔益鉉), 「북관정(北寬亭)」, 『면암집(勉菴集)』, 고전국역총서 124, 민족문화추진회, 1977.

- 강준흠(姜浚欽), 「수석편(水石篇)」, 『삼명집(三溟集)』, 시집 7편, 필사본.

- 박제가(朴齊家), 「왕령에 응하여 지은 금강산 시(應令金剛山詩)」, 『정유각집(貞蕤閣集)』 三集, 한국문집총간 261, 민족문화추진회.


지리산

- 이인로(李仁老), 「지리산에 노닐다(遊智異山)」, 『신증동국여지승람(新增東國輿地勝覽)』, '지리산' 조.

- 박지화(朴枝華), 「청학동(靑鶴洞)」, 『수암유고(守菴遺稿)』, 한국문집총간 34, 민족문화추진회.

- 조식(曺植), 「우연히 읊다(偶吟)」, 『남명집(南冥集)』, 한국문집총간 31, 민족문화추진회.

- 조식(曺植), 「덕산 계정의 기둥에 쓰다(題德山溪亭柱)」, 『남명집(南冥集)』, 한국문집총간 31, 민족문화추진회.

- 이달(李達), 「불임암의 인운(因雲) 스님에게 준 오언절구(佛日菴贈因雲釋)」, 『손곡시집(蓀谷詩集)』 권5, 한국문집총간 61, 민족문화추진회.


백두산

- 이색(李穡), 「동북면 만호한 아무개를 전송하며(送東北面韓萬戶)」, 『목은고(牧隱藁)』 시고(詩藁) 권4, 한국문집총간 3, 민족문화추진회.

- 신광하(申光河), 「연지봉(臙脂峰)」, 『진택집(震澤集)』, 『숭문연방집(崇文聯芳集)』, 한

국어문학연구회 편, 탐구당, 1975.

• 신광하(申光河), 「대택(大澤)」, 『진택집(震澤集)』, 『숭문연방집(崇文聯芳集)』, 한국
어문학연구회 편, 탐구당, 1975.

• 신채호(申采浩), 「백두산 도중(白頭山途中)」, 『신채호전집(申采浩全集)』, 형설출판
사, 1979.

• 박한영(朴漢永), 「백두산 꼭대기에 올라(登白頭頂符嚴天地)」, 『석전시초(石顚詩鈔)』
上, 석전선생문집(한국역대문집총서 2881), 경인문화사.


고조선

• 정두경(鄭斗卿), 「단군사(檀君祠)」, 『동명집(東溟集)』 권3, 한국문집총간 100, 민족
문화추진회.

• 백수광부 처, 「공무도하가(公無渡河歌)」, 곽무천(郭茂倩), 『악부시집(樂府詩集)』,
중화서국(中華書局).

• 안정복(安鼎福), 「우리나라 역사를 보고 느낀 바가 있어서 악부체를 본떠서 다섯 편
을 짓는다(觀東史有感效樂府體五章)」 5수 '성기가(成己歌)', 『순암집(順菴集)』 권1,
한국문집총간 229, 민족문화추진회.


고구려

• 을지문덕(乙之文德), 「수나라 우익위 대장군 우중문에게 주는 시(贈隋右翊衛大將軍
于仲文)」, 『수서(隋書)』 「우중문전」, 『삼국사기』, 『동문선』, 『지봉유설(芝峯類說)』,
『해동역사』, 『이십일도회고시』, 『대동시선(大東詩選)』. 「우중문에게 주다(遺于仲
文)」라고도 함.

• 정법사(定法師), 「외로운 바위를 노래한 시(詠孤石)」, 『고시기(古詩紀)』, 『해동역
사』, 『대동시선』.

• 작자미상, 「인삼노래(人蔘讚)」, 『속박물지(續博物誌)』, 『본초강목(本草綱目)』, 『명
의별록(名醫別錄)』, 『패관잡기(稗官雜記)』, 『해동역사』.

• 유리왕(儒理王), 「황조가(黃鳥歌)」, 『삼국사기(三國史記)』.

백제

- 유득공(柳得恭), 「이십일도회고시(二十一都懷古詩)」 백제 4수, 『영재집(泠齋集)』 권2, 한국문집총간 260, 민족문화추진회.

- 김시습(金時習), 「백제의 옛 일을 읊다(咏百濟故事)」 5수 제1수, 제2수, 『매월당집(梅月堂集)』 권16 유호남록(遊湖南錄), 한국문집총간 13, 민족문화추진회.

- 이복휴(李福休), 「가림탄(加林歎)」, 『해동악부(海東樂府)』 257편, 필사본.

# 한시 기행

초판 1쇄 발행일 | 2005년 7월 15일
초판 3쇄 발행일 | 2011년 1월 25일

.............................................................

지은이 | 심경호
펴낸이 | 하태복

.............................................................

펴낸곳　　　이가서
주소　　　　서울시 마포구 서교동 469-5 정서빌딩 202호
전화 · 팩스　02-336-3502　02-336-3009
이메일　　　leegaseo@naver.com
등록번호　　제10-2539호

ISBN　89-5864-115-0　03810